을 유 세 계 문 학 전 집 · 5 3

체호프 희곡선

을유세계문학전집·53

체호프 희곡선

А.П. Чехов: Пьесы

안톤 파블로비치 체호프 지음·박현섭 옮김

❀ 을유문화사

옮긴이 **박현섭**

서울대학교 천문학과와 노어노문학과를 졸업하고, 동 대학원에서 『체호프 '희극'의 성격과 그 발전 과정에 대한 연구』로 박사 학위를 받았다. 현재 서울대학교 노어노문학과 교수로 재직 중이다. 체호프의 희곡을 비롯하여 러시아 희곡, 영화에 관한 논문들을 썼으며, 역서로 『체호프 단편선』, 『무도회가 끝난 뒤』, 『영화 기호학』 등이 있다.

을유세계문학전집 53
체호프 희곡선

발행일·2012년 6월 25일 초판 1쇄 │ 2024년 8월 30일 초판 9쇄
지은이·안톤 파블로비치 체호프 │ 옮긴이·박현섭
펴낸이·정무영, 정상준 │ 펴낸곳·(주)을유문화사
창립일·1945년 12월 1일 │ 주소·서울시 마포구 서교동 469-48
전화·02-733-8153 │ FAX·02-732-9154 │ 홈페이지·www.eulyoo.co.kr
ISBN 978-89-324-0385-4 04890 978-89-324-0330-4(세트)

차례

갈매기

4막의 희극

등장인물

이리나 니콜라예브나 아르카지나 결혼 후의 성으로는 트레플레바, 여배우.

콘스탄틴 가브릴로비치 트레플레프 (코스챠) 아르카지나의 아들, 청년.

표트르 니콜라예비치 소린 (페트루샤) 아르카지나의 오빠.

니나 미하일로브나 자레치나야 젊은 처녀, 부유한 지주의 딸.

일리야 아파나시예비치 샤므라예프 퇴역 중위, 소린 영지의 관리인.

폴리나 안드레예브나 샤므라예프의 아내.

마샤 샤므라예프의 딸.

보리스 알렉세예비치 트리고린 소설가.

예브게니 세르게예비치 도른 의사.

세묜 세묘노비치 메드베덴코 교사.

야코프 일꾼.

요리사

하녀

무대는 소린의 영지. 제3막과 제4막 사이에 2년이 흐른다.

제1막

소린 영지 내의 공원 한 켠. 넓은 가로수 길이 객석 쪽으로부터 공원 깊숙이 보이는 호수까지 펼쳐져 있다. 가로수 길은 가정극 공연을 위해 임시로 세워 놓은 가설무대에 가로막혀서 호수는 전혀 보이지 않는다. 무대 양옆으로 관목 숲. 의자 몇 개와 작은 탁자.

방금 해가 졌다. 막이 드리워진 무대 위에 야코프와 다른 일꾼들이 보인다. 기침 소리와 망치 두드리는 소리. 마샤와 메드베덴코가 왼쪽에서 등장한다. 이들은 산책에서 돌아오는 길이다.

메드베덴코　당신은 왜 항상 검은 옷을 입나요?

마샤　이건 제 인생의 상복이에요. 전 불행하거든요.

메드베덴코　어째서요? (생각에 잠겨) 이해할 수 없네요…… 당신은 건강한 데다, 부친께선 부자는 아니지만 그 정도면 살 만하잖아요. 저는 당신보다 훨씬 더 힘들게 살아요. 한 달에 기껏해야 23루블을 받는데 거기다 퇴직금 공제까지 하지요. 그래도 상복을 입진 않잖아요……. (앉는다.)

마샤　문제는 돈이 아니에요. 거지도 행복할 수 있어요.

메드베덴코　이론에서야 그렇겠지만 현실은 나쁩니다. 절 보세요. 어머니와 두 명의 누이에다 남동생이 있는데, 월급은 23루블뿐이에요. 먹고 마실 돈은 있어야겠죠? 차를 마시려면 설탕도 있어야겠죠? 담배도 있어야죠? 도무지 어떻게 해 볼 도리가 없어요.

마샤　(무대를 둘러보며) 이제 곧 연극이 시작되겠네요.

메드베덴코　그래요. 자레치나야가 주연을 맡고 대본은 콘스탄틴 가브릴로비치가 썼지요. 두 사람은 사랑하는 사이니까, 오늘 두 영혼이 하나의 예술적 형상을 만들어 내려는 노력 속에 서로 합치겠지요. 그러나 당신과 나의 영혼 사이에는 공통점이 없네요. 저는 당신을 사랑해요. 당신이 보고 싶어서 집에 앉아 있질 못하고 매일 6킬로미터나 되는 길을 걸어 여기까지 왔다가 다시 6킬로미터를 걸어서 돌아가요. 하지만 그때마다 저를 맞아 주는 것은 당신의 무관심뿐이네요. 저는 재산도 없는 데다 식구는 많으니……. 아무것도 가진 게 없는 사람에게 시집오고 싶은 여자가 어디 있겠어요?

마샤　쓸데없는 소리. (코담배 냄새를 맡는다.) 당신의 사랑이 나를 감동시키지만 저로선 돌려 드릴 말이 없군요. 그게 다예요. (코담뱃갑을 내민다.) 하시겠어요?

메드베덴코　생각 없습니다.

사이.

마샤 무더운 걸 보니 오늘 밤엔 아무래도 소나기가 오겠네. 당신은 툭하면 철학적인 얘기 아니면 돈 얘기만 하는군요. 당신이 보기에는 가난보다 더한 불행이 없겠지만, 저는 차라리 누더기 옷을 입고 빌어먹더라도 그게 오히려……. 하기야, 당신이 이런 걸 이해하실 리 없지…….

오른쪽에서 소린과 트레플레프가 들어온다.

소린 (지팡이에 몸을 기대며) 얘야, 난 시골이 맞질 않아. 너도 알겠지만 말이다. 아무리 해도 이곳 생활에 익숙해지질 않는구나. 어제 열 시에 잠이 들어 오늘 아침 아홉 시에 깼는데, 너무 오래 잠을 자서 그런 건지 뇌가 해골에 딱 들러붙어서 떨어지질 않는 느낌이었어. (웃는다.) 게다가 점심 먹고는 나도 모르게 또 잠이 들어 버렸어. 이제 난 완전히 망가져 버렸나 봐. 몸 상태가 엉망이야, 도대체 말이지…….

트레플레프 맞아요, 삼촌은 도시에 사셔야 돼요. (마샤와 메드베덴코를 발견하고) 여러분, 연극이 시작되면 부를 테니까 지금은 여기 계시지 마세요. 자, 나가 주시겠습니까.

소린 (마샤에게) 마리야 일리니치나, 당신 아버지에게 개 좀 풀어 놓으라고 얘기 좀 해 줘요. 묶어 놓으니까 자꾸 짖어 대잖아. 누이가 어제도 밤새 잠을 설쳤어요.

마샤 아버지에게 직접 말씀하세요, 전 안 할래요. 저는 이만 실례하겠습니다. (메드베덴코에게) 가요!

메드베덴코 (트레플레프에게) 그럼 연극이 시작되면 사람을 보내 주세요. (두 사람 나간다.)

소린 결국 오늘도 밤새 개가 짖어 대겠군. 항상 이 모양이라니까. 시골에서는 내 맘 가는 대로 편하게 지내 본 적이 한 번도 없어. 28일간 휴가를 얻어서 푹 쉬려고 여길 오면 별별 말도 안 되는 일들이 사람을 성가시게 만들어요. 휴가 온 첫날부터 떠나고 싶을 지경이지. (웃는다.) 여길 떠날 때면 항상 속이 시원했어⋯⋯. 그런데 뭐, 지금은 퇴직했으니 달리 갈 데도 없네, 나 원 참. 좋건 싫건 살아야지⋯⋯.

야코프 (트레플레프에게) 콘스탄틴 가브릴로비치 씨, 저희는 좀 씻으러 가겠습니다.

트레플레프 좋아. 하지만 10분 뒤에는 자리를 지키고 있으라고. (시계를 본다.) 곧 시작할 테니까.

야코프 알겠습니다. (나간다.)

트레플레프 (무대로 눈길을 돌리며) 자, 이게 극장입니다. 막이 있고, 그 뒤로 앞 무대 그리고 무대 뒤, 그 뒤로는 텅 빈 공간이에요. 무대 장치는 아무것도 없습니다. 곧바로 호수와 수평선이 펼쳐져요. 막은 정확히 여덟 시 반, 달이 뜰 때 오를 겁니다.

소린 멋지네.

트레플레프 자레치나야 양이 늦게 도착하면 물론 이 모든 효과가 망가지는 거죠. 벌써 와 있어야 할 시간인데. 아버지와 계모가 그녀를 감시하고 있어서 집을 빠져나오기가 탈옥하는 것만큼이나 힘들어요. (삼촌의 넥타이를 고쳐 매 준다.) 머리카락이며 턱수염이 덥수룩해요. 이발이라도 좀 하시지…….

소린 (턱수염을 쓰다듬으며) 내 인생의 비극이야. 젊었을 때도 내 외모는 이 모양이었단다. 전날 술독에라도 빠졌던 사람처럼 말이지. 여자들이 날 좋아했던 적이 없어. (앉으며) 네 어미는 왜 심통이 났대?

트레플레프 왜냐고요? 따분한가 보죠. (소린 옆에 앉으며) 시기하는 거예요. 어머니는 나도 거슬리고, 공연도 거슬리고, 내 희곡도 거슬리는 거예요. 왜냐하면 자레치나야 양이 자신의 소설가 양반 마음에 들까 봐 신경이 쓰이는 거죠. 어머니는 내 희곡을 알지도 못하면서 벌써 그걸 증오하고 있어요.

소린 (웃는다.) 별생각을 다 하는구나, 정말…….

트레플레프 어머니는 여기 이 작은 무대에서 각광을 받는 것이 자기가 아니라 자레치나야 양이라는 사실 때문에 화가 나 있는 거예요. (시계를 보고) 심리학적인 연구 대상이라니까, 우리 어머니는. 누가 봐도 재능이 있고 똑똑하죠. 소설책을 읽으며 울 줄도 알고, 네크라소프의 시들을 줄줄 외우죠. 환자들을 돌볼 때는 천사 같아요. 하지만 어머니 앞에서 누구든 여배우 두세[*]를 칭찬하기라도 했다간! 아이고야! 오로지 어머니 한 사람만 칭찬하고, 어머니 한 사람에 대해서만 쓰고, 환호하며, 『춘희』[*]나 『안개 속의 삶』[*]에 나오는 어머니의 비범한 연기에 열광해야 되죠. 그런데 이 시골에는 그런 환각제가 없으니 따분하고 심통이

나는 겁니다. 우리들 모두가 어머니의 적이고, 우리들 모두가 죄인들인 거예요. 게다가 미신적인 면도 있어서 양초 세 개나 숫자 13을 두려워한답니다. 어머니는 인색해요. 오데사의 은행에 7만 루블이 있다는 걸 내가 알거든요. 그런데 돈을 좀 빌려달라고 하면 울음부터 터뜨린다니까요.

소린 그게 전부다 네 희곡이 어머니 마음에 들지 않을 거라는 생각을 자꾸 하다보니까 괜히 신경이 예민해져서 그런 거야. 진정해라, 어머니가 너를 얼마나 사랑하는데.

트레플레프 (꽃잎을 하나씩 떼어 내며) 사랑한다, 사랑하지 않는다, 사랑한다, 사랑하지 않는다, 사랑한다, 사랑하지 않는다. (웃는다.) 보세요. 어머니는 날 사랑하지 않아요. 당연하잖아! 어머니는 살고 싶고, 사랑하고 싶고, 화사한 옷도 입고 싶은데, 내가 벌써 스물다섯 살이거든. 그러니 나라는 존재는 당신이 이미 젊지 않다는 걸 끊임없이 상기하게 만드는 거지. 내가 없으면 어머니는 서른두 살로 통하는데, 내가 있으면 마흔세 살이 되는 거야. 그러니 내가 밉지요. 어머니는 내가 연극을 인정하지 않는다는 것도 알고 있어요. 어머니는 연극을 사랑하고, 자신이 인류와 신성한 예술에 봉사하고 있다고 생각하죠. 하지만 내가 보기에 오늘날의 연극은 진부한데다 편견으로 가득해요. 막이 오르면 인공조명 아래, 3면의 벽으로 둘러싸인 방 안에서 사람들이 먹고, 마시고, 사랑하고, 걸어 다니고, 옷을 입는 모습을 그 잘나신 배우님들, 신성한 예술의 사도들이 연기합니다. 속물스러운 장면과 대사들 속에서 가정의 일상사에 써먹을 좀

스럽고 뻔한 도덕이나마 건져 내려고 애쓰는 걸 보노라면, 그리고 천편일률적인 연극들 속에서 하나같이 똑같고 똑같으며 똑같은 짓거리를 반복하는 걸 보노라면 저는 모파상이 자신의 머릿속을 짓누르던 속물스러운 에펠탑으로부터 도망쳤듯이 멀리 멀리 도망치고 싶습니다.

소린 어쨌든 극장은 있어야 되잖아.

트레플레프 새로운 형식이 필요해요. 새로운 형식이 말입니다. 그게 아니라면 차라리 아무것도 안 하는 편이 나아요. (시계를 본다.) 나는 어머니를 사랑해요. 많이 사랑해요. 하지만 어머니는 허황된 삶을 살며 자나 깨나 그 소설가와 붙어 다니지요. 어머니의 이름이 신문에 끊임없이 오르내려서, 이런 것들이 나를 지치게 만듭니다. 가끔 진부하고 음습한 이기주의가 내 안에서 속삭입니다. 어머니가 유명한 배우라서 유감이야, 그냥 평범한 여자였으면 내가 행복했을 텐데 하고 말이죠. 삼촌, 내가 가장 절망적이고 바보처럼 느껴지는 상황은 이런 거예요. 별별 명사들, 배우들, 작가들이 어머니 손님으로 와 있는데, 그 사이에서 나 혼자만 아무것도 아닌 존재란 겁니다. 게다가 그 사람들은 내가 단지 어머니의 아들이라는 것 때문에 나를 참아 주는 거예요. 난 누구죠? 난 뭐죠? 3학년 때 소위 '편집자와는 무관한 이유"로 대학에서 제적되었으며, 아무런 재능도 없고, 돈 한 푼 없는 인간, 여권에 적힌 신분으로는 키예프의 평민 계급이에요. 아버지가 키예프의 평민 계급 출신이니까요. 뭐, 아버지도 유명한 배우이긴 했지만. 그러니 보세요, 어머니의 응접실에 있는 그 모든 배우들과 작가들이 나에게 너그러운 관심을 보일 때마다, 나는 그 사람들이 자신의 잣대로 나라는 보잘것없는 존재를 재고 있다는 느낌만 드는 겁니다. 나는 그 사람들의 생각을 지레짐작하며 모멸감으로 괴로워하게 돼요…….

소린 얘기가 나왔으니 말인데, 그 소설가는 어떤 사람이냐? 도무지 말이 없으니, 알 수가 있어야지.

트레플레프 똑똑하고, 소탈하고, 뭐랄까 좀 멜랑콜리한 사람이에요. 아주 점잖아요. 얼마 안 있으면 마흔이 되는데 벌써 너무 유명해져서 자기 명성에 파묻혀 죽을 정도지요……. 지금 그 사람은 술이라곤 맥주만 마시고 나이가 좀 든 여자들만 좋아해요. 그 사람의 글에 대해 얘기한다면, 음…… 뭐라고 할까? 잘 써요, 재능이 있지요……. 하지만…… 톨스토이나 에밀 졸라를 읽은 다음에 트리고린을 읽고 싶진 않을 것 같군요.

소린 그래도 애야, 나는 작가들이 좋다. 한때 내가 너무나 하고 싶었던 두 가지 일이 있었는데, 결혼하는 것과 작가가 되는 것이었어. 둘 중에 하나도 못했지만. 그래, 하다못해 이름 없는 작가가 되었어도 기뻤을 텐데.

트레플레프 (귀를 기울인다.) 발걸음 소리가 들려요. (삼촌을 껴안는다.) 그 사람 없이는 못 살아요……. 그 사람 발걸음 소리까지 아름답게 들릴 정도예요. 미칠 듯이 행복해요. (무대로 들어오는 니나 자레치나야를 향해 급히 걸어간다.) 나의 요정, 나의 꿈…….

니나 (들떠서) 안 늦었어요…… 그래요, 안 늦었어요.

트레플레프 (니나 손에 입을 맞추며) 그래요, 그래요, 안 늦었어요……

니나 하루 종일 걱정했어요, 너무 끔찍했어요! 아버지가 절 내보내 주지 않을까 봐 걱정스러웠거든요……. 그런데 아버지가 지금 계모와 함께 외출하셨어요. 하늘은 빨갛지, 달은 벌써 뜨기 시작했지. 그래서 말을 마구 몰았어요, 마구. (웃는다.) 그래도 전 기뻐요. (소린의 손을 힘주어 잡는다.)

소린 (웃는다.) 눈에 눈물이 그렁그렁하네. 하하! 그럼 안 되지!

니나 그래요……. 이거 보세요, 숨 쉬기도 힘들 정도라니까요. 30분 뒤에는 가야 돼요, 서둘러야 해요. 안 돼, 안 돼, 정말 지체하면 안 돼요. 아버지는 제가 여기 있는 걸 모르세요.

트레플레프 정말, 벌써 시작할 시간이 됐네. 사람들을 부르러 가야지.

소린 내가 갔다 오지, 그럼 되잖아. 지금 당장. (오른쪽으로 가면서 노래를 부른다.) "두 명의 척탄병이 프랑스로……." (돌아본다.) 언젠가 내가 노래를 불렀더니 어떤 검사보가 나한테 그러는 거야, "각하, 목소리가 아주 우렁차십니다." 그러고 나서 잠깐 생각을 해 보더니 이렇게 덧붙이더군. "그런데…… 듣기 거북하네요." (껄껄 웃으며 퇴장한다.)

니나 아버지와 계모는 나를 여기 오지 못하게 해요. 이 집 분들이 보헤미안들이라나…… 내가 배우가 될까 봐 걱정하시는 거죠. 하지만 나는 이 호수로 이끌려 와요, 갈매기처럼……. 내 마음은 당신 생각뿐이에요. (주위를 둘러본다.)

트레플레프 우리뿐이에요.

니나 저기 누가 있는 것 같은데…….

트레플레프 아무도 없어요.

입을 맞춘다.

니나 이건 무슨 나무죠?

트레플레프 느릅나무.

니나 왜 저렇게 시커멓지?

트레플레프 벌써 저녁이니까, 사물들이 전부 검게 보이는 거예
요. 일찍 가지 말아요. 제발 부탁이에요.

니나 안 돼요.

트레플레프 그러면 내가 당신에게 갈까요, 니나? 밤새도록 댁의
정원에 서서 당신 창문을 바라보겠어요.

니나 안 돼요, 문지기에게 들킬 거예요. 그리고 트레조르가 아직
당신을 낯설어 하기 때문에 짖어 댈 거예요.

트레플레프 사랑해요.

니나 쉬…….

트레플레프 (발걸음 소리를 듣고) 거기 누구지? 야코프, 당신인가?

야코프 (무대 뒤에서) 네, 맞습니다.

트레플레프 자리에 가 있어요. 시간이 됐어요. 달은 떴나요?

야코프 네, 떴습니다.

트레플레프 알코올은 있나요? 유황은? 붉은 눈이 등장할 때 유황

냄새가 나야 돼요. (니나에게) 저기 다 준비됐으니까 이제 가요. 떨려요……?

니나 네, 많이. 당신 어머니는 괜찮아요, 무섭지 않아요, 그런데 댁에 트리고린 씨가 계시잖아요. 그분 앞에서 연기한다는 게 두렵고 부끄러워요……. 유명한 작가시니까……. 그분 젊어요?

트레플레프 네.

니나 그분 소설들은 정말 멋져요!

트레플레프 (차갑게) 모르겠네요, 읽질 않아서.

니나 당신의 희곡은 연기하기가 힘들어요. 그 안엔 살아 있는 인물이 없어요.

트레플레프 살아 있는 인물이라! 삶을 있는 그대로가 아니라, 마땅히 그래야 하는 것으로서가 아니라, 우리 꿈속에 보이는 그런 모습으로 묘사해야 돼요.

니나 당신의 희곡에는 액션이 거의 없고, 낭독만 있어요. 그리고 내 생각으론 희곡에는 반드시 사랑 이야기가 있어야 할 것 같은데…….

둘은 무대 뒤로 나간다. 폴리나 안드레예브나와 도른이 등장한다.

폴리나 안드레예브나 날씨가 습해지네요. 돌아가서 덧신을 신고 오세요.

도른 난 더운데.

폴리나 안드레예브나 선생님은 자신을 돌보지 않아요. 그건 괜한 고집이에요. 선생님은 의사라서 습한 공기가 해롭다는 걸 잘 아실 텐데도 그러는 걸 보면, 제가 안쓰러워하는 게 좋은가 봐요. 어제는 일부러 저녁 내내 테라스에 앉아 계시고…….

도른   (노래한다.) "청춘을 망쳐 버렸다고 말하지 마."

폴리나 안드레예브나   이리나 니콜라예브나와 이야기하는 게 그렇게나 좋으신가 봐…… 추위도 잊을 만큼. 솔직히 말하세요, 그녀가 맘에 든다고…….

도른   난 쉰다섯이오.

폴리나 안드레예브나   무슨 그런 말씀을, 남자에게 그 나이는 많은 게 아니에요. 선생님은 아직 젊어 보이고 여자들에게 인기가 있는데요, 뭘.

도른   그래서 날 보고 어쩌란 말이오?

폴리나 안드레예브나   그 여배우 앞에선 완전히 납작 엎드릴 태세던데요. 완전히!

도른   (노래한다.) "나는 다시 그대 앞에서……." 사람들 사이에서 여배우가 사랑을 받고, 사람들이 그녀를, 이를테면 장사꾼 대할 때와는 달리 대한다면, 그건 세상이 제대로 굴러가고 있다는 얘기지. 그런 게 바로 이상주의요.

폴리나 안드레예브나   여자들이 항상 당신에게 반해서 목에 매달리곤 했지요. 그것도 이상주의인가요?

도른   (어깨를 움찔하며) 그래서 뭐? 여자들이 나를 잘 대해 준 건 사실이지. 그런데 여자들이 날 좋아했던 이유는 무엇보다도 내가 훌륭한 의사였기 때문이에요. 당신도 기억하겠지만 지금부터 10년, 15년 전에는 전 군(郡)을 통틀어 내가 유일하게 제대로 된 산부인과 의사였잖소. 그리고 난 부끄러워할 만한 행동은 생전 안 하고 살았소.

폴리나 안드레예브나　(도른의 팔을 잡으며) 여보!

도른　조용. 사람들이 와요.

소린의 팔짱을 낀 아르카디나 그리고 트리고린, 샤므라예프, 메드베덴코, 마샤가 등장한다.

샤므라예프　1873년 폴타바의 시장에서 그녀가 눈부신 연기를 보여 줬죠. 열광 그 자체였어요! 대단한 연기였습니다! 그리고 혹시 희극 배우 파벨 세묘니치 차딘이 지금 어디에 있는지 아시는지요? 그 배우가 보여 준 라스플류에프*는 누구도 흉내 낼 수 없는 연기였어요. 맹세컨대 사모님, 사도프스키*보다 나았어요. 차딘은 지금 어디 있죠?

아르카디나　당신은 줄곧 무슨 태곳적 배우들에 대해서 얘길 하네요. 내가 그런 걸 어떻게 알아! (앉는다.)

샤므라예프　(한숨을 쉬고) 파슈카 차딘! 지금은 그런 배우가 없어요. 무대가 타락했습니다, 이리나 니콜라예브나! 예전엔 위풍당당한 떡갈나무들이 있었는데, 지금은 쭉정이들만 보입니다.

도른　요즘에는 빛나는 천재들이 드물지, 그건 사실이야. 하지만 중간급 배우들은 훨씬 더 좋아졌어.

샤므라예프　선생님 말에 동의할 수가 없네요. 하기야 이건 기호의 문제니까요. De gustibus aut bene, aut nihil.*

트레플레프가 무대에서 나간다.

아르카디나　(아들에게) 귀여운 내 아들, 도대체 언제 시작하는 거야?

트레플레프　곧 합니다. 좀 참으세요.

아르카디나　(『햄릿』의 대사 중에서) "내 아들아! 너의 눈이 내 영혼 깊은 곳을 보고 있구나. 내 영혼이 상처 입고 피범벅이 되어 있는 모습이 나에게도 보이니 구원받을 길이 없구나!"

트레플레프　(『햄릿』의 대사 중에서) "어째서 당신은 악덕에 몸을 맡기셨나요, 어째서 그런 죄악의 심연에서 사랑을 찾았나요?"

무대 뒤에서 나팔 소리가 들린다.

여러분, 시작합니다! 경청해 주세요!

사이.

시작하겠습니다. (지팡이로 바닥을 치고 큰 소리로 말한다.)
오 그대, 밤마다 이 호수 위에 깃드는 경애하는 태고의 그림자여, 우리를 잠들게 하라. 그리하여 우리로 하여금 20만 년 뒤의 세계를 꿈꾸게 하라!

소린 20만 년 뒤에는 이 세상에 아무것도 없을 텐데.

트레플레프 바로 그 아무것도 없는 걸 보자는 겁니다.

아르카디나 그러라 그래. 우린 잘 테니까.

막이 열리면서 호수의 풍경이 펼쳐진다. 수평선 위에 걸린 달, 물에 비친 달의 모습. 하얀 옷으로 온몸을 감싼 니나 자레치나야가 커다란 바위 위에 앉아 있다.

니나 사람들, 사자들, 독수리, 뇌조들, 뿔 달린 사슴들, 거위, 거미, 물속에 살던 말 없는 물고기들, 불가사리들 그리고 눈에 보이지 않는 미물들, 한마디로 모든 생명, 모든 생명, 모든 생명들이 슬픈 순환을 마치고 사라져 갔노라⋯⋯. 지구가 자기 위에 단 하나의 생명체도 보듬지 않게 된 지 벌써 수천 세기, 저 가여운 달은 헛되이 자신의 등불을 밝히고 있노라. 초원은 더 이상 두루미의 울음소리로 잠이 깨지 않고, 보리수 수풀에서는 5월의 딱정벌레 울음이 들리지 않도다. 춥다, 춥다, 춥다. 공허하다, 공허하다, 공허하다. 두렵다, 두렵다, 두렵다.

사이.

살아 있는 존재들의 몸은 먼지로 변해 사라지고, 영원한 물질은 이들을 바위로, 물로, 구름으로 만들어 버렸노라. 그리고 그 모든 것들의 영혼은 하나로 합쳤노라. 합일된 우주 혼 ― 그것은 나…… 나…… 내 속에 알렉산드로스의 영혼, 카이사르의 영혼, 셰익스피어의 영혼, 나폴레옹의 영혼, 그리고 가장 열등한 거머리의 영혼도 함께 있노라. 내 속에 인간들의 의식이 동물들의 본능과 합쳐 있으며, 나는 그 모든 것, 모든 것, 모든 것을 기억하노라. 그리하여 그 하나하나의 삶을 나 자신 속에서 또다시 겪도다.

도깨비불들이 보인다.

아르카디나 (조그맣게) 이거 뭔가 좀 데카당하네.

트레플레프 (간청과 비난이 섞인 목소리로) 어머니!

니나 나는 고독하다. 백 년에 한 번 내가 입을 열어 말하노니, 내 목소리가 이 공허 속에서 음울하게 울리노라. 그러나 누구에게도 들리지 않는 목소리…… . 창백한 불빛이여, 그대 또한 내 목소리를 듣지 못하는구나…… . 아침 녘에 썩은 늪이 그대를 토해 내면 그대는 노을이 질 때까지 방황한다. 아무런 생각 없이, 의지도 없이, 생명의 떨림도 없이. 그대 안에서 생명이 태어날지도 모른다는 두려움에, 영원한 물질의 아버지, 악마는, 마치 바위 안에서 그리고 물속에서 그러듯, 매 순간 그대 안에서 원자들을 교체하나니, 그대는 이로 인해 끊임없이 모습을 바꾸는구나. 이 세상에서 오직 하나의 정신만이 변하지 않고 영원히 남도다.

사이.

깊고 텅 빈 우물 속에 던져진 수인처럼, 나는 내가 어디에 있고 무엇이 나를 기다리는지 모르노라. 나에게 감춰지지 않은 오직 하나의 사실은 물질적 힘의 근원인 악마와의 치열하고도 질긴 투쟁 속에서 내가 승리하도록 운명이 결정되었다는 것, 그리고 그 승리 이후에 물질과 정신은 지고의 조화 속으로 합일되고 마침내 범세계적 의지의 왕국이 도래하리라는 것이다. 하지만 그 일이 이루어지는 것은 천천히, 천천히, 천겁 만겁의 세월이 흐른 뒤, 달이, 그리고 찬란한 시리우스가, 그리고 대지가 모두 먼지로 변했을 때…… 그때까지는 단지 공포, 공포…….

사이. 호수를 배경으로 빨간 불빛 두 개가 보인다.

저기 나의 강력한 적, 악마가 다가오는구나. 그놈의 무시무시한 검붉은 눈이 보인다.

아르카디나 유황 냄새가 나네. 이런 게 꼭 필요한가?

트레플레프 네.

아르카디나 (웃는다.) 그래, 무대 효과라…….

트레플레프 어머니!

니나 악마는 인간이 없기에 지루하다.

폴리나 안드레예브나 (도른에게) 모자를 벗으셨네. 쓰세요, 감기 걸리실라.

아르카디나 의사 선생님이 악마, 그러니까 영원한 물질의 아버지 앞에서 모자를 벗고 경의를 표하시네.

트레플레프 (화가 치밀어서, 고함지르며) 연극은 끝났습니다! 됐어요! 막 내려!

아르카디나 너 왜 그렇게 화를 내니?

트레플레프 됐어요! 막 내려요! 막 내리라니까! (발을 구르며) 막 내려!

막이 내린다.

내가 잘못했습니다! 깜박했어요. 희곡을 쓰고 무대에서 연기하는 것은 소수의 선택된 사람들이나 하는 일인데, 그 권리를 침범했네요! 나는, 나는…… . (몇 마디 더 말을 할 것 같다가 팔을 내저으며 왼쪽으로 나간다.)

아르카디나 쟤 왜 저래?

소린 이리나, 젊은 사람 자존심을 그렇게 건드리면 안 돼요.

아르카디나 내가 그 애한테 뭐라고 했기에?

소린 그 애를 모욕했잖아.

아르카디나 자기 스스로 이건 소극이라고 미리 얘기했는데 뭘. 그래서 나도 이 연극을 소극처럼 대한 거예요.

소린 아무리 그래도…… .

아르카디나 이제 보니 이분이 대단한 작품을 쓴 거였군! 말 좀 해 주시죠! 결국 이분이 이 공연을 준비하고 유황 연기로 우리를 질식시킨 이유가 소극을 하려는 게 아니라 뭔가 시위하려는 거였다는 말이지……. 이 아이는 우리에게 글을 어떻게 쓰고 연기를 어떻게 하는지 가르쳐 주고 싶었던 거로구나. 맙소사, 이래서야 따분한 노릇이지. 이렇게 사람을 도발하고 콕콕 찔러 대고 멋대로 굴면 누구라도 지겹지 않겠어! 자기밖에 모르는 변덕쟁이 어린아이 같으니라고.

소린   그 애는 너를 즐겁게 해 주려고 했던 거야.

아르카디나   그래요? 정말 그럴 생각이었다면 어째서 흔한 희곡을 고르지 않고 이런 데카당 같은 헛소리를 우리가 듣게 만들었을까. 소극이었다면 나도 헛소리를 들을 준비가 되어 있겠지만, 이건 새로운 형식, 예술의 새로운 기원을 시위하겠다는 거잖아요. 그런데 내가 보기에 여기엔 새로운 형식은 없고, 그저 고약한 성깔만 담겨 있네요.

트리고린   사람들은 모두 자기가 좋아하고 자기가 쓸 수 있는 것을 쓰죠.

아르카디나   그 애더러 자기가 좋아하고 자기가 쓸 수 있는 것을 쓰라고 하세요, 대신 난 제발 조용히 내버려 두고.

도른   주피터여, 그대가 화나셨구려…….

아르카디나   나는 주피터가 아니에요, 여자잖아요. (담뱃불을 붙인다.) 나는 화가 난 게 아니라, 젊은 사람이 그렇게 한심하게 시간을 낭비하는 게 짜증이 났을 뿐이라고요. 그 아이를 모욕할 생각은 없었어요.

메드베덴코 정신과 물질을 구별할 근거는 누구에게도 없습니다. 왜냐하면 정신 자체가 물질적인 원자들의 총체이니까요. (활기찬 어조로 트리고린에게) 그런데 말입니다, 우리 형제들, 그러니까 교사들이 어떻게 생활하는지 희곡으로 쓴 다음에 그길 무대에서 공연하면 좋을 것 같습니다. 살기가 힘들어요, 정말 힘듭니다!

아르카디나 그거 좋은 일이죠, 그런데 더 이상 희곡이니, 원자니 하는 말은 하지 말죠. 이렇게 아름다운 저녁인데! 여러분, 저 노랫소리 들리세요? (귀를 기울인다.) 얼마나 멋져요!

폴리나 안드레예브나 호수 건너편에서 나네.

사이.

아르카디나 (트리고린에게) 10년이나 15년쯤 전에는 호숫가에 음악과 노랫소리가 거의 매일 밤 끊이지 않고 들렸어요. 여기 이 호숫가를 따라 여섯 채의 지주 저택이 있었거든요. 웃음소리에, 난리 법석에, 총소리들 그리고 꼬리를 무는 로맨스들……. 당시 이 여섯 집안의 로맨틱 히어로이자 우상은 (도른 쪽으로 고개를 까닥이고) 예브게니 세르게이치 선생님이었지요. 지금도 이분은 매력적이지만 그 당시에는 정말 감당이 안 될 정도였답니다. 그나저나 양심이 찔리기 시작하네. 나는 뭣 때문에 우리 가여운 꼬마를 모욕했을까? 마음이 불편해. (큰 소리로) 코스챠! 아들! 코스챠!

마샤 제가 가서 찾아볼게요.

아르카디나 그래 줄래요, 마샤?

마샤 (왼쪽으로 간다.) 아우! 콘스탄틴 가브릴로비치! ……아
우! (나간다.)

니나 (무대로부터 나오며) 연극이 중단된 게 분명하니 전 이제
나가도 되겠지요. 안녕하세요! (아르카디나, 폴리나 안드레예
브나와 입을 맞춘다.)

소린 브라보! 브라보!

아르카디나 브라보! 브라보! 우린 홀딱 빠져 버렸답니다. 그런 미
모에 그런 멋진 목소리를 가지고 이 시골에 박혀 있는 건 죄악
이에요. 당신은 분명히 재능이 있어요. 아시겠어요? 당신은 반
드시 무대에 서야 됩니다!

니나 와, 그건 제 꿈이에요! (한숨을 쉬고) 하지만 결코 이루어
지지 않을 꿈이죠.

아르카디나 누가 알겠어요? 자, 당신께 소개드립니다. 트리고린,
보리스 알렉세예비치.

니나 어머, 너무 기뻐요. (어쩔 줄 몰라 하며) 전 항상 선생님 작
품을 읽어요…….

아르카디나 (니나를 옆에 앉히며) 자, 당황하지 말아요. 이분은
유명 인사지만 소탈한 마음을 가졌답니다! 보세요, 오히려 이
분이 당황했잖아요.

도른 이젠 막을 올려도 될 것 같은데, 보기가 흉측하네.

샤므라예프 (큰 소리로) 야코프, 여보게, 막을 올려!

막이 오른다.

니나 (트리고린에게) 어떠세요, 이상한 희곡이죠?

트리고린 저는 하나도 이해 못했어요. 어쨌든 재미있게 봤습니다. 당신은 정말 열정적으로 연기했어요. 무대 장치도 멋있었습니다.

사이.

틀림없이 이 호수에는 물고기가 많을 것 같아요.

니나 네.

트리고린 저는 낚시를 좋아합니다. 저에겐 저녁 무렵 물가에 앉아서 낚시찌를 들여다보는 것보다 더 큰 즐거움이 없습니다.

니나 하지만 전 창작의 쾌락을 맛본 사람에게는 다른 쾌락은 더 이상 존재하지 않을 거라고 생각했는데…….

아르카디나 (웃으며) 그런 말 하지 말아요. 이 사람에게 칭찬하는 말을 하면 움츠러들어요.

샤므라예프 기억납니다. 모스크바의 오페라 극장에서 어느 날 그 유명한 실바가 '도'보다 낮은 음을 냈어요. 그런데 하필이면 그때 객석에 우리 교회 성가대 단원이 앉아 있었더란 말입니다. 우리가 얼마나 놀랐는지 상상이 안 갈 겁니다. 갑자기 객석에서 이런 소리가 들리는 거예요. "브라보 실바!" 완전히 한 옥타브 낮은 소리로…… 바로 이렇게, (낮은 베이스로) 브라보, 실바……. 극장이 조용해졌죠.

사이.

도른 조용한 천사가 날아갔군.*

니나 전 갈 시간이 됐어요. 안녕히 계세요.

아르카디나 어딜? 어딜 그렇게 서둘러 가나요? 우리가 놓아주지
않을 거예요.

니나 아빠가 기다려요.

아르카디나 그분은 정말이지……. (작별 입맞춤을 한다.) 뭐, 어
쩌겠어요. 아쉽다, 이렇게 당신을 보내니 아쉽네요.

니나 제가 이 자릴 떠나는 게 얼마나 싫은지 모르실 거예요!

아르카디나 누가 바래다 드려야 할 텐데, 우리 꼬마 아가씨.

니나 (놀라서) 오, 아니에요, 아니에요!

소린 (애원하며) 좀 더 있다 가요!

니나 안 돼요, 표트르 니콜라예비치.

소린 딱 한 시간만이라도 있다 가요. 괜찮잖아요, 정말……

니나 (잠시 생각해 보더니, 눈물을 글썽이며) 안 돼요! (악수를
하고 급히 나간다.)

아르카디나 저 아가씨 참 안됐어. 사람들 얘기로는, 돌아가신 그
녀의 어머니가 남편에게 엄청난 재산을 몽땅 유산으로 남겼는
데, 지금 그녀는 가진 게 아무것도 없대요. 그 아버지가 진작에
자기의 전 재산을 두 번째 부인에게 유산으로 넘겨줬거든. 괘씸

하잖아.

도른　맞아. 그 아버지가 아주 악랄한 짐승 같은 놈이지. 그런 놈에겐 본때를 보여 줘야 하는데.

소린　(곱아든 손을 문지르며) 갑시다, 여러분. 금세 공기가 축축해질 거요. 난 다리가 아파 오네.

아르카디나　오빠 다리는 나무로 만들어졌나 봐요, 거의 움직이질 않잖아. 그럼, 가요, 불쌍한 영감님. (소린을 부축한다.)

샤므라예프　(아내에게 팔을 내주며) 부인, 갈까요?

소린　개 짖는 소리가 또 들리네. (샤므라예프에게) 부탁 좀 합시다, 일리야 아파나시예비치, 개를 좀 풀어 줘요.

샤므라예프　안 됩니다, 표트르 니콜라예비치, 창고에 도둑이 들면 어쩌라고요. 거기 제 수수가 있어요. (메드베덴코 옆에서 함께 걸어가며) 그래, 완전히 한 옥타브 아래였어요. "브라보, 실바!" 진짜 가수도 아니고 기껏해야 성가대 단원이었는데.

메드베덴코　성가대원은 월급을 얼마나 받지요?

도른을 제외하고 모두 나간다.

도른　(혼자서) 모르겠어. 내가 아무것도 이해하지 못했거나 아니면 정신이 나간 건지도 모르겠지만, 이 연극은 내 마음에 들었거든. 거기엔 뭔가 있어. 그 아가씨가 고독에 관해 얘기하고, 그러고 나서 빨간 눈들이 보였을 때 나는 흥분한 나머지 손이 떨렸어. 신선하고 대담해……. 저기 그가 오는 것 같군. 이 친구에게 뭔가 더 즐거운 이야기를 해 주고 싶어.

트레플레프 (들어온다.) 벌써 아무도 없네요.

도른 내가 있네.

트레플레프 마샤가 정원을 온통 휘젓고 다니면서 저를 찾고 있어요. 참아 주기 힘든 여자예요.

도른 콘스탄틴 가브릴로비치, 나는 당신 연극이 대단히 마음에 들었어요. 뭔가 묘한 연극이었어. 끝은 보지 못했지만 그래도 강한 인상을 남겼어요. 당신은 재능 있는 사람이에요, 계속 글을 써야 돼요.

트레플레프가 도른의 손을 힘껏 잡고 와락 껴안는다.

후, 예민하기는. 눈물이 글썽거리네. 내가 지금 하고 싶은 얘기가 뭔지 알아요? 당신은 추상적인 이상의 세계에서 주제를 가져왔어요. 마땅히 그래야 돼요. 왜냐하면 예술 작품은 반드시 어떤 커다란 사상을 표현해야 되니까. 진지한 것만이 아름다운 것입니다. 근데 왜 이렇게 창백해!

트레플레프 그래서 계속 쓰라는 말씀이세요?

도른 그래요……. 다만, 중요하고 영원한 것에 대해서만 쓰세요. 당신도 알겠지만 나는 나름대로 다채롭고 멋진 인생을 살았고 거기에 만족해요. 하지만 내가 만약 예술가들이 창조의 순간에 느끼는 바로 그런 영혼의 고양을 경험할 수 있다면, 나 자신의 물질적인 껍데기며 그 껍데기를 이루고 있는 모든 것들을 하찮게 여기면서 이 지상을 떠나 저 높은 곳으로 멀리 날아다닐 수 있을 것 같습니다.

트레플레프 죄송한데요, 자레치나야는 어디 있나요?

도른 그리고 또 하고 싶은 얘기는 이거예요. 작품 속에는 명징하고 분명한 사상이 있어야 된다는 것. 당신은 자기가 무엇을 위해 쓰는지 알아야 해요. 그러지 않고 이 그림처럼 아름다운 길 위에서 분명한 목적도 없이 걷다가는 길을 잃고, 자신의 재능도 잃고, 스스로를 망치게 될 겁니다.

트레플레프 (조바심을 내며) 자레치나야는 어디 있죠?

도른 집에 갔어요.

트레플레프 (낙담해서) 난 어떻게 하지? 그녀를 보고 싶은데……. 전 그녀를 꼭 봐야 돼요……. 저는 가겠습니다.

마샤가 들어온다.

도른 (트레플레프에게) 마음을 가라앉혀요, 친구.

트레플레프 그래도 어쨌든 갈 겁니다. 가야 돼요.

마샤 가세요, 콘스탄틴 가브릴로비치, 집으로. 어머니가 당신을 기다려요. 걱정하고 계세요.

트레플레프 어머니에게 내가 떠나 버렸다고 말해 주세요. 여러분 모두에게 부탁인데, 제발 절 조용히 내버려 두세요! 내버려 둬요! 내 뒤 좀 쫓아다니지 말아요.

도른 저런, 저런, 저런…… 그러면 안 돼요……. 그럼 곤란하지.

트레플레프 (눈물을 글썽이며) 용서하세요. 의사 선생님. 고마워
요……. (나간다.)

도른 (한숨을 쉬면서) 젊군, 젊어!

마샤 더 이상 할 말이 없으면 꼭 그렇게 말들 하지요. 젊군, 젊
어……. (코담배 냄새를 맡는다.)

도른 (마샤에게서 담배 상자를 빼앗아 수풀 속으로 던져 버린
다.) 이건 역겨운 거야!

사이.

집 안에서 연주를 하나 보군. 가야겠어.

마샤 잠깐만요.

도른 왜?

마샤 선생님께 한 번 더 이야기하고 싶어요. 말이 하고 싶어요.
(흥분하며) 저는 아버지를 사랑하지 않아요……. 그런데 선생
님이라면 마음이 놓여요. 어쩐 일인지 선생님이 제 가족 같다는
절절한 느낌이 있어요. 절 도와주세요. 안 도와주시면 제가 바
보 같은 짓을 할지도 몰라요. 제 삶을 조소하며 망쳐 버릴 것 같
아요……. 더 이상 못 견디겠어요.

도른 뭐라고? 내가 어떻게 도와주지?

마샤 전 괴로워요. 하지만 아무도, 아무도 제 괴로움을 몰라요!
(도른의 가슴에 얼굴을 기대고, 조용히) 저는 콘스탄틴을 사랑
해요.

도른 다들 왜 이렇게 예민하지! 왜들 이렇게 예민한 거야! 웬 사랑이 이렇게 많아……. 오, 마법의 호수여! (부드럽게) 하지만 아가야, 내가 무얼 할 수 있겠니? 무엇을? 무엇을?

막.

제2막

크로켓 경기장. 무대 깊숙이 오른쪽에는 넓은 테라스가 딸린 집이 있고, 왼쪽으로는 햇빛에 반사되어 반짝이는 호수가 보인다. 화단. 한낮. 무덥다. 경기장 옆 오래된 보리수 그늘 아래에서 아르카디나, 도른, 마샤가 벤치 위에 앉아 있다. 도른의 무릎 위에는 책이 펼쳐져 있다.

아르카디나 (마샤에게) 여기 서 봐요. (두 사람 일어난다.) 나란히 서 봐요. 당신은 스물두 살이고, 내 나이는 거의 그 두 배지요. 예브게니 세르게이치, 우리 둘 중에 누가 더 젊어 보여요?

도른 그야 물론 당신이지요.

아르카디나 거봐요……. 그런데 왜 그럴까요? 나는 일을 하고, 느끼고, 항상 분주한데, 당신은 늘 한 자리에 앉아만 있잖아요. 그건 사는 게 아니에요. 그리고 나에겐 원칙이 있어요, 미래를 곁눈질하지 말 것. 나는 절대로 노년이나 죽음에 대해 생각하지 않아요. 닥칠 일은 어차피 닥치는 거니까.

마샤　하지만 저는 마치 제가 아주 오래전에 태어난 듯한 느낌이 들어요. 한없이 긴 치맛자락을 끌듯이 제 삶을 질질 끌고 간다는 느낌……. 살고 싶은 마음이 들지 않을 때도 자주 있어요. (앉는다.) 물론 다 헛소리죠. 이런 걸 다 떨쳐 버리고 기운을 차려야지.

도른　(조용히 노래를 부른다.) "그녀에게 말해 주오, 나의 꽃들이여……."

아르카디나　그리고 또 나는 영국 여자처럼 절도를 지켜요. 보세요, 나는 이를테면 몸의 현을 팽팽하게 조이고 항상 격식에 맞게 옷을 입고 머리를 빗지요. 내가 집을 나설 때면, 하다못해 앞마당에 나가더라도 블라우스 차림이나 빗지 않은 머리 그대로였던 적이 있나요? 절대로 없지요. 그렇기 때문에 군살이 붙을 틈을 주지 않고 이런 몸을 유지하는 거예요. 다른 여자들처럼 퍼지지 않도록 자신을 추슬렀으니까……. (허리를 젖히고 잔디 위를 걸어 다닌다.) 보세요, 이렇게 병아리처럼 사뿐사뿐. 열다섯 살 소녀 역할도 문제없어요.

도른　아무렴요. 어쨌든 저는 계속 읽겠습니다. (책을 집어 든다.) 우리가 곡물상과 쥐가 나오는 대목에서 멈췄지요?

아르카디나　네, 쥐였어요. 읽으세요. (앉는다.) 아니, 그러지 말고 주세요, 제가 읽겠어요. 제 차례예요. (책을 들고 눈으로 읽을 부분을 찾는다.) 그리고 쥐들…… 여기구나. (읽는다.) "그리고 물론 사교계 인사들이 소설가의 응석을 받아 주면서 이들을 자기 집으로 불러들이는 것 또한 위험한데, 그것은 마치 곡물상이 자신의 곳간에 쥐를 키우는 것과 같기 때문이다. 하지만 그럼에도 불구하고 사람들은 소설가를 좋아한다. 그래서 여성이 자기가 사로잡고 싶은 작가를 정하면, 그녀는 그 작가에게 칭찬과 친절과 애교의 공세를 퍼붓는다." 뭐, 프랑스 여자들은 그럴지 모르지만 우리는 전혀 다르지. 우린 계획 같은 게 없거든. 우리나라에선 대개 여자들이 작가를 사로잡기 전에 본인이 먼저 홀딱 반해 버려서 애원부터 하게 되니까. 멀리 갈 것도 없어요, 나와 트리고린 사이를 봐도……

소린이 지팡이를 짚고 들어오고, 그 옆을 니나가 따른다. 메드베덴코가 빈 팔걸이의자를 끌고 그들 뒤를 따라온다.

소린　(아이를 달래는 듯한 어조로) 그렇잖아? 신나지? 오늘은 드디어 좀 즐겁겠지? (누이에게) 신나는 일이 생겼어! 니나의 아버지와 계모가 트베리로 떠났대요. 그러니 우린 이제 내리 3일 동안 자유를 얻었어.

니나　(아르카디나 옆에 앉아 그녀를 껴안으며) 전 행복해요! 이제 전 여러분 것이랍니다.

소린　(팔걸이의자에 앉는다.) 니나가 오늘은 더 아름답네.

아르카디나　옷차림도 멋지고 독특하네. 아주 잘했어요. (니나에게 입을 맞춘다.) 그래도 너무 칭찬하면 안 돼, 부정 타니까. 보리스 알렉세예비치는 어디 있지?

니나　호숫가에서 낚시를 하고 계세요.

아르카디나　정말 질리지도 않나 봐! (낭독을 계속하려고 한다.)

니나　그건 무슨 책이에요?

아르카디나　모파상의 『물 위에서』예요. (혼자 입속으로 몇 줄을 읽는다.) 이 뒤로는 재미도 없고 사실 같지도 않아. (책을 덮는다.) 왜 이렇게 마음이 안정이 안 될까. 그런데 우리 콘스탄틴에게 무슨 일이라도 있나요? 왜 그렇게 따분하고 시무룩한 얼굴로 있지? 그 애는 하루 종일 호수에서만 지내고 있으니 통 얼굴을 볼 수가 없네요.

마샤　그 사람은 지금 마음이 편치 않아요. (수줍어하며 니나에게) 부탁인데, 그 사람 희곡을 낭독해 주세요!

니나　(어깨를 움찔하며) 듣고 싶으세요? 그 희곡은 너무 재미없어요!

마샤　(감동을 억누르며) 그 사람이 뭔가를 읽을 때면 눈이 빛나고 얼굴은 창백해져요. 그 사람 목소리는 멋지고도 슬퍼요. 그 몸짓은 마치 시인 같아요.

소린이 코 고는 소리가 들린다.

도른　편안한 밤 되세요!

아르카디나　페트루샤!

소린　어?

아르카디나　주무시는 거예요?

소린 천만에.

사이.

아르카디나 오빠는 전혀 치료를 받지 않는데, 그건 나빠요.

소린 나야 치료를 받으면 좋지만, 당최 이 의사가 하려고 들질 않
으니.

도른 환갑 나이에 치료는 무슨!

소린 환갑이 돼도 살고는 싶거든.

도른 (짜증스럽게) 아이고! 그럼 쥐오줌풀 달인 물이라도 마시
구려.

아르카디나 내가 보기에 오빠는 어디 온천이라도 가시는 게 좋을
것 같아요.

도른 뭐라고요? 가는 것도 좋겠지. 안 가도 그만이고.

아르카디나 이해가 안 가네.

도른 이해고 자시고도 없어요. 뻔한 일인데.

사이.

메드베덴코 표트르 니콜라예비치는 담배를 끊으셔야 되는데.

소린 쓸데없는 소리.

도른 아니, 쓸데없는 소리가 아니에요. 술과 담배는 개성을 없애
버립니다. 시가 한 대를 피우거나 보드카 한 잔을 마시고 나면,

당신은 이미 표트르 니콜라예비치가 아니라 표트르 니콜라예비치 더하기 누군가가 되는 겁니다. 당신 안에서 당신이라는 자아는 흐리멍덩해지고, 당신은 자기 자신을 3인칭의 '그'로 대하게 되는 겁니다.

소린 (웃는다.) 당신은 이론을 설파하는 걸 좋아하시지. 당신은 자기 멋에 겨워 세상을 살아왔겠지만, 난 뭡니까? 28년간 법무부에 근무했건만, 제대로 살아 보질 못했어요. 도대체 무엇 하나 제대로 경험한 것이 없단 말입니다. 그러니 더 살고 싶은 마음이 이렇게 굴뚝같은 것도 이해해 주셔야지. 당신은 겪을 걸 다 겪었으니 이제 심드렁해져서 걸핏하면 철학을 들먹이지만, 나는 삶을 원하기 때문에 식사 때 셰리주를 마시기도 하고, 시가를 태우기도 하는 겁니다. 그래 봐야, 그게 다예요. 그게 다라고요.

도른 인생을 진지하게 대하셔야죠. 예순 살이나 돼서 치료를 받겠다질 않나, 젊은 시절에 제대로 즐기지 못했다고 한탄하질 않나, 미안한 말씀이지만, 그건 경박한 태도예요.

마샤 (일어선다.) 식사 시간이 된 것 같네요. (맥 빠진 걸음걸이로 느릿느릿 걸어간다.) 다리가 저려……. (나간다.)

도른 저렇게 가서, 식사 전에 보드카 두 잔을 드시겠다는 거지.

소린 저 아인 불쌍하게도 사는 낙이 없으니.

도른 시시한 소리올시다, 나리.

소린 당신은 꼭 세상 다 산 사람처럼 말을 해요.

아르카디나 아, 정겨운 전원생활이니 뭐니 하지만, 세상에 이처럼 따분한 생활도 없을 거야! 무덥지, 적막하지, 사람들은 전부 할 일 없이 철학 같은 소리나 늘어놓고 있지……. 나의 벗들이여, 여러분과 함께 있는 것도 좋고, 여러분 이야기를 듣는 것도 즐겁지만, 그래도…… 역시 호텔 방에 들어앉아 대사 연습을 하는 것이 최고랍니다!

니나 (열광적으로) 그럼요! 저는 당신 마음을 이해해요.

소린 물론 도시가 더 낫지. 서재에 혼자 앉아 있으면, 하인이 용무 없는 사람들을 들여보내지 않아. 거기엔 전화도 있고…… 거리에는 마차들이 돌아다니고, 모든 게…….

도른 (노래한다.) "그녀에게 말해 주오, 나의 꽃들이여……."

샤므라예프가 등장하고. 그 뒤를 폴리나 안드레예브나가 따라 들어온다.

샤므라예프 여기 다 계셨군요. 안녕들 하세요! (아르카디나의 손에, 그리고 니나의 손에 입을 맞춘다.) 모두 건강해 보이시는 걸 보니 기쁘기 한량없습니다. (아르카디나에게) 집사람에게 들었습니다만, 부인께서 오늘 제 집사람과 함께 시내에 가실 계획이라는던데, 그게 사실입니까?

아르카디나 네, 그럴 계획이에요.

샤므라예프 음…… 멋진 계획입니다만, 존경하는 부인, 뭘 타고 가시려는지요? 오늘 호밀을 운반하느라 우리 일꾼들 모두가 바쁘거든요. 어떤 말을 타고 가실 건지 제가 여쭤 봐도 되겠습니까?

아르카디나 어떤 말이라뇨? 내가 그걸 어떻게 알아요, 어떤 말인지!

소린 외출용 말이 있잖아.

샤므라예프 (흥분하며) 외출용이라고요? 하지만 멍에는 어디서 구해 오지요? 제가 어디서 멍에를 구해 옵니까? 놀랍습니다! 이해가 되질 않네요! 존경하는 부인! 저는 부인의 재능을 숭배하며 부인을 위해 제 인생의 10년을 바칠 각오가 되어 있지만 말만큼은 절대로 내드릴 수 없습니다!

아르카디나 그래도 내가 꼭 가야 되겠다면요? 원, 별일을 다 보겠네!

샤므라예프 존경하는 부인! 부인께선 농장 경영을 모르십니다!

아르카디나 (벌컥 화를 내며) 또 시작이로군! 자꾸 이러면 오늘 당장 모스크바로 가겠어요. 당장 마을에서 말을 구해서 대령하라고 하세요. 안 그랬다간 걸어서라도 기차역으로 갈 테니까!

샤므라예프 (벌컥 화를 내며) 그러시다면 저는 일을 그만두겠습니다! 다른 관리인을 찾아보세요! (나간다.)

아르카디나 매년 여름 이런 식이야, 매년 여름 이런 식으로 날 모욕해! 내가 이곳에 다시는 발길을 들여놓나 봐라!

호숫가 수영장이 있는 왼쪽으로 나간다. 몇 분 뒤 그녀가 집 안으로 들어가는 모습이 보인다. 트리고린이 낚싯대와 물통을 들고 그녀 뒤를 따라간다.

소린   (벌컥 화를 내며) 이런 괘씸한! 이게 도대체 뭐 하자는 짓이야! 정말 지긋지긋해. 지금 당장 말들을 전부 여기로 내오라고 해!

니나   (폴리나 안드레예브나에게) 이리나 니콜라예브나를 거스르다니, 이렇게 유명한 배우를! 그분이 원하는 일이라면 설령 그게 변덕에서 나온 것일지라도 당신네 알량한 농장 경영보다 중요하다는 걸 모르시나요? 정말 있을 수 없는 일이에요!

폴리나 안드레예브나   (풀이 죽어서) 제가 뭘 어쩌겠어요? 제 입장을 이해해 주세요. 제가 뭘 어쩌겠어요?

소린   (니나에게) 누이에게 가 봅시다. 우리 같이 가서 누이가 떠나지 말도록 애원해 봅시다. 그래야겠지요? (샤므라예프가 나간 쪽을 보며) 견디기 힘든 인간이야! 폭군이 따로 없어!

니나   (소린이 일어나려는 걸 말리며) 앉으세요, 앉으세요⋯⋯. 저희가 모셔다 드릴 테니⋯⋯.

니나와 메드베덴코가 휠체어를 민다.

   아, 정말 끔찍한 일이에요!

소린   그러게 말이야, 끔찍하군. 하지만 그 사람은 떠나지 않을 거야. 지금 가서 그 사람과 이야기를 해야겠군.

사람들이 나간다. 무대에는 도른과 폴리나 안드레예브나만 남는다.

도른 따분한 사람들이야. 정말이지 당신 남편은 목덜미를 붙잡고 여기서 쫓아내야 마땅한 인간인데, 결국엔 이 모든 소동이 저 늙은 여편네 같은 표트르 니콜라예비치와 그 누이가 그 인간에게 용서를 구하는 걸로 결말이 닐 거란 말이지. 두고 보라고!

폴리나 안드레예브나 남편은 외출용 말까지 들판으로 내몰았어요. 매일처럼 이런 말썽이 벌어진다니까요. 이런 일들 때문에 제가 얼마나 걱정되는지 당신은 모르실 거예요! 난 병이 난 것 같아. 보세요, 이렇게 떨고 있잖아요. 그 사람의 거친 성격을 견디기가 힘들어요. (애원하며) 예브게니, 내 소중한 사람, 날 좀 데려가 주세요. 우리의 시간은 금방 흘러가 버려요, 우린 이미 젊지 않다고요. 인생의 끝자락에서만이라도 우리 서로 숨기거나 거짓말하지 말아요……

사이.

도른 난 쉰다섯이에요. 인생을 바꾸기엔 이미 늦었어요.

폴리나 안드레예브나 당신이 거절하리라는 걸 나도 알아요. 당신 주변에는 저 말고도 여자들이 많으니까. 그 여자들을 전부 받아줄 순 없는 노릇이죠. 이해해요. 용서하세요, 제가 당신을 귀찮게 했네요.

집 근처에서 니나의 모습이 보인다. 그녀는 꽃을 꺾고 있다.

도른   아니, 괜찮아요.

폴리나 안드레예브나   질투심 때문에 전 마음이 아파요. 그래요, 당신은 의사 선생님이시니 여자들을 멀리할 도리가 없지요. 이해해요…….

도른   (옆으로 다가오는 니나에게) 저기는 어떻습니까?

니나   이리나 니콜라예브나는 울고 있고, 표트르 니콜라예비치는 기침이 도졌어요.

도른   (일어선다.) 가서 두 사람에게 쥐오줌풀 물약이라도 줘야겠군.

니나   (도른에게 꽃을 준다.) 자요!

도른   메르시 비앙(Merci bien).* (집 쪽으로 간다.)

폴리나 안드레예브나   (도른과 함께 걸으면서) 꽃이 너무 예뻐요! (집 근처에 다다르자 조그마한 소리로) 그 꽃 주세요! 제게 주세요! (꽃을 받아 들더니 꺾어서 옆에 내던진다.)

두 사람, 집으로 들어간다.

니나   (혼잣말로) 저렇게 유명한 여배우가 울다니 ─ 그것도 저런 하잘것없는 일을 가지고 울다니, 정말 이상한 일이야! 게다가 작가 선생님도 이상해. 대중들의 사랑을 받는 유명한 작가인데, 온갖 신문에 이분 기사가 실리고, 초상화가 팔리고, 작품이 여러 나라 말로 번역될 만큼 훌륭한 분인데, 하루 종일 낚시질만 하면서 잉어 두 마리 잡은 일에 그토록 기뻐하다니. 나는 유명 인사들은 오만하고 범접할 수 없는 사람들일 거라고 생각했어. 그들은 가문과 부를 무엇보다도 중시하는 군중에게 자신의 영광과 명성으로 복수하면서, 군중을 경멸할 거라고 생각했어. 그런데 이런 사람들이 저렇게 울고, 낚시질을 하고, 카드놀이를 하면서 웃기도 하고 화를 내기도 하잖아. 마치 보통 사람들처럼……

트레플레프 (모자를 쓰지 않은 채, 죽은 갈매기와 엽총을 손에 들고 나타난다.) 여기 혼자 있어요?

니나 혼자예요.

트레플레프가 그녀의 발 옆에 갈매기를 놓는다.

이건 무슨 뜻이죠?

트레플레프 난 오늘 야비한 짓을 했어요. 갈매기를 죽였습니다. 이걸 당신 발밑에 놓겠어요.

니나 왜 그러세요? (갈매기를 집어 들고 바라본다.)

트레플레프 (잠시 말이 없다가) 머지않아, 바로 이런 식으로 나자신을 쏠 겁니다.

니나 내가 아는 당신이 아니에요.

트레플레프 그래요, 내가 당신을 못 알아보게 된 이후로 당신도 그렇게 되었군요. 나를 대하는 당신의 태도는 변했습니다. 당신의 눈초리는 차갑고, 내가 있으면 당신은 불편해지요.

니나 요즘 들어 당신은 신경질적으로 변했어요. 도무지 알 수 없는 상징적인 말만 하세요. 이 갈매기도 무슨 상징인 것 같은데, 죄송하지만 난 무슨 뜻인지 이해할 수 없어요……. (갈매기를 벤치 위에 놓는다.) 난 너무 단순해서 당신을 이해하지 못하나 봐요.

트레플레프 이건 내 연극이 형편없이 실패한 그날 저녁부터 시작된 일입니다. 여자들은 실패를 용서하지 않지요. 다 태워 버렸어요, 한 장도 남기지 않고 전부 다요. 내가 얼마나 불행한지 당신은 모를 거예요! 당신의 냉담함은 너무나 무섭고 뜻밖의 일이어서 난 마치 잠을 깨고 보니 이 호수가 갑자기 다 말라 버렸거나 땅속으로 사라져 버린 광경을 보는 듯한 기분이었습니다. 방금 당신은 너무 단순해서 날 이해하지 못한다고 했지요. 오, 여기 이해하고 말고가 뭐 있나요! 희곡이 마음에 들지 않았던 거겠죠. 당신은 나의 영감을 경멸하면서, 이제는 나를 진부하고 보잘것없는 존재로 여기게 된 겁니다, 이 세상에 널려 있는 그런……. (발을 구르며) 난 그걸 너무 잘 알아요, 너무도! 내 머릿속에 못이 박힌 것 같습니다. 저주받을 못, 마치 뱀처럼 내 피를 빨아 먹고 있는 이 저주받을 자존심……. (책을 읽으며 걸어가는 트리고린을 보고) 저기 진정한 천재가 오시는구나. 마치 햄릿처럼 책까지 읽으며 걸어가시네. (야유조로) "말, 말, 말……." 태양이 아직 당신 곁에 오지도 않았는데, 당신의 입술은 벌써 미소를 머금고, 당신의 시선은 그 햇살 속으로 녹아드는군요. 당신들을 방해하지 않겠습니다. (급히 나간다.)

트리고린 (수첩에 적으며) 코담배 냄새를 맡고 보드카를 마신다……. 언제나 검은 옷을 입는다……. 그런 그녀를 어떤 교사가 사랑한다…….

니나 안녕하세요, 보리스 알렉세예비치!

트리고린 안녕하십니까? 뜻하지 않게 이런지런 사정이 생겨서 우린 오늘 떠날 것 같습니다. 우리가 언제 또 만나게 될지 모르겠네요. 아쉬워요. 나는 젊은 아가씨들을 만날 기회가 별로 없거든요. 젊고 매력적인 아가씨들 말입니다. 열여덟이나 열아홉 살 아가씨들이 어떤 느낌으로 살아가는지는 진작 잊어버렸고 이젠 상상하기도 힘들어졌어요. 그래서 내 소설 속에 나오는 젊은 아가씨들은 한결같이 부자연스럽지요. 한 시간이라도 좋으니 당신의 처지에서 당신이 무슨 생각을 하는지, 그리고 당신이라는 사람이 과연 어떤 존재인지 알고 싶어요.

니나 하지만 전 선생님의 처지가 되어 보고 싶은걸요.

트리고린 왜요?

니나 유명하고 재능 있는 작가가 자기 자신을 어떻게 느끼고 있는지 알고 싶어서죠. 유명하다는 건 어떤 기분일까요? 선생님은 자신이 유명하다는 사실을 어떻게 느끼시나요?

트리고린 어떻게 느끼느냐고요? 아무 느낌도 없는 것 같은데요. 그런 건 한 번도 생각해 본 적이 없어요. (잠시 생각하고 나서) 아마 두 가지 중 하나겠지요 ─ 당신이 내 명성을 과장하고 있거나, 아니면 명성이란 게 원래 나 자신이 느낄 수 없는 것이거나.

니나 그렇다면 신문에서 자신에 대한 기사를 읽으실 때는 어떠세요?

트리고린　칭찬을 받으면 기분이 좋고, 욕을 먹으면 한 이틀 기분 나쁜 상태가 되지요.

니나　멋진 세계야! 제가 얼마나 선생님을 부러워하는지 모르실 거예요! 인간의 운명은 제각각이에요. 누구의 눈에도 띄지 않는 따분한 인생을 살아가는, 모두가 비슷비슷하게 닮은 그런 불행한 사람들이 있는가 하면, 다른 한편에는 선생님처럼 — 백만 명에 한 사람 꼴이긴 하지만 — 흥미진진하고, 빛이 나고, 의미로 가득 찬 인생을 살도록 운명 지어진 사람들도 있으니까요. 선생님은 행복하세요…….

트리고린　내가? (어깨를 으쓱하고) 흠…… 당신은 명성이니, 행복이니, 빛나고 흥미진진한 인생이니 말씀하시는데, 나에게 그런 미사여구들은 실례지만, 여태까지 한 번도 먹어 보지 못한 마멀레이드 맛과 다를 게 없어요. 당신은 무척 젊고 무척 착하십니다.

니나　선생님의 삶은 정말 멋져요!

트리고린　도대체 내 삶의 어디가 그렇게 좋다는 겁니까? (시계를 본다.) 나는 이제 가서 글을 써야 합니다. 실례지만 시간이 없어서……. (웃는다.) 당신은, 뭐랄까, 나의 아픈 곳을 건드린 셈입니다. 그래서 내 마음이 흔들리고, 살짝 화가 나기도 한 거예요. 어쨌든 우리 얘기해 봅시다, 나의 멋지고 빛나는 인생에 대해서……. 자, 어디서부터 시작하면 좋을까? (잠시 생각하고) 강박 관념이라는 게 있지요. 이를테면 어떤 사람이 낮이나 밤이나 오로지, 달에 대해서만 생각한다고 칩시다. 나에게도 그런 달

같은 것이 있답니다. 떨칠 수 없는 어떤 생각 하나가 낮이나 밤이나 나를 사로잡고 있어요. 써야 된다, 써야 된다, 써야 된다……. 중편 소설 하나를 끝내기 무섭게 벌써 다른 걸 써야 돼요. 그러고 나면 세 번째, 세 번째 다음엔 또 네 번째……. 끊임없이 쓰는 겁니다, 마치 계속해서 말을 갈아타듯이. 달리 방법이 없어요. 거기에 도대체 무슨 멋지고 빛나는 게 있나요? 뭐 이런 형편없는 인생이 다 있난 말입니다! 난 이렇게 당신과 함께 있으면서 마음이 들떠 있지만, 그 와중에도 끝내지 못한 소설이 날 기다리고 있다는 걸 매 순간 떠올립니다. 저기 피아노를 닮은 구름이 보이네요. 그러면 난 생각합니다, 피아노를 닮은 구름이 떠 있었다, 이걸 기억해 두었다가 소설 어딘가에서 써먹어야 될 텐데. 헬리오트로프 향기가 나네요. 바로 기억해야 돼. 들큼한 향기, 과부의 꽃, 여름날 저녁을 묘사할 때 잊지 말고 써먹어야지. 당신이나 내가 말하는 한 구절, 한 구절, 한마디, 한마디를 낚아채고, 이 모든 구절과 단어들을 나의 문학 창고 안에 서둘러 가둬 놓는 겁니다. 언젠가 써먹을 일이 있을 테니까! 일을 끝내면 극장으로 달려가거나 낚시를 하러 갑니다. 거기서는 숨을 좀 돌리고 일에 대해 잊어버렸으면 하지요. 그러나 웬걸, 머릿속에선 벌써 육중한 무쇠 포탄이 굴러다니고 있어요. 새로운 주제 말입니다. 그게 벌써 나를 책상으로 끌어당기고, 그러면 또다시 허겁지겁 쓰고 또 쓰는 겁니다. 항상 그런 식이니 자기 자신으로부터 벗어나서 쉴 틈도 없고, 난 마치 자신의 삶을 먹어 치우는 기분이 들어요. 바깥에 있는 남들에게 내줄 꿀을

얻기 위해서, 나는 내가 가진 가장 훌륭한 꽃을 꺾고 꽃가루만 거둬들인 다음, 그 꽃을 뿌리까지 짓밟아 버리는 겁니다. 내가 미친놈인가요? 나의 친구나 지인들은 과연 나를 멀쩡한 사람으로 대하고 있는 걸까요? "뭘 쓰고 계시나요? 우리에게 어떤 작품을 선사하시려는지요?" 하나같이 똑같은 소리, 똑같은 소리들입니다. 그런데 나에게는 지인들의 이런 관심과 칭찬과 열광이 모두 거짓으로 보여요. 이들은 환자를 속이듯이 나를 속이고 있단 말이죠. 나는 때때로 이 사람들이 내 등 뒤로 살그머니 다가와 나를 붙잡아서 포프리신*처럼 정신 병원으로 끌고 가지나 않을까 두려워요. 젊은 시절, 내 최고의 시절은 또 어땠겠습니까. 내가 작가라는 직업에 처음 발 디뎠던 그 시절은 오로지 끝없는 고통의 연속이었어요. 무명작가, 특히 운이 따르지 않을 때의 무명작가는 자신이 굼뜨고 서투르고 쓸모없다고 여겨서, 신경이 잔뜩 곤두서고 움츠러들게 됩니다. 이 친구는 밑천 떨어진 노름꾼처럼 남의 눈을 똑바로 쳐다보지 못하면서도, 그 누구의 눈에 띄지도 않고 인정받지도 못한 채, 문학계나 예술계 인사들 주변을 하릴없이 배회합니다. 나는 독자들을 본 적이 없지만, 내 상상 속에서 이들은 왠지 의심 많고 친해지기 힘든 사람들처럼 여겨집니다. 나는 관객이 늘 두려웠어요. 이들은 나에게 무시무시한 존재입니다. 내가 새 희곡을 올릴 때면 항상 갈색 머리들은 적의를 품고 있는 것 같고 금발 머리들은 한없이 냉담한 것처럼 보입니다. 아, 정말 얼마나 끔찍한지! 이런 고통이 어디 있겠습니까!

니나　잠깐만요, 그래도 영감이 떠오를 때라든가 창작의 과정 자체는 선생님에게 고양되고 행복한 순간을 가져다주지 않나요?

트리고린　그래요, 쓰고 있을 때는 즐거워요. 그리고 교정을 보는 것도 즐겁습니다. 그러나…… 일단 출판이 되고 나면 견디기 힘들어집니다. 당장 못마땅한 구절이나 실수가 눈에 띄고 아예 쓰질 말았어야 할 부분이 보여요. 그러면 울화가 치밀면서 기분이 더러워지죠. (웃으며) 독자들은 읽으면서 이렇게 말합니다. "그래, 괜찮네, 재능이 있어……. 괜찮아, 하지만 톨스토이에 비하면 멀었어." 아니면 "멋진 작품이네, 하지만 투르게네프의 『아버지와 아들』보다는 못하군." 이런 식으로 죽을 때까지 그저 괜찮네, 재능이 있어, 괜찮네, 재능이 있어, 그리고 그 이상은 없는 겁니다. 죽은 뒤엔 어떨까요. 아는 사람들이 무덤 옆을 지나가며 이렇게 말할 겁니다. "여기 트리고린이 묻혀 있네. 좋은 작가였지만 투르게네프보다는 못 썼어."

니나　죄송하지만, 전 선생님 생각에 수긍할 수 없어요. 선생님은 단지 성공에 취해 계신 거예요.

트리고린　어떤 성공 말입니까? 나는 한 번도 나 자신이 마음에 들었던 적이 없어요. 나는 작가로서의 나를 혐오합니다. 무엇보다도 나쁜 것은, 마치 어떤 가스에라도 중독된 것처럼, 내가 무엇을 쓰고 있는지 모를 때가 자주 있다는 겁니다……. 나는 이 호수며 나무들이며 하늘을 좋아합니다. 나는 자연을 느끼고, 자연은 내 마음속에 열정을 불러일으키며 걷잡을 수 없는 창작의 욕망을 일깨워 줍니다. 하지만 내가 풍경 화가는 아니잖아요. 나는 한 사람의 시민이기도 하기 때문에 조국과 민중을 사랑합니다. 그리고 내가 작가라면, 마땅히 민중에 대해서, 그들의 고통과 미래에 대해서 말할 의무가 있는 겁니다. 학문에 대해서도, 인간의 권리에 대해서도, 그 밖의 여러 가지 문제에 대해서도 말해야겠지요. 그래서 나는 온갖 문제를 다 말하려고 서두르게 됩니다. 사방에서 사람들이 화를 내며 나를 몰아대고, 나는 마치 사냥개들에게 쫓기는 여우처럼 정신없이 이리저리 뛰어다닙니다. 그러는 사이에 인류의 삶과 학문은 저만치 앞서 가 있는 걸 보게 되지요. 나는 마치 기차를 놓친 농부처럼 계속 뒤처지고 있는 겁니다. 그러다 결국에 가서는 깨달아요. 내가 그릴 줄 아는 건 그저 풍경화뿐이다, 다른 나머지는 모두 가짜다, 골수까지 가짜다.

니나 선생님은 일에 너무 지치신 나머지 자신의 가치를 깨달을 시간도 없고, 또 딱히 그럴 의욕도 없는 거예요. 선생님께서 자기 자신을 불만스러워하든 말든, 다른 사람 눈에는 여전히 위대하고 멋진 분이에요! 만약 제가 선생님 같은 작가라면, 저는 제 모든 삶을 대중들에게 바쳤을 거예요. 대중들은, 저의 수준까지 고양되는 것이야말로 자기들이 행복해지는 유일한 길임을 깨닫고, 저를 전차(戰車) 위에 태우겠지요.

트리고린 음, 전차라……. 내가 무슨 아가멤논입니까? (두 사람은 미소를 짓는다.)

니나 작가나 여배우가 되는 행복을 누릴 수 있다면, 저는 가까운 사람들의 증오도, 궁핍한 생활도, 좌절도 다 참아 낼 수 있어요.

다락방에 살면서 호밀 빵만 먹는다 해도 상관없어요. 자신이 부족하다는 걸 깨닫고 스스로에 대한 불만 속에서 괴로워하게 되더라도 괜찮아요. 다만 그 대가로 저는 영광을 요구하겠어요……. 세상을 뒤흔들 정도의, 진정한 영광. (두 손으로 얼굴을 가린다.) 머리가 빙빙 돌아요……. 아아!

아르카디나의 목소리. (집 안에서) "보리스 알렉세예비치!"

트리고린 나를 부르네요. 아마 짐을 꾸리라는 거겠죠. 그런데 떠나기가 싫어요. (호수를 바라본다.) 아, 정말 멋져요! ……좋아요!

니나 저 호숫가에 집과 정원이 보이죠?

트리고린 네.

니나 저건 돌아가신 어머니의 저택이에요. 저는 저기서 태어났어요. 저는 평생을 이 호숫가에서 살아왔기 때문에, 호수에 있는 섬이라면 아무리 작은 섬도 다 알고 있어요.

트리고린 여긴 참 좋은 곳입니다! (갈매기를 보고) 그런데 이건 뭡니까?

니나 갈매기예요. 콘스탄틴 가브릴로비치가 쏜 거예요.

트리고린 아름다운 새로군요. 정말 떠나고 싶지 않아. 저기, 이리나 니콜라예브나를 설득해서 좀 더 머무르시라고 해 보세요. (수첩에 글을 쓴다.)

니나 무얼 쓰고 계시죠?

트리고린 그냥, 써 두는 거예요……. 주제가 떠올랐어요. (수첩을 감추며) 작은 단편의 주제예요. 어느 호숫가에 당신처럼 젊은 아가씨가 어릴 때부터 살고 있습니다. 그 아가씨는 갈매기처럼 호수를 좋아하고, 갈매기처럼 행복하고 자유롭습니다. 그런데 우연히 한 남자가 찾아왔다가 그 아가씨를 보게 되고, 그저 심심 풀이로 그 아가씨를 파멸시키는 겁니다. 여기 이 갈매기처럼.

사이. 창가에 아르카디나의 모습이 나타난다.

아르카디나   보리스 알렉세예비치, 어디 있어요?
트리고린   지금 가요! (걸어가다가 니나를 돌아본다. 창문 옆에서 아르카디나에게) 무슨 일이죠?
아르카디나   우리 머무르기로 했어요.

트리고린이 집 안으로 들어간다.

니나   (풋라이트 쪽으로 다가간다. 잠시 생각에 잠긴 뒤 깨어나 며) 꿈이야!

막.

제3막

소린 저택의 식당. 좌우에 문. 찬장, 약장. 방 한가운데에 식탁. 트렁크와 종이 상자 등이 있어서 출발 준비를 갖춘 것을 알 수 있다. 트리고린은 아침 식사를 하고 있고, 마샤는 식탁 옆에 서 있다.

마샤 이건 모두 선생님이 작가이시기 때문에 말씀드리는 거예요. 작품 소재로 이용하셔도 돼요. 솔직히 말씀드려서, 만약 그 사람이 중상을 입었다면, 저는 단 1분도 살아 있지 못했을 거예요. 하지만 그래도 제겐 용기가 있어요. 전 드디어 결심했어요 — 제 가슴에서 그 사람에 대한 사랑을 뽑아 버리기로요, 아주 뿌리째.

트리고린 어떤 식으로요?

마샤 시집을 갈 거예요. 메드베덴코에게.

트리고린 그 교사에게요?

마샤 네.

트리고린 모르겠군요. 꼭 그래야만 되는 건지.

마샤 희망도 없는 사랑을 하면서 몇 년이고 기다리기만 한다는 건……. 시집을 가고 나면 사랑 같은 건 생각할 겨를이 없어지고, 새로운 걱정거리들이 옛일을 밀어내 버릴 테니까요. 잘 아시겠지만 역시 변화가 최고예요. 한 잔 더 하실래요?

트리고린 과음하시는 건 아닙니까?

마샤 자, 여기! (잔에 술을 따른다.) 절 그런 눈으로 보지 마세요. 여자들은 선생님께서 생각하시는 것 이상으로 더 자주 마시거든요. 저처럼 이렇게 터놓고 마시는 여자는 적지만, 남몰래 마시는 여자는 많아요. 그럼요, 그것도 보드카나 코냑을 마신답니다. (두 사람, 잔을 부딪친다.) 건강을 위하여! 선생님은 소탈한 분이세요, 헤어지는 게 섭섭하군요.

두 사람, 술을 마신다.

트리고린 나야말로 떠나기가 싫군요.

마샤 그러시다면 좀 더 있다 가자고 부인께 부탁하세요.

트리고린 아니, 이젠 머무를 수가 없어요. 아드님이 심하게 난폭한 행동을 하고 있어서요. 권총 자살을 기도하더니 이제는 나에게 결투를 신청하려 든다고 하네요. 도대체 왜 그러죠? 퉁퉁 부어서 씩씩거리질 않나, 새로운 형식에 대해 설교를 늘어놓질 않나……. 하지만 새로운 형식이든, 오래된 형식이든 다 자기 자리가 있는 건데 굳이 서로 다툴 필요까진 없잖아요?

마샤   뭐, 질투심도 있겠지요. 어쨌든 저와는 상관없는 일이에요.

사이.

야코프가 짐을 들고 왼쪽에서 오른쪽으로 지나간다. 니나가 들어오더니 창가에서 걸음을 멈춘다.

마샤   나의 선생님은 그다지 똑똑한 편은 못 되지만 마음 착하고 불쌍한 사람이에요. 그리고 저를 많이 사랑하지요. 그이가 안됐어요. 그이의 늙으신 어머님도 불쌍하고요. 자, 선생님, 모든 일이 다 잘되길 바랍니다. 나쁜 기억들은 모두 잊어버리시길. (힘차게 악수를 한다.) 선생님의 친절한 배려에 깊이 감사드려요. 책이 나오면 보내 주세요, 서명을 꼭 집어넣어서요. 단, '존경하는' 같은 말은 쓰지 마시고, 그냥 '출생 미상*이며, 무엇을 위해 이 세상에 살고 있는지도 모르는 마리야에게'라고 써 주세요. 안녕! (나간다.)

니나   (주먹 쥔 손을 트리고린 쪽으로 내밀며) 짝수일까요, 홀수일까요?

트리고린   짝수.

니나   (한숨을 짓고) 아니에요. 제 손에는 콩알이 한 개만 있어요. 배우가 될 것인지 안 될 것인지를 점쳐 본 거예요. 누가 조언이라도 해 주면 좋을 텐데.

트리고린   그런 건 조언받을 수 있는 일이 아니랍니다.

사이.

니나 우리가 이렇게 작별하면…… 아무래도 다시 만날 일은 없겠지요. 선생님께서 절 기억해 주시라고 이 작은 메달을 드릴테니 받아 주세요. 선생님 이니셜을 새겨 놓도록 주문을 했어요. 그리고 뒷면에는 선생님의 책 제목인 '낮과 밤'.

트리고린 정말 근사하네! (메달에 입 맞춘다.) 멋진 선물입니다!

니나 가끔 절 기억해 주세요.

트리고린 기억할 겁니다. 기억하고말고요, 일주일 전 맑게 갠 그날 당신의 모습 말입니다. 생각나요? 그날, 당신은 밝은 색 치마를 입고 있었어요. 우리는 이런저런 이야기를 나눴지요……. 그때 벤치에 하얀 갈매기가 놓여 있었어요.

니나 (생각에 잠겨서) 그래요, 갈매기…….

사이.

더 말씀을 못 드리겠네요, 사람들이 오고 있어서……. 떠나시기 전에 저에게 2분만 시간을 내주세요, 꼭 부탁해요. (왼쪽으로 나간다.)

니나의 퇴장과 동시에 오른쪽에서 아르카디나, 훈장이 달린 연미복 차림의 소린 그리고 짐을 꾸리기에 바쁜 듯한 야코프가 들어온다.

아르카디나 그냥 집에 계세요, 영감님. 류머티즘에 걸린 몸으로 어딜 방문하시겠다는 거예요? (트리고린에게) 지금 여기서 나간 게 누구죠? 니나?

트리고린 맞아요.

아르카디나 파르동,* 우리가 방해를 했군요……. (앉는다.) 이제 짐을 다 싼 것 같네. 완전히 지쳤어.

트리고린 (메달에 새긴 글을 읽는다.) 『낮과 밤』 121쪽, 제11행 ~12행.

야코프 (식탁을 치우며) 낚싯대도 챙길까요?

트리고린 그래, 그건 아직 필요해. 그런데 책들은 아무에게나 줘 버려.

야코프 알겠습니다.

트리고린 (혼잣말로) 121쪽, 제11행~12행. 거기에 뭐가 있다는 거지? (아르카디나에게) 이 집에 내 책들이 있나요?

아르카디나 오빠 서재 구석 쪽 책장에 있어요.

트리고린 121쪽이라……. (나간다.)

아르카디나 정말이에요, 페트루샤, 그냥 집에 계세요.

소린 너희들이 떠나면, 나 혼자 이 집에 남아 있기가 괴로워서 그래.

아르카디나 그래서 시내에 무슨 일이 있길래요?

소린 뭐 특별한 일이 있는 건 아니지만, 어쨌든. (웃는다.) 자치회 청사 신축식도 있고 또 뭐 이런저런 일로……. 다만 한두 시간이라도 좋으니, 이런 어항 속 같은 생활에서 벗어나고 싶다.

너무 오랫동안 이곳에 처박혀 있어서, 마치 낡은 곰방대 물부리라도 되어 버린 기분이야. 한 시까지 말을 준비하도록 일러 놓았으니, 같이 출발하도록 하자.

아르카디나　(잠시 말이 없다가) 너무 답답해하지 마시고 여기 생활에 적응해 보세요, 감기 걸리지 마시고. 그리고 우리 아들 사고 치지 않게 잘 좀 지켜봐 주세요. 잘 타일러서.

사이.

이렇게 가고 나면 콘스탄틴이 왜 자살하려 했는지 이유도 모르게 되겠네. 가장 큰 원인은 아무래도 질투심 때문인 것 같으니, 내가 여기서 트리고린을 하루라도 빨리 데리고 가 버리는 게 낫겠지.

소린　뭐라고 말해야 좋을까? 다른 원인들도 있었을 거야. 그럴 만도 하지, 젊고 똑똑한 청년이 돈도 지위도 미래도 없이 이 시골 벽촌에 파묻혀 살고 있으니 말이다. 도대체 할 일이 있어야지. 그 애는 자신이 무위도식하고 있다는 게 수치스럽고 두려운 거야. 나는 그 애를 무척 사랑하고, 또 그 애도 나를 따르지만, 그래 봐야 결국 그 애는 자기가 이 집에서 쓸모없는 존재이고, 식객에 불과하다고 느꼈던 거야. 그럴 만도 하잖아, 자존심이란 게 있는데⋯⋯.

아르카디나　그 애 때문에 정말 속상해! (생각에 잠기며) 어디 관직에라도 들어갈 수 있다면 좋을 텐데⋯⋯.

소린　(휘파람을 불고 나서 주저하는 어조로) 내 생각엔 말이다, 가장 좋은 방법은…… 네가 그 아이에게 돈을 좀 주는 거야. 무엇보다도 우선 사람답게 옷을 입어야 할 것 아니겠니. 걔를 좀 봐라, 양복 한 벌로 3년째 버티고 있다. 외투도 없이 다니잖아……. (웃는다.) 뭐, 그리고 젊은 애가 바람을 좀 쐬는 것도 나쁘지 않으니…… 외국에라도 보내 주는 건 어떨까? 그게 그렇게 돈이 많이 드는 것도 아니잖니.

아르카디나　뭐, 옷이라면 사 줄 수 있겠지만 외국에 보내는 건…… 아니에요, 지금은 옷 사 줄 여유도 없어요. (단호하게) 전 돈이 없어요!

소린이 웃는다.

소린　(휘파람을 분다.) 그렇구나. 용서해라, 애야, 화내지 말고. 난 너를 믿어. 너는 마음이 넓고 고상한 여자야.

아르카디나　(눈물을 글썽이며) 전 돈이 없다고요!

소린　나에게 돈이 있다면야, 아무렴, 그 아이에게 주겠지만, 난 땡전 한 푼 없으니 말이다. (웃는다.) 내 퇴직금은 관리인이 몽땅 가져가서 경작이니 목축이니 양봉이니 하는 데 써 버렸는데, 괜히 공연한 돈만 탕진했지 뭐냐. 벌들도 죽고, 암소들도 죽고, 나에겐 말 한 마리 내주는 적이 없으니…….

아르카디나　그래요, 제게 돈이 있긴 해요. 하지만 저는 배우잖아요. 무대 의상을 사는 것만으로도 파산할 지경이라고요.

소린 너는 착한 여자야. 난 너를 존경한다. 그래…… 그런데 내가 또 왜 이러지……. (비틀거린다.) 머리가 빙빙 돌아. (식탁에 기댄다.) 그냥 좀 어지러운 것뿐이야.

아르카디나 (놀라서) 페트루샤! (소린을 부축하려 애쓰면서) 페트루샤, 우리 오빠! (소리친다.) 여기 좀 도와줘요! 도와줘요!

머리에 붕대를 감은 트레플레프와 메드베덴코가 등장한다.

아르카디나 오빠가 어지럽대!

소린 괜찮아, 괜찮아. (미소를 지으며 물을 마신다.) 이젠 됐어……. 다 지나갔어…….

트레플레프 (어머니에게) 놀라지 마세요, 어머니, 위험한 게 아니니까. 삼촌은 요즘 자주 이래요. (삼촌에게) 삼촌, 누우셔야겠어요.

소린 그래, 잠깐만 눕지……. 그래도 시내에는 갈 거다. 잠깐 누웠다가 가야지. 아무렴……. (지팡이에 의지하며 걸어간다.)

메드베덴코 (소린의 팔을 부축한다.) 이런 수수께끼가 있지요. 아침에는 네 발, 낮에는 두 발, 저녁에는 세 발…….

소린 (웃는다.) 그래. 그리고 밤에는 드러눕지. 고마우이. 이제 내가 알아서 갈 수 있어.

메드베덴코 저런, 낯을 가리시네!

메드베덴코와 소린이 퇴장한다.

아르카디나   네 삼촌 때문에 정말 놀랐어!

트레플레프   시골에서 사는 건 삼촌 건강에 해로워요. 저렇게 갑갑해하시니. 어머니가 선심을 쓰셔서 삼촌에게 천5백이나 천 루블 정도 빌려 주시면 도시에서 1년은 족히 지내실 수 있을 텐데.

아르카디나   나는 돈이 없어. 난 배우지 은행가가 아니란다.

사이.

트레플레프   어머니, 저 붕대 좀 갈아 주세요. 어머니가 잘하시잖아요.

아르카디나   (약장에서 요오드포름과 붕대가 든 상자를 꺼낸다.) 의사 선생님이 늦으시네.

트레플레프   열 시까지 온다고 하셨는데, 벌써 정오네요.

아르카디나   앉아라. (그의 머리에서 붕대를 끄른다.) 너 꼭 터번을 쓴 것 같구나. 어제 부엌에서 어떤 외지인이 네가 어느 나라 사람이냐고 묻더라. 이제 상처가 거의 다 아물었네. 딱지만 떨어지면 되겠다. (아들의 머리에 입 맞춘다.) 너 내가 없을 때 또 탕탕 하는 건 아니겠지?

트레플레프   아니요, 어머니. 그땐 미칠 듯한 절망감에 싸여서 자제력을 잃었던 거예요. 또다시 그런 일은 없을 겁니다. (어머니의 손에 입 맞춘다.) 어머니의 손은 약손이에요. 아주 오래전일이 기억나요. 난 그때 어린애였고 어머니는 아직 황실 극장에서 일하던 시절이었어요. 우리 집 마당에서 싸움이 벌어졌는데, 세들어 살던 세탁부가 몹시 얻어맞았지요. 기억나세요? 세탁부는 의식을 잃고 사람들에게 들려 갔어요. 그때 어머니는 그 여자 집을 드나들면서 약을 갖다주시기도 하고, 그 여자의 아이들을 커다란 대야 안에서 씻겨 주기도 했잖아요. 정말 기억 안 나요?

아르카디나   아니. (새 붕대를 감는다.)

트레플레프   그때 우리하고 같은 동에 두 사람의 발레리나가 살고 있었는데…… 커피를 마시러 어머니를 찾아오곤 했어요.

아르카디나   그건 생각난다.

트레플레프   신앙심이 무척이나 깊은 사람들이었지요. (사이) 최근에 말이죠, 그러니까 바로 요 며칠 사이, 저는 마치 어릴 때 그랬던 것처럼 아무 조건 없는 부드러운 마음으로 어머니를 사랑하고 있어요. 지금 제겐 어머니 말고는 아무도 없어요. 그런데 어째서, 어째서 저와 어머니 사이에 그 사람이 끼어들어야 되나요.

아르카디나   너는 그분을 몰라, 콘스탄틴. 그분은 그지없이 고결한 인격을 가진 분이야.

트레플레프   하지만 제가 결투를 신청할 거라는 말을 들었을 때는, 그 고결하신 인격도 자신이 비겁자가 되는 걸 막을 수는 없었지요. 그 사람이 떠난다지요. 비겁하게 도망치다니!

아르카디나   그게 무슨 헛소리냐! 내가 그분을 데리고 가는 거다. 우리 사이가 물론 네 맘에 안 들겠지만, 그래도 너는 똑똑하고 교양 있는 사람이잖니. 나는 나의 자유를 존중해 달라고 너에게

요구할 권리가 있어.

트레플레프 저는 어머니의 자유를 존중해요. 그러니 어머니도 제가 그 사람을 제 마음대로 자유롭게 대하도록 날 내버려 두세요. 그지없이 고결한 인격자라! 우리는 그 사람 때문에 싸움이 벌어질 판인데, 그 사람은 지금 응접실이나 정원에서 저와 어머니를 비웃고 있을 겁니다. 그리고 니나를 계몽해서, 자기가 천재라는 관념을 그녀에게 심어 주려고 애쓰고 있을걸요.

아르카디나 내게 그런 불쾌한 말을 하는 게 넌 즐겁겠지. 그렇지만 나는 그 사람을 존경하고 있으니까, 내 앞에서 그 사람에 대한 험담은 삼가기 바란다.

트레플레프 저는 존경하지 않습니다. 어머니는 저도 그 사람이 천재라고 생각하길 바라시겠지만, 미안합니다, 저는 거짓말을 할 줄 몰라서요. 그 사람의 작품은 혐오스러워요.

아르카디나 그게 바로 질투야. 재능이 없으면서 야심만 가득한 인간들은 진정한 재능을 깎아내리는 것 말고는 할 수 있는 일이 없지. 그렇게 해서라도 위안이 된다면야 할 말이 없지!

트레플레프 (비꼬듯이) 참된 재능이라고요! (벌컥 화를 내며) 말이 나왔으니 하는 얘긴데, 나는 당신네들 누구보다 재능이 있어요! (머리에서 붕대를 잡아 뜯는다.) 당신들, 구습에 사로잡힌 고집불통들은 예술에서 우선권을 거머쥔 채, 자기들이 하는 것만 정당하고 참다운 것이라 여기며 다른 사람들을 억압하고 질식시키고 있다고요! 나는 당신들을 인정하지 않아요! 어머니도 그 사람도!

아르카디나　데카당……!

트레플레프　어머니는 자기가 아끼는 극장으로 가서 그 한심하고 진부한 연극이나 하세요!

아르카디나　난 한 번도 그런 연극을 한 적이 없다. 그러니 날 내버려 둬! 너야말로 한심한 보드빌 대본 하나 제대로 쓸 능력도 없으면서. 키예프의 속물! 밥벌레야!

트레플레프　구두쇠!

아르카디나　날건달!

트레플레프가 앉아서 나직이 흐느낀다.

아르카디나　쓸모없는 놈! (흥분해서 무대를 가로지르며) 울지 마. 울 일이 뭐 있어……. (운다.) 그러지 마라. (아들의 이마며 볼이며 머리에 입을 맞춘다.) 사랑하는 내 아가, 용서해라. 이 죄 많은 어미를 용서해 다오. 이 불행한 나를 용서해 줘.

트레플레프　(어머니를 껴안으며) 어머니는 모르실 겁니다! 저는 모든 것을 잃었어요. 그 여자는 절 사랑하지 않아요. 저는 이제 아무것도 쓸 수가 없어요……. 제 모든 희망이 사라졌어요.

아르카디나　상심하지 마라. 다 잘될 거야. 이제 내가 그 사람을 여기서 데려갈 테니, 니나도 다시 너를 좋아하게 될 거야. (아들의 눈물을 닦아 준다.) 자, 그만. 우리 이제 화해한 거다.

트레플레프　(어머니의 손에 입을 맞춘다.) 네, 어머니.

아르카디나　(부드럽게) 그분하고 화해해. 결투가 다 뭐냐…… 그렇지 않니?

트레플레프 좋아요. 하지만 어머니, 그 사람과 마주치는 것만은 피하게 해 주세요. 너무 괴로워요……. 감당이 안 돼요. (트리고린이 들어온다.) 저런……. 전 가겠습니다. (재빨리 약장에다 약을 집어넣는다.) 붕대는 의사 선생님이 갈아 주실 겁니다.

트리고린 (책에 몰두하여) 121쪽, 제11행~12행……. 여기네. (읽는다.) "당신에게 내 생명이 필요하면, 언제라도 와서 가져가세요."

트레플레프가 마루에서 붕대를 주워 들고 나간다.

아르카디나 (시계를 보고) 이제 곧 마차가 준비될 거예요.

트리고린 (혼잣말로) 당신에게 내 생명이 필요하면, 언제라도 와서 가져가세요.

아르카디나 짐은 다 챙기셨겠죠?

트리고린 (초조하게) 그럼, 그럼……. (생각에 잠기며) 이 순결한 영혼의 호소에서 왜 슬픔이 느껴지는 걸까. 그리고 내 심장은 왜 이리도 아프게 조여드는 걸까? "당신에게 내 생명이 필요하면, 언제라도 와서 가져가세요……." (아르카디나에게) 하루만 더 머무릅시다!

아르카디나가 고개를 가로젓는다.

더 있다 가요!

아르카디나 여보, 난 당신을 여기에 붙잡아 놓고 있는 것이 뭔지 알아. 하지만 자기 자신을 다스려야 해요. 당신은 살짝 취한 거야. 정신 차려요.

트리고린 당신도 정신을 차리고, 현명하게, 이성적으로 생각해 봐요. 제발 부탁이니, 진정한 친구로서 이 모든 일을 바라봐 줘요. (그녀의 손을 잡는다.) 당신은 희생할 만한 아량이 있잖아⋯⋯. 내 친구가 되어 줘, 나를 놓아줘요.

아르카디나 (몹시 흥분하며) 그 정도로 마음을 빼앗겼나요?

트리고린 나도 모르게 그 아가씨에게 마음이 끌려! 어쩌면 내게 필요한 건 바로 이건지도 몰라요.

아르카디나 시골 계집애의 사랑이? 아, 당신은 자기 자신을 너무 몰라!

트리고린 사람들은 이따금 걸으면서 잠을 잘 때가 있는데, 지금 내가 바로 그래. 당신과 이야기를 하면서도 마치 잠을 자고 있는 것 같아. 그리고 꿈속에서 그 아가씨를 보고 있는 거야. 달콤하고도 신비스러운 꿈이 나를 사로잡았어⋯⋯. 나를 놓아줘요.

아르카디나 (몸을 떨면서) 안 돼, 안 돼⋯⋯. 나는 평범한 여자예요, 내게 그런 식으로 말하지 말아요⋯⋯. 보리스, 나를 괴롭히지 말아요⋯⋯. 난 무서워요.

트리고린 원한다면 당신은 비범한 여자가 될 수 있어요. 젊고, 매혹적이고, 시적인 사랑, 이 세상에 환상을 가져다주는 사랑, 오직 그런 사랑만이 이 지상에 행복을 가져다줄 수 있어! 나는 여

태껏 그런 사랑을 겪어 보지 못했어⋯⋯. 젊은 시절에는 문턱
이 닳도록 출판사를 드나들며 가난과 싸우느라 그럴 시간이 없
었지⋯⋯. 그런데 지금 그 사랑이 마침내 나에게 찾아와 나에
게 손짓하고 있어. 내가 왜 그걸 피해야 되지?

아르카디나 당신 미쳤어!

트리고린 그러니까 날 놔줘요.

아르카디나 오늘 당신들 모두가 날 괴롭히기로 작당이라도 했나
요! (운다.)

트리고린 (머리를 감싸 쥐며) 이해를 못하는군! 이해할 마음이
눈곱만큼도 없어!

아르카디나 내가 벌써 그렇게 늙고 추해졌나요? 내 앞에서 아무
거리낌 없이 다른 여자 얘기를 할 정도로? (트리고린을 안으며
입을 맞춘다.) 오, 당신은 잠깐 넋이 나간 거예요! 나의 아름답
고 멋진 사람⋯⋯ 당신은 내 인생의 마지막 페이지예요! (무릎
을 꿇는다.) 당신은 나의 기쁨, 나의 자랑, 나의 행복이야. (트리
고린의 무릎을 껴안는다.) 당신이 날 버린다면, 난 단 한 시간도
견딜 수 없을 거야, 난 미쳐 버리고 말 거예요. 당신은 경이롭고
위대한 나의 지배자야⋯⋯.

트리고린 사람들이 들어올지 몰라요. (아르카디나를 부축해서 일
으킨다.)

아르카디나 들어올 테면 들어오라지. 당신을 향한 내 사랑이 부끄
럽지 않아. (트리고린의 손에 입을 맞춘다.) 나의 보물, 분별없
는 양반, 당신은 광기를 부리고 싶어 하지만, 난 싫어. 그렇게

내버려 두지 않을 거야. (웃는다.) 당신은 내 거야…… 내 거야. 이 이마도, 이 눈도, 이 아름다운 비단실 같은 머리카락…… 전부 다 내 거야. 당신은 너무나 재능이 뛰어나고 똑똑한 사람이에요, 이 시대 작가들 중에서 최고예요, 당신은 러시아의 유일한 희망이에요. 당신에게는 진정성과 소박함과 신선함과 건강한 유머가 넘쳐 나요. 그냥 한 줄 휙 써 내리는 것만으로도 당신은 인물이나 풍경의 가장 중요한 특징을 전달할 수 있어요. 당신 작품의 인물들은 살아 숨 쉬는 것 같아요. 정말이지, 당신 작품을 읽으면 열광하지 않을 수가 없어! 내가 아첨하는 거라고 생각하나요? 거짓말 같아요? 자, 내 눈을 봐요, 보라니까……. 이게 거짓말하는 사람의 눈빛처럼 보이나요? 거봐, 당신의 진가를 아는 건 나밖에 없다니까. 나만이 당신에게 진실을 말해 줄 수 있어, 소중하고 아름다운 내 사람…… 떠날 거죠? 응? 날 버리지 않을 거지?

트리고린 나에겐 자신의 의지가 없어……. 한 번도 자신의 의지를 가져본 적이 없어……. 시들시들하고 유약한 데다 항상 순종적이고……. 이런 나를 여자가 좋아할 리 있겠어? 날 가져요, 데려가요, 단 내 옆에서 한 발짝이라도 벗어나면 안 돼.

아르카디나 (혼잣말로) 이제 이 사람은 내 거야. (마치 아무 일도 없었다는 듯 태연하게) 그래도 원한다면 더 머물러 계시든가. 난 알아서 혼자 갈 테니까 당신은 나중에 오세요, 일주일쯤 있다가. 사실 당신이야 서둘러 갈 이유도 없잖아?

트리고린 아니, 같이 갑시다.

아르카디나　좋으실 대로. 같이 가려면 같이 가든가…….

사이. 트리고린이 수첩에 뭔가를 적는다.

아르카디나　뭐 해요?

트리고린　아침에 좋은 표현을 들었어요. '처녀림'이라고…… 언젠가 써먹을 일이 있을 거야. (기지개를 켠다.) 그래, 간다는 말이지? 또다시 열차간, 기차역들, 간이식당들, 커틀릿, 잡담이 이어지겠군.

샤므라예프　(들어오며) 애석하게도 말이 준비되었다는 걸 알려드리는 바입니다. 존경하는 부인, 이제 역으로 가야 할 시간입니다. 2시 5분에 기차가 도착하니까요. 그런데 이리나 니콜라예브나, 수즈달체프라는 배우가 지금 어디에 사는지 잊지 마시고 꼭 좀 알아봐 주시길 부탁드립니다. 살아 있는지? 건강은 한지? 언젠가 우린 같이 술을 마신 적이 있습니다. 「강탈당한 우체국」에서 그 배우의 연기는 기가 막혔지요……. 그때 엘리자베트그라드에서 수즈달체프와 함께 연기 활동을 했던 이즈마일로프라는 비극 배우도 생각나는군요. 그 배우 역시 대단했지요……. 너무 서두르지 마세요, 존경하는 부인. 아직 5분 정도는 괜찮습니다. 한번은 어떤 멜로드라마에서 이 두 배우가 음모가의 역할로 등장한 적이 있는데, 이들을 덮치는 장면에서, '우린 함정에 빠졌다'라고 해야 되는 걸, 이즈마일로프가 '우린 간장에 빠졌다'라고 해 버린 겁니다. (껄껄대며 웃는다.) 간장이라니!

샤므라예프가 말하는 동안, 야코프는 트렁크들 주위를 분주히 돌아
다니고, 하녀는 아르카디나에게 모자며 망토며 우산이며 장갑 등을
가져다준다. 모두들 아르카디나의 옷시중을 거들고 있다. 왼쪽 문에
서 요리사가 눈치를 살피며 잠시 머뭇거리다가 슬그머니 들어온다.
폴리나 안드레예브나가 들어오고, 소린과 메드베덴코가 뒤따른다.

폴리나 안드레예브나 (바구니를 들고) 도중에 드시라고 자두를
　　좀…… 참 달아요. 입맛이 당기실지도 모르니까…….

아르카디나 친절하시기도 해라, 폴리나 안드레예브나.

폴리나 안드레예브나 안녕히 가세요, 사모님! 혹시 실례되는 일이
　　있었더라도 용서해 주세요. (운다.)

아르카디나 (그녀를 껴안는다.) 다 좋았어요, 모든 게 다 좋았어
　　요. 다만 그렇게 우는 건 곤란하지요.

폴리나 안드레예브나 우리들의 시대가 멀어져 가네요!

아르카디나 어쩔 수 없지요!

소린 (망토가 달린 외투에 모자를 쓰고, 지팡이를 든 차림으로 왼
　　쪽 문에서 들어온다. 방을 가로지르며) 애야, 시간이 됐다. 어쨌
　　든 늦지는 말아야지. 나는 먼저 가서 마차에 오르마. (나간다.)

메드베덴코 저는 걸어서 역으로 가겠습니다……. 거기서 배웅을
　　하지요. 얼른 가야겠지. (나간다.)

아르카디나 잘 있어요, 여러분…… 우리가 살아 있고 건강하다면

내년 여름에 또 보겠지요…….

하녀, 야코프, 요리사가 아르카디나의 손에 입을 맞춘다.

　　나를 잊지 말아요. (요리사에게 1루블을 준다.) 세 사람이 나눠
　　가지세요.
요리사　정말 고맙습니다, 마님. 편안한 여행길이 되시기 바랍니
　　다! 마님 덕분에 행복했습니다!
야코프　하느님의 은총으로 행복하시기를 빕니다!
샤므라예프　편지 꼭 보내세요! 안녕히 가십시오, 보리스 알렉세
　　예비치!
아르카디나　콘스탄틴은 어디 있지? 내가 떠난다고 그 애한테 좀
　　말해 주세요, 작별 인사를 해야 되니까. 자 여러분, 나쁜 기억들
　　일랑 잊어버리세요. (야코프에게) 아까 요리사에게 1루블을 줬
　　는데, 그거 세 사람 몫이야.

모두 오른쪽으로 나간다. 무대가 텅 빈다. 무대 뒤에서 배웅할 때 흔
히 있는 소음이 들린다. 하녀가 되돌아와서 자두가 든 바구니를 식
탁에서 집어 들고 다시 나간다.

트리고린　(되돌아오며) 지팡이를 잊었어. 테라스에 있을 것 같
　　은데.

테라스로 가다가 왼쪽 문가에서 방으로 들어오는 니나와 마주친다.

　　당신이군요? 우린 떠납니다…….

니나　　저는 우리가 다시 만날 수 있을 거라고 느꼈어요. (흥분해서) 보리스 알렉세예비치, 저는 돌이킬 수 없는 결정을 했어요. 주사위는 던져졌습니다. 저는 무대에 설 거예요. 내일 전 여기에 더 이상 없을 겁니다. 아버지를 떠날 거예요. 모든 걸 버리고 새로운 인생을 시작할 거예요……. 선생님처럼 저도 떠나요……. 모스크바로. 우리 거기서 만나요.

트리고린　　(주위를 둘러보고 나서) '슬라뱐스키 바자르'에 묵으세요. 그리고 곧바로 내게 연락하세요. 몰차노프카 거리, 그로홀스키 빌딩입니다……. 지금은 시간이 없으니까…….

사이.

니나　　1분만 더…….

트리고린　　(나지막한 목소리로) 당신은 정말 아름다워요. 오, 우리가 곧 만날 생각을 하니 너무 행복합니다!

니나가 트리고린의 가슴에 몸을 기댄다.

　　아, 이 신비로운 눈, 말할 수 없이 아름답고 부드러운 미소……. 이 온화한 얼굴, 이 천사같이 순결한 표정을 다시 볼 수 있다니…… 내 사랑…….

긴 입맞춤.

막.

제4막

3막과 4막 사이에 2년이 흘러갔다.

소린 저택의 응접실 중 하나. 지금은 콘스탄틴 트레플레프의 집필실로 개조되었다. 오른쪽과 왼쪽에 내실로 통하는 문들. 정면에는 테라스 쪽으로 나 있는 유리문. 흔히 보이는 응접실 가구 외에, 오른쪽 구석에 책상, 왼쪽 문가에 터키식 소파와 책장이 있고, 창턱과 의자 위에 책들이 놓여 있다. 저녁이다. 갓을 씌운 램프 하나가 켜져 있고, 어두컴컴하다. 나무가 바람에 쓸리는 소리, 그리고 굴뚝에서 바람이 울부짖는 소리가 들린다. 야경꾼이 딱따기를 친다. 메드베덴코와 마샤가 들어온다.

마샤 (큰 소리로) 콘스탄틴 가브릴로비치! 콘스탄틴 가브릴로비치! (주위를 둘러보며) 아무도 없군. 영감님은 1분이 멀다 하고, 코스챠는 어디 있어, 코스챠는 어디 있어 하며 물어보시는데⋯⋯. 한시라도 그 사람이 없으면 살 수가 없나 봐.

메드베덴코 혼자 있는 게 무서운 거지. (귀를 기울이며) 지독한 날씨야! 벌써 이틀째 저 모양이니.

마샤 (램프의 심지를 올리며) 호수에 파도가 일고 있어요. 굉장한 파도예요.

메드베덴코 정원이 캄캄하네. 정원에 있는 저 극장 좀 철거하라고 말해야겠어. 골조만 남아서 흉측한 게 꼭 해골 같은 데다 막까지 바람에 펄럭거리고 있잖아. 엊저녁엔 그 근처를 지나가는데 누가 거기서 울고 있는 것 같더라고.

마샤 무슨, 그런⋯⋯.

사이.

메드베덴코 마샤, 집에 갑시다!

마샤 (고개를 가로젓는다.) 저는 여기서 자겠어요.

메드베덴코 (애원하며) 마샤, 갑시다! 우리 아기가 배고플 거야.

마샤 쓸데없는 소리. 마트료나가 먹여 줄 거예요.

사이.

메드베덴코 가엾잖아. 벌써 사흘째 애가 엄마 없이 지내고 있어.

마샤 당신도 따분해졌어요. 예전에는 심심찮게 철학적인 얘기도 하더니 이제는 노상 아기, 집에 가자, 아기, 집에 가자 — 그것

말고는 당신한테서 들을 얘기가 없어졌어요.

메드베덴코 갑시다, 마샤!

마샤 혼자 가세요.

메드베덴코 당신 아버지가 나에겐 말을 내주지 않을 거야.

마샤 내줄 거예요. 부탁해 보세요, 내줄 테니.

메드베덴코 그래, 부탁해 보지. 그러니까 당신은 내일 오겠다는 거야?

마샤 (코담배 냄새를 맡으며) 그래요, 내일. 지겨워……

트레플레프와 폴리나 안드레예브나가 들어온다. 트레플레프는 베개와 이불을, 폴리나 안드레예브나는 침대 시트를 들고 와서 터키식 소파 위에 놓는다. 그러고 나서 트레플레프는 자기 책상 옆으로 가서 앉는다.

마샤 그건 왜요, 어머니?

폴리나 안드레예브나 표트르 니콜라예비치께서 코스챠 옆에 잠자리를 깔아 달라고 하셨다.

마샤 제가 할게요. (잠자리를 깐다.)

폴리나 안드레예브나 (한숨을 쉬면서) 늙으면 애가 되는 거야. (책상 옆으로 다가가 팔꿈치를 괴고 원고를 들여다본다.)

사이.

메드베덴코 그럼, 나는 갈게. 안녕, 마샤. (아내의 손에 입을 맞춘다.) 안녕히 계세요, 장모님. (장모의 손에 입을 맞추려고 한다.)

폴리나 안드레예브나 (짜증스럽게) 됐어! 얼른 가 보게.

메드베덴코 안녕히 계세요, 콘스탄틴 가브릴로비치.

트레플레프, 말없이 손을 내민다. 메드베덴코가 나간다.

폴리나 안드레예브나 (원고를 보면서) 코스챠, 당신이 진짜 작가가 될 거라곤 누구도 생각 못했지요. 그런데 지금은, 세상에나, 잡지사들이 이렇게 돈을 보내 주네요. (트레플레프의 머리를 쓰다듬는다.) 게다가 미남이 되셨잖아……. 사랑스러운 코스챠, 착한 코스챠, 우리 마샤에게 좀 더 다정하게 대해 주세요!

마샤 (잠자리를 깔면서) 그분 방해하지 마세요, 어머니.

폴리나 안드레예브나 (트레플레프에게) 고운 아이예요.

사이.

코스챠, 여자한테는 아무것도 필요 없어요, 그저 다정하게 봐주기만 하면 되는 거예요. 내가 겪어 봐서 안다우.

트레플레프, 책상에서 일어나 말없이 나가 버린다.

마샤 화나게 만들었잖아요. 꼭 그렇게 귀찮게 하셔야 되나요!

폴리나 안드레예브나 네가 불쌍해서 그런다, 마샤.

마샤 참 잘하셨어요!

폴리나 안드레예브나 너 때문에 내 가슴이 찢어지게 아프다. 난 다 보고 있고, 다 알고 있단다.

마샤 다 바보 같은 짓이에요. 희망 없는 사랑 — 이런 건 소설 속 에나 있는 거예요. 부질없는 소리예요. 대책 없이 자신을 내던 져서 뭔가를 무한정 기다릴 순 없는 거예요. 차라리 바닷가에서 날씨가 개기를 기다리는 게 낫지……. 가슴속에 사랑이 깃들 면, 곧장 내쳐 버려야 돼요. 이제 제 남편을 다른 군(郡)으로 전 근시킨다고 하니까. 그리로 이사 가면 전부 잊어버리게 되겠지 요……. 가슴속에서 뿌리째 뽑아 버리겠어.

두 방 건너에서 누군가 우울한 왈츠를 연주하고 있다.

폴리나 안드레예브나 코스챠가 치고 있어. 마음이 울적하단 얘기네.

마샤 (왈츠에 맞추어 조용히 두세 바퀴 돈다.) 어머니, 중요한 건 눈앞에 보이지 않도록 하는 거예요. 세묜이 전근만 할 수 있다 면 좋을 텐데. 두고 보세요, 거기 가면 한 달 만에 싹 잊어버릴 거라고요. 다 부질없는 짓이야.

왼쪽 문이 열리고, 도른과 메드베덴코가 휠체어에 탄 소린을 밀고 들어온다.

메드베덴코　지금 저희 식구는 여섯입니다. 그런데 밀가루는 한 푸드*에 70코페이카나 해요.

도른　맨날 그 타령인가.

메드베덴코　선생님은 웃을 수 있으니 좋으시겠어요. 댁에는 돈이 남아돌아 발길에 차일 정도시니까.

도른　돈? 여보세요, 내가 30년 동안 환자를 치료하며 나 자신을 돌보지 않고 밤낮으로 쉴 틈 없이 일했는데, 간신히 모은 게 고작 2천 루블이오. 게다가 그것도 얼마 전에 외국 여행에서 다 써 버렸다오. 난 가진 게 아무것도 없어요.

마샤　(남편에게) 당신, 아직 안 갔어요?

메드베덴코　(미안한 표정으로) 어쩌겠어? 말을 내주지 않으니!

마샤　(울화가 치미는 표정, 낮은 목소리로) 내 눈앞에 보이지 않았으면 좋겠어!

휠체어가 왼쪽 중앙에서 멈춘다. 폴리나 안드레예브나, 마샤, 도른이 그 주위에 앉는다. 메드베덴코는 풀이 죽어서 한쪽 편으로 물러난다.

도른　야, 집이 많이 달라졌네요! 응접실을 서재로 바꿨군요.

마샤　콘스탄틴 가브릴로비치는 이 방에서 일하는 게 더 편해요. 언제든 내킬 때는 정원으로 나가서 작품 구상을 할 수 있거든요.

야경꾼이 딱따기를 친다.

소린 누이는 어디 있나?

도른 트리고린을 마중하러 역에 갔어요. 곧 돌아올 겁니다.

소린 선생이 누이동생을 이리로 불러들일 필요가 있다고 판단했다면, 그건 내 병이 위독하다는 얘기겠지. (잠시 말이 없다가) 그런데 이상한 일이야, 내 병이 이렇게 위독하다는데도 약 하나 주질 않으니 말이야.

도른 그래서 뭘 원하십니까? 쥐오줌풀? 소다수? 키니네?

소린 저런, 또 훈계를 시작하시는군. 오, 내가 왜 이런 벌을 받는지! (소파를 고갯짓으로 가리키며) 내 잠자리를 깔아 놓은 건가?

폴리나 안드레예브나 네, 그래요, 표트르 니콜라예비치.

소린 고맙소.

도른 (노래한다.) "밤하늘에 달이 뜨면……."

소린 내가 코스챠에게 소설 주제를 하나 주고 싶어. 제목은 '뭔가를 원했던 사람'이라고 붙여야겠지. 'L'homme qui a voulu.'* 젊은 시절 한때는 작가가 되고 싶었지만 그러지 못했지. 또 말을 멋지게 하고 싶었지만 꼴사나운 말투를 버리지 못했어. (자기 말투를 흉내 내며) "결국 다 그런 거야, 그렇기도 하고 안 그렇기도 하고." ……아무리 결론을 내려고 해도 결론은 나지 않고 진땀만 흘린다니까. 또 결혼을 하고 싶었는데, 하지 못했어. 항상 도시에서 살고 싶었는데 이렇게 시골에서 내 인생을 끝장내고 있잖아.

도른 국정 집행 참사관이 되고 싶어 했는데 그렇게 됐잖아요.

소린 (웃는다.) 그건 별로 애쓰지도 않았는데, 그냥 저절로 그렇게 돼 버렸수다.

도른 예순두 살이나 돼 가지고 자기 인생에 불평을 늘어놓으신다 ─ 아무래도 그건 썩 품위 있는 일은 아니지요.

소린 대단한 고집불통일세. 난 더 살고 싶단 말이오!

도른 그건 경박한 태도예요. 자연의 법칙에 따라서 모든 생명은 끝을 맞게 마련입니다.

소린 선생은 마치 배부른 사람처럼 말씀하시는구려. 배가 부르니 인생에도 무관심하고, 만사가 다 그렇고 그런 것처럼 보이시겠지. 하지만 선생도 막상 죽을 때가 되면 무서울 거요.

도른 죽음의 공포는 동물적인 공포예요……. 그걸 이겨 내야 됩니다. 의식적으로 죽음을 두려워할 이유가 있는 사람들은 기독교 신자들밖에 없어요. 자기가 지은 죄를 생각하면 겁이 나니까요. 그렇지만 당신은 우선 신자가 아닌 데다가, 둘째, 당신이 지은 죄가 뭐가 있습니까? 25년 동안 법무부에서 근무한 게 전부잖아요.

소린 (웃으며) 28년이지…….

트레플레프가 들어와서 소린의 발치에 있는 벤치에 앉는다. 마샤는 잠시도 그에게서 눈을 떼지 않는다.

도른 우리가 콘스탄틴 가브릴로비치의 작업을 방해하고 있군요.

트레플레프 아니, 괜찮습니다.

사이.

메드베덴코 의사 선생님, 여쭤 볼 게 있는데요, 외국에서 어느 도 시가 제일 마음에 드셨나요?

도른 제노바.

트레플레프 왜 제노바죠?

도른 거기서는 거리의 군중이 장관이었어요. 저녁때 호텔에서 나오면 온 거리가 사람들로 뒤덮여 있는 겁니다. 그 군중 속에 섞여 아무런 목적 없이 발길 가는 대로 이리저리 움직이다 보면, 그 군중과 한 덩어리로 사는 것 같은 느낌, 심리적으로 융합 되는 느낌이 들어요. 그러면서 단일한 우주적 정신이라는 것이 정말로 가능하다고 믿기 시작하는 겁니다. 마치 언젠가 당신의 희곡에서 니나 자레치나야가 연기한 것처럼 말입니다. 그러고 보니 참, 자레치나야는 지금 어디 있습니까? 잘 지내고 있나요?

트레플레프 잘 있겠지요.

도른 사람들 말로는 좀 특별한 인생을 살았다던데, 무슨 일이 있 었나요?

트레플레프 그게, 뭐랄까, 이야기가 깁니다.

도른 그럼 당신이 줄여서 말해 봐요.

사이.

트레플레프 니나는 집을 나와서 트리고린과 동거를 했어요. 그건 선생님도 알고 계시죠?

도른　알아요.

트레플레프　애도 하나 있었죠. 그런데 죽었어요. 트리고린은 니나에 대한 사랑이 식어 버렸고, 그래서 예전의 연인에게 돌아갔는데, 그건 진작에 예상된 결과였어요. 사실 그 남자는 한 번도 예전의 연인을 버린 적이 없었으니까요. 이 남자 심지가 약해서 이쪽저쪽에 양다리를 걸쳤던 겁니다. 제가 전해 들은 내용을 가지고 판단한다면, 니나의 사생활은 완전히 파탄이 난 것 같습니다.

도른　연기 활동은?

트레플레프　그쪽은 더 나쁜 것 같아요. 니나는 모스크바 근교 별장 단지에 있는 무대에서 데뷔하고서 나중에 지방으로 떠났습니다. 그 당시 저는 니나의 행방을 놓치지 않으면서 한동안 니나가 가는 곳마다 따라다녔어요. 니나는 계속 큰 역할을 맡긴 했는데, 그 연기가 거칠고 상투적인 데다 함부로 고함을 지르거나 과장된 동작을 하기 일쑤였습니다. 외마디 소리를 지르거나 죽는 장면에서 더러 재능을 보여 주긴 했습니다만, 어차피 그런 건 순간에 불과한 거였지요.

도른　그러니까 어쨌든 재능은 있다는 얘기네?

트레플레프　그걸 판단하기가 애매했어요. 아마 있겠지요. 저는 니나를 봤지만, 그쪽에선 저를 만나려 하지 않았어요. 하녀가 저를 방에 들이지 않더군요. 저는 니나의 심정을 알고 있었기 때문에 무리해서 만나자고 고집부리지는 않았습니다.

사이.

자, 또 무슨 이야기를 해 드릴까요? 나중에, 그러니까 이미 집에 돌아와 있을 때였지만, 니나에게서 편지를 몇 통 받았습니다. 재치 있고, 정감 있고, 재미있는 편지들이었어요. 편지에 불평하는 말 같은 건 없었지만, 저는 니나가 몹시 불행하다는 걸 느낄 수 있었습니다. 한 줄 한 줄이 병적이고 신경이 곤두선 느낌이었거든요. 사고에 다소간 혼란을 겪는가 봅니다. 편지에 갈매기라고 서명을 했어요. 왜 『루살카』*에서 방앗간 주인이 자신을 까마귀라고 부르잖습니까. 그런 것처럼 니나도 편지에서 내내 자신을 갈매기라고 부르는 겁니다. 지금 니나가 여기 와 있어요.

도른 아니, 그러니까 여기 와 있다고?

트레플레프 시내 여인숙에요. 거기 방을 얻어서 벌써 5일째 묵고 있어요. 저도 가 봤고, 마샤도 다녀왔지만, 아무도 만나 주지 않아요. 세묜 세묘노비치의 말로는 어제 오후에 여기서 2킬로미터 떨어진 들판에서 니나를 봤다고 합니다.

메드베덴코 네, 제가 만났습니다. 저와 반대 방향으로, 그러니까 시내 쪽으로 가고 있었어요. 제가 인사를 하고 나서, 왜 우리 집에 들르지 않느냐고 물어보니까 곧 올 거라고 했어요.

트레플레프 오지 않을 겁니다.

사이.

아버지와 계모가 니나를 멀리하고 있어요. 사방에 경비원들을 세워 놓고 심지어 영지에 가까이 오지도 못하게 막고 있어요. (의사와 함께 책상으로 다가간다.) 의사 선생님, 종이 위에서 철학사가 되긴 쉽지만, 현실 속에서 철학자가 되기는 참으로 어렵네요!

소린   귀여운 아가씨였는데.

도른   뭐라고요?

소린   귀여운 아가씨였단 말이오. 이 4등 문관 소린까지도 한때 사랑에 빠질 정도였으니까.

도른   늙은 바람둥이 같으니.

샤므라예프의 웃음소리가 들린다.

폴리나 안드레예브나   역에서 오시는 것 같아요.

트레플레프   네, 어머니 목소리가 들리네요.

아르카디나와 트리고린이 들어오고, 뒤따라 샤므라예프가 들어온다.

샤므라예프   (들어오면서) 우리는 모두 나이를 먹고 자연의 위력 아래서 시들어 가는데, 존경하는 부인께서는 여전히 젊으시군요……. 이 밝은 색 재킷하며, 생기 넘치는 모습하며…… 우아한 자태며…….

아르카디나   또 그런 이상한 눈으로 나를 보네. 지겨운 사람이야!

트리고린 (소린에게) 안녕하십니까, 표트르 니콜라예비치! 왜 그렇게 늘 편찮으세요? 그럼 곤란하죠! (마샤를 보자 기뻐하며) 마리야 일리니치나!

마샤 절 알아보시겠어요? (트리고린과 악수한다.)

트리고린 결혼하셨습니까?

마샤 오래됐어요.

트리고린 행복하시죠? (도른과 메드베덴코에게 정중하게 인사를 한 뒤 머뭇머뭇 트레플레프 쪽으로 다가간다.) 어머니 말씀으로는, 당신은 이미 옛일을 다 잊고 화를 풀었다고 하시더군요.

트레플레프가 그에게 손을 내민다.

아르카디나 (아들에게) 보리스 알렉세예비치가 너의 새 단편이 실린 잡지를 가져오셨단다.

트레플레프 (책을 받으며, 트리고린에게) 감사합니다. 매우 친절하시군요.

모두들 앉는다.

트리고린 당신의 애독자들이 안부를 전해 달랍니다. 페테르부르크에서도 모스크바에서도 다들 당신에 대해 궁금해하면서 저에게 자꾸 당신 얘기를 묻습디다. 도대체 어떤 사람이냐, 나이는 얼마나 됐고, 머리는 갈색이냐 금발이냐며 야단이에요. 어쩐 일인지, 모두들 당신을 나이가 좀 된 사람으로 보고 있습니다. 게다가 당신이 언제나 필명으로 작품을 발표하기 때문에, 아무도 당신의 진짜 성을 모르고 있어요. 당신은 마치 '철가면'처럼 신비로운 존재예요.

트레플레프 여기 오래 계실 작정이십니까?

트리고린 아니에요, 내일 바로 모스크바로 떠날 생각입니다. 그래야 돼요. 중편 하나를 급히 끝내야 되고, 그러고 나서는 또 어떤 선집에 작품 하나를 주기로 약속했거든요. 한마디로 말해서, 변한 게 없습니다.

두 사람이 이야기하고 있는 동안, 아르카디나와 폴리나 안드레예브나는 방 한가운데에 카드놀이용 탁자를 놓고 뚜껑을 연다. 샤므라예프는 초에 불을 켜고, 의자들을 갖다 놓는다. 벽장에서 로토용 카드를 꺼낸다.

트리고린 날씨가 절 반기지 않는군요. 바람이 거세요. 내일 아침에 바람이 잦아들면 호수로 낚시질을 하러 갈 겁니다. 참, 정원도 한 바퀴 돌아봐야죠. 그리고 거기도 한번 가 봐야 되는데, 그 있잖습니까, 당신 희곡을 올렸던 곳. 새로운 주제가 하나 떠올랐는데, 사건이 벌어진 장소를 기억 속에서 되새기기만 하면 되거든요.

마샤 (아버지에게) 아버지, 남편에게 말을 좀 내주세요! 저이는 집으로 가야 돼요.

샤므라예프 (흉내 내며) 말을…… 집으로. (엄하게) 방금 정거장
　에 갔다 온 걸 보고도 그러니? 지금 또 말을 내몰 순 없어.

마샤 하지만 다른 말들도 있잖아요. (아버지가 말이 없는 것을
　보고, 손을 내젓는다.) 아버지하고 말을 섞은 내가…….

메드베덴코 마샤, 내가 걸어가지 뭐. 정말이야…….

폴리나 안드레예브나 (한숨을 쉬면서) 걸어가다니, 이런 날씨
　에……. (카드놀이용 탁자에 앉는다.) 자, 여러분…….

메드베덴코 그래 봐야 뭐 6킬로미터밖에 안 되는걸요. 안녕…….
　(아내의 손에 입을 맞춘다.) 장모님, 안녕히 계세요.

장모는 마지못해 그에게 손을 내밀어 입을 맞추게 한다.

　저는 누구에게도 걱정을 끼치고 싶지 않지만, 애 때문에…….
　(모두에게 인사한다.) 안녕히 계세요……. (죄지은 듯한 걸음
　걸이로 나간다.)

샤므라예프 걸어서도 충분히 갈 수 있어. 장군님도 아닌데 뭘.

폴리나 안드레예브나 (탁자를 두드린다.) 자, 여러분, 시간 끌지 맙
　시다. 이제 곧 저녁 식사 하러 오라고 부르러 올 테니까요.

샤므라예프, 마샤, 도른이 탁자에 앉는다.

아르카디나 (트리고린에게) 기나긴 가을 저녁이 찾아오면 여기선
　으레 로토 놀이를 하곤 해요. 자, 보세요, 카드가 다 낡았죠? 우

린 어렸을 적부터 돌아가신 어머니와 함께 이 카드를 가지고 놀았답니다. 저녁 식사 전까지 우리와 어울려 보지 않을래요? (트리고린과 함께 탁자에 앉는다.) 따분한 놀이지만 길이 나면 이것도 나쁘지 않아요. (모두에게 가드를 세 징씩 돌린다.)

트레플레프　(책장을 넘기며) 자기에 관한 기사만 읽고, 내 작품은 건드리지도 않았군. (잡지를 책상 위에 놓고, 왼쪽 문으로 걸어간다. 어머니 옆을 지나면서 그녀의 머리에 입을 맞춘다.)

아르카디나　코스챠, 너는?

트레플레프　미안해요. 별로 내키지 않아서요…… . 바람 좀 쐬러 가겠어요. (나간다.)

아르카디나　10코페이카씩 겁시다. 선생님, 저 대신 내주세요.

도른　알아 모시겠습니다.

마샤　다 거셨죠? 제가 시작합니다…… . 22!

아르카디나　있어요.

마샤　3!

도른　옳거니.

마샤　3을 거셨나요? 8! 81! 10!

샤므라예프　천천히 해라.

아르카디나　하르코프에선 어찌나 법석을 떨며 반기던지, 아이고 머니나, 지금도 머리가 어지럽네!

마샤　34!

무대 뒤에서 우울한 왈츠곡이 들려온다.

아르카디나   대학생들이 박수를 치며 영접해 줬어요……. 과일 바구니 세 개에다 화환이 둘, 그리고 이것도……. (가슴에서 브로치를 뽑아 탁자 위에 던진다.)

샤므라예프   야, 그거 근사하네.

마샤   50!

도른   딱 50인가?

아르카디나   내 의상은 정말 근사했어요. 하기야 뭐, 내가 옷맵시는 빠지지 않지.

폴리나 안드레예브나   코스챠가 피아노를 치고 있군요. 울적한가 봐, 가엾게도.

샤므라예프   신문에서 심하게 악평을 하던데.

마샤   77.

아르카디나   관심도 많으시지.

트리고린   운이 없는 거죠. 그 사람은 아직 자기 특유의 목소리를 만들어 내질 못했어요. 뭔가 생경하고 불분명한데다 어떨 땐 잠꼬대 같기도 하고. 살아 있는 인물이 하나도 없어요.

마샤   11!

아르카디나   (소린을 돌아보고) 페트루샤, 지루해요?

사이.

자네.

도른   국정 집행 참사관님께서 주무시네요.

마샤 7! 90!

트리고린 내가 만약 이런 호숫가 저택에 살았다면, 과연 소설 같은 것을 쓸 수 있었을까요? 그따위 열정 같은 건 다 잠재워 버리고 낚시질이나 했을 것 같네요.

마샤 28!

트리고린 쏘가리나 민물 농어라도 잡히면 정말 황홀하죠!

도른 그래도 나는 콘스탄틴 가브릴로비치를 믿습니다. 그 사람에겐 뭔가 있어요! 뭔가 있다니까! 그 사람은 이미지를 통해 사고할 줄 알아요. 그 사람 소설은 색감이 풍부하고 선명해요. 나는 그걸 강하게 느낍니다. 다만 안타까운 점은, 분명한 쟁점을 가지고 있지 못하다는 것입니다. 그냥 인상을 던져 줄 뿐, 그 이상이 없어요. 사실 인상 하나만으로는 그렇게 멀리 나갈 수 없거든요. 이리나 니콜라예브나, 작가 아드님을 두셔서 흐뭇하시죠?

아르카디나 어쩌면 좋아, 전 아직 읽어 보질 못해서요. 시간이 있어야 말이지.

마샤 26!

트레플레프가 조용히 들어와 자기 책상 쪽으로 간다.

샤므라예프 (트리고린에게) 참, 보리스 알렉세예비치, 저희 집에 선생님 물건이 하나 있습니다.

트리고린 뭔데요?

샤므라예프 언젠가 콘스탄틴 가브릴로비치가 갈매기를 쏘아서 잡은 적이 있잖습니까, 그때 선생님이 그걸 박제로 만들어 달라고 맡기셨지요.

트리고린   기억이 안 나는데요. (생각에 잠기며) 기억이 안 나요!

마샤   66! 1!

트레플레프   (창문을 활짝 열고 귀를 기울인다.) 컴컴하구나! 그런데 모를 일이군, 마음이 왜 이렇게 불안하지.

아르카디나   코스챠, 창문 닫아라. 바람이 불잖니.

트레플레프가 창문을 닫는다.

마샤   88!

트리고린   여러분, 제가 패를 다 맞추었습니다.

아르카디나   (기뻐하며) 브라보! 브라보!

샤므라예프   브라보!

아르카디나   이 양반은 언제 어디서나 운이 좋아요. (일어난다.) 자, 이제 가서 뭘 좀 먹도록 합시다. 우리 유명 인사께선 오늘 점심도 못 드셨어요. 저녁을 들고 나서 계속해요. (아들에게) 코스챠, 네 원고는 그만 놔두고 같이 밥이나 먹으러 가자.

트레플레프   전 생각이 없어요, 어머니. 배가 불러서요.

아르카디나   알아서 하려무나. (소린을 깨운다.) 페트루샤, 식사 시간이에요! (샤므라예프와 팔짱을 낀다.) 내가 하르코프에서 어떻게 환영을 받았는지 말해 줄게요.

폴리나 안드레예브나가 탁자 위의 촛불을 끈다. 그러고 나서 도른과 함께 휠체어를 민다. 모두 왼쪽 문으로 나간다. 무대에는 트레플레프 혼자 책상 앞에 앉아 있다.

트레플레프 (글을 쓸 준비를 한다. 앞에 쓴 부분을 재빨리 훑어본다.) 새로운 형식에 대해 그렇게 떠들어 댔지만, 지금 보니 나 스스로 점점 타성에 빠져들고 있어. (읽는다.) "담장 위에 붙은 벽보는 말하고 있었다……. 검은 머리카락으로 테를 두른 창백한 얼굴……." 말하고 있었다……. 테를 두른……. 진부해. (지운다.) 주인공이 빗소리에 잠을 깨는 대목부터 시작하자. 나머지는 전부 몽땅 지워 버리고. 달밤의 묘사는 너무 길고 억지스러워. 트리고린은 자신의 기법을 터득했으니 쉽겠지……. 그 사람이 쓴다면, 제방 위에는 깨진 병 조각이 반짝이고, 방앗간의 풍차가 검은 그림자를 드리우고 있다 ― 이것으로 달밤의 묘사는 다 되는 거야. 그런데 나는 이런 식이지 ― 파르르 떠는 달빛, 조용히 반짝이는 별들, 저 멀리 들려오는 피아노 소리가 향기롭고 고요한 공기 속으로 잦아든다……. 따분해.

사이.

그래, 나도 점점 더 확신을 갖게 됐어. 문제는 형식이 낡거나 새롭다는 데 있는 게 아니야. 한 인간이 쓴다는 것, 어떤 형식에도 구애받지 않고 쓴다는 것이 중요해. 자기 영혼에서 저절로 흘러

넘치기 때문에 그냥 쓰는 거야.

누군가 책상 가까이에 있는 창문을 두드린다.

뭐지? (창문으로 내다본다.) 아무것도 안 보이는데……. (유리
문을 열고 정원을 내다본다.) 누가 계단을 뛰어 내려가네. (소
리친다.) 거기 누구요?

나간다. 트레플레프가 테라스를 재빨리 걸어가는 소리가 들린다.
30초 후 니나 자레치나야와 함께 돌아온다.

니나! 니나!

니나가 그의 가슴에 머리를 묻고, 소리를 죽이며 흐느낀다.

(감격스럽게) 니나! 니나! 당신…… 당신이었군요. 이럴 것 같
은 예감이 들었어요. 이러려고 하루 종일 마음이 그토록 아팠던
모양이야. (니나의 모자와 외투를 벗긴다.) 오, 착하고 소중한
나의 니나가 왔어! 울지 말아요, 울지 말아요!

니나 여기 누가 있나 봐요.

트레플레프 아무도 없어요.

니나 누가 못 들어오게 문을 잠가 주세요.

트레플레프 들어올 사람은 아무도 없어요.

니나 이리나 니콜라예브나가 여기 계시다는 걸 알아요. 문을 잠가 주세요…….

트레플레프 (오른쪽 문을 열쇠로 잠그고 왼쪽 문으로 간다.) 여긴 자물쇠가 없어요. 이 안락의사로 막지요. (문 옆에 안락의사를 놓는다.) 걱정 마세요, 아무도 안 들어올 겁니다.

니나 (트레플레프의 얼굴을 뚫어질 듯 바라본다.) 얼굴을 좀 보여 주세요. (주위를 둘러보며) 따뜻하고 좋아요……. 그때는 여기가 응접실이었는데. 나 많이 변했지요?

트레플레프 네……. 좀 여위고 눈이 더 커졌어요. 니나, 내가 이렇게 당신을 보고 있다는 게 신기해요. 당신은 왜 나를 만나 주지 않았나요? 왜 여태껏 한 번도 찾아오지 않았어요? 난 당신이 일주일째 여기 머물고 있다는 걸 알고 있어요. 나는 매일 당신 숙소로 가서 거지처럼 당신 창문 밑에 서 있곤 했습니다.

니나 당신이 나를 미워하고 있을까 봐 두려웠어요. 나는 매일 밤 당신이 나를 보면서도 나를 알아보지 못하는 꿈을 꿔요. 아, 당신은 모르실 거예요! 여기 도착한 그날부터 나는 줄곧 여기를…… 이 호수를 찾아왔어요. 이 집 근처에도 여러 번 왔었지만, 차마 들어올 용기가 나지 않았어요. 자, 우리 앉아요.

두 사람, 앉는다.

이렇게 앉아서 이야기를 하는 거예요, 이야기를. 여긴 좋네요, 따뜻하고 아늑하고……. 들리세요, 바람 소리? 투르게네프의 작품에 이런 말이 있지요. "이런 밤, 자기 집 지붕 밑에 있는 사람은, 따뜻한 방 한 칸을 가지고 있는 사람은 행복하다." 난 갈매기예요…… 아니, 그게 아니라…… (자기 이마를 문지른다.) 내가 무슨 말을 했었죠? 맞아…… 투르게네프였지. "그리하여 신은 갈 곳 없는 모든 방랑자들을 도와주리라."……난 괜찮아요. (흐느낀다.)

트레플레프　나나, 당신 또…… 나나!

니나　괜찮아요, 이러니까 마음이 가벼워지네요. 난 2년 동안이나 울어 보질 못했어요. 나는 엊저녁 늦게 이 정원으로 왔어요, 우리 무대가 그대로 있는지 궁금해서. 그런데 여태까지도 무대가 서 있는 거예요. 저는 2년 만에 처음으로 울었어요. 그랬더니 괴로움이 가시고 마음이 맑아지는 느낌이었어요. 보세요, 이젠 안 울잖아요. (그의 손을 잡는다.) 당신은 이제 작가가 됐네요. 당신은 작가, 나는 배우……. 우리 둘 다 소용돌이 속에 빠져든 거예요……. 예전엔 어린애처럼 즐겁게 살았는데 — 아침에 잠이 깨면 노래를 부르고, 당신을 사랑했고, 영광을 꿈꿨고, 하지만 지금은? 내일은 아침 일찍 옐레츠로 떠나야 돼요……. 3등 열차로, 농부들과 함께. 그리고 옐레츠에선 교양 있는 상인들이 온갖 친절을 베풀면서 추근대겠지요. 험한 생활이에요!

트레플레프　옐레츠에는 왜 가죠?

니나　겨울 동안 계약을 했어요. 이제 갈 때가 된 거죠.

트레플레프　나나, 나는 당신을 저주하고 증오하며, 당신이 보낸 편지와 사진들을 찢어 버렸지만, 그러면서도 내 영혼이 당신과 영원히 결합되어 있다는 생각을 한순간도 떨칠 수 없었어요. 니나, 나는 당신에 대한 사랑을 도저히 버릴 수 없었습니다. 내가 당신을 잃고 작품을 발표하기 시작한 이후부터 내 삶은 견딜 수 없을 만큼 고통스러웠습니다……. 마치 내 청춘이 갑자기 갈가리 찢겨 나가고, 이 세상에서 벌써 90년은 살아 버린 것 같은 느낌이었어요. 나는 당신을 부르며, 당신이 다녔던 땅에 입을 맞춥니다. 어디를 보아도, 그 어디에서나 당신 얼굴이 떠올라요, 내 인생에서 가장 행복했던 몇 년간을 비춰 준 당신의 그 상냥한 미소가…….

니나 (당황하며) 이 사람이 왜 이런 말을 하는 걸까, 왜 이런 말을 하는 거지?

트레플레프 나는 외롭습니다. 내 마음에 온기를 전해 줄 사람은 아무도 없어요. 나는 마치 지하에 있는 것처럼 추워요. 그래서 무엇을 쓰든 간에, 내 작품은 모두 메마르고, 딱딱하고, 음울해져요. 여기 남아 줘요, 니나, 제발 부탁해요, 아니면 당신과 함께 가도록 해 줘요!

니나는 재빨리 모자를 쓰고 외투를 입는다.

트레플레프 니나, 왜 그래요? 제발, 니나……. (니나가 옷 입는 걸 바라본다.)

사이.

니나   뒷문에서 마차가 기다리고 있어요. 나오지 마세요. 나 혼자서 갈 테니까……. (눈물을 글썽이며) 물을 좀 주세요.

트레플레프   (물을 준다.) 지금 어디로 가세요?

니나   시내로 가요.

사이.

이리나 니콜라예브나가 여기 계시죠?

트레플레프   네……. 목요일에 삼촌 병세가 좋지 않아서, 어머니께 오시라고 전보를 쳤습니다.

니나   내가 다닌 땅에 키스를 하다니, 그런 말을 왜 해요? 나 같은 건 죽여도 시원치 않을 텐데. (책상에 몸을 기댄다.) 너무 지쳤어요! 쉬었으면 좋겠어……. 쉬었으면! (머리를 든다.) 난 ― 갈매기예요……. 아니, 그게 아니야. 난 ― 여배우지. 그래, 맞아! (아르카디나와 트리고린의 웃음소리를 듣고 귀를 기울인다. 그러다가 왼쪽 문으로 달려가 열쇠 구멍으로 엿본다.) 그이도 여기 있군요……. (트레플레프에게 돌아오며) 그래……. 괜찮아요, 그럼……. 그이는 연극을 믿지 않았어요. 줄곧 나의 꿈을 비웃기만 했어요. 그러다 나까지도 점점 연극을 믿지 않게 되면서 완전히 기가 꺾여 버린 거죠……. 거기에다 사랑의 고민들, 질투, 아기에 대한 끊임없는 두려움……. 나는 초라하고 보잘것없는 여자가 되어서, 아무 생각 없이 연기를 하게 됐어요……. 무대에선 손을 어디에 둬야 할지, 어디에 서야 할지 갈

피를 잡지 못하고, 목소리마저 제대로 낼 수가 없었어요. 형편 없는 연기를 하고 있다는 걸 스스로 느낄 때의 그 기분을 당신은 이해하지 못할 거예요. 나는 갈매기예요. 아니, 그게 아니야……. 당신이 갈매기를 쏘아 잡은 일 기억나요? 우연히 찾아온 한 남자가 갈매기를 보고 심심풀이로 죽여 버렸죠. 작은 단편의 소재…… 아니, 이게 아닌데……. (자기 이마를 문지른다.) 내가 무슨 말을 하고 있었죠? ……아, 무대 이야기를 하고 있었지. 이제 난 예전과 달라요……. 나는 이제 진정한 배우예요. 나는 희열 속에 연기를 즐기면서 무대에 도취되고, 자신을 아름답다고 느껴요. 난 지금은 여기서 머무는 동안, 내내 걸어 다녀요. 걸으면서 생각해요. 나의 정신력이 하루하루 자라나는 것을 생각하고 느껴요. 나는 이제 알아요, 그리고 이해해요, 코스챠, 무대 위에서 연기를 하건 소설을 쓰건 마찬가지예요, 우리가 하는 일에서 중요한 것은 명예가 아니라, 내가 동경하던 그 눈부신 명성이 아니라, 참는 능력이라는 걸 이젠 알아요. 자신의 십자가를 짊어지고 믿음을 갖는 거야. 나는 믿음을 가지고 있기 때문에 그렇게 괴롭지 않아. 그리고 나의 사명을 생각할 때는 인생이 두렵지 않아.

트레플레프 (슬프게) 당신은 자신의 길을 찾았고, 자신이 지금 어디로 가고 있는지를 알고 있군요. 그런데 나는 여전히 백일몽과 환영의 혼돈 속에서, 그것이 무엇을 위해서 그리고 누구를 위해서 필요한지도 알지 못한 채 헤매고 있네요. 나에겐 믿음이 없어요. 나는 내 사명이 무엇인지 모릅니다.

니나   (귀를 기울이면서) 쉬…… 난 갈게요. 안녕. 내가 유명한 배우가 되면 그때 나를 보러 와 줘요. 약속할 거죠? 하지만 지금은……. (트레플레프와 악수한다.) 벌써 늦었어요. 버티고 서 있기도 힘들어요. 완전히 기진맥진했어요. 배도 고프고…….

트레플레프   여기 있어요, 내가 저녁을 차려 줄 테니…….

니나   아니, 아니에요……. 나오지 마세요. 나 혼자 갈 테니까……. 마차가 이 근처에 있어요……. 그러니까 어머니께서 그이를 데리고 오셨겠군요? 하기야, 뭐 아무래도 마찬가지죠. 트리고린을 보더라도 그이에겐 아무 말 말아 주세요……. 난 그이를 사랑해요. 예전보다도 더 깊이 사랑하고 있어요……. 작은 단편의 소재……. 사랑해요, 사랑해요, 열렬히, 죽을힘을 다해서 사랑해요. 예전엔 좋았어요, 코스챠! 기억나요? 얼마나 생생하고 따스하고 기쁨에 찬, 순결한 생활이었는지. 그 감정 ― 마치 부드럽고 화사한 꽃과도 같은 그 감정들…… 기억나세요? (낭송한다.) "사람들, 사자들, 독수리, 뇌조들, 뿔 달린 사슴들, 거위, 거미, 물속에 살던 말 없는 물고기들, 불가사리들 그리고 눈에 보이지 않는 미물들, 한마디로 모든 생명, 모든 생명, 모든 생명들이 슬픈 순환을 마치고 사라져 갔노라……. 지구가 자기 위에 단 하나의 생명체도 보듬지 않게 된 지 벌써 수천 세기, 이 가여운 달은 헛되이 자신의 등불을 밝히고 있노라. 초원은 더 이상 두루미의 울음소리로 잠이 깨지 않고, 보리수 수풀에서는 5월의 딱정벌레 울음이 들리지 않도다……." (트레플레프를 와락 껴안고 나서 유리문 밖으로 뛰쳐나간다.)

트레플레프   (잠시 후) 누가 정원에서 니나를 보고, 나중에 어머니에게 말하면 곤란한데. 어머니는 알면 속상하실 거야……

2분 정도, 말없이 자기 원고를 전부 찢어서 책상 밑으로 내버리너니, 오른쪽 문을 열고 나간다.

도른   (왼쪽 문을 열려고 애쓰면서) 이상하네. 문이 잠긴 것 같은데……. (들어와서 소파를 제자리에 갖다 놓는다.) 장애물 경주네.

아르카디나, 폴리나 안드레예브나, 뒤이어 술병을 든 야코프, 마샤가 들어오고, 그 뒤에 샤므라예프와 트리고린이 들어온다.

아르카디나   적포도주와 보리스 알렉세예비치가 드실 맥주를 여기 탁자 위에 놔 주세요. 게임하면서 마실 거니까. 자, 여러분, 앉읍시다.

폴리나 안드레예브나   (야코프에게) 그리고 차도 바로 내와. (촛불을 켜고, 카드놀이용 탁자에 앉는다.)

샤므라예프   (트리고린을 벽장 쪽으로 데리고 간다.) 이게 아까 말씀드렸던 바로 그 물건입니다. (벽장 속에서 박제된 갈매기를 꺼낸다.) 선생님이 주문하셨죠.

트리고린   (갈매기를 보며) 기억이 안 나는데요! (잠시 생각하더니) 기억이 안 나요!

오른쪽 무대 뒤에서 총성이 들린다. 모두들 흠칫 놀란다.

아르카디나 (놀라서) 이게 뭐야?

도른 별것 아니에요. 아마도 내 왕진 가방 속에서 뭔가 터졌나 봅니다. 걱정하실 것 없어요. (오른쪽 문으로 나간다. 30초 뒤에 돌아온다.) 그럴 줄 알았어. 에테르가 든 병이 터졌어요. (노래한다.) "나는 다시 그대 앞에 넋을 잃고 서 있네⋯⋯."

아르카디나 (탁자에 앉으며) 휴, 깜짝 놀랐어요. 옛날 일이 생각나서⋯⋯. (두 손으로 얼굴을 가린다.) 눈앞이 다 캄캄해졌네.

도른 (잡지를 들추며 트리고린에게) 두어 달 전에 이 잡지에 어떤 기사가 실린 적이 있습니다⋯⋯. '미국에서 온 편지'라고. 그런데 당신에게 좀 묻고 싶은 것이 있습니다. (트리고린의 허리를 껴안고 풋라이트 쪽으로 데리고 온다.) 제가 이 문제에 대해 매우 흥미를 느끼고 있기 때문에⋯⋯ (목소리를 죽여서 낮은 톤으로) 이리나 니콜라예브나를 어디 다른 데로 좀 데려가주세요. 그게, 콘스탄틴 가브릴로비치가 자살을 했습니다.

막.

바냐 삼촌

4막으로 이루어진 시골 생활의 장면들

등장인물

알렉산드르 블라디미로비치 세레브랴코프 퇴직 교수

옐레나 안드레예브나 (엘렌) 교수의 아내(27세)

소피야 알렉산드로브나 (소냐, 소네치카) 교수의 전처의 딸.

마리야 바실리예브나 보이니츠카야 3등 문관의 미망인, 교수의 전처의 어머니

이반 페트로비치 보이니츠키 (바냐, 장) 마리야의 아들

미하일 르보비치 아스트로프 의사

일리야 일리치 텔레긴 영락한 지주

마리나 늙은 유모

일꾼들

무대는 세레브랴코프의 영지.

제1막

정원. 테라스가 달린 저택 일부가 보인다. 오솔길에 서 있는 늙은 포플러 밑에 다과가 차려진 테이블이 놓여 있다. 벤치들과 의자들이 보이고, 그중 한 벤치 위에 기타가 놓여 있다. 테이블 근처에는 그네가 있다. 낮 두 시를 넘은 시각. 흐린 날씨. 마리나(동작이 굼뜨고 병약해 보이는 노파)가 사모바르* 옆에서 뜨개질을 하고 있고, 그 근처를 아스트로프가 서성거리고 있다.

마리나   (차를 따른다.) 드시우, 나리.

아스트로프   (내키지 않는 듯 잔을 받으며) 왠지 생각이 없는걸.

마리나   그럼 보드카 한 잔 드실라우?

아스트로프   됐어요. 난 매일 보드카를 마시는 사람이 아니야. 게다가 이렇게 날이 찌는데.

사이.

유모, 우리가 안 지 얼마나 됐소?

마리나 (기억을 더듬으며) 얼마나 됐냐고요? 어디 한번 따져 보자……. 나리가 이 지방으로 오신 게 언제였더라? ……그게 소냐의 모친, 베라 페트로브나가 아직 살아 계실 때였으니까. 그분이 계실 때, 이 댁에서 겨울을 두 번 날 동안 드나드셨지……. 그러니까 대략 11년이 지났네. (잠깐 생각해 보고) 어쩌면 더 될지도…….

아스트로프 그때에 비해 내가 많이 변했소?

마리나 많이 변했지요. 그때는 젊고 미남이셨는데, 지금은 많이 늙었지. 훤했던 인물도 예전 같지 않고. 거기다 지금은 술도 드시니까.

아스트로프 그렇군……. 10년 만에 딴사람이 돼 버렸어. 이유가 뭐냐고? 일에 치여 그런 걸 거야, 유모. 아침부터 밤까지 내내 앉지도, 쉬지도 못하지, 밤에 이불 덮고 누우면 언제 또 환자에게 불려 나갈까 겁나지. 우리가 서로 알고 지낸 그 세월 내내, 난 단 하루도 자유로운 날이 없었어. 그러니 어떻게 안 늙을 수 있겠나? 게다가 삶 자체가 따분하고 한심하고 지저분하니…… 삶에 질질 끌려 다니는 느낌이야. 주위에는 전부 괴짜들, 하나같이 괴짜들뿐이고, 이런 인간들과 한 2, 3년 함께 살다 보면 나도 모르게 어느새 나 또한 괴짜가 돼요. 피할 수 없는 운명이야. (자신의 긴 콧수염을 손으로 말아 올린다.) 이런, 콧수염이 엄청나게 자라 버렸네……. 멍청한 수염 같으니. 난 괴짜가 돼 버렸소, 유모……. 아직 노망이 들진 않았고, 하늘이 보살폈는지 머리는 제자리에 있지만 감정은 무뎌진 것 같아. 아무 일도 하고 싶지 않고, 아무것도 필요한 게 없고, 누구도 사랑하지 않아…… 어쩌면 내가 유일하게 사랑하는 건 유모인지도 모르겠네. (그녀의 머리에 키스한다.) 내가 어렸을 때 자네 같은 유모가 있었지.

마리나   뭐라도 좀 드시든가?

아스트로프   됐어요. 사순절 셋째 주에 말리츠코예에 갔었어, 전염병 때문에…… 발진 티푸스였거든…… 오두막집 안에 사람들이 여기저기 누워 있더군…… 그 불결함, 그 악취, 그 연기들 하며, 마룻바닥에는 송아지들이 환자들 옆에서 뒹굴고 있질 않나…… 심지어 돼지 새끼들까지 거기 있더라고…… 하루 종일 앉지도 못하고, 빵 부스러기 하나 입에도 못 대 본 채 일을 보고 집에 돌아왔더니, 쉴 틈을 안 주네. 역무원 하나가 철도 사고로 실려 온 거야. 수술하려고 테이블 위에 눕혀 놓았는데, 클로로포름 냄새를 맡자마자 손쓸 새도 없이 내 앞에서 죽어 버리더라고. 그런데 하필이면 그 순간에, 괜한 감정이 되살아나 가지고는 양심을 쑤셔 대네. 내가 마치 일부러 그 사람을 죽이기라도 한 것처럼…… 앉아서 눈을, 이렇게 말이지, 이렇게 감고 생각했어. 우리가 세상을 뜨고 2백 년이나 3백 년 뒤에 살게 될 사람들은 말이야, 자기들을 위해서 이렇게 길을 닦아 준 우리를 감사하는 마음으로 기억해 줄까? 유모. 아마 기억조차 안 하려 들 거야!

마리나   사람들이 기억해 주지 않아도 하느님은 분명 기억해 주실 거예요.

아스트로프 고맙구려. 좋은 얘기야.

보이니츠키가 들어온다.

보이니츠키 (집 안에서 나온다. 아침을 먹고 바로 자다가 왔기 때문에 푸석푸석한 얼굴을 하고 있다. 그는 벤치에 앉아 자신의 멋쟁이 넥타이를 고쳐 맨다.) 그래⋯⋯.

사이.

음⋯⋯.

아스트로프 다 잤어?

보이니츠키 음⋯⋯ 잘 잤네. (하품한다.) 교수 부부가 여기서 지내기 시작한 이후로 생활이 완전히 궤도를 벗어나 버렸어⋯⋯. 제시간에 자지도 않지, 아침이건 점심이건 가릴 것 없이 진수성찬에다 포도주까지 마시지⋯⋯. 이게 다 좋지 않은 거야! 예전엔 소냐와 함께 일하느라 한순간도 한가할 짬이 없었거든. 정말 존경할 만한 아이지. 그런데 지금은 소냐 혼자서 일을 하고, 나는 먹고, 자고, 마시기만 하니⋯⋯ 한심하지!

마리나 (머리를 흔들고) 생활에 절도가 있어야지! 사모바르는 아침부터 끓고 있는데 교수님은 열두 시나 돼서야 일어나니, 그때까지 전부 그냥 기다릴밖에. 이분들이 없었을 땐 보통 사람들하듯이 항상 열두 시에 점심을 먹었는데, 이분들 온 뒤로는 그게 여섯 시야. 밤에 교수님이 책을 읽고 글을 쓰시다가, 갑자기 새벽 한 시가 넘어서 종을 울리는 거야. "왜 그러세요, 나리?" "차 줘!"…… 그 밤중에 하인들 깨워, 사모바르 올려놔…… 절도가 있어야지!

아스트로프 그 사람들, 앞으로도 한참 여기서 지낼 거라던가?

보이니츠키 (휘파람을 분다.) 한 백 년쯤. 교수는 여기 눌러앉기로 작정했나 보던데.

마리나 지금도 봐. 사모바르는 벌써 두 시간째 식탁 위에 있는데, 그분들은 산책하러 나갔어요.

보이니츠키 올 거야, 올 거야…… 너무 열 내지 마.

산책하고 돌아오는 사람들 목소리가 들려온다. 세레브랴코프와 옐레나, 소냐, 텔레긴이 걸어온다.

세레브랴코프 아름다워, 아름다워……. 절경이야.

텔레긴 훌륭합지요, 각하.

소냐 우리 내일은 보호림 지역을 보러 가요. 어때요, 아빠?

보이니츠키 여러분, 차 드세요!

세레브랴코프 미안하지만 차는 서재로 좀 가져다주시게. 내가 오늘 아직 할 일이 남아서 말이야.

소냐 보호림 지역을 한번 보시면 틀림없이 좋아하실 텐데…….

옐레나 안드레예브나, 세레브랴코프, 소냐는 집 안으로 들어간다. 텔레긴이 테이블 쪽으로 와서 마리나 옆에 앉는다.

보이니츠키 이런 찌는 듯한 더위에도 우리 위대한 학자님께서는 외투에, 덧신에, 우산에, 거기다 장갑까지 끼셨네.

아스트로프 뭐, 자신을 그만큼 소중히 여긴다는 거겠지.

보이니츠키 저 여자 참 곱네! 고와! 살면서 저보다 예쁜 여자는 보질 못했어.

텔레긴 마리나 티모페예브나, 들판을 걸어도 그렇고, 그늘진 정원을 산책해도 그렇고, 이 식탁을 봐도 그렇고, 나는 말로 표현할 수 없는 행복감을 느껴요! 날씨는 기가 막히지, 새들은 노래하지, 이거야말로 완전한 평화와 조화 속에서 사는 거잖아. 더 바랄 게 뭐가 있겠어? (잔을 받으며) 진심으로 감사합니다!

보이니츠키 (꿈꾸듯) 그 눈동자…… 멋진 여자야!

아스트로프 뭐든 얘기 좀 해 보시게, 이반 페트로비치.

보이니츠키 (시들하게) 무슨 얘기가 듣고 싶으신데?

아스트로프 뭐 새로운 소식 없어?

보이니츠키 전혀. 맨날 그게 그거야. 나도 예전이랑 다를 바 없어. 다만 좀 더 나빠졌다는 거지. 난 게을러져서 아무 일도 안 하고 영감탱이처럼 구시렁거리기만 하고 있으니 말이야. 우리 늙은 어머니는 아직도 여성 해방에 대해서 혀 짧은 소리로 열변을 토하시지. 한쪽 눈은 무덤을 보고 있는데, 다른 한 눈은 자신의 심오한 책들 속에서 새로운 세상의 여명을 찾고 있다네.

아스트로프 교수는 어때?

보이니츠키 교수님이야 언제나처럼 아침부터 밤늦게까지 서재에 앉아서 집필을 하시지. "정신을 집중하고 이마를 찌푸리며 송시들을 쓰고 또 쓰지만, 시인도 송시도 그 어디에서든 칭찬을 듣지 못하네."* 종이만 불쌍할 뿐이지! 이 사람은 차라리 자서전이나 쓰는 게 나을 거야. 이거 얼마나 근사한 소재야! 그렇잖아, 퇴직 교수, 늙은 건빵, 쥐포 박사 같으니라고……. 수족 통풍에 류머티즘에 편두통, 시기심과 질투심으로 부어오른 간덩이……. 이 쥐포 박사는 어쩔 수 없이 자기 전처의 영지에서 살고 있지. 그럴 수밖에 없는 것이, 도시에서 살 만한 돈이 없거든. 틈만 나면 자기가 불행하다고 투덜거리는데, 사실 그만큼 운 좋은 인간도 드물어요. (신경질적으로) 한번 생각을 해 보게, 얼마나 운이 좋은가! 미천한 교회 일꾼의 아들이, 일개 신학생 출신이었던 그가 학위를 받고 교수 자리까지 얻어서 각하라는 칭호로 불리더니, 원로원 의원의 사위까지 되시고, 기타 등등, 기타 등등. 하기야 이런 게 다 소용없는 얘기지. 하지만 이건 알아 두게. 25년 동안이나 예술에 대해 연구하며 글을 써 온 사람이 그 예술에 대해 아무것도 이해하지 못한다는 거야. 25년 동안 이 인간은 사실주의니 자연주의니, 그 밖에도 온갖 허접쓰레기들에 대해 그저 남들이 해 놓은 이야기들을 되씹어 대고 있어. 25년 동안 읽고 쓴 것들이, 실은 똑똑한 사람들은 오래전에 이미 알고 있었고, 멍청한 인간들은 아무 관심도 없는 것들이라는 얘기야. 다시 말해서 25년 동안 이 인간은 텅 빈 통에서 더 텅 빈 통으로 물을 따르고 있었다는 얘기지. 그런 주제에 자만심은 대단해요! 거기에 불만은 또 왜 그리 많은지! 그러더니 은퇴하고 나서는 알아주는 사람 하나 없이 완전히 잊혀 버렸지. 다시 말해서, 25년 동안 이 인간은 다른 사람의 자리에 앉아 있었던 거야. 저거 봐라, 자기가 무슨 신이라도 된 것처럼 걷고 있네!

아스트로프　이런, 자네 질투하는 것 같은데.

보이니츠키　그래, 질투한다, 왜! 여복은 또 오죽 많아요! 그 어떤 돈 후안도 이렇게 여복이 터지진 않았을 거야! 이 인간의 첫 번째 부인, 그러니까 내 누이는 아름답고 온순하고, 저 푸른 하늘처럼 순결한 여자였어. 품위가 있으면서도 관대해서, 이런 누이를 숭배하는 사람들이 이 인간의 제자들보다도 많았지. 순결한 천사들이 자기들처럼 순결하고 아름다운 천사들을 사랑할 때에나 있을 수 있는, 그런 지극한 마음으로 누이는 이 인간을 사랑했어. 이 인간의 장모, 그러니까 내 어머니는 아직까지도 이 인간을 숭배하고 있고, 이 인간은 아직까지도 어머니에게 거룩한 두려움을 불러일으킨다네. 이 인간의 두 번째 부인, 자네가 방금 본 그 아름답고 똑똑한 여인은 이 인간이 이미 늙은 나이였을 때 시집와서 자신의 젊음과 미와 자유를, 자신의 광채를 그에게 바쳤지. 뭐 하러 그랬을까? 왜?

아스트로프　그녀는 교수에게 정절을 지키나?

보이니츠키　유감스럽게도, 그렇네.

아스트로프　왜 유감스러워?

보이니츠키　왜냐하면 그 정절이라는 게 처음부터 끝까지 날조된 것이니까. 아무리 그럴듯한 수사법으로 둘러대 봐야 거기에는 논리가 없어. 참아 내기 힘든 늙은 남편을 배신하는 건 부도덕하고, 내면에서 울려 나오는 가련한 젊음과 생생한 감정의 목소리를 억누르는 건 부도덕하지 않다니.

텔레긴 (울먹이는 목소리로) 바냐, 나는 자네가 이런 얘기를 하는 게 싫어. 그렇잖아, 사실…… 남편이나 아내를 배신하는 사람은, 다시 말해서 신의 없는 사람이고, 그런 사람은 결국 조국을 배신할 수도 있어!

보이니츠키 (짜증스럽게) 닥치세요, 이 한심한 누룽지야!

텔레긴 이보게, 바냐. 내 아내는 결혼식 다음 날 볼썽사나운 내 외모 때문에 애인과 함께 도망가 버렸어. 그 이후로 나는 오랫동안 내 원칙을 지켜 왔네. 아직까지도 나는 그 여자를 사랑하고 그녀에게 충실하려고 해. 그 여자가 애인에게서 낳은 아이들 양육비로 내 재산을 내주고, 내가 할 수 있는 한에서 그 여자를 도와주고 있어. 나의 행복은 빼앗겼지만 그래도 긍지는 남아 있네. 그 여자는 어떨까? 젊음은 이미 지나갔고, 예전의 아름다움은 자연의 법칙에 따라 빛을 잃었고, 애인은 죽었어……. 그 여자에게 남은 게 뭐가 있겠나?

소냐와 옐레나 안드레예브나가 들어온다. 잠시 후 마리야 바실리예브나가 책을 들고 들어와서 의자에 앉아 책을 읽는다. 유모가 차를 따라 주자, 보지도 않고 차를 마신다.

소냐 (서두르며, 유모에게) 유모, 농부들이 왔어. 가서 얘기 좀 들어줘요, 차는 내가 따를 테니까……. (차를 따른다.)

유모가 나간다. 옐레나는 자신의 찻잔을 가지고 가서 그네에 앉아 차를 마신다.

아스트로프 (옐레나에게) 아시겠지만, 댁의 남편 때문에 왔습니다. 댁에서 보낸 전언으로는 남편께서 류머티즘이다 뭐다 해서 매우 편찮으시다고 했는데, 지금 보니 건강하시네요.

옐레나 안드레예브나 엊저녁에는 다리가 아프다면서 시무룩해 있었는데, 오늘은 괜찮으시네요…….

아스트로프 그런 줄도 모르고 나는 30킬로미터나 되는 길을 죽어라 달려왔군요. 뭐, 좋습니다, 이게 처음도 아니니까. 그 대신 내일까지 댁에 머물면서 최소한 잠은 quantum satis* 잘 수 있겠네요.

소냐 잘됐네요. 선생님이 우리 집에서 주무시는 건 정말 드문 일인데. 아직 점심 안 드셨죠?

아스트로프 네, 아직 안 먹었어요.

소냐 마침 잘됐다. 그럼 점심을 드세요. 우리는 요즘 여섯 시에 점심을 먹어요. (차를 마신다.) 차가 식었어!

텔레긴 사모바르의 온도가 벌써 상당히 떨어졌으니까.

옐레나 안드레예브나 괜찮아요, 이반 이바니치, 우린 식은 차도 마셔요.

텔레긴　미안합니다. 그런데 이반 이바니치가 아니라, 일리야 일리치입니다……. 일리야 일리치 텔레긴, 또는 이 얽은 얼굴 때문에 사람들이 누룽지라고도 부르죠. 제가 소냐의 대부(代父)였는데, 각하께서, 그러니까 댁의 부군께서 저를 잘 아시더라고요. 저는 지금 댁에서 지내고 있습니다. 이 영지에서……. 모르셨겠지만, 사실은 매일 댁에서 식사를 하고 있지요.

소냐　일리야 일리치 씨는 우리를 도와주시는 오른팔 같은 분이에요. (부드럽게) 자, 대부님, 한 잔 더 따를게요.

마리야 바실리예브나　이런!

소냐　왜 그러세요, 할머니?

마리야 바실리예브나　알렉산드르에게 말한다는 걸 깜빡했네. 기억력이 떨어졌어……. 오늘 하리코프의 파벨 알렉세예비치에게서 편지를 받았거든……. 자기가 쓴 새 팸플릿을 보냈더라고.

아스트로프　재미있어요?

마리야 바실리예브나　재미있긴 한데, 뭔가 좀 이상해. 7년 전에 자기가 주장했던 걸 반박하고 있더라고. 이건 끔찍한 일이야!

보이니츠키　끔찍할 것 하나도 없어요. 어머니, 차나 드세요.

마리야 바실리예브나　하지만 난 얘기를 하고 싶다.

보이니츠키　우린 벌써 50년째 이야기하고, 또 이야기하면서, 이런 팸플릿들을 읽고 있잖아요. 이젠 그만할 때가 됐어요.

마리야 바실리예브나　왜 그런진 모르겠지만 너는 내 얘기가 듣기 싫은가 보다. 장, 미안하지만 넌 지난 1년 사이에 너무 변해서 알아보기도 힘들 지경이야……. 넌 확고한 신념과 밝은 품성을 가진 사람이었는데.

보이니츠키 그럼요! 나에겐 밝은 품성이 있었죠. 그걸로 다른 사람을 비춰 주지 못해서 그렇지······.

사이.

나에게 밝은 품성이 있었다······. 이보다 더 가슴 아픈 풍자는 없겠네! 난 이제 마흔일곱이에요. 작년까지만 해도 난 어머니의 그 스콜라 철학으로 어머니처럼 자신의 눈을 애써 가린 채 진짜 인생을 보려 하지 않았지요. 그러면서 내가 잘하고 있는 줄 알았어요. 하지만 지금은 어떤지 아세요? 화가 나고 열이 받쳐서 밤에 잠을 못 자요. 아직 모든 것을 가질 수 있었던 그때에 멍청하게 시간을 낭비한 것이 분해서, 이제는 늙어 버려서 하고 싶어도 할 수 없다는 게 분해서 말입니다!

소냐 바냐 삼촌, 재미없어요!

마리야 바실리예브나 (아들에게) 너는 마치 예전에 네가 가졌던 신념을 비난하는 것 같구나. 그런데 잘못한 건 그 신념들이 아니라 바로 너 자신이야. 너는 그 신념들이라는 게 단지 죽은 글자들이라는 사실을 잊고 있어······. 실천을 했어야지.

보이니츠키 실천이라고요? 모든 사람이 글씨 쓰는 '영구 기관'의 능력을 타고나진 않았다고요. 어머니의 그 교수님처럼 말입니다.

마리야 바실리예브나 도대체 하고 싶은 말이 뭐냐?

소냐 (애원하며) 할머니! 바냐 삼촌! 제발 부탁이에요!

보이니츠키　입 닥치마. 입 닥치고 사과하마.

사이.

옐레나 안드레예브나　오늘 날씨 좋네요……. 덥지도 않고.

사이.

보이니츠키　목매달기 딱 좋은 날씨네…….

텔레긴이 기타를 조율한다. 마리나가 집 주위를 돌아다니며 닭을 불러들인다.

마리나　쭛, 쭛, 쭛…….
소냐　유모, 농부들이 왜 왔대?
마리나　항상 똑같은 얘기죠 뭐, 또 그 황무지 때문이에요. 쭛, 쭛, 쭛…….
소냐　어떤 놈을 찾는 거야?
마리나　얼룩빼기가 병아리들을 데리고 닭장을 나갔어요. 까마귀가 채 간 게 아니면 좋을 텐데……. (나간다.)

텔레긴이 폴카를 연주한다. 모두 말없이 음악을 듣는다. 일꾼이 들어온다.

일꾼 의사 선생님 여기 계세요? (아스트로프에게) 미하일 르보비치 씨, 누가 선생님을 모시러 왔어요.

아스트로프 어디서?

일꾼 공장에서요.

아스트로프 (화가 나서) 거참 고맙구먼. 뭐 어쩌겠어, 가야지. (두리번거리며 모자를 찾는다.) 짜증 나는군, 젠장······.

소냐 정말 성가시겠어요······. 공장 가셨다가 점심 드시러 오세요.

아스트로프 아니야, 이미 늦었어. 이제 어딜····· 날 샜지, 뭐······. (일꾼에게) 저기 말이야, 미안하지만 보드카 한 잔 갖다주지 않겠나.

일꾼이 나간다.

날 샜어요, 날 샜어······. (모자를 발견한다.) 오스트롭스키 희곡에 보면 콧수염은 근사한데 능력은 보잘것없는 사람이 나오잖아. 내가 딱 그 꼴이에요. 그럼, 안녕히, 여러분······. (옐레나 안드레예브나에게) 언제든 여기 소피야 알렉산드로브나와 함께 저희 집에 들러 주시면 진심으로 기쁘겠습니다. 제 소유지는 기껏해야 30헥타르밖에 안 되지만, 그래도 이 근처 1천 킬로미터 이내에서는 견줄 상대가 없는 모범적인 정원과 양묘장을 갖추고 있습니다. 옆에는 보호림도 있어요. 거기 산림 관리인이 나이 들고 늘 몸이 안 좋아서 실질적으로는 내가 그곳 일을 전부 돌보고 있지요.

옐레나 안드레예브나 선생님이 숲을 사랑하신다는 얘기는 벌써부터 듣고 있었어요. 물론 그건 굉장히 유익한 일이겠지요. 하지만 혹시라도 그 일이 선생님의 본업에 방해가 되지는 않나요? 의사 선생님이신데.

아스트로프 우리의 본업이 무엇인지는 하늘만이 알겠지요.

옐레나 안드레예브나 그런데 재미있어요?

아스트로프 그럼요, 재미있는 일이지요.

보이니츠키 (비꼬며) 굉장히 재미있지!

옐레나 안드레예브나 (아스트로프에게) 선생님은 아직 젊어요. 외모로 보면…… 그래요, 서른여섯이나 서른일곱……. 그런데 사실 선생님 얘기가 그렇게 재미있는 건 아니에요. 자나 깨나 숲, 숲. 그건 너무 단조롭다고 생각해요.

소냐 천만에요, 굉장히 흥미로운 일이에요. 미하일 르보비치 씨는 매년 새로운 숲을 조성한답니다. 그리고 동메달에다 표창장까지 받았어요. 선생님은 사람들이 오래된 숲을 훼손하지 않도록 하기 위해 동분서주하고 계세요. 선생님 얘길 들으면 전적으로 동의하시게 될걸요. 선생님은, 숲이 지구를 장식하고 있으며, 인간에게 아름다움을 이해하게 하고 긍지를 심어 준다고 말씀하세요. 숲은 척박한 기후를 온화하게 만들어 줘요. 기후가 온화한 나라에선 자연과 싸우는 일에 힘을 덜 쓰기 때문에 사람들이 더 온화하고 부드럽지요. 그런 곳에 사는 사람들은 아름답고 유연하고 감성이 풍부하며, 그들의 언어는 우아하고 몸동작은 매혹적이에요. 이런 곳에서는 학문과 예술이 꽃피고, 철학은 어두침침하지 않으며 여성에 대한 태도는 우아한 품위로 가득 차 있지요.

보이니츠키　(웃으며) 브라보, 브라보! ……다 좋은 얘기지만 설득력은 없네. 그러니까 친구, (아스트로프에게) 장작으로 난로를 때고 나무로 창고를 지을 수 있도록 허락해 주시게나.

아스트로프　난로는 이탄으로 때고 창고는 돌로 지으면 되잖아. 좋아, 필요가 있어서 나무를 베는 건 그렇다 칩시다. 하지만 무엇 때문에 숲을 망치는 건가? 러시아의 숲들이 도낏자루 아래 신음하고 있어요. 수백만 그루의 나무들이 쓰러져 가고, 짐승과 새들의 보금자리가 황폐해지고, 강물은 바닥을 드러내며 말라 가고, 눈부신 풍경들이 하나하나 사라져 가고 있어요. 이게 다 허리를 구부리고 땅속에서 연료를 채취할 생각을 못하는 게으른 인간들 때문이란 말입니다. (옐레나 안드레예브나에게) 그렇지 않습니까, 부인? 아무 생각 없는 야만인이 아니고서야, 어떻게 이런 아름다운 것들을 난로 속에서 불살라 버리고, 우리가 다시 만들어 낼 수 없는 것들을 함부로 파괴해 버린단 말입니까? 인간은 자신에게 주어진 것들을 늘려 나갈 수 있는 이성과 창조적 능력을 부여받았는데, 이제까지 창조보다는 파괴만 하고 있어요. 숲은 갈수록 줄어들고, 강은 말라 가고, 들새들은 둥지를 빼앗기고, 기후는 엉망이 되고, 땅은 날이 갈수록 점점 척박해지고 흉측해집니다. (보이니츠키에게) 그렇게 비아냥 섞인 눈초리로 바라보는 걸 보니, 자네에게는 내 얘기들이 다 부질없어 보이나 보군……. 그래, 어쩌면 괜스레 유난 떠는 짓거리인지도 모르지. 하지만 난벌(亂伐)로부터 구해 낸 마을 숲 근처를 지나가거나, 혹은 내 손으로 나무를 심은 나의 어린 숲이 속삭이는 소리를 들을 때면, 나는 기후가 조금은 내 권한 속에 있고, 그래서 천 년쯤 지난 뒤에 인간들이 행복해진다면 거기에 나 또한 조금은 기여한 바가 있을 거라는 느낌을 가져. 내가 심은 나무가 나중에 푸른 잎으로 덮여서 바람에 흔들리는 모습을 보고 있으면 내 영혼은 긍지로 가득 찬다네, 그리고 난…… (쟁반 위에 보드카 잔을 올려서 가져오는 일꾼을 보고) 그런데…… (보드카를 마신다.) 갈 시간이 됐네. 이 모든 것들이 어쩌면 결국 헛수작인지도 모르지. 실례하겠습니다! (집 쪽으로 걸어간다.)

소냐 (의사의 팔짱을 끼고 함께 걸으며) 저희 집에 언제 오실 거예요?

아스트로프 모르지…….

소냐 또 한 달 뒤에나?

아스트로프와 소냐가 집 안으로 들어간다. 마리야 바실리예브나와 텔레긴은 테이블 옆에 남는다. 옐레나 안드레예브나와 보이니츠키가 테라스 쪽으로 간다.

옐레나 안드레예브나 이반 페트로비치, 또 지나친 행동을 하셨어요. 마리야 바실리예브나를 굳이 그렇게 놀려야만 했나요, '영구 기관'이니 뭐니 하면서! 오늘 아침 식사 시간에도 알렉산드르와 말다툼을 하셨죠. 왜 그렇게 속이 좁아요!

보이니츠키 그 인간이 미운 걸 어쩝니까!

옐레나 안드레예브나 그이가 다른 사람들과 똑같다는 이유로 그이를 미워하는 건 곤란하지요. 당신보다 나쁠 것도 없어요.

보이니츠키 당신은 자신의 얼굴을, 자신의 거동을 돌아볼 필요가 있어요……. 당신은 어쩌면 그토록 나태한 삶을 삽니까! 오, 대단한 나태함이야!

옐레나 안드레예브나 오, 그래요, 나태하고 따분해요! 모두가 내 남편을 깎아내리고, 모두가 안됐다는 듯이 나를 바라보지요. '불쌍하게도, 남편이 저렇게 늙었으니!' 이런 눈으로. 나를 동정하는 거죠. 오, 나도 잘 알아요! 방금 아스트로프 씨가 말씀하신 그대로예요. 당신이 막무가내로 숲을 망치고 있으니 얼마 안 가서 이 땅 위에는 아무것도 남아나지 않을 거예요. 마찬가지로 당신은 인간도 망치고 있어요. 그래서 얼마 가지 않아 당신 때문에 이 세상에는 믿음도, 순결도, 자기희생의 정신도 남아나지 않을 거예요. 어째서 당신은 자기 것이 아닌 여성을 무관심하게 바라보지 못할까요? 의사 선생님 말마따나 그건 당신 속에 파괴의 악마가 들어앉아 있기 때문이에요. 숲도, 새들도, 여자도, 친구도 당신에겐 소중하지 않은 거예요.

보이니츠키 난 이렇게 고상 떠는 얘기가 싫어!

사이.

옐레나 안드레예브나 그 의사 선생님은 지치고 신경질적인 얼굴을 하고 있더군요. 흥미로운 얼굴이에요. 소냐는 분명히 그 사람을 좋아하고 있고, 그 사람에게 푹 빠져 있는데, 난 그런 소냐가 이해돼요. 그분이 여기 온 게 벌써 세 번째인데, 나는 수줍음을 많이 타서 제대로 말도 못 붙이고 친절하게 대해 주지도 못했네요. 그분은 내가 못된 여자라고 생각할 거예요. 이반 페트로비치, 아마 우리 두 사람 다 비슷한 종족인지도 몰라요. 지긋지긋하고 따분한 인간들이라는 점에서 말이에요! 따분한 인간들! 절 그런 눈으로 보지 마세요, 전 그게 싫어요.

보이니츠키   당신을 사랑하고 있는데 어떻게 내가 다른 눈으로 볼 수 있겠소? 당신은 나의 행복이고, 생명이고, 나의 흘러간 젊음이야! 우리 관계가 이루어질 가능성이 미미하다는 걸, 아니 영(零)이나 다름없다는 걸 나도 알아요. 하지만 난 아무것도 필요 없다오. 그저 당신을 바라보고 당신 목소리를 들을 수 있게만 해 줘요…….

옐레나 안드레예브나   쉿, 사람들이 듣겠어요!

집 안으로 들어간다.

보이니츠키   (그녀의 뒤를 따라가며) 나의 사랑을 얘기할 수 있게 해 주오, 나를 쫓아 버리지 말아 주오. 나에게 이것 하나만이 커다란 행복이라오…….

옐레나 안드레예브나   너무하시네요.

두 사람이 집 안으로 사라진다. 텔레긴이 기타 줄을 퉁기며 폴카를 연주한다. 마리야 바실리예브나는 팸플릿의 여백에 뭔가를 적어 넣는다.

막.

제2막

세레브랴코프가(家)의 식당. 밤. 정원에서 야경꾼의 딱따기 소리가 들린다. 세레브랴코프가 열린 창문 앞의 안락의자에 앉아 졸고 있고 옐레나 안드레예브나도 그 옆에 앉아서 졸고 있다.

세레브랴코프 (잠에서 깨어) 거기 누구야? 소냐, 너니?

옐레나 안드레예브나 나예요.

세레브랴코프 당신이군, 레노치카. 아파서 견딜 수가 없어!

옐레나 안드레예브나 당신 숄이 바닥에 떨어졌네요. (숄을 주워 들어 그의 다리를 감싸 준다.) 알렉산드르, 창문을 닫을게요.

세레브랴코프 아니야, 공기가 답답해. 방금 깜박 졸다가 꿈을 꿨는데, 내 왼쪽 다리가 마치 남의 다리처럼 느껴졌어. 끊어질 듯 아파서 잠이 깬 거야. 아무래도 이건 통풍이 아니라 류머티즘 같아. 지금 몇 시지?

옐레나 안드레예브나 12시 20분이네요.

사이.

세레브랴코프 아침에 서재로 가서 바튜시코프*를 좀 찾아 줘. 그
    책이 아마 이 집에 있을 거야.

옐레나 안드레예브나 네?

세레브랴코프 아침에 바튜시코프를 찾아 달라고. 그 책이 이 집에
    있던 기억이 난다니까. 그런데 왜 이렇게 숨쉬기가 힘들지?

옐레나 안드레예브나 피곤해서 그래요. 이틀째 밤에 잠을 안 자고
    있으니.

세레브랴코프 투르게네프는 통풍이 협심증으로 진행됐다고 그러
    던데. 나도 그렇게 될까 봐 겁나. 늙는다는 건 정말 저주스럽고
    역겨운 일이야. 귀신이나 데려가라지, 이 늙은 몸뚱이. 늙으면
    서 나 자신이 스스로 역겨워져. 틀림없이 당신들도 모두 날 보
    는 게 역겹겠지.

옐레나 안드레예브나 당신은 자기가 늙는 게 마치 우리 잘못인 것
    처럼 얘기하네요.

세레브랴코프 누구보다 당신이 제일 역겹겠지.

사이.

물론 당신이 옳아. 난 바보가 아니니까 이해해. 당신은 젊고, 건
강하고, 아름답고, 살길 원하는데, 나는 노인, 아니 거의 시체나
다름없으니까. 그런데 어쩌겠어? 내가 그걸 모르겠나? 물론,

아직까지 살아 있는 내가 어리석지. 하지만 조금만 기다려요, 내가 곧 당신을 완전히 해방시켜 줄 테니까. 나도 오래 버티진 못할 거야.

옐레나 안드레예브나 나 힘들어요……. 제발, 조용히 해요.

세레브랴코프 그래, 나 때문에 모두가 힘들고, 지겹고, 자신의 젊음을 희생하고 있는데, 나 혼자서만 삶을 누리며 만족해한다, 뭐 이런 얘기가 되네. 그래, 물론 그렇겠지!

옐레나 안드레예브나 조용하세요! 나 좀 괴롭히지 말아요.

세레브랴코프 내가 모든 사람들을 괴롭혔어. 맞는 얘기야.

옐레나 안드레예브나 (눈물을 글썽이며) 지긋지긋해! 말해 봐요, 도대체 나한테 원하는 게 뭐예요?

세레브랴코프 아무것도 없어.

옐레나 안드레예브나 그럼, 조용히 하세요. 부탁이에요.

세레브랴코프 이상한 일이야. 이반 페트로비치나 저 바보 할망구 마리야 바실리예브나가 말을 할 때는 모두 얌전히 듣고 있는데, 내가 한마디라도 할라치면 모두 자신이 불행하다고 느끼기 시작한단 말이야. 내 목소리조차 듣기 싫다는 얘기지. 그래, 내가 아무리 꼴 보기 싫은 에고이스트에 폭군이라 할지라도, 이 늙은 나이에 약간의 에고이즘을 부릴 권리는 있는 것 아닌가? 정말 내가 그 정도의 자격도 없는 거야? 내가 사람들의 보살핌을 받으면서 평온한 노년을 보낼 권리가 정말 없느냔 말이야?

옐레나 안드레예브나 당신의 권리를 부정하는 사람은 아무도 없어요.

바람 때문에 창문이 소리를 내며 닫힌다.

바람이 세져서 창문을 닫아야겠어요. (창문을 닫는다.) 곧 비가 올 것 같네요. 당신 권리를 부정하는 사람은 아무도 없어요.

사이. 야경꾼이 정원에서 딱따기를 치며 노래를 부른다.

세레브랴코프 평생 학문을 위해 일하면서 연구실과 강의실과 존경하는 동료들밖에 모르고 살아왔던 내가 난데없이 이런 무덤 같은 곳에 처박혀, 날마다 저 바보 같은 인간들을 보면서 시시껄렁한 잡담이나 듣고 있으니…… 난 살고 싶어, 난 성공과 명성과 환호를 원해. 그런데 여긴 마치 유배지 같아. 허구한 날 과거를 그리워하고 다른 사람들의 성공 소식을 들으면서 죽음을 겁내고…… 이럴 순 없어! 더 이상 못하겠어! 그런데 여기선 내가 늙어 가는 것조차도 받아들이기 싫다는 거지.

옐레나 안드레예브나 좀 참고 기다려 봐요. 5, 6년 후에는 나도 할머니가 될 테니까.

소냐가 들어온다.

소냐 아버지, 아버지가 직접 아스트로프 선생님을 불러 달라고 하셨는데, 막상 선생님이 오시니까 진료를 거부하셨어요. 그건 무례한 일이에요. 공연히 남에게 폐를 끼친 거예요……

세레브랴코프 아스트로프가 나에게 무슨 도움이 된다고? 그 사람의 의학 지식은 나의 천문학 지식과 별다를 바 없어.*

소냐 아버지의 통풍 때문에 의과 대학 교수 전부를 이리로 데려올 순 없잖아요.

세레브랴코프 그 미친 사람과는 더 이상 할 말이 없다.

소냐 좋으실 대로 하세요. (앉는다.) 난 상관없으니까.

세레브랴코프 지금 몇 시지?

옐레나 안드레예브나 열두 시 지났어요.

세레브랴코프 숨이 답답해……. 소냐, 테이블 위에 있는 물약 좀 가져다 다오.

소냐 네. (물약을 갖다 준다.)

세레브랴코프 (화를 내며) 아, 이게 아니잖아! 심부름도 하나 못 시키겠네!

소냐 제발, 화 좀 내지 마세요. 누구는 그런 걸 받아 줄지 모르겠지만 저는 사양해요. 저는 그런 걸 좋아하지도 않고, 받아 줄 시간도 없어요, 내일 아침 일찍 일어나서 풀을 베어야 돼요.

잠옷을 입은 보이니츠키가 촛불을 들고 들어온다.

보이니츠키 바깥에는 한바탕 소나기가 쏟아질 모양이네.

번개가 친다.

저거 봐. 엘렌과 소냐는 자러들 가요. 내가 교대하러 왔으니까.

세레브랴코프 (놀라며) 안 돼, 안 돼! 나를 이 사람과 함께 내버려
두지 마! 이 사람이 끝없이 말을 걸어서 날 파김치로 만들 거야!

보이니츠키 이분들도 좀 쉬어야죠! 이분들 벌써 이틀 밤이나 잠
을 못 잤어요.

세레브랴코프 그럼 가서 자라고 그래. 하지만 자네도 가게. 고마
워. 제발. 우리 예전의 우정을 생각해서 고집부리지 말게나. 이
야기는 나중에 하세.

보이니츠키 (비웃으며) 예전의 우정이라…… 예전의…….

소냐 그만하세요, 바냐 삼촌.

세레브랴코프 (아내에게) 여보, 날 이 사람과 함께 내버려 두지
마! 날 파김치로 만들 거라니까.

보이니츠키 이거 점점 우스워지네.

마리나가 촛불을 들고 들어온다.

소냐 유모, 그만 자지그래. 많이 늦었어.

마리나 아직 식탁에서 사모바르도 치우지 않은걸요. 그러니 누울
수도 없죠.

세레브랴코프 모두가 잠을 못 자고 지쳤다. 그리고 이게 다 나 때
문이다 이거군.

마리나 (세레브랴코프에게 다가가 부드럽게) 왜 그러세요, 나
리? 아프세요? 저도 이 다리가 쑤셔요, 딱 그렇게 쑤셔요. (솔

을 다시 덮어 주며) 이게 집안 내력이 있는 병이랍니다. 돌아가신 소네치카의 모친 베라 페트로브나도 밤에 너무 아파서 잠을 못 주무셨어요. 그분이 나리를 그토록 사랑했지요…….

사이.

노인네들은 애들처럼 누가 자기를 동정해 주기 바라지만, 노인네를 동정할 사람은 아무도 없어요. (세레브랴코프의 어깨에 입 맞춘다.) 침대로 갑시다, 나리…… 갑시다, 우리 도련님…… 제가 라임 차를 만들어 드릴 테니, 그걸 드시고 다리를 덥히세요. 나리를 위해 하느님께 기도할게요.

세레브랴코프   (감동해서) 갑시다, 마리나.

마리나   저도 이 다리가 딱 그렇게 쑤셔요, 똑같다니까요! (소냐와 함께 그를 데리고 간다.) 베라 페트로브나가 그렇게 괴로워하시면서 늘 우셨는데……. 소네치카 아가씨는 그때 어려서 알지도 못했지. 자, 가요, 나리…….

세레브랴코프, 소냐, 마리나가 나간다.

옐레나 안드레예브나   이이 때문에 너무 힘들어요. 서 있기도 힘들 정도야.

보이니츠키   당신은 그 사람 때문에 힘들지만 나는 나 스스로를 힘들게 만들고 있소. 난 벌써 3일째 잠을 못 잤어요.

옐레나 안드레예브나　이 집안은 문제가 있어요. 당신 어머니는 자기 팸플릿과 교수님을 뺀 모든 걸 증오하지요. 잔뜩 골이 나 있는 우리 교수님은 나를 믿지 못하고, 또 당신을 두려워해요. 소냐는 아버지에게도 삐져 있고, 나에게도 삐쳐 있는데, 나랑은 말을 안 한 지가 벌써 두 주일이나 돼요. 당신은 우리 남편을 증오하고, 자기 어머니에게는 대놓고 비아냥거리고 있지요. 나도 속이 상해서 오늘 스무 번쯤은 울 뻔했어요. 이 집은 문제가 심각해요.

보이니츠키　복잡한 얘기는 그만합시다.

옐레나 안드레예브나　이반 페트로비치, 당신은 교양 있고 똑똑한 분이니까 잘 알고 계시겠지만, 이 세상은 강도나 화재로 멸망하는 것이 아니라 증오와 적의, 이런 사소한 말다툼 때문에 멸망하는 거예요……. 너무 불평만 하지 마시고, 사람들과 화해하세요.

보이니츠키　난 우선 나 자신과 화해해야 돼요! 내 사랑……. (그녀의 손을 덥석 잡으며 입 맞춘다.)

옐레나 안드레예브나　날 좀 내버려 둬요! (손을 빼내며) 나가세요!

보이니츠키　이 비가 지나가면 만물이 생기를 되찾고 가벼운 숨을 쉬겠지요. 그런데 오로지 나에게만은 이 소나기가 생기를 가져다주지 않을 것 같네요. 내 인생이 돌이킬 수 없을 만큼 허비되었다는 생각이 마치 유령처럼 낮이고 밤이고 내 숨통을 조여 와요. 내 과거는 없어요. 그것은 하찮것없는 일에 헛되이 낭비되고 말았지요. 그리고 현재는 끔찍스럽게 무의미해요. 당신에게 이렇게 내 인생과 내 사랑을 드립니다. 내가 이것들을 어디에 숨길 수 있겠습니까? 내가 이것들을 어떻게 감당할 수 있겠어요? 내 감정은 구덩이 속을 비추는 햇빛처럼 속절없이 사라져 가고, 나 자신도 그렇게 사라져 갈 겁니다.

옐레나 안드레예브나   당신이 저에게 사랑 이야기를 할 때면 나는 왠지 무감각해져서 할 말이 생각나질 않아요. 죄송하게도 저는 당신께 해 드릴 얘기가 아무것도 없어요. (나가려 한다.) 안녕히 주무세요.

보이니츠키   (길을 막으며) 나를 괴롭히는 생각이 뭔지 당신은 모를 겁니다. 이 집안에서 내 인생과 함께 또 하나의 인생이 망가져 가고 있어요, 바로 당신의 인생이! 뭘 망설여요? 그 어떤 망할 도덕이 당신을 방해합니까? 생각 좀 해 보세요, 생각을⋯⋯.

옐레나 안드레예브나   (그를 노려보며) 이반 페트로비치, 당신 취했어요!

보이니츠키   그럴지도 모르지, 아마도⋯⋯.

옐레나 안드레예브나   의사 선생님은 어디 계시죠?

보이니츠키   저기⋯⋯ 내 방에서 잡니다. 아마도, 아마도⋯⋯ 무엇이든 가능하지!

옐레나 안드레예브나   그래서 오늘도 마셨나요? 왜 그랬어요?

보이니츠키   그나마 살아 있는 느낌이 드니까⋯⋯. 참견하지 말아요, 엘렌!

옐레나 안드레예브나   예전의 당신은 전혀 술을 마시지 않았고, 그렇게 말을 많이 하지도 않았어요⋯⋯. 가서 주무세요! 당신과 애기하는 게 따분해요.

보이니츠키 (그녀의 손에 입을 맞춘다.) 내 사랑…… 아름다워!

옐레나 안드레예브나 (짜증스럽게) 나를 좀 놔둬요. 정말 지긋지긋해. (나간다.)

보이니츠키 (혼자서) 가 버렸네……. (사이) 지금으로부터 10년 전에 죽은 누이의 집에서 엘렌을 만났지. 그때 그녀가 열일곱, 나는 서른일곱 살이었어. 어째서 난 그때 그녀를 사랑할 생각을 못했을까? 어째서 그녀에게 청혼하지 않았을까? 충분히 가능한 일이었는데! 그랬으면 지금 그녀는 내 아내가 되었을 텐데……. 그래……. 지금 우리 둘이 소나기 때문에 잠을 깨는 거야. 그녀 가 천둥소리에 깜짝 놀라면 나는 그녀를 품에 안고 이렇게 속삭이는 거지. "겁내지 마, 내가 여기 있잖아." 오, 얼마나 멋진 생각인가? 너무 좋아서 웃음이 다 나네……. 오, 맙소사, 머릿속이 뱅뱅 돌아……. 난 왜 이렇게 늙어 버렸을까? 그녀는 어째서 나를 이해하지 못할까? 그녀의 번지르르한 말들, 나태한 도덕, 세상의 멸망이니 뭐니 하는 무의미하고 나태한 생각들 — 이런 모든 게 난 너무 싫어.

사이.

오, 어쩌다 그렇게 속고 살았을까! 난 교수를, 그 한심한 통풍 환자를 숭배하면서, 그 사람을 위해 황소처럼 일했어! 나와 소 냐는 이 영지에서 마지막 한 방울까지 짜내려고 애를 썼어. 우리는 자린고비 농사꾼들처럼 제대로 먹지도 못하면서, 식용유며 완두콩이며 치즈들을 닥치는 대로 팔았어. 그렇게 모은 한 푼 두 푼으로 교수에게 부쳐 줄 몇천 루블을 채워야 했어. 그러면서 교수의 학문을 자랑스러워했어. 교수를 통해 살고, 교수를 통해 숨을 쉬었어! 교수가 쓰고 말하는 모든 것들이 나에게는 천재적인 것으로 보였어. 맙소사, 그런데 이게 뭐야? 퇴직한 지금, 이 사람 인생의 총결산표가 드러나게 됐지. 이건 남긴 업적이라곤 하나도 없고, 아무런 명성도 없는 맹탕이었던 거야! 비누 거품! 난 속았어……. 그래, 멍청하게 속은 거야.

아스트로프가 코트를 입고 들어온다. 조끼를 받쳐 입지 않았고 넥타이도 매지 않았다. 그는 잔뜩 흥이 오른 상태다. 그 뒤를 따라 기타를 든 텔레긴이 들어온다.

아스트로프 기타를 쳐!
텔레긴 사람들이 자는데!
아스트로프 치라니까!

텔레긴이 조용히 기타를 연주한다.

(보이니츠키에게) 자네 여기 혼자 있나? 여자들은 없어? (뒷짐을 지고 조용히 노래 부른다.) "오두막이 춤추네, 난로도 춤추네, 주인이 누울 곳은 어디냐……." 소나기 때문에 잠이 깼어.

대단한 비야. 지금 몇 시지?

보이니츠키 내가 그걸 어떻게 알아.

아스트로프 옐레나 안드레예브나의 목소리가 들렸던 것 같은데.

보이니츠키 지금은 여기 없어.

아스트로프 눈부시게 예쁜 여자야. (테이블 위의 약병들을 둘러보며) 이 약들 좀 보게. 처방이란 처방은 다 있네! 하리코프, 모스크바, 툴라⋯⋯ 잘난 통풍을 가지고 온갖 도시들을 돌아다니며 사람들을 괴롭혔구먼. 이 사람 정말로 아픈 건가, 아니면 아픈 체하는 건가?

보이니츠키 정말 아파.

사이.

아스트로프 자네 오늘 왜 그리 슬픈 얼굴이야? 교수가 불쌍해서?

보이니츠키 날 가만 내버려 두게.

아스트로프 아니면 혹시 교수 부인을 사랑하게 된 건가?

보이니츠키 그 사람은 그냥 친구야.

아스트로프 벌써?

보이니츠키 '벌써'라니, 무슨 뜻이지?

아스트로프 여자가 남자와 친구가 되는 데는 딱 한 가지 순서밖에 없거든 ― 처음에는 그냥 아는 사람, 그러다가 애인, 그다음에 가서야 비로소 친구지.

보이니츠키 너절한 철학이군.

아스트로프　뭐? 그래……. 솔직히 말하면, 내가 좀 너절해지고 있다네. 보다시피 이렇게 취했지. 보통 한 달에 한 번쯤 이렇게 퍼마시는데, 그 상태가 되면 극도로 뻔뻔스럽고 무례해지거든. 그럴 때는 세상에 무서운 게 없어! 최고로 어려운 수술을 멋지게 해치우기도 하고, 미래에 대해 웅대한 구상을 하기도 하지. 그 순간엔 내가 괴짜라는 생각도 들지 않고, 오히려 인류를 위해 엄청난…… 엄청난 공헌을 하게 되리라는 믿음까지 생기는 거야! 그 순간에는 내 나름의 철학적 체계가 생겨나서, 자네들 모두가 무슨 벌레…… 아니면 미생물로 보이는 거야. (텔레긴에게) 누룽지 씨, 기타를 쳐!

텔레긴　이 친구야, 난 자넬 위해서라면 무엇이든 기꺼이 하겠지만, 집안사람들이 다 자잖아!

아스트로프　치라니까!

텔레긴이 조용히 기타를 친다.

마셔야지. 가자고, 저기 코냑이 남아 있을 거야. 그리고 날이 밝는 대로 우리 집으로 가세. 됐시유? '됐소'가 아니라 항상 '됐시유'라고 말하는 조수가 있어. 지독한 사기꾼이지. 어쨌든, 됐시유? (소냐가 들어오는 것을 보고) 실례, 넥타이를 안 맸네. (재빨리 나간다. 텔레긴이 그 뒤를 따라간다.)

소냐　바냐 삼촌, 또 의사 선생님과 술을 드셨네. 잘난 총각 두 분께서 의기 투합하셨군요. 저분이야 항상 저러시지만 삼촌은 또 왜 그러세요? 삼촌 연세에 이건 민망한 일이에요.

보이니츠키   거기서 나이 얘기가 왜 나와. 진정한 삶이 없다면 신기루에라도 의지하며 살아야지. 그래도 아무것도 없는 것보다는 낫잖아.

소냐   건초는 다 베어 놓았는데 매일 비가 오다 보니 전부 썩어 가고 있어요. 그런데 삼촌은 신기루 타령이나 하고 있으니. 삼촌은 밭일을 완전히 팽개쳐 버렸고…… 나 혼자 일을 하고 있는데, 이제는 완전히 기진맥진이에요. (놀라며) 삼촌, 눈물을 흘리고 있잖아요!

보이니츠키   눈물이라고? 아니다……. 무슨 그런 소릴……. 방금네가 날 보는 모습이 꼭 돌아가신 네 엄마 같더구나. 애야……(소냐의 손과 얼굴에 허겁지겁 입을 맞추며) 내 누이, 예쁜 내 누이……. 그 애는 지금 어디 있을까? 그 애가 그걸 안다면! 아, 그 애가 그걸 안다면!

소냐   네? 삼촌, 뭘 안다는 거예요?

보이니츠키   힘들어, 속이 거북하구나. 아무것도 아니야……. 나중에…… 아무것도 아니다……. 난 간다. (나간다.)

소냐   (문을 두드린다.) 미하일 르보비치 씨! 안 주무시죠? 잠깐 저 좀 보세요!

아스트로프   (문 뒤에서) 금방 나가요! (잠시 뒤에 들어온다. 그사이 그는 조끼를 입고 넥타이를 맸다.) 무슨 분부시온지?

소냐   술이 그렇게 좋으시면 혼자서 드세요. 다만 삼촌에게 권하지만 마세요, 제발요. 삼촌에게는 술이 해로워요.

아스트로프   알았어요. 우리 이제 술 안 마시리다.

사이.

난 지금 집에 가겠소. 그렇게 정했으니 그리해야지. 말을 준비
하는 동안 날이 밝을 거야.

소냐   비가 와요. 아침이 될 때까지 기다리세요.

아스트로프   소나기는 금방 지나갈 테니까, 기껏해야 옷자락이나
조금 적실 정도일 거요. 가겠어요. 그리고 부탁인데, 더 이상 아
버지 일로 나를 부르지 말아 주세요. 내가 그분에게 통풍이라고
하면 그분은 류머티즘이라 하고, 내가 누우라고 하면 앉아 버리
니. 오늘은 아예 나랑 얘기도 하지 않으려 들더군.

소냐   응석이 좀 심하죠. (찬장을 뒤진다.) 뭐 좀 드시겠어요?

아스트로프   네, 주세요.

소냐   저는 밤중에 군것질하는 걸 좋아해요. 찬장에 뭔가 있을 거
예요. 사람들 얘기로는 아버지가 여복이 많았다고 하던데, 그래
서 여자들이 아버지 버릇을 잘못 들였나 봐요. 자, 여기 치즈 드
세요.

두 사람은 찬장 옆에서 음식을 먹는다.

아스트로프   난 오늘 아무것도 안 먹고 술만 마셨어요. 당신 아버
님 성격도 꽤나 꼼꼼합니다. (찬장에서 술병을 꺼낸다.) 괜찮

죠? (술잔을 들이켠다.) 여긴 아무도 없으니 솔직히 말해도 괜찮겠지. 나라면 이 집에서 단 한 달도 못 살 거요. 이런 공기 속에서는 숨이 막혀 죽어 버릴 겁니다. 당신 아버지는 자신의 통풍과 책 속에 완전히 심취해 계시지, 바냐 삼촌은 우울증이지, 거기다 당신 할머니 그리고 당신 계모……

소냐　계모가 어떤데요?

아스트로프　인간은 누구나 자기 나름의 아름다운 점을 갖고 있어요. 그게 얼굴이 됐든, 옷맵시가 됐든, 영혼이 됐든, 사상이 됐든 말입니다. 그녀는 아름다워요. 재론의 여지가 없지요. 하지만 그녀는 오로지 먹고, 자고, 산책하고, 자신의 미모로 우리를 홀리고 있을 뿐 그 밖에는 아무것도 없단 말입니다. 자기 자신은 아무런 의무도 없고, 다른 사람들만 그녀를 위해 일하고 있지요……. 그렇지 않습니까? 그런 무위도식의 삶은 떳떳할 수가 없어요.

사이.

어쩌면 내가 너무 가혹하게 평가하는 건지도 모르지요. 나도 당신 삼촌 바냐처럼 인생이 불만스러운 게지. 우린 둘 다 불평꾼이 되어 가고 있어요.

소냐　생활이 불만스러우세요?

아스트로프　난 대체로 삶을 사랑하지만, 그래도 이런 러시아 벽지의 단조로운 생활은 이제 견디기 힘들군요. 진심으로 이런 생활을 경멸합니다. 나 자신의 개인적인 삶에 대해 말한다면, 맙소사, 거기엔 도무지 좋은 일이라곤 없어요. 캄캄한 밤중에 당신이 숲 속을 걸어가고 있다고 해 봅시다. 그때 만일 멀리서 불빛이 비치면 피곤함도, 어둠도, 심지어 가시 돋친 나뭇가지가 얼굴을 찔러 대는 것도 못 느낄 겁니다. 당신도 알다시피 나는 우리 지역에서 누구보다 일을 많이 하는 사람입니다만, 운명이 나를 끊임없이 골탕 먹이는 바람에 참을 수 없이 괴로울 때들이 종종 있어요. 하지만 이런 나에게 먼 불빛은 보이지 않네요. 나는 이제 아무것도 기대하지 않고, 아무도 사랑하지 않아요……. 아무도 사랑하지 않은 지 오래됐어요.

소냐 아무도?

아스트로프 아무도. 당신네 유모에게만은 약간의 부드러운 감정을 가지고 있는데, 그건 오래된 추억 때문이지요. 농부들은 하나같이 몽매한데다 지저분하게 살고 있어요. 그런가 하면 인텔리들과는 말이 안 통하지요. 인텔리들은 나를 맥 빠지게 만듭니다. 그들은 우리의 선량한 이웃들이지만 하나같이 생각이 좀스럽고 감정도 좀스러워서 오로지 자기 코앞에 있는 것만 볼 뿐이에요. 쉽게 말해서 바보들입니다. 좀 똑똑하고 덜 좀스러운 사람들은 신경질적이거나, 아니면 분석과 반성에만 빠져 있지요……. 이 사람들은 노상 불평을 늘어놓으면서 남을 증오하고, 미친 듯이 비방합니다. 그리고 다른 사람 곁으로 슬쩍 다가와서 그 사람을 곁눈질하며 자기 멋대로 판단하지요. '오, 이자는 사이코패스야!', '이자는 궤변가로군!' 그런데 내 이마에는 무슨 딱지를 붙여야 될지 모르겠으니까 이렇게 말해요. '이거 좀 이상한 사람이잖아, 이상해!' 나는 숲을 사랑합니다 — 이거 이상하죠. 나는 고기를 먹지 않아요 — 이것도 이상하다는 겁니다. 자연과 인간을 직접적이고, 순수하고, 자유롭게 대하는 태도는 이제 없어요……. 없고말고! (술을 마시려 한다.)

소냐 (그를 말린다.) 안 돼요, 제발 부탁이니 더 마시지 마세요.

아스트로프 어째서?

소냐 이런 건 선생님에게 어울리지 않아요! 선생님은 멋진 분이에요, 목소리도 참 부드럽고……. 선생님은 내가 알고 있는 그 누구보다 멋있어요. 그런데 도대체 뭣 때문에 술이나 마시고 노름이나 하는 그런 보통 사람들과 어울리려 하시는 거예요? 오, 그러지 마세요, 제발 부탁이에요! 선생님은 항상 사람들이 창조를 못할망정, 하늘이 내려 준 것들을 파괴하기만 한다고 말씀하시잖아요. 한데 선생님은 어째서 자기 자신을 파괴하려 하세요? 안 돼요, 그러면 안 돼요, 제발, 제가 이렇게 빌게요.

아스트로프 (그녀에게 손을 내민다.) 이제 더 이상 마시지 않겠소.

소냐 맹세하세요.

아스트로프 진정으로.

소냐 (굳게 악수하며) 고마워요!

아스트로프 끝! 술 다 깼어요. 보세요, 난 이제 말짱해요. 그리고 평생 이런 상태로 살 겁니다. (시계를 본다.) 그러면 계속해 봅시다. 내가 하려던 얘기는 뭐냐 하면, 내 시절은 이미 지나갔고, 나는 뒤처졌다는 거죠……. 난 늙었고, 일은 할 만큼 했고, 속물스러워졌고, 감정도 메말라 버렸기 때문에, 이제 더 이상 사람에게 정을 붙일 수 없게 되었다는 겁니다. 나는 아무도 사랑하지 않고, 그리고…… 필경 앞으로도 그럴 겁니다. 아직 내 마음을 붙드는 게 있다면 그건 아름다움이요. 난 그 여자에게 무관심할 수가 없네요. 어쩌면 말이에요, 만약 옐레나 안드레예브나가 원하기만 한다면, 단 하루 만에 나를 정신 못 차리게 만들 수 있을 겁니다……. 하지만 이건 사랑이 아니지, 제대로 된 관계가 아니지……. (손으로 눈을 가리며 몸서리를 친다.)

소냐 선생님 왜 그러세요?

아스트로프 그냥…… 사순절 기간 중에 환자 한 명이 클로로포름 중독으로 죽었어요.

소냐 그 일은 이제 잊으실 때가 됐어요.

사이.

말씀해 주세요, 미하일 르보비치 씨…… 만약에 저에게 여자 친구나 누이동생이 있는데, 그 애가…… 그러니까, 이를테면 선생님을 사랑하고 있다는 걸 아신다면, 선생님은 어쩌시겠어요?

아스트로프 (어깨를 으쓱하고) 모르겠네요. 내가 딱히 어쩌고 자시고 할 일이 없지요. 아마 그 아가씨에게 이해할 수 있게끔 설명할 겁니다, 난 아가씨를 사랑할 수 없다고……. 그래요, 지금 내 머리를 채우고 있는 건 그게 아니니까. 그나저나, 가려면 지금 출발해야겠네요. 안녕, 귀여운 아가씨, 이러다간 아침까지 얘기해도 끝이 없을 거야. (악수한다.) 괜찮다면 나는 응접실을 통해서 나갈게요. 자칫 잘못하면 댁의 삼촌이 날 붙잡을지도 모르니까. (나간다.)

소냐 (혼자서) 이분은 내게 아무런 내답도 안 하고 가네……. 난 여전히 이분의 영혼과 마음을 엿볼 수가 없어. 하지만 난 왜 이렇게 행복한 느낌일까? (행복해서 웃는다.) 내가 이분에게 그랬지 ― 당신은 멋진 분이에요, 목소리도 참 부드럽고……. 내가 너무 뜬금없는 얘길 한 건가? 떨리는 듯, 어루만지는 듯한 그 목소리……. 공기 속에서 그분이 느껴져. 그런데 내가 누이동생에 관한 이야기를 했을 때는 못 알아듣더라고. (양손을 쥐어짜며) 아, 못생겼다는 건 너무 끔찍해! 너무 끔찍해! 나도 내가 못생겼다는 걸 알아, 알아, 알아……. 지난 일요일에 교회 갔을 때, 사람들이 내 얘길 하는 걸 들었어. 어떤 여자가 그랬지. "저 아가씨는 착하고, 마음도 넓은데, 안됐어, 그렇게 못생겼으니……." 못생겼어…….

옐레나 안드레예브나가 들어온다.

옐레나 안드레예브나 (창문을 연다.) 소나기가 지나갔네. 공기 참 좋다!

사이.

의사 선생님은 어디 계시나?

소냐 가셨어요.

사이.

옐레나 안드레예브나 소냐!

소냐 왜요?

옐레나 안드레예브나 나한테 언제까지 그렇게 심통을 부릴 거야? 우린 서로에게 나쁜 짓 한 것도 없잖아요. 왜 우리가 적이 된 거지? 도무지…….

소냐 나도 이러고 싶었어요……. (옐레나를 포옹한다.) 그만 화를 풀어요.

옐레나 안드레예브나 좋았어.

두 사람 모두 들떠 있다.

소냐 아버지는 주무세요?

옐레나 안드레예브나 아니, 응접실에 앉아 계세요……. 그런데 우리 한 주일 내내 서로 한마디도 안 했잖아, 아무 이유도 없이……. (찬장이 열려 있는 걸 보고) 이건 뭐야?

소냐 미하일 르보비치가 저녁을 드셨어요.

옐레나 안드레예브나 포도주도 있네……. 우정을 위해 한잔해요.

소냐 그래요.

옐레나 안드레예브나 잔 하나로……. (술을 따른다.) 그게 더 낫지. 그럼 이제부터 서로 말 놓는 거야?

소냐 응. (술을 늘이켜고 서로 입을 맞춘다.) 난 오래전부터 화해하고 싶었어. 하지만 괜히 부끄러워서……. (운다.)

옐레나 안드레예브나 왜 울어?

소냐 아니야, 그냥.

옐레나 안드레예브나 자, 그만, 그만……. (운다.) 바보, 그러니까 나도 눈물이 나잖아. (사이) 너는 내가 무슨 계산적인 생각으로 너희 아버지에게 시집왔다고 생각해서 나에게 화가 났었나 본데…… 그런 악의적인 소문 때문이라면 너에게 맹세할 수 있어─나는 사랑했기 때문에 결혼했어. 나는 학자이자 유명 인사였던 그 사람에게 끌렸던 거야. 그건 진정성이 없는 작위적인 사랑이었지만, 그 당시의 나에게는 진정한 사랑으로 여겨졌어. 그건 내 죄가 아니야. 그런데 너는 결혼식이 있던 바로 그날부터 쭉 너의 그 영리하고 의심 가득한 눈초리로 나를 벌주었지.

소냐 자, 화해, 화해! 잊어버려요.

옐레나 안드레예브나 사람을 그렇게 보면 안 되는 거야. 그건 너에게 어울리지 않아. 모든 사람을 믿어야지, 안 그러면 살 수 없어.

사이.

소냐 친구로서 정직하게 말해 줘요……. 행복해?

옐레나 안드레예브나 아니.

소냐 그럴 줄 알았어. 하나 더 물어볼게. 솔직하게 말해 봐요 ─ 자기는 젊은 남편이 있으면 좋겠지?

옐레나 안드레예브나 맙소사, 너 아직 어린 애로구나. 물론 그랬으면 좋겠지. (웃는다.) 자, 또 뭐든 물어봐, 뭐든지…….

소냐 의사 선생님 맘에 들어?

옐레나 안드레예브나 응, 굉장히.

소냐 (웃는다.) 내 표정이 바보 같을 거야……. 그렇지? 그분이 떠났는데도 내 귀엔 여전히 그분 목소리와 발소리가 들려. 그리고 저 컴컴한 창을 보면 그분의 얼굴이 그 위에 떠오르는 거야. 까짓것 다 말해 버리지 뭐……. 하지만 난 창피해서 큰 소리로 말을 못하겠어. 내 방으로 가서 이야기하자. 내가 바보 같아 보이지? 솔직히 말해 봐……. 그분에 대해서 뭐든 내게 말해 줘.

옐레나 안드레예브나 뭘 얘기하지?

소냐 그분은 똑똑해. 그분은 뭐든지 알고 있고, 뭐든지 할 줄 알아. 또 그분은 환자를 치료하고, 또 나무도 심고…….

옐레나 안드레예브나 숲이나 의술 같은 건 중요한 게 아니야……. 이봐요, 아가씨, 중요한 건 바로 재능이야! 너 재능이란 게 뭔지 아니? 과감성, 자유로운 정신, 원대한 구상……. 나무 한 그루를 심으면서도 벌써 이 나무가 천 년 뒤에 어떻게 될지를 생각하고, 그러면서 인류의 행복을 꿈꾸는 거야. 그런 사람들은 드물어. 그러니 사랑하지 않을 수가 없지……. 가끔 술을 마시고, 그러면 좀 거칠어지지만, 그게 뭐 어때서? 러시아에서는 재능 있는 사람이 완전무결할 수가 없어요. 한번 생각해 봐, 이 의사 선생님의 인생이 어떻겠어? 발이 푹푹 빠지는 진창길, 지독한 추위, 눈보라, 엄청난 거리, 거칠고 몽매한 농부들, 사방에 널려 있는 궁핍하고 아픈 사람들 — 이런 환경에서 밤낮으로 일하고 투쟁하는 사람이 마흔이 넘어서까지 술도 안 마시면서 스스로를 완전무결하게 유지한다는 건 어려운 일이야……. (소냐에게 입 맞춘다.) 진심으로 네가 행복하길 바라. 넌 행복할 자격이 있어. (일어난다.) 난 별 볼 일 없는 단역 같은 인간이야……. 음악 속에도, 가장이 있는 집안에도, 온갖 소설 속에도, 어디에나 그런 인물들이 있어. 한마디로 말해서 나는 그저 단역일 뿐이야. 솔직히 말해서, 소냐, 생각해 보면, 나는 참으로, 참으로 불행해! (흥분해서 무대를 이리저리 돌아다닌다.) 이 세상에 나의 행복은 없어. 없어! 너 왜 웃니?

소냐 (얼굴을 가리고 웃는다.) 난 너무 행복해……. 행복해!

옐레나 안드레예브나 피아노가 치고 싶다……. 지금 뭐든 연주를 했으면 좋겠어.

소냐 쳐. (그녀를 포옹한다.) 난 잠이 안 와. 피아노를 쳐!

옐레나 안드레예브나 알았어. 그런데 네 아버지가 깨어 있잖아. 그 사람은 아플 때 피아노를 치면 질색하거든. 가서 물어봐. 그 사람이 괜찮다고 하면 칠게. 가 봐.

소냐 알았어. (나간다.)

정원에서 야경꾼이 딱따기를 친다.

옐레나 안드레예브나 피아노를 안 친 지 꽤 오래됐네. 피아노를 치면서 울 거야, 바보처럼 울 거야. (창문을 향해) 예핌, 지금 딱따기 치는 게 너니?

야경꾼의 목소리. "네!"

옐레나 안드레예브나 치지 마, 나리가 편찮으셔.

야경꾼의 목소리. "지금 나가겠습니다!" (휘파람을 분다.) "어이, 바둑아, 이 꼬마야! 바둑아!"

사이.

소냐 (돌아와서) 하지 말래.

막.

제3막

세레브랴코프의 응접실. 오른쪽, 왼쪽, 한가운데로 세 개의 문이 보인다. 낮.

보이니츠키와 소냐가 앉아 있고, 옐레나 안드레예브나가 뭔가를 생각하며 무대 위를 거닐고 있다.

보이니츠키　교수 나리께서 오늘 오후 한 시에 응접실로 모두 모여 주십사 하는 바람을 표명하셨는데. (시계를 본다.) 1시 15분 전이군요. 세상 사람들에게 뭔가 발표하실 일이 있으신가 봅니다.

옐레나 안드레예브나　아마도 무슨 사업에 관한 일일 거예요.

보이니츠키　그 사람에게 무슨 사업이 있어. 헛소리나 쓰고, 불평하고 시샘하는 일 말고는 아무것도 없는데.

소냐　(나무라는 말투로) 삼촌!

보이니츠키　그래, 그래 잘못했다. (옐레나 안드레예브나를 가리키며) 저것 좀 봐, 얼마나 게으르면 그냥 걸어가는데도 몸이 흐느적거리네. 정말 예뻐! 정말로!

옐레나 안드레예브나 당신은 하루 종일 주절주절, 끊임없이 주절거리네요. 지겹지도 않아요! (울적하게) 따분해서 죽을 지경이야. 내가 왜 이런지 모르겠네.

소냐 (어깨를 으쓱하며) 원한다면 일이야 얼마든지 있는데.

옐레나 안드레예브나 예를 들면?

소냐 농장 일을 해요, 아니면 농부들을 가르치고, 보살펴 주든가……. 일이 얼마나 많은데? 자기랑 아빠가 여기 없었을 때는 나하고 바냐 삼촌이 시장에 가서 밀가루를 팔기도 했어.

옐레나 안드레예브나 그런 건 할 줄 몰라. 그리고 사실 흥미도 없어. 농부들을 가르치고 보살피는 건 이념 소설에나 나오는 얘기지, 나 같은 사람이 아무 이유도 없이 별안간 그 사람들한테 가서 뭘 보살피고 뭘 가르쳐?

소냐 왜 못 가르치겠다는 건지 거참 이해를 못하겠네. 일단 해 보면 익숙해질 텐데. (그녀를 포옹한다.) 너무 따분해하지 마. (웃으며) 자기가 그렇게 따분해하고 안절부절못하면 그 따분함과 게으름이 다른 사람에게도 전염돼. 봐, 바냐 삼촌은 아무 일도 하지 않고 무슨 그림자처럼 자기 뒤만 따라다니지, 나는 일거리들을 제쳐 놓고 자기와 수다를 떨려고 이렇게 달려왔지. 나 너무 게을러져서 어쩌나! 미하일 르보비치 선생님은 예전에 우리 집에 오시는 일이 드물어서, 힘들게 부탁을 해야 한 달에 한 번 정도였는데, 지금은 자신의 숲도, 진료도 팽개치고 매일같이 여길 오시잖아. 자긴 마법사가 틀림없어.

보이니츠키　뭘 그리 고민하시나? (활기 있게) 자, 내 소중한 명품 여인이여, 잘 생각해 보시오! 어차피 당신의 혈관에는 루살카의 피가 흐르고 있으니, 그냥 루살카로 살면 돼! 일생에 난 한 번만이라도 자신의 자유 의지에 따라 봐요. 당장 용궁에 사는 남자 물귀신 하나를 골라잡아서 흠뻑 사랑에 빠져 버리시라고. 머리부터 풍덩 강물로 뛰어들어서 교수 나리와 우리들이 입을 딱 벌리고 놀라게 만들어 보라고요!

옐레나 안드레예브나　(격노하며) 날 좀 가만히 내버려 둬요! 어쩌면 그렇게 잔인할 수가! (나가려 한다.)

보이니츠키　(그녀를 놓아주지 않는다.) 자, 자, 나의 기쁨이여, 용서해 주세요……. 내가 잘못했어요. (그녀의 손에 입 맞춘다.) 피스.

옐레나 안드레예브나　천사라도 참기 힘들 거예요, 정말이지.

보이니츠키　화해와 공감의 증표로 지금 장미꽃 다발을 가져다 드리리다. 아침부터 당신을 위해 준비했어요……. 가을 장미, 매혹적이고도 애달픈 장미를……. (나간다.)

소냐　가을 장미, 매혹적이고도 애달픈 장미…….

두 사람은 창문을 본다.

옐레나 안드레예브나　벌써 9월이네. 아무래도 여기서 겨울을 나게 생겼군!

사이.

의사 선생님은 어디 계시지?

소냐 바냐 삼촌 방에서 뭔가 쓰고 계셔. 바냐 삼촌이 가서 기뻐, 자기와 할 얘기가 있었거든.

옐레나 안드레예브나 무슨 얘기?

소냐 무슨 얘기냐고? (그녀의 가슴에 머리를 올려놓는다.)

옐레나 안드레예브나 그래, 괜찮아, 괜찮아……. (소냐의 머리카락을 쓰다듬는다.) 괜찮아.

소냐 난 못생겼어.

옐레나 안드레예브나 넌 아름다운 머릿결을 가졌어.

소냐 아니야! (거울에 자신을 비춰 보려고 고개를 돌린다.) 아니야! 여자가 못생겼을 때 사람들은 그렇게 말하지. '당신은 눈이 아름다워, 당신은 머릿결이 아름다워'라고……. 나는 벌써 6년 동안 그분을 사모하고 있어. 그분을 내 어머니보다도 더 사랑해. 매 순간 그분의 목소리를 듣고, 내 손을 쥔 그분의 손길을 느껴. 문을 바라보며 기다리고 있으면 그분이 당장이라도 올 것만 같은 생각이 들어. 이거 봐, 난 그분 이야기를 한마디라도 더 하려고 걸핏하면 이렇게 자기한테 오잖아. 요즘 그분은 매일 여기에 오는데도 나를 봐주지 않아, 나는 보이지도 않나 봐……. 이렇게 괴로울 수가 없어! 난 아무런 희망도 없어, 없어, 없어! (절망적으로) 오 하느님, 저에게 힘을 주세요……. 밤새 기도했어……. 난 종종 그분에게 다가가 먼저 말을 걸며 그분의 눈

제3막 **159**

을 바라보지……. 자존심 같은 건 다 팽개친 지 오래야, 자신을 통제할 힘도 없어……. 그러다가 어제는 자제심을 잃고 바냐 삼촌에게 그분을 사랑한다는 고백을 했어……. 이제는 하인들도 내가 그분을 사랑한다는 걸 알아. 모두가 알아.

옐레나 안드레예브나 그 사람은 어떤데?

소냐 그분은 나를 신경도 안 써.

옐레나 안드레예브나 (골똘히 생각하며) 별난 사람이잖아……. 이렇게 하면 어떨까? 내가 그 사람과 이야기를 해 보는 거야……. 조심스럽게 돌려서 얘길 하는 거지.

사이.

맞아, 언제까지고 그렇게 애매한 상태로 있을 순 없잖아……. 그렇게 하자!

소냐, 고개를 끄덕인다.

좋았어. 사랑하느냐, 아니냐 — 이걸 알아내는 건 어렵지 않아. 괜찮아요, 아가씨, 걱정 마. 그 사람이 눈치채지 못하도록 조심스럽게 물어볼 테니까. 우린 그저 그렇다, 아니다만 알면 되잖아?

사이.

만약 아니라면 이 집에 드나들지 못하게 하는 거야. 됐지?

소냐, 고개를 끄덕인다.

안 보이면 마음이 편해질 거야. 질질 끌 필요도 없이 지금 당장 물어보자고. 그 사람이 나에게 무슨 도면을 보여 준다고 했거 든……. 가서 그이한테 내가 보잔다고 말해.

소냐 (몹시 불안해하며) 나중에 모든 진실을 낱낱이 얘기해 줄 거지?

옐레나 안드레예브나 그럼, 물론이지. 나는 사실이 무엇이 됐건 간 에 애매한 상태보다는 덜 끔찍하다고 생각해. 나에게 맡겨요, 아가씨.

소냐 맞아, 맞아……. 가서 자기가 그 도면을 보고 싶어 한다고 말할게. (나가다가 문가에 서서) 아니, 애매한 게 나을지도 몰 라……. 그러면 최소한 희망이라도 있으니까…….

옐레나 안드레예브나 왜 그래?

소냐 아무것도 아니야. (나간다.)

옐레나 안드레예브나 (혼자서) 남의 비밀을 알면서도 도와주지 않 는 것처럼 나쁜 일은 없어. (생각에 잠기며) 그 사람은 소냐를 사랑하지 않아. 이건 분명해. 하지만 그 사람이 이 아이와 결혼 해서 안 될 게 뭐야? 이 아인 예쁘진 않아도 그 나이의 시골 의 사에게는 훌륭한 아내가 될 텐데. 영리하지, 그토록 착하지, 순 수하지……. 아니, 그런 게 아니야, 아니야…….

사이.

난 이 불쌍한 아가씨를 이해해. 이런 절망적인 권태 속에서, 주변에는 사람 대신 무슨 회색 그림자 같은 것들이나 어슬렁거리고, 들리는 것이라곤 천박한 잡담에, 그저 먹고 마시고 자는 것밖에 모르는 생활인데, 다른 사람들 같지 않게 잘생기고 재미있고 매력적인 이 사람이 가끔 찾아오면 마치 어둠 한가운데에서 밝은 달이 떠오르는 것 같겠지……. 이런 사람을 사모하면서 시름을 잊는 거지. 어쩌면 나도 그 사람에게 약간 빠져들었는지도 모르겠어. 그래, 그 사람이 없으면 지루해. 이거 봐, 그 사람 생각을 하면서 웃고 있잖아. 바냐 삼촌이 내 혈관에는 루살카의 피가 흐르고 있다고 했지. "일생에 단 한 번만이라도 자신의 자유 의지에 따르라"고……. 뭐, 언제? 어쩌면 그래야 할지도 몰라……. 자유로운 새가 되어서 당신들 모두로부터, 당신들의 졸린 얼굴과 수다들을 뒤로하고 날아가는 거야, 당신들이 이 세상에 존재한다는 것도 잊어버리고……. 하지만 나는 겁 많고 수줍은 여잔데……. 양심이 나를 괴롭혀……. 그 사람이 이렇게 매일 여기에 오고 있는데, 나는 그가 왜 그러는지 짐작이 갈 뿐만 아니라 이제는 나에게도 책임이 있다는 생각까지 들어. 소냐에게 무릎을 꿇고 울며 용서를 빌고 싶은 심정이야.

아스트로프 (지도를 가지고 들어온다.) 안녕하십니까! (악수한다.) 제 그림을 보고 싶으시다고요?

옐레나 안드레예브나 어제 보여 주기로 약속하셨지요……. 시간 있으세요?

아스트로프 오, 물론입니다. (카드놀이용 탁자 위에 지도를 펼친 뒤 압정으로 고정시킨다.) 당신은 어디서 태어나셨죠?

옐레나 안드레예브나 (아스트로프를 도와주며) 페테르부르크요.

아스트로프 학교는 어디서?

옐레나 안드레예브나 음악원을 다녔어요.

아스트로프 그렇다면 이런 건 당신에게 재미없을 것 같군요.

옐레나 안드레예브나 왜요? 사실 시골에 대해 잘 모르긴 하지만 책에서 많이 읽기는 했어요.

아스트로프 이 집에는 내 전용 책상이 있어요……. 이반 페트로비치의 방에요. 내가 완전히 지쳐서 아무 일도 못할 지경이 되면 모든 걸 팽개치고 이리로 달려옵니다. 그리고 한두 시간쯤 이걸 가지고 놀지요……. 이반 페트로비치와 소피야 알렉산드로브나가 달그락거리며 주판을 튕기는 동안, 나는 그 옆에 있는 내 책상에 앉아 여기에 색칠을 합니다. 그러노라면 마음이 따뜻하고 평온해지지요. 옆에서는 귀뚜라미도 울고. 그러나 이런 즐거움을 자주 누리는 것은 아니에요, 한 달에 한 번 정도……. (지도를 가리키며) 이제 여기를 보세요. 50년 전 우리 군(郡)의 지도예요. 짙은 초록색과 엷은 초록은 숲을 가리킵니다. 전체 면적의 반이 숲으로 채워져 있지요. 숲을 따라서 빨간색으로 격자무늬가 그려진 곳에는 사슴과 산양들이 살았어요. 이제 식물군과 동물군을 보여 드리지요. 이 호수에는 백조, 거위, 오리, 그 밖에도 노인네들 말에 의하면, 온갖 종류의 새들이 지천으로 있었답니다. 셀 수도 없을 만큼 많은 새들이 구름처럼 무리를 지으며 날아다녔대요. 부락이나 촌 말고도 보시다시피 여기저 기에 이주민 마을이며, 농가들이며, 분리파 교도들의 암자며, 물레방앗간 등이 보입니다. 뿔 달린 가축과 말들도 좀 있었어 요. 하늘색으로 칠한 곳이 보이죠. 예를 들어, 이 읍 말이에요. 거기에는 말들이 많아서 모든 농가마다 말이 세 마리씩은 있었 어요.

사이.

이제 아래쪽을 보세요. 이건 25년 전입니다. 숲은 이미 전체 면 적의 3분지 1밖에 되지 않습니다. 산양은 이제 없고 사슴은 좀 남아 있습니다. 초록색과 하늘색은 이미 흐려졌지요. 그리고 기 타 등등, 기타 등등. 세 번째 그림으로 가 봅시다. 현재의 우리 군 지도예요. 초록색이 보이기는 하는데 이어지지 않고 점점이 흩어져 있어요. 사슴도 백조도 멧닭도 다 사라졌습니다. 예전의 이주민 부락, 농가들, 암자들, 물레방앗간들은 흔적도 없습니 다. 전체적으로 봤을 때, 이 지도는 점진적이고도 의심의 여지 가 없는 쇠퇴를 보여 주고 있는데, 아마도 이런 쇠퇴 과정은 10 년이나 15년 후에는 완전히 마무리될 것으로 보입니다. 당신은 혹시 이런 현상을, 문화적인 영향 때문에 낡은 생활 방식이 새 로운 생활 방식에 자연스럽게 자리를 내주는 것이라고 생각할 지도 모르겠어요. 네, 알아요, 만약 이 파괴된 숲이 있던 자리에 대로가 깔리고 철도가 놓이고, 또 거기에 공장이며 학교들이 세워진다면 농민들은 보다 건강해지고 부유해지고 지혜로워지겠지요. 한데 그런 비슷한 것이라고는 거기에서 전혀 찾아볼 수 없단 말이죠! 우리 군은 예나 지금이나 마찬가지로 늪지대와 모기떼 천지고, 예나 지금이나 형편없는 도로에, 질병과 가난과 티푸스, 디프테리아와 화재가 창궐합니다……. 이게 바로 생존을 위한 힘겨운 투쟁의 결과로 빚어진 쇠퇴이자, 우둔과 무지와 자기 인식의 완벽한 결여로 빚어진 쇠퇴입니다. 추위와 굶주림에 떠는 병약한 인간이 자신의 삶을 유지하고 아이들을 보살피기 위해 본능적으로, 아무 자각도 없이 닥치는 대로 모든 것을 가져가는 거예요. 기아를 해소하고 몸을 덥히기 위해 내일의 일은 생각하지 못한 채 모든 걸 파괴하는 겁니다. 이미 거의 모든 것이 파괴되었지만, 그걸 대신해서 새로 만들어진 것은 아무것도 없어요. (차갑게) 표정을 보니 별로 재미가 없으신가 보군요.

옐레나 안드레예브나　아무래도 저는 이런 일을 잘 모르니까…….

아스트로프　여기 모를 일이 뭐가 있습니까, 그냥 흥미가 없는 거지요.

옐레나 안드레예브나　솔직히 말씀드리면, 제가 딴생각을 좀 하고 있었어요. 죄송해요. 선생님에게 확인할 것이 좀 있는데 어떻게 이야기를 시작해야 될지 몰라서 당혹스럽군요.

아스트로프　확인이라고요?

옐레나 안드레예브나　네, 확인이요. 그냥…… 심각한 일은 아니에요. 앉지요!

사이.

어떤 젊은 여자분과 관련된 일이에요. 우리 정직한 사람들로서, 친구로서 숨김없이 이야기해요. 무슨 이야기가 오갔든 간에 이번 한 번으로 이야기하고 잊어버리는 거예요. 좋지요?

아스트로프 네.

옐레나 안드레예브나 제 의붓딸 소냐에 관한 얘기예요. 선생님은 그 아이가 좋으세요?

아스트로프 네, 나는 소냐를 존중합니다.

옐레나 안드레예브나 소냐를 여자로서 좋아하시나요?

아스트로프 (잠시 망설이다가) 아니요.

옐레나 안드레예브나 한마디만 더 여쭤 보고 끝낼게요. 선생님은 아무것도 눈치채지 못하셨나요?

아스트로프 아무것도.

옐레나 안드레예브나 (그의 손을 잡으며) 선생님이 그 아이를 사랑하지 않는다는 건 눈을 보면 알 수 있어요……. 소냐가 괴로워하고 있어요……. 그걸 아셔야 해요, 그리고…… 여긴 이제 그만 오세요.

아스트로프 (일어난다.) 내 시절은 이미 지나갔어요, 그럴 여유도 없고……. (어깨를 으쓱하고) 나에게 그럴 시간이 있어야죠? (당혹스러워한다.)

옐레나 안드레예브나 휴, 정말 거북한 화제였어요! 너무 고민돼서 마음이 천근만근이었는데. 어쨌든 다행히 끝났네요. 우리 잊어

버려요, 아예 이런 이야긴 없었던 것처럼, 그리고…… 그리고 떠나세요. 똑똑하신 분이니까, 이해하시겠지요…….

사이.

얼굴이 다 빨개졌네.

아스트로프 한두 달만 일찍 얘기하셨더라면 생각해 볼 여지가 있었겠지만, 지금은……. (어깨를 으쓱한다.) 그런데 소냐가 괴로워한다면, 그렇다면 물론…… 단지 이해할 수 없는 게 하나 있는데, 어째서 당신이 내게 이런 질문들을 해야 했을까? (그녀의 눈을 들여다보며 손가락으로 위협한다.) 당신 — 영악해!

옐레나 안드레예브나 무슨 뜻이죠?

아스트로프 (웃으며) 영악해! 소냐가 괴로워한다고 칩시다. 그건 나도 납득할 수 있어요. 하지만 왜 당신이 이런 일을 벌이는 거죠? (그녀의 말을 가로막으며, 재빨리) 제발 그렇게 놀란 표정 짓지 말아요. 당신은 내가 왜 여기 매일 오는지 잘 알고 있으면서……. 왜, 그리고 누구 때문에 오는지 잘 알고 있잖습니까. 귀여운 야수, 날 그런 눈으로 보지 말아요, 난 닳고 닳은 늙은 참새거든…….

옐레나 안드레예브나 (당황하며) 야수? 무슨 말인지 하나도 모르겠네.

아스트로프 아름답고 털이 북실북실한 족제비…… 먹이가 필요하다 이거지! 내가 이렇게 벌써 한 달 내내 아무것도 못하면서,

모든 일을 팽개치고, 애타게 당신을 찾고 있는데, 당신은 그게 너무 마음에 드는 거지, 너무나도……. 뭐, 어쩌겠습니까? 내가 졌습니다. 당신은 물어보지도 않고 그걸 알아냈으니. (팔짱을 끼고 고개를 숙이며) 항복합니다. 자, 드시죠!

옐레나 안드레예브나 당신 미쳤어요!

아스트로프 (이를 드러내고 웃는다.) 수줍어하시네.

옐레나 안드레예브나 오, 저는 당신이 생각하는 그런 천박한 여자가 아니에요! 맹세할 수 있어요! (나가려 한다.)

아스트로프 (길을 가로막으며) 나는 오늘 갈 겁니다. 여기에는 더 머무르지 않겠어요. 하지만…… (그녀의 손을 잡고 주위를 둘러본다.) 우리 어디서 만날까요? 빨리 말해요, 어디? 사람들이 곧 이리로 올 겁니다. 빨리 말해요. (열정적으로) 당신은 정말 멋져, 우아해……. 딱 한 번만 입 맞추게 해 줘요. 그냥 당신의 향기로운 머리카락에만 입 맞추게 해 줘요…….

옐레나 안드레예브나 맹세해요, 난…….

아스트로프 (그녀의 말을 가로채며) 맹세 같은 건 뭣 하러 해. 쓸데없는 말은 안 해도 돼요. 오, 너무 아름다워! 이 손도! (손에 입 맞춘다.)

옐레나 안드레예브나 그만하세요, 정말이지…… 나가세요. (손을 빼낸다.) 당신 제정신이 아니에요.

아스트로프 자, 자, 말해요, 말해요. 우리 내일 어디서 만날까요? (그녀의 허리를 안는다.) 이제 피할 수 없다는 걸 당신도 알아요. 우리는 만나야 됩니다. (그녀에게 입 맞춘다. 바로 그 순간 보이니츠키가 장미꽃 다발을 들고 들어오다가 문가에 멈춰 선다.)

옐레나 안드레예브나 (보이니츠키를 보지 못하고) 당신, 잔인해요……. 날 내버려 두세요. (아스트로프의 가슴에 얼굴을 묻는다.) 안 돼! (나가려 한다.)

아스트로프 (그녀의 허리를 안은 채로) 내일 보호림 쪽으로 와요……. 두 시에. 네? 네? 올 거죠?

옐레나 안드레예브나 (보이니츠키를 발견하고) 놔주세요! (몹시 당황해서 창가로 물러난다.) 끔찍한 일이야.

보이니츠키 (꽃다발을 탁자 위에 올려놓는다. 흥분하며 손수건으로 얼굴과 목덜미를 닦는다.) 괜찮아……. 그래……. 괜찮아.

아스트로프 (심통스럽게) 오늘은, 존경해 마지않는 이반 페트로비치 씨, 날씨가 그렇게 나쁘지 않군요. 아침엔 비라도 올 것처럼 찌뿌드드하더니 지금은 해가 떴네. 솔직히 말해서 가을 기후는 훌륭했어. 가을 파종도 아무 문제 없을 것 같네. (지도를 돌돌 만다.) 한 가지 문제가 있다면, 낮이 너무 짧아졌다는 거야. (나간다.)

옐레나 안드레예브나 (보이니츠키에게 재빨리 다가가) 당신이 최대한 힘을 써서 남편과 저를 오늘 당장 여기서 떠나게 해 주세요! 듣고 있어요? 오늘 당장!

보이니츠키 (얼굴을 닦으며) 네? 아, 그러지요……. 좋습니다……. 나는, 엘렌, 다 봤어요, 다…….

옐레나 안드레예브나 (신경질적으로) 아셨어요? 전 당장 여길 떠나야 해요!

세레브랴코프, 소냐, 텔레긴, 마리나가 들어온다.

텔레긴 각하, 저도 왠지 몸이 좋질 않아요. 벌써 이틀째 앓고 있
어요. 두통이 말입니다, 그게……

세레브랴코프 나머지 사람들은 어디 갔지? 난 이 집이 맘에 안 들
어. 꼭 무슨 미로 같아. 스물여섯 개나 되는 방들이 여기저기 흩
어져서 누가 어디 있는지 알 수가 없다니까. (종을 울린다.) 마리
야 바실리예브나와 옐레나 안드레예브나를 이리로 불러 줘요!

옐레나 안드레예브나 저 여기 있어요.

세레브랴코프 여러분, 앉아 주세요.

소냐 (옐레나 안드레예브나에게 다가가서, 조바심을 내며) 그분
이 뭐라고 그랬어?

옐레나 안드레예브나 나중에.

소냐 떨고 있네? 화났어? (뭔가 알아내려는 표정으로 그녀의 얼
굴을 들여다본다.) 알겠어……. 더 이상 여기 오지 않겠다고 말
한 거야……. 그렇지?

사이.

말해 봐, 그렇지?

옐레나 안드레예브나가 머리를 끄덕인다.

세레브랴코프   (텔레긴에게) 몸이 아픈 건 아직 어떻게든 견딜 수 있어요. 하지만 이 시골의 생활 방식에는 참 익숙해지기가 힘들군요. 난 마치 지구로부터 어떤 낯선 행성으로 내팽개쳐진 느낌이에요. 앉으세요, 여러분, 자 부탁입니다, 소냐!

소냐가 그의 말을 듣지 못한 채, 슬픈 표정으로 고개를 떨구고 서 있다.

소냐!

사이.

들질 않네. (마리나에게) 유모, 자네도 앉게.

유모는 앉아서 뜨개질을 시작한다.

부탁입니다, 여러분. 여러분의 귀를 말입니다, 뭐랄까, 못에다 걸고 주목해 주세요. (웃는다.)

보이니츠키   (흥분하며) 나는 아마 필요 없겠지요? 가도 될까요?

세레브랴코프   아니, 자네는 다른 누구보다도 필요한 사람일세.

보이니츠키   당신이 내게 원하는 게 뭡니까?

세레브랴코프   당신이라…… 왜 그렇게 화를 내나?

사이.

내가 자네에게 뭐든 잘못한 게 있다면, 사과하겠네.

보이니츠키 그런 말투는 집어치우고, 본론으로 들어갑시다……. 원하는 게 뭐요?

마리야 바실리예브나가 들어온다.

세레브랴코프 여기 장모님도 오셨네. 그러면 시작하겠습니다, 여러분.

사이.

내가 여러분을 오시라고 한 건 우리 마을에 검찰관이 온다는 소식을 발표하기 위해서입니다.* 뭐, 이런 농담은 제쳐 둡시다. 중요한 문제를 얘기해야 되니까요. 여러분, 내가 여러분을 모이게 한 이유는 여러분에게 도움과 조언을 청하기 위해서입니다만, 여러분의 한결같은 호의를 익히 알고 있기 때문에 그 대답을 들을 수 있으리라 기대합니다. 나는 학자로서 책만 아는 사람이라 실생활의 문제와는 항상 거리가 멀었습니다. 이건 경륜 있는 분들의 조언 없이는 감당할 수 없는 문제이기 때문에, 이반 페트로비치와 일리야 일리치, 그리고 여기 계신 장모님께 부탁하는 것입니다……. 중요한 건, *manet omnes una nox*(하나의 밤이 우리 모두를 기다린다), 즉 우리 모두가 신의 섭리 아래 살고 있다는 겁니다. 나는 이제 늙고 병들었기 때문에 내 가족과 관련해서 내 재산 문제를 정리해야 할 적절한 시점을 찾고 있는 중입니다. 내 인생은 이미 끝났지만, 나 자신에 대한 생각은 하지 않습니다. 그러나 나에게는 젊은 아내와 미혼의 딸이 있습니다.

사이.

내가 시골에서 생활을 계속하는 것은 불가능합니다. 우리는 시골 생활에 적합하게 태어나질 않았어요. 한편, 이 영지에서 나오는 수입으로 도시에서 사는 것도 불가능합니다. 만약에, 이를테면, 숲을 매각한다고 했을 때, 이건 너무 '예외적인' 대책이라서 매년 지속될 수가 없지요. 우리는 어느 정도 일정한 액수의 수입을 항구적으로 보장할 수 있는 대책을 찾아야만 합니다. 내가 그런 대책을 하나 생각해 냈는데, 이에 관해서 여러분과 토론해 보았으면 하는 것입니다. 세부적인 내용은 건너뛰고, 전반적인 계획을 말씀드리지요. 우리 영지는 평균적으로 2퍼센트 이하의 수입을 올리고 있습니다. 그래서 나는 영지를 팔 것을 제안하는 바입니다. 만약에 매각 대금을 채권으로 돌린다면 우리는 거기서 4, 5퍼센트의 이자를 받을 수 있어요. 내 생각으로는, 거기서 남는 몇천 루블로 핀란드에 자그마한 별장도 살 수 있을 것 같습니다.

보이니츠키 잠깐만……. 아무래도 이거 내 귀가 좀 이상해진 것 같은데. 지금 그 얘기 다시 한 번 해 보시오.

세레브랴코프 돈을 채권으로 돌리고, 남는 돈은 핀란드에 별장을 산다는 걸세.

보이니츠키 핀란드가 문제가 아니고, 또 다른 얘기가 있었잖아.

세레브랴코프 영지 매각을 제안하는 걸세.

보이니츠키 바로 그거야. 영지를 판다, 내단해, 훌륭한 아이니어
야……. 그런데 나와 늙은 어머니 그리고 소냐는 어디로 가라
는 거지?

세레브랴코프 그 모든 문제를 적절한 시기에 의논해 보자는 걸세.
당장은 아니더라도.

보이니츠키 잠깐만. 이제까지 나에게는 눈곱만큼의 상식도 없었
던 게 분명하네. 여태껏 나는 멍청하게도 이 영지가 소냐의 소
유라고 생각했거든. 내 선친이 여동생의 지참금으로 이 영지를
샀잖아. 여태껏 나는 순진하게도, 우리나라 법이 터키 법이 아
닌 다음에야, 영지 소유권은 당연히 여동생으로부터 소냐에게
로 옮겨 갔다고 생각했지.

세레브랴코프 아무렴, 영지는 소냐의 것이지. 누가 아니래나? 소냐
의 동의 없이 내가 영지 매각을 결정할 순 없어요. 바로 그렇기
때문에 내가 소냐의 행복을 위해 이 일을 제안하고 있는 거야.

보이니츠키 도저히 이해할 수 없어, 이해할 수 없어! 내가 미친 건
지, 아니면…… 아니면…….

마리야 바실리예브나 장, 알렉산드르의 말을 거스르지 마. 믿어라.
이 사람은 무엇이 좋고 무엇이 나쁜지, 우리 중 그 누구보다도
잘 알고 있어.

보이니츠키 아니야, 물 좀 줘요. (물을 마신다.) 하고 싶은 얘기를

해 보시오, 얼마든지!

세레브랴코프　자네가 왜 흥분하는지 이해를 못하겠군. 내 계획이 이상적이라고 한 적 없네. 모두들 이 계획이 부적절하다고 생각한다면 난 고집할 생각이 없어요.

사이.

텔레긴　(어쩔 줄 몰라 하며) 각하, 저는 학문을 숭배할 뿐만 아니라 학문에 대해서 가족 같은 친밀감을 느끼고 있습니다. 제 형 그리고리 일리치의 처남은, 어쩌면 각하께서도 아실지 모르겠지만, 콘스탄틴 트로피모비치 라케데모노프라고, 석사 학위를 가지고 있습죠……

보이니츠키　잠깐만, 누룽지, 우린 중요한 얘기 중이야……. 잠깐, 나중에……. (세레브랴코프에게) 여기 이 사람에게 물어보시오. 이 영지는 이 사람의 삼촌에게서 샀으니까.

세레브랴코프　오, 내가 왜 그런 걸 물어봐야 되나? 뭣 하러?

보이니츠키　이 영지는 그 당시에 9만 5천 루블을 주고 샀어. 아버지는 7만 루블만 지불하셨기 때문에 나머지 2만 5천 루블은 빚으로 남았지. 이제 잘 들어 보시오……. 만약에 내가 너무나도 사랑하는 누이를 위해 내 몫의 유산을 포기하지 않았더라면 이 영지는 절대로 살 수 없었을 거요. 게다가 나는 10년 동안 황소처럼 일해서 그 빚을 전부 갚았어…….

세레브랴코프　이 이야기를 시작한 게 후회스럽군.

보이니츠키 영지의 빚이 청산되고 제대로 관리가 이루어진 것은 내 개인적인 노력 때문이었어. 그런데 이제 내가 늙었다고 날 여기서 쫓아내겠다는 건가!

세레브랴코프 자네가 무슨 말을 하고 싶은지 이해힐 수 없네!

보이니츠키 25년 동안 나는 이 영지를 운영하고 일을 하면서, 가장 양심적인 관리인으로서 당신에게 돈을 부쳐 왔어. 그동안 당신은 한 번도 내게 고맙다는 말을 한 적이 없지. 젊었을 때나 지금이나 변함없이 내가 당신에게 받는 급료는 1년에 5백 루블, 형편없는 금액이지! 그런데 당신은 거기에 단돈 1루블이라도 보태 줄 생각을 한 번도 하지 않았어!

세레브랴코프 이반 페트로비치, 내가 그걸 어떻게 알겠나? 나는 실질적인 인간이 아니라서 아는 것이 없어요. 왜 자네가 원하는 만큼 스스로 보태질 않았어.

보이니츠키 내가 왜 도둑질을 해야 돼? 당신은 내가 도둑질 안 한 것을 비웃고 있는 건가? 어쩌면 그게 옳았는지도 모르지. 그랬다면 지금 이런 거지가 되진 않았을 테니까!

마리야 바실리예브나 (엄하게) 장!

텔레긴 (불안해하며) 바냐, 이 친구야, 그러지 말게, 그러지 마……. 난 떨려서……. 왜 좋은 관계를 망치려는 거야? (그에게 입 맞춘다.) 그러지 마.

보이니츠키 25년 동안 나는 어머니와 함께 두더지처럼 이 집구석에 갇혀 살았어……. 우리 생각과 감정은 당신 한 사람에게 속했지. 낮에는 당신과 당신의 글에 관해 이야기하며 당신을 자랑스러워했고, 존경심을 담아 당신의 이름을 불렀어. 밤에도 우리는 당신이 쓴 책과 잡지의 글들, 지금은 너무나도 경멸하는 그 글들을 읽으며 시간을 허비했지.

텔레긴　그러지 마, 바냐, 그러지 마……. 난 도저히…….

세레브랴코프　(화를 내며) 당최 무슨 말인지, 도대체 뭘 원하나?

보이니츠키　우리에게 당신은 최고의 존재였어. 우린 당신의 논문을 안 보고도 외울 정도였으니……. 하지만 이제는 내 눈이 뜨였거든! 다 보여. 당신은 예술에 관한 글을 쓰지만 정작 예술에 관해선 아무것도 몰라! 내가 좋아했던 당신의 글들은 서푼 값어치도 없는 것들이야. 넌 우리에게 사기를 쳤어!

세레브랴코프　여러분! 저 사람 좀 데려가요, 제발! 아니면 내가 가겠소!

옐레나 안드레예브나　이반 페트로비치, 조용히 하세요! 아시겠어요?

보이니츠키　조용히 못하겠어! (세레브랴코프의 앞을 가로막으며) 잠깐, 난 아직 끝내지 않았어! 당신은 내 인생을 망쳤어! 나는 산 게 아니야, 산 게 아니라고! 당신 덕분에 나는 내 인생에서 가장 소중한 시간들을 낭비하고 망쳐 버렸어! 당신은 내 원수야.

텔레긴　난 도저히 못 버티겠어……. 도저히……. 가겠네……. (몹시 흥분하며 나간다.)

세레브랴코프　나에게 원하는 게 뭐야? 어떻게 나에게 감히 그런 말투로 말하는 건가? 이 쓸모없는 인간아! 영지가 자네 것이라면 가지게. 난 필요 없으니까.

옐레나 안드레예브나 난 당장 이 지옥에서 나갈 거야! (소리 지른다.) 더 이상 참을 수가 없어!

보이니츠키 내 인생이 파멸했어! 난 재능 있고, 똑똑하고, 용기 있는 사람이었는데……. 내가 정상적으로 살았더라면 쇼펜하우어나 도스토옙스키 같은 인물이 될 수도 있었을 텐데……. 내가 별 헛소리를 다 주절대는군! 미칠 것 같아……. 어머니, 난 절망적이에요! 어머니!

마리야 바실리예브나 (엄하게) 알렉산드르의 말을 들어!

소냐 (유모 앞에 꿇어앉아 그녀를 끌어안으며) 유모! 유모!

보이니츠키 어머니! 전 어떻게 해야 돼요? 필요 없어요, 말하지 마세요! 뭘 해야 될지 나 자신이 알고 있어! (세레브랴코프에게) 날 기억하게 될 거야! (가운데 문으로 나간다.)

마리야 바실리예브나가 그의 뒤를 따라 나간다.

세레브랴코프 여러분, 이게 도대체 무슨 봉변입니까? 이 정신 병자를 나로부터 떼어 내 주세요! 이 사람과 내가 한 지붕 밑에서 살 수는 없어요! 저기, (가운데 문을 가리키며) 바로 내 옆에 살고 있잖아……. 마을로 가서 별채에서 혼자 살라고 하든가, 아니면 내가 여기서 떠나든가, 하여간 이 사람과 한집에서 살 수는 없어요.

옐레나 안드레예브나 (남편에게) 우리가 여길 떠나요! 지금 당장 마무리를 짓자고요.

세레브랴코프 쓸모없는 인간 같으니!

소냐 (아버지를 향해 무릎을 꿇고 앉아서, 흥분으로 눈물을 글썽이며) 저희를 가엾게 여기셔야 돼요. 아버지! 저와 바냐 삼촌은 너무 불행해요! (절망감을 억제하며) 가엾게 여기셔야 돼요! 아버지가 젊었을 때, 바냐 삼촌과 할머니는 밤마다 아빠 책을 번역하고 아빠 글들을 정서해 드렸어요…… 매일 밤, 매일 밤! 저와 바냐 삼촌은 쉬지도 못하고 일을 하고, 한 푼이라도 아끼려고 전전긍긍하면서 모든 걸 아빠에게 보내 드렸어요…… 우리는 빵 한 조각 편히 먹지도 못했어요! 난 지금 그런 걸 얘기하자는 게 아니라, 다만 아빠가 우리를 이해하셔야 된다는 거예요. 가엾게 여기셔야 돼요!

옐레나 안드레예브나 (불안해하며, 남편에게) 알렉산드르, 제발, 그 사람과 화해하세요…… 부탁이에요.

세레브랴코프 좋아요, 내가 그 사람과 화해하지……. 난 그 사람을 비난할 생각이 전혀 없고 화를 내는 것도 아니야. 하지만 아무리 그래도 그 사람 행동이 이상한 건 사실이잖아. 자, 내가 그 사람에게 가지. (가운데 방으로 들어간다.)

옐레나 안드레예브나 부드럽게 얘기하세요, 그 사람을 달래 주세요. (남편 뒤를 따라간다.)

소냐 (유모에게 안기며) 유모! 유모!

마리나 괜찮아요, 아가씨. 거위들은 꽥꽥거리다가도 이내 조용해져요…… 꽥꽥거리다가도 이내 조용해져요.

소냐 유모!

마리나 (소냐의 머리를 쓰다듬는다.) 엄동설한도 아닌데 몸을 떨고 있네! 자, 자, 불쌍한 아가씨, 하느님이 가엾게 여기실 거예요……. 라임 차나 산딸기 차를 마시면 괜찮아질 거예요. 슬퍼하지 말아요, 불쌍한 것……. (가운데 문을 바라보고, 화를 내며) 저 거위들이 또 난리를 치네, 망할 것들!

무대 뒤에서 총소리. 옐레나 안드레예브나가 비명을 지르는 소리가 들린다. 소냐가 전율한다.

마리나 오, 이게 뭐 하는 짓들이야!

세레브랴코프 (놀라서 비틀거리는 걸음으로 뛰어 들어온다.) 저 사람 좀 붙잡아요! 붙잡아요! 저 사람 미쳤어!

옐레나 안드레예브나와 보이니츠키가 문가에서 싸우고 있다.

옐레나 안드레예브나 (바냐에게서 권총을 빼앗으려 하며) 주세요! 이리 달라니까요!

보이니츠키 놔주시오, 엘렌! 날 놔줘요! (몸이 풀려나자 방 안으로 뛰어 들어와 세레브랴코프를 눈으로 찾는다.) 어딨어? 아, 여기 있네! (그를 향해 쏜다.) 빵!

사이.

안 맞았나? 또 빗맞았어?! (화를 내며) 아, 젠장, 젠장…… 젠
장 맞을! (마룻바닥을 향해 총을 쏘고 탈진해서 의자에 앉는다.
세레브랴코프는 넋을 잃은 상태다. 옐레나 안드레예브나는 비
틀거리며 벽에 기대서 있다.)

옐레나 안드레예브나   날 여기서 내보내 줘요! 아님 날 죽여 주든
가……. 더 이상 여기 있고 싶지 않아, 못 견디겠어!

보이니츠키   (절망하여) 오, 내가 무슨 짓을 한 거야! 무슨 짓을 한
거야!

소냐   (조용히) 유모! 유모!

막.

제4막

이반 페트로비치의 방. 그의 침실인 동시에 영지 관리 사무소다. 창가에는 출납 장부들과 온갖 서류들이 쌓여 있는 커다란 책상, 지도, 찬장, 저울 등이 있다. 조금 작은 아스트로프의 책상이 보이고, 그 위에는 그림 용구, 물감 등이 놓여 있다. 그 옆에는 서류철들. 찌르레기가 들어가 있는 새장. 벽에는 그 누구에게도 필요할 것 같지 않은 아프리카 지도가 걸려 있다. 방수포가 씌워진 거대한 소파. 왼쪽에는 거실로 통하는 문이 있고 오른쪽으로는 홀과 통하는 문이 있다. 오른쪽 문 앞에는 농부들이 신발을 닦을 수 있도록 깔개가 놓여 있다. 가을밤. 정적. 텔레긴과 마리나가 마주 보고 앉아서 털실을 감고 있다.

텔레긴 빨리해요, 마리나 티모페예브나, 지금 작별 인사 하라고 부를 것 같으니까. 벌써 말을 준비하라고 했더라고.

마리나 (더 빨리 감으려고 애쓰며) 얼마 안 남았어요.

텔레긴   하리코프로 간대요. 거기서 살게 될 거라고.

마리나   그게 낫지요.

텔레긴   기겁을 했겠지……. 옐레나 안드레예브나가 이러시더군. "여기 단 한 시간도 머물고 싶지 않아……. 가요, 가……. 하리코프에서 삽시다. 우선 거기 가서 자리를 잡고 짐은 나중에 사람을 보내면 되니까." 홀가분하게 떠나겠다는 거지. 그러니까 마리나 티모페예브나, 그분들은 여기서 살 운명이 아닌 거야. 그럴 운명이 아니지…… 숙명적으로 예정된 일이야.

마리나   그게 낫지. 지금까지 그 난리 법석에, 총싸움에 — 어이구 창피해라!

텔레긴   그러게나 말이야, 아이바좁스키의 그림에나 어울릴 장면이었지.

마리나   못 볼 꼴을 보고 말았어요.

사이.

이제 다시 예전처럼 살게 되겠네. 아침에는 일곱 시에 차를 마시고, 점심은 열두 시에, 저녁때는 저녁 식사를 하는 거야. 모든 것이 제자리를 찾고, 사람답게…… 정교 신자답게 사는 거지. (한숨을 쉬며) 죄 많은 이년은 국수 먹은 지도 한참 됐네.

텔레긴   그러게 말이야, 이 집에서 국수 맛 지도 오래됐네.

사이.

오래됐어……. 마리나 티모페예브나, 오늘 아침 마을에 다녀오는데 어떤 장사치가 뒤에서 그러는 거야. "어이, 놈팡이 식객!" 참 괴롭더군.

마리나   신경 쓰지 마세요, 나리. 우리 모두가 하느님 앞에선 식객이잖아요. 나리도, 소냐 아가씨도, 이반 페트로비치도, 일없이 노닥거리는 사람은 아무도 없어요. 모두 열심히 일을 하고 있지요! 모두가……. 그런데 소냐 아가씨는 어디 있지?

텔레긴   정원에. 의사 선생님이랑 같이 이반 페트로비치를 찾아다니고 있어. 그 사람이 자살이라도 할까 봐 걱정스러운 게지.

마리나   권총은 어디 있나요?

텔레긴   (귓속말로) 내가 지하실에다 감춰 놨지!

마리나   (웃으며) 저런!

앞마당에서 보이니츠키와 아스트로프가 들어온다.

보이니츠키   날 내버려 둬. (마리나와 텔레긴에게) 여기서 나가 줘. 나를 한 시간만이라도 혼자 있게 해 줘! 난 보호자가 필요없어.

텔레긴   바로 나갈게, 바냐. (발끝으로 걸어 나간다.)

마리나   거위야, 가자, 가자, 가자! (털실을 챙겨서 나간다.)

보이니츠키   날 내버려 둬!

아스트로프   그런다면 나도 참 좋겠어. 벌써 오래전에 여길 떠나야 했으니까. 하지만 다시 말하건대, 자네가 가져간 내 물건을 돌려주지 않는 한, 난 가지 않을 거야.

보이니츠키　난 자네에게서 아무것도 가져간 게 없어.

아스트로프　진담일세, 이제 날 보내 주게나. 가야 할 시간이 벌써 지났어.

보이니츠키　아무것도 가져가지 않았다니까.

두 사람, 앉는다.

아스트로프　그런가? 할 수 없지, 조금만 더 기다려 주겠네. 그다음에는 안됐지만 완력을 쓸 수밖에 없어. 자네를 묶어 놓고 뒤질 거야. 이거 진담으로 하는 말이네.

보이니츠키　맘대로 하시지.

사이.

　그런 바보짓을 하다니. 두 발을 쐈는데 한 발도 못 맞히다니! 나 자신을 결코 용서 못 할 거야!

아스트로프　쏘고 싶은 생각이 들면, 뭐, 자기 이마에나 쏘든가.

보이니츠키　(어깨를 으쓱하고) 이상한 일이야. 나는 살인 미수를 저질렀는데, 날 잡아가는 사람도 없고, 고발하는 사람도 없으니 말이야. 그러니까 날 정신병자라고 생각하는 거로군. (심술 맞은 웃음.) 그런데 내가 정신병자라면, 교수라는 가면 뒤에 자신의 무능함과 둔감한 정서와, 뻔뻔스러운 비정함을 감추고 있는,

이런 글줄깨나 읽는 야바위꾼들은 정신병자가 아니라는 거지. 그런가 하면 노인네한테 시집가서는, 나중에 사람들 보는 데서 남편을 배반하는 여자들은 정신병자가 아니라는 거지. 난 다 봤이, 봤다고, 자네가 그 여자를 안는 걸!

아스트로프 그랬습니다요, 안았습니다요, 아저씨는 이거나 드시죠. (자기 코에 엄지손가락을 대고 놀리는 시늉을 한다.)

보이니츠키 (문 쪽을 보며) 아니야, 이건 너희 같은 놈들을 살게 해 주는 이 지구가 미친 거야!

아스트로프 바보 같은 소리.

보이니츠키 뭐 어때, 난 미친놈에다 금치산자인데. 난 바보 같은 소리를 할 권리가 있다고.

아스트로프 따분한 농담이야. 자네는 미친 게 아니라 그냥 괴짜일 뿐이야. 어릿광대지. 예전에 나는 괴짜들을 모두 환자나 비정상인이라고 생각했는데, 지금은 생각이 바뀌었어. 괴짜야말로 정상적인 인간의 상태라는 거야. 자네는 완전히 정상일세.

보이니츠키 (손으로 얼굴을 가린다.) 창피해! 내가 얼마나 창피한지 자넨 모를 거야! 가슴이 찢어질 듯한 이 수치심은 그 어떤 고통과도 비교할 수 없을 정도야. (침울하게) 견딜 수 없어! (책상에 몸을 기댄다.) 난 어떻게 해야 되지? 난 어떻게 해야 하나?

아스트로프 아무것도 하지 마.

보이니츠키 날 어떻게 좀 해 줘! 오, 맙소사……. 내 나이 마흔일곱인데, 만약에 예순 살까지 산다면 아직도 13년이나 남았어! 너무 길어! 내가 어떻게 13년을 견디고 살 수 있겠나? 그 시간

동안 뭘 하지? 무엇으로 그 시간을 채우지? 오, 이보게…….
(아스트로프의 손을 발작적으로 쥔다.) 한번 생각해 보게, 만약
에 남은 인생을 어떻게든 새롭게 살 수 있다면 어떨까. 어느 청
명하고 고요한 아침에 잠에서 깨어나 새로운 인생이 시작된 걸
느끼는 거야. 과거의 삶은 마치 연기처럼 흩어져서 전부 잊힌 채
로. (운다.) 새로운 인생을 시작하는 거야……. 가르쳐 주게, 어
떻게 시작해야 되는지……. 어디서부터 시작해야 되는지…….

아스트로프 (짜증을 내며) 에이, 이 사람아! 어디서 또 새로운 인
생을 찾나! 우리 상황은 말일세, 자네와 나의 상황은 희망이 없
어요.

보이니츠키 그런가?

아스트로프 난 그렇다고 확신하네.

보이니츠키 날 어떻게 좀 해 줘……. (자기 가슴을 가리키며) 여
기가 활활 타들어 가네.

아스트로프 (화가 나서 소리 지른다.) 그만해! (진정하며) 우리가
가고 나서 백 년이나 2백 년 뒤에 살게 될 사람들은, 우리가 이
토록 어리석고 따분하게 자신의 인생을 살았다는 걸 알고 우릴
경멸할 거야. 그들은 아마도 행복하게 살 수 있는 방법을 찾아
내겠지. 하지만 우리는…… 자네나 나나 한 가지 희망밖에는
없어. 나중에 우리가 관 속에서 잠을 잘 때, 어떤 환상이 우리에
게 찾아올지 모른다는 희망 말일세. 그게 즐거운 환상이면 더
좋고. (한숨을 쉬고) 그래, 친구. 우리 군 전체를 통틀어 정신이
제대로 박힌, 지적인 인간은 자네와 나, 둘밖에 없었어. 그런데

이럭저럭 10년의 세월을 사는 동안 그렇고 그런, 저열한 일상이 우리를 압도해 버린 거야. 그 일상이 자신의 썩은 공기로 우리의 피를 오염시켜서, 우리도 남들과 마찬가지로 속물이 되어 버린 거야. (활기차게) 그나저나 말장난은 이세 그만하자고. 사셔 간 물건 돌려주게.

보이니츠키 난 아무것도 안 가져갔어.

아스트로프 내 왕진 가방에서 모르핀을 가져갔잖아.

사이.

이보게, 만약에 자네가 어떻게 해서든 꼭 자살을 하고 싶다면 숲으로 걸어 들어가서 총으로 끝을 보면 되잖아. 그러니 모르핀은 돌려줘. 안 그랬다간 소문이 돌고 추측이 오가다가, 사람들은 결국 내가 그걸 자네에게 줬다고 생각할 거야……. 자네를 장사 지내는 것만으로도 충분히 내 할 일을 하는 거잖아. 자네 생각엔 그게 그렇게 재미있는 일이겠나?

소냐가 들어온다.

보이니츠키 날 좀 내버려 둬!

아스트로프 (소냐에게) 소피야 알렉산드로브나, 당신 삼촌이 내 약상자에서 모르핀을 꺼내 가서 돌려주질 않네요. 이건…… 이건 현명하지 않은 일이라고 얘길 좀 해 주시죠. 게다가 난 시간이 없습니다. 갈 때가 됐어요.

소냐 바냐 삼촌, 삼촌이 모르핀을 가져갔어요?

사이.

아스트로프 이 사람이 가져갔어요. 확실합니다.

소냐 주세요. 왜 우리를 겁주세요? (부드럽게) 주세요, 바냐 삼촌! 난 삼촌 못지않게 불행하지만, 그래도 좌절하지는 않을 거예요. 내 생명이 스스로 다할 때까지 나는 참고 또 참을 거예요……. 그러니 삼촌도 참아요.

사이.

주세요! (바냐의 손에 입 맞춘다.) 내 소중하고 훌륭한 삼촌, 착한 삼촌, 주세요! (운다.) 삼촌은 좋은 사람이잖아요. 우리를 가엾게 여긴다면 그걸 줘요. 참아요, 삼촌! 참아요!

보이니츠키 (책상 서랍에서 약병을 꺼내 아스트로프에게 준다.) 자, 가져가! (소냐에게) 빨리 일을 해야 돼, 빨리 뭐든 해야 돼. 그러지 않고는 견딜 수가 없을 거야, 견딜 수가 없어…….

소냐 그래요, 그래요, 일을 해요. 가시는 분들 전송하고, 곧바로 앉아서 일을 하는 거예요……. (책상 위에 놓인 서류들을 신경질적으로 정리한다.) 일이 잔뜩 밀렸어요.

아스트로프 (약병을 약상자에 넣고 끈을 조인다.) 이젠 갈 수 있겠군.

옐레나 안드레예브나 (들어온다.) 이반 페트로비치, 여기 계세요? 우리 지금 떠나요……. 알렉산드르에게 가 보세요, 당신께 할 말이 좀 있으시대요.

소냐 가세요, 바냐 삼촌. (보이니츠키의 팔짱을 낀다.) 같이 가요. 아빠와 삼촌은 화해를 해야 돼요. 꼭 그렇게 해야 돼요.

소냐와 보이니츠키가 나간다.

옐레나 안드레예브나 저 떠나요. (아스트로프에게 손을 내민다.) 안녕히 계세요.

아스트로프 벌써?

옐레나 안드레예브나 말이 벌써 준비됐어요.

아스트로프 안녕히 가세요.

옐레나 안드레예브나 선생님은 오늘 여길 떠날 거라고 약속하셨죠.

아스트로프 기억합니다. 오늘 떠나요.

사이.

많이 놀랐군요? (그녀의 손을 잡는다.) 그렇게 무서웠나요?

옐레나 안드레예브나 네.

아스트로프 그냥 계시지! 어때요? 내일 산림 보호 구역에서……

옐레나 안드레예브나 아니에요……. 벌써 결정된 일이에요. 그렇기 때문에 제가 이처럼 당당하게 선생님을 볼 수 있는 거예요, 출발이 이미 결정됐기 때문에……. 한 가지만 부탁드릴게요. 저를 좀 더 좋은 여자로 기억해 주세요. 선생님이 저를 존중해 주시면 좋겠어요.

아스트로프   에이! (재촉하는 시늉을 하며) 제발 부탁이니 가지 말아요. 솔직해지세요. 이 세상에 당신이 할 일은 아무것도 없고, 당신에겐 아무런 인생의 목적도 없으며, 관심을 둘 만한 일도 없어요. 그러니 이르든 늦든 당신은 자신의 감정에 어차피 굴복하게 될 겁니다. 이건 피할 수 없어요. 그러니까 이 일은 하리코프나 쿠르스크 같은 곳이 아니라, 여기, 자연의 품속에서 이루어지는 것이 더 낫지요. 최소한 시적이라는 장점이 있잖아요. 마침 가을 경치도 아름답고…… 여기엔 보호림도 있고, 투르게네프 취향의 다 쓰러져 가는 저택들도 있고 하니…….

옐레나 안드레예브나   선생님도 참 웃기는 분이야. 선생님이 괘씸하지만, 그래도…… 선생님에 대해 좋은 기억을 간직할 거예요. 선생님은 재미있고 독특한 분이에요. 우린 결코 다시 만나지 못하겠지요. 그러니 뭘 숨기겠어요? 저도 조금은 선생님에게 반했어요. 자, 친구처럼 서로 악수를 나누고 헤어져요. 나쁜 기억은 잊어버리세요.

아스트로프   (악수한다.) 그래요, 가세요……. (생각에 잠겨) 어쩌면 당신은 선량하고 진심 어린 사람일 것도 같은데, 또 어떻게 보면 당신이란 존재 속에는 뭔가 이상한 점이 있는 것 같기도 합니다. 당신이 남편과 함께 여기 온 뒤로, 이제까지 여기서 일을 하고 분주하게 뭔가를 만들어 내던 사람들이 모두 자신의 일을 팽개치고 여름 내내 당신 남편의 통풍과 당신의 치다꺼리에 매달려야만 했어요. 그 사람과 당신 둘이서 우리 모두에게 자신들의 나태함을 전염시킨 거죠. 니도 거기에 빠져서 한 달 내내 아무 일도 안 했고, 그러는 동안 사람들은 병에 걸렸고, 어린 나무들을 심은 내 숲은 농부들이 풀어 놓은 가축들로 엉망이 되었죠. 그러니 당신과 당신 남편이 어디를 가든 간에, 그곳은 당신들로 인해 파괴될 겁니다…… 농담이에요, 물론, 그렇긴 하지만…… 이상하게도 나는 만약 당신이 여기 눌러앉게 된다면 거대한 규모의 황폐화가 벌어질 거라는 확신이 든단 말입니다. 그리고 나는 파멸하겠지요, 당신 또한…… 그런 운명을 피할 수 없을 거고. 자, 가세요. *Finita la commedia*(코미디는 끝났다)!

옐레나 안드레예브나 (그의 책상에서 연필을 집어 들고 잽싸게 감춘다.) 이 연필은 기념으로 간직할게요.

아스트로프 참 이상한 일이지요…… 이렇게 알게 됐는데, 갑자기 어찌 된 게…… 이제 영영 만날 수 없는 사이가 되다니. 세상일이 다 이 모양이죠…… 아직 여기 아무도 없을 때, 바냐 삼촌이 꽃다발을 가지고 들어오기 전에, 허락해 주세요…… 당신에게 입 맞추는 걸…… 작별의 인사로…… 네? (그녀의 볼에입 맞춘다.) 그렇지…… 이 얼마나 좋습니까.

옐레나 안드레예브나 행복하시길 빌게요. (주위를 둘러보고) 그래봐야 일생에 한 번인데! (느닷없이 그를 포옹한다. 그러고 나서곧바로 두 사람은 재빨리 떨어진다.) 가야겠어요.

아스트로프   빨리 가세요. 말이 준비되면 바로 떠나세요.

옐레나 안드레예브나   사람들이 이리로 오는 것 같네요.

두 사람, 귀를 기울인다.

아스트로프   Finita(끝났다)!

세레브랴코프, 보이니츠키, 책을 든 마리야 바실리예브나, 텔레긴, 소냐가 들어온다.

세레브랴코프   (보이니츠키에게) 지나간 일을 기억하는 사람은 눈알을 뽑아 버리라고 했지. 그 소동이 벌어진 뒤로 요 몇 시간 동안 나는 너무도 많은 것을 느끼고 생각했기 때문에, 이제 어떻게 살아야 되는지에 관한 논문 한 편을 써서 후손들에게 교훈으로 남겨 줄 수 있을 것 같다는 느낌이 들 정도야. 자네의 사과를 기꺼이 받아들이고 나 또한 자네에게 사과하겠네. 안녕! (보이니츠키와 세 번 입을 맞춘다.)

보이니츠키   매부는 예전에 받았던 액수와 정확히 똑같은 금액을 받게 될 겁니다. 예전 그대로 될 거예요.

옐레나 안드레예브나가 소냐와 포옹한다.

세레브랴코프   (마리야 바실리예브나의 손에 입을 맞춘다) 장모님…….

마리야 바실리예브나 (그에게 입 맞추며) 알렉산드르, 자네 사진을 찍어서 보내 주시게. 내가 자넬 얼마나 아끼는지 알잖아.

텔레긴 안녕히 가세요, 각하! 저희를 잊지 마세요!

세레브랴코프 (딸에게 입 맞추고) 안녕……. 모두들 안녕히 계세요! (아스트로프에게 악수를 청하며) 유쾌한 말동무가 되어 주셔서 고맙습니다. 나는 선생의 사고방식과 선생의 열정, 그 충동적 발상을 존경합니다. 작별의 인사로 이 노인에게 딱 한마디만 허락해 주세요. 여러분, 일을 해야 됩니다! 일을 해야 돼요! (모두에게 고개 숙여 인사한다.) 행복하세요! (나간다. 그 뒤를 마리야 바실리예브나와 소냐가 따라간다.)

보이니츠키 (옐레나 안드레예브나의 손에 뜨겁게 입을 맞춘다.) 안녕히 가세요……. 날 용서하세요……. 이제 영영 못 만날 테니.

옐레나 안드레예브나 (감동하여) 안녕히 계세요, 우리 아저씨. (그의 이마에 입 맞추고 나간다.)

아스트로프 (텔레긴에게) 누룽지 씨, 저기 가서 말을 준비하는 김에 내 말도 내달라고 전해 주게.

텔레긴 알겠네, 친구. (나간다.)

아스트로프와 보이니츠키만 남는다.

아스트로프 (책상 위의 물감들을 거둬 여행 가방 속에 넣는다.) 왜 전송하러 나가지 않나?

보이니츠키   알아서들 가겠지. 나는…… 나는 못하겠어. 견디기 힘들어. 무엇이든 일거리를 찾아야겠어…… 일, 일을 해야 돼! (책상 위의 서류에 몰두한다.)

사이. 말방울 소리가 들린다.

아스트로프   가 버렸군. 교수는 아마 후련하겠지! 이제 이쪽으로는 코빼기도 안 비칠 걸세.

마리나   (들어온다.) 떠났어요. (안락의자에 앉아 뜨개질을 시작한다.)

소냐   (들어온다.) 떠났어. (눈물을 닦는다.) 하늘이 보살펴 주시겠지. (삼촌에게) 자, 바냐 삼촌, 뭐든 일을 해야죠.

보이니츠키   일, 일을 해야지…….

소냐   이렇게 책상에 같이 앉는 것도 꽤나 오랜만이네요. (책상 위의 램프에 불을 붙인다.) 잉크가 없는 것 같아……. (잉크병을 들고 찬장으로 가서 잉크를 따른다.) 그분들이 가서서 슬퍼.

마리야 바실리예브나   (천천히 들어온다.) 떠났어! (자리에 앉아 독서에 몰두한다.)

소냐   (책상에 앉아서 관리 장부의 책장을 넘긴다.) 바냐 삼촌, 우선 계산서부터 써야 돼요. 일이 엄청나게 밀렸어요. 오늘도 계산서를 달라고 사람이 왔었어요. 쓰세요. 삼촌은 이쪽 계산서를 쓰고, 나는 이쪽…….

보이니츠키   (쓴다.) "계산서…… *** 씨에게."

두 사람, 말없이 쓴다.

마리나 (하품한다.) 푹 자고 싶다…….

아스트로프 조용하네. 펜이 사각거리는 소리, 귀뚜라미 우는 소리. 따뜻하고 편안해……. 여기서 떠나기가 싫어지네.

말방울 소리가 들린다.

말을 내왔구먼……. 이제 내 친구들 그리고 내 책상과 작별하는 일만 남았네. 가자! (서류 케이스에 지도를 챙겨 넣는다.)

마리나 뭘 그리 서둘러요? 더 앉아 계시지.

아스트로프 안 돼.

보이니츠키 (글씨를 쓰며) "예전 빚은 2루블 75코페이카가 남았으며……."

일꾼이 들어온다.

일꾼 미하일 르보비치, 말이 준비됐어요.

아스트로프 알았네. (일꾼에게 약상자와 여행 가방과 서류 케이스를 건넨다.) 여기, 가져가게. 서류 케이스가 찌그러지지 않도록 주의하게나.

일꾼 알겠습니다.

아스트로프 자……. (작별 인사를 하러 간다.)

소냐 우리 언제 또 보죠?

아스트로프 여름 전에는 힘들겠지. 겨울에는 아무래도…… 잘 알다시피. 무슨 일이 생기면 알려 주세요, 올 테니까. (악수한다.) 빵과 소금과 친절, 한마디로 모든 것에 대해 감사합니다. (유모에게 가서 머리에 입 맞춘다.) 안녕, 할멈.

마리나 차도 안 드시고 그렇게 가시게?

아스트로프 생각이 없어, 유모.

마리나 보드카라도 한 잔 드릴까?

아스트로프 (머뭇거리며) 그럴까…….

마리나가 나간다.

(잠시 기다리다가) 내 마차의 곁말이 다리를 좀 저는 것 같아. 어제 페트루시카가 물 먹일 때 보니까 또 그러더라고.

보이니츠키 편자를 갈아 줘야지.

아스트로프 로즈데스트베노예 마을에서 대장간에 들러야겠군. 잊지 말아야지. (아프리카 지도 쪽으로 가서 지도를 들여다본다.) 그런데 틀림없이, 아프리카는 지금 찜통 같은 더위겠지. 끔찍한 일이야!

보이니츠키 그래, 아마도.

마리나 (쟁반에 보드카 잔과 빵 한 조각을 받쳐 들고 들어온다.) 드세요.

아스트로프가 보드카를 마신다.

건강하세요, 나리. (허리를 굽혀 인사한다.) 빵도 드시면 좋으련만.

아스트로프 아니야, 난 이걸로 됐어……. 그럼, 모두들 안녕히! (마리나에게) 배웅할 필요 없어요, 유모. 괜찮아. (그가 나간다. 소냐가 촛불을 들고 그를 배웅하기 위해 나간다. 마리나는 자기 안락의자에 앉는다.)

보이니츠키 (글을 쓰며) "2월 2일, 식용유 20푼트……. 2월 16일, 또 식용유 20푼트, 메밀가루……."

사이. 말방울 소리가 들린다.

마리나 가셨네.

사이.

소냐 (돌아와서 촛불을 책상 위에 세워 놓는다.) 가셨어…….

보이니츠키 (주판을 튕겨 보고 계산을 적어 넣는다.) 합계…… 15…… 25…….

소냐가 앉아서 계산서를 쓴다.

마리나 (하품한다.) 아이고머니…….

텔레긴이 발끝으로 걸어 들어와서 문가에 앉아 조용히 기타 줄을 조율한다.

보이니츠키 (소냐의 머리를 손으로 쓰다듬으며) 애야, 난 너무 힘들구나! 오, 넌 내가 얼마나 힘든지 모를 거야!
소냐 그래도 어쩌겠어요, 살아야지!

사이.

바냐 삼촌, 우리는 살아갈 거예요. 길고 긴 낮과 밤들을 살아갈 거예요. 운명이 우리에게 가져다주는 이 시련을 꾹 참고 견뎌낼 거예요. 우린 다른 사람들을 위해서 지금도, 그리고 늙어서도 안식을 잊은 채 일할 거예요. 그러다 언젠가 우리의 때가 닥치면 불평 없이 죽어 갈 거예요. 그리고 저세상에서 이렇게 말하겠지요. 우리는 고통을 겪었고, 눈물을 흘렸고, 괴로워했노라고. 그러면 하느님은 우릴 가엾게 여기시겠죠. 나는 착한 우리 삼촌과 함께 아름답고 찬란하고 멋진 삶을 보게 될 거예요. 우리는 기뻐하면서 지금의 불행을 감격과 미소 속에서 돌아볼 거예요. 그리고 우린 쉴 거예요. 삼촌, 난 믿어요. 뜨겁게, 간절하게 믿어요……. (바냐 앞에서 천천히 무릎을 꿇으며 그의 손에 머리를 올려놓는다. 지친 목소리로) 우리는 쉴 거예요!

텔레긴이 조용히 기타를 연주한다.

　　우리는 쉴 거예요! 우리는 천사들의 목소리를 듣고, 하늘을 채
운 영롱한 별빛들을 볼 거예요. 지상의 모든 악이, 우리의 모든
고통이 자비의 바닷속으로 녹아 들어가고, 그 자비가 온 세상을
가득 채우는 것을 볼 거예요. 우리의 삶은 고요하고, 부드럽고,
애무처럼 달콤하게 될 거예요. 난 믿어요, 믿어요……. (손수건
으로 바냐의 눈물을 닦아 준다.) 가엾은, 가엾은 바냐 삼촌, 울
고 있잖아……. (눈물을 글썽이며) 비록 자신의 생애에서 기쁨
을 누리지 못했지만, 기다려요, 바냐 삼촌, 조금만 기다려
요……. 우린 쉴 거예요. (그를 끌어안는다.) 우리는 쉴 거예요.

야경꾼이 딱따기를 친다. 텔레긴이 조용히 기타를 연주한다. 마리야
바실리예브나는 팸플릿의 빈칸에 글을 적어 넣는다. 마리나는 뜨개
질을 한다.

　　우리는 쉴 거예요!

　　　　　　　　　　　　　　　　　(천천히 막이 내려간다.)

세 자매

4막 드라마

등장인물

안드레이 세르게예비치 프로조로프 (안드류샤, 안드류시카).

나탈리야 이바노브나 (나타샤) 안드레이의 약혼녀. 훗날의 아내

올가 (올라) ──────┐

마샤 (마리야, 마센카) ──┼── 안드레이의 누이들

이리나 ───────┘

표도르 일리치 쿨리긴 고등학교 선생. 마샤의 남편

알렉산드르 이그나티예비치 베르쉬닌 중령. 중대장

니콜라이 르보비치 투젠바흐 남작. 중위

바실리 바실리예비치 솔료니 이등 대위

이반 로마노비치 체부티킨 군의관

알렉세이 페트로비치 페도티크 소위. 아마추어 사진가

블라디미르 카를로비치 로데 소위. 고등학교 체육 코치

페라폰트 지방 자치회*의 수위. 노인

안피사 유모. 80세의 노파

배경은 어느 현청(縣廳) 소재지.

제1막

프로조로프네 집. 원주들이 늘어서 있는 응접실, 그 뒤로 넓은 홀이 보인다. 한낮. 정원에는 햇살이 환히 비치고, 명랑한 분위기. 홀에는 아침 식사가 차려지고 있다. 여학교 교사의 푸른색 제복을 입은 올가는 줄곧 왔다 갔다 하면서, 혹은 멈춰 서서 학생들의 공책을 첨삭하고 있다. 검은 옷을 입은 마샤는 챙 모자를 무릎 위에 올려놓고 앉아서 책을 읽고 있다. 흰옷을 입은 이리나는 생각에 잠긴 채 서 있다.

올가   아버지가 돌아가신 게 꼭 1년 전 오늘이네. 이리나, 바로 너의 명명일,* 5월 5일에 말이야. 그땐 몹시 추웠고 눈까지 내렸어. 난 그 일을 도저히 견뎌 낼 수 없을 것 같았고, 너는 혼절해서 마치 죽은 사람처럼 누워 있었잖아. 그런데 벌써 1년이 지나서, 우린 그때를 태연히 회상하고 있구나. 넌 벌써 하얀 옷으로 차려입었고, 얼굴에서는 환하게 빛이 나.

시계가 열두 시를 친다.

그때도 이렇게 시계가 울렸지.

사이.

아버지를 묘지로 운구할 때, 음악이 연주되고 조포도 울리던 게
기억나. 아버지는 장군에다가 여단장이었는데도, 조문객들은
얼마 없었지. 거기다 비까지 내렸어. 지독한 진눈깨비였지.

이리나   지난 얘기는 뭐 하러 해!

기둥 뒤편으로, 홀에 놓인 식탁 주변에 투젠바흐 남작, 체부티킨, 솔
료니 등이 나타난다.

올가   오늘은 창문을 활짝 열어 두어도 괜찮을 만큼 따뜻한데, 자
작나무는 아직 움도 틔우지 않았구나. 아버지가 여단장으로 취
임해서 우리를 데리고 모스크바를 떠난 게 어느덧 11년 전인데
나는 생생하게 기억이 난다. 바로 이맘때, 5월 초였어. 모스크
바는 온통 꽃으로 덮이고, 사방이 햇볕을 듬뿍 받아서 따뜻했
지. 11년이 지났는데도 마치 어제 떠나온 것처럼 모든 일이 생
생하게 기억나. 맙소사! 오늘 아침 잠을 깨어 보니 햇살이 가득
한 게 완연한 봄이더구나. 가슴속에 기쁨이 넘실거리면서 문득
고향이 못 견디게 그리워진 거야.

체부티킨   시시한 소리.

투젠바흐   그럼요, 헛소리죠.

마샤, 책 속에 파묻힌 채 조용히 휘파람으로 노래를 부른다.

올가   마샤, 휘파람 불지 마. 그게 무슨 짓이니?

사이.

매일 학교에 가서 저녁때까지 수업을 하느라 늘 머리가 아파.
그러면서 내가 벌써 늙어 버렸다는 생각이 드는 거야. 실제로
학교에서 근무했던 이 4년 동안 매일처럼 내 기력과 젊음이 한
방울 한 방울씩 빠져나가고 있다는 느낌이 들어. 그리고 오로지
한 가지 공상만 머릿속에 뿌리를 내리고 자라나는 거야.

이리나   모스크바로 가자. 집을 팔고 모든 걸 정리해 버린 다음에
모스크바로……

올가   그래! 어떻게든 빨리 모스크바로 가자.

체부티킨과 투젠바흐가 웃는다.

이리나   오빠는 아마 교수가 될 거니까, 어차피 여기서 살진 않을
테고. 다만 마음에 걸리는 건 불쌍한 마샤 언니네.

올가   마샤는 해마다 모스크바에 와서 여름을 보내면 되잖아.

마샤, 휘파람으로 조용히 노래를 부른다.

이리나 하늘이 도와서 다 잘될 거야. (창문을 보며) 오늘은 날씨가 좋네. 내 미음이 왜 이렇게 즐거운지 모르겠이! 오늘 아침에 내가 명명일을 맞았다는 것이 생각나자 갑자기 즐거워졌어. 그러면서 어머니가 살아 계시던 어린 시절이 생각났어. 얼마나 멋진 생각들이 떠올랐는지 모를 거야. 정말 멋진 생각들이었어!

올가 넌 오늘 온몸에서 빛이 나는구나. 특별히 예뻐 보여! 그리고 마샤도 예뻐. 안드레이는 살만 찌지 않았으면 보기 좋을 텐데……. 뚱뚱한 건 그 애한테 어울리지 않아. 그런데 나는 부쩍 늙고 여위어 버렸어. 이게 다 학교에서 계집아이들이 속을 썩여서 그런 거지. 오늘은 휴일이라 집에 있어서 그런지 머리도 안 아프고 어제보다 젊어진 느낌이야. 난 아직 스물여덟 살밖에 안 됐잖아……. 다 좋아, 모두가 하느님 뜻이야. 하지만 그래도 시집을 가서 하루 종일 집에만 있게 된다면 그게 더 좋을 것 같기도 해.

사이.

난 남편을 사랑할 텐데.

투젠바흐 (솔료니에게) 무슨 헛소릴 하는 거요? 당신 헛소리에 질렸어. (응접실로 들어온다.) 잊어 먹은 게 있어요. 오늘 우리 신임 중대장 베르쉬닌이 댁에 방문하러 올 겁니다. (피아노 앞에 앉는다.)

올가 어머나! 잘됐군요.

이리나 그 사람 나이가 많아요?

투젠바흐 아니, 전혀. 많아 봐야 마흔이나 마흔다섯쯤. (조용히 연주한다.) 내가 보기엔 괜찮은 사람 같아요. 바보는 아니에요 — 그건 분명해. 그저 말이 좀 많지.

이리나 재미있는 사람이에요?

투젠바흐 그럼요. 다만 아내와 장모 그리고 두 명의 딸아이가 문제지요. 거기다 두 번째 아내거든요. 이 사람은 어딜 가든 항상 자기한테 아내와 두 딸이 있다고 말합니다. 이 집에서도 그럴 거예요. 부인은 계집아이처럼 머리를 길게 땋고 있는, 약간 정신 나간 여잔데, 그저 고상 떠는 얘기만 늘어놓으면서 괜히 철학적인 척합니다. 그리고 툭하면 자살 소동을 벌이는데, 그게 다 남편을 쥐어짜려는 수작이죠. 나라면 진작에 그런 여자한테서 떠났을 텐데. 그 사람은 잘 참고 그저 불평이나 할 따름이에요.

솔료니 (체부티킨과 함께 홀에서 응접실로 들어오며) 난 한 손으로는 1.5푸드밖에 들어 올리지 못하지만 양손으로는 5푸드, 아니 6푸드까지 들어 올릴 수 있지. 그래서 내가 내린 결론은, 두 사람이 한 사람보다 두 배 강한 것이 아니라 세 배나 그 이상으로 강하다는 겁니다.

체부티킨 (걸어가면서 신문을 읽는다.) 탈모에는⋯⋯ 나프탈렌 10그램을 알코올 반병에⋯⋯ 녹여서 매일 바를 것⋯⋯. (수첩에 적는다.) 적어 둡시다! (솔료니에게) 그러니까 한번 들어 보시라고. 병에다 코르크 마개를 하고서 그 가운데로 유리관을 통과시키는 거요. 그다음엔 아주 평범하고 흔해 빠진 백반 한 줌을 집어다가…….

이리나   이반 로마노비치, 친애하는 이반 로마노비치!

체부티킨   왜 그러십니까, 우리 귀여운 아가씨?

이리나   내가 오늘 왜 이렇게 행복한 거죠? 난 꼭 범선을 타고 바다를 달리는 기분이에요. 내 머리 위로 넓고 푸른 하늘이 펼쳐지고 커다랗고 하얀 새들이 날아다니는 것 같아요. 왜 그럴까요? 네?

체부티킨   (그녀의 두 손에 부드럽게 입을 맞추며) 나의 하얀 새…….

이리나   오늘 잠이 깨자 일어나서 세수를 했어요. 그러자 문득 이 세상 모든 일이 명확해지고 어떻게 살아야 될지 알 것 같은 생각이 드는 거예요. 이반 로마노비치, 난 다 알아요. 사람은 일을 해야 돼요. 그 사람이 누가 됐건 간에 얼굴에 비지땀을 흘려 가며 일을 해야 된다는 것. 이것만이 인생의 유일한 의미이자, 목표이자, 행복이자, 환희랍니다. 날이 새자마자 일어나, 거리에서 돌을 깨는 노동자로 산다면 얼마나 좋을까. 아니면 목동, 아니면 아이들을 가르치는 선생, 아니면 철도 기관사도 좋아요……. 맙소사, 낮 열두 시에 깨어나 침대에서 커피를 마시고, 그러고 나서 두 시간 동안 옷을 차려입는 젊은 여자가 되느니, 차라리 소나 말이 되는 게 나아요. 그러면 최소한 일을 할 수 있으니까. 그런 여자가 된다는 건 정말 끔찍해! 무더운 날 못 견디게 물이 마시고 싶은 것처럼, 난 일을 하고 싶어 미칠 지경이에요. 만약 내가 일찍 일어나서 일을 하지 않거들랑 나랑 절교해 주세요, 이반 로마노비치.

체부티킨 (부드럽게) 절교하지, 아무렴, 절교해야지……

올가 아버지께선 우리가 일곱 시에 일어나도록 가르치셨어요. 요즘에 이리나는 일곱 시에 일어나긴 하는데, 그러고서 최소한 아홉 시까지는 누운 채로 뭔가를 생각한답니다. 저렇게 심각한 표정을 하고서는! (웃는다.)

이리나 언니는 날 꼬마 계집아이로 보는 데 익숙해져서 내가 심각한 표정을 짓는 게 이상해 보이겠지. 나도 이제 스무 살이야!

투젠바흐 노동에 대한 갈망이라. 아, 그 심정 충분히 이해합니다! 나는 일생 동안 한 번도 일을 해 본 적이 없거든요. 나는 춥지만 만사태평한 페테르부르크에서 노동이나 걱정이라곤 조금도 모르는 집안에 태어났습니다. 내가 소년 군사 학교에서 집으로 돌아오면 하인이 장화를 벗겨 주는데, 그러는 동안 나는 투정을 부리지요. 어머니는 그런 나를 황홀한 눈으로 바라보시는 겁니다. 그러면서 남들이 나를 다른 눈빛으로 보면 놀라시곤 했어요. 노동이라는 것으로부터 나를 철저하게 떼어 놓았던 거죠. 하지만 정말 완전히 떼어 놓을 수 있었을까요? 그럴 수는 없죠! 우리 머리 위로 거대한 산사태가 덮쳐 오고 있습니다. 강력한 폭풍이 만들어지고 있어요. 그것이 조만간 닥쳐와서 우리 사회로부터 게으름과 무관심과 노동에 대한 편견, 썩어 빠진 권태를 순식간에 날려 버릴 겁니다. 나는 일을 할 겁니다. 그리고 25년이나 30년 뒤에는 모든 사람들이 일을 하게 될 겁니다. 모든 사람들이!

체부티킨 난 일하지 않겠어.

투젠바흐 의사 신생님한테는 기대도 안 해요.

솔료니 25년 뒤라면 당신은 이미 세상에 있지도 않을걸, 다행스럽게도 말이야. 2, 3년 안에 뇌졸중으로 급사하든가, 아니면 내가 열이 받쳐서 당신 이마빼기에 총알을 박아 버릴 테니까, 이 양반아. (주머니에서 향수병을 꺼내 가슴과 팔에 뿌린다.)

체부티킨 (웃는다.) 사실 난 평생 아무것도 한 일이 없어. 대학을 나온 뒤론 손가락 하나 까딱하지 않았고, 신문 말고는 알량한 책 한 권 읽은 일이 없으니까……. (주머니에서 다른 신문을 꺼낸다.) 이를테면 말이야, 도브롤류보프라는 작가가 있었다는 건 신문으로 읽어서 알고 있지. 하지만 그 사람이 뭘 썼는지는 몰라……. 내가 알 게 뭐람…….

아래층에서 마루를 두드리는 소리가 들린다.

이런…… 날 부르는 소리야. 누가 찾아왔군. 금방 갔다 올 테니까……. 잠깐 기다려요. (수염을 쓰다듬으면서 황급히 나간다.)

이리나 무슨 속셈이 있는 것 같아요.

투젠바흐 그래요. 아주 의기양양한 표정을 짓고 나간 걸로 보아하니, 분명 당신에게 선물을 가져오려는 것 같은데.

이리나 정말 짜증 나!

올가 그래, 지긋지긋하다. 저분은 언제나 바보 같은 짓을 한다니까.

마샤 "굽이진 바닷가에 초록빛 참나무, 참나무 위에 걸린 황금 사슬…… 참나무 위에 걸린 황금 사슬……."* (일어나서 조용히 노래 부른다.)

올가 마샤, 넌 오늘 기운이 없어 보이는구나.

마샤, 노래를 부르며 모자를 쓴다.

어딜 가니?

마샤 집에.

이리나 별일이야…….

투젠바흐 명명일인데 그냥 가세요?

마샤 어차피 마찬가지예요. 저녁에 또 올 테니까. 안녕, 귀염둥이……. (이리나에게 입 맞춘다.) 다시 한 번 축하한다. 항상 건강하고 행복하기를. 예전에 아버지가 살아 계실 때는, 명명일이면 항상 장교들이 30명~40명씩 와서 북적대곤 했었지. 그런데 오늘은 손님들이 없어서 무슨 사막처럼 조용하네……. 난 갈래……. 오늘은 왠지 기분이 가라앉고 울적해. 그러니까 너 내 말에 신경 쓰지 마라. (눈물을 글썽이며 웃음 짓는다.) 나중에 이야기하자. 그동안 안녕. 어디로든 좀 나가야겠어.

이리나 (기분이 상해서) 언니는 정말…….

올가 (눈물을 글썽이며) 네 마음 알아, 마샤.

솔료니 만약 남자가 철학적으로 굴면 철학이나 궤변이 만들어지
겠지. 그런데 한 여자나 두 여자가 철학을 논한다면 그건 '내 손
을 잡아 주세요'라는 얘기가 되지.

마샤 무슨 얘길 하고 싶은 거죠? 정말 형편없는 사람이네.

솔료니 아무것도 아니에요. "곰이 그를 덮쳤을 때, 그는 '악' 소
리도 미처 못 냈다네."*

사이.

마샤 (올가에게 화난 소리로) 울지 마!

안피사와 페라폰트가 케이크를 들고 들어온다.

안피사 이리 들어와요. 발이 깨끗하니까 들어와도 괜찮아요. (이
리나에게) 지방 자치회의 미하일 이바니치 프로토포포프 씨가
보내셨어요……. 케이크예요.

이리나 고마워. 감사하다고 전해 줘. (케이크를 받는다.)

페라폰트 뭐라고요?

이리나 (큰 소리로) 감사하다고 전해 주라니까!

올가 유모, 이 사람에게 케이크를 좀 주세요. 페라폰트, 가 봐요.
저쪽에 가면 케이크를 줄 거야.

페라폰트 뭐라고요?

안피사 갑시다, 페라폰트 스피리도니치. 가자고요……. (페라폰

트와 함께 나간다)

마샤 난 그 프로토포포프가 싫어. 미하일 포타피치인지 이바니
치인지 그 사람은 초대하지 말아야 돼.

이리나 초대한 적 없어.

마샤 그거 잘했구나.

체부티킨이 들어오고 그 뒤로 은제 사모바르를 든 군인이 따라 들어
온다. 좌중에 경악과 불만의 수군거림.

올가 (손으로 얼굴을 가리며) 사모바르라니! 너무해! (홀의 식
탁 쪽으로 간다.)

함께 ┌ **이리나** 이반 로마노비치, 이게 무슨 짓이에요!

├ **투젠바흐** (웃는다.) 그러게 내가 뭐래요.

└ **마샤** 이반 로마노비치, 정말 부끄러운 줄을 모르는군요!

체부티킨 내 사랑스러운 아가씨들이여, 당신들은 나에게 있어 이
세상에서 유일한 친구들, 가장 소중한 분들입니다. 난 곧 예순 살
의 노인이 됩니다. 고독하고 보잘것없는 노인이오. 당신들에 대
한 사랑이 내 유일한 낙입니다. 만약 당신들이 없었다면 나는 오
래전에 이 세상에서 사라졌을 겁니다. (이리나에게) 내 귀여운
아가씨, 난 그대가 태어나던 날부터 그대를 알고 있어요…… 내
손으로 안고 다녔지요…… 난 돌아가신 어머니를 좋아했었지
요…….

이리나 하지만 뭐 하러 이런 비싼 선물을!

체부티킨　(눈물을 글썽이며 화난 목소리로) 비싼 선물이라니……. 왜들 그러는 거요! (병사에게) 사모바르를 저리로 가져가……. (빈정거리며) 비싼 선물이라니…….

병사가 사모바르를 홀로 내간다.

안피사　(응접실을 거쳐 지나가면서) 처음 뵙는 대령님이 오셨어요! 아가씨들, 벌써 외투를 벗고 이리로 오시네요. 이리나 아가씨, 상냥하고 정중하게 대하셔야 돼요. (나간다.) 아침 식사 시간이 지난 지 한참인데……. 맙소사…….

투젠바흐　베르쉬닌일 겁니다.

베르쉬닌이 들어온다.

　베르쉬닌 중령님!

베르쉬닌　(마샤와 이리나에게) 인사드리겠습니다. 베르쉬닌이라고 합니다. 마침내 댁을 방문하게 되어 너무너무 반갑습니다. 정말 몰라보게 달라졌군요! 야, 이거!

이리나　좀 앉으세요. 저희도 무척 반가워요.

베르쉬닌　(즐겁게) 정말 기뻐요, 정말 기쁩니다! 그런데 여러분은 세 자매가 아니었던가요? 내 기억으로는 세 명의 아가씨들이었어요. 얼굴들은 이제 잊어버렸지만, 선친이신 프로조로프 대령님에게 어린 따님 세 분이 있었던 것을 똑똑히 기억합니다.

이 눈으로 직접 봤으니까요. 정말 세월은 빨라! 야, 이런, 정말 세월은 빨라!

투젠바흐   알렉산드르 이그나티예비치는 모스크바 출신이십니다.

이리나   모스크바요? 모스크바에서 오셨나요?

베르쉬닌   네, 거기서 왔죠. 댁의 아버님께서 대대장으로 모스크바에 근무하실 때, 저도 같은 여단 소속 장교로 있었습니다. (마샤에게) 그쪽 얼굴은 어렴풋이 기억나는 것 같은데요.

마샤   난 기억이 안 나요!

이리나   올랴! 올랴! (홀 쪽을 향해 소리친다) 올랴, 이리 와 봐!

올가가 홀에서 응접실로 들어온다.

알고 보니 베르쉬닌 중령님이 모스크바에서 오셨다잖아.

베르쉬닌   이쪽은 그러니까, 맏따님 올가 세르게예브나고…… 이쪽은 마리야…… 이쪽은 막내 이리나군요.

올가   모스크바에서 오셨다고요?

베르쉬닌   네. 모스크바에서 공부하고 모스크바에서 첫 근무를 시작했습니다. 거기서 오랫동안 근무하다가 마침내 이 지방의 중대를 맡게 되었지요. 그래서 보다시피 이곳으로 옮겨 온 것입니다. 전 여러분들 하나하나를 기억하진 못하지만 세 자매였다는 것만은 잊지 않고 있습니다. 댁의 아버님은 제 기억 속에 고이 간직되어 있어요. 이렇게 눈을 감으면 마치 살아 계신 것처럼 선히 보입니다. 모스크바에 계실 때 제가 댁을 자주 방문했었지요…….

올가 난 모든 일을 다 기억하고 있다고 생각했는데, 이렇게 갑자기…….

베르쉬닌 저는 알렉산드르 이그나티예비치라고 합니다…….

이리나 알렉산드르 이그나티예비치 씨, 모스크바에서 오셨다니…… 정말 뜻밖이에요!

올가 우리도 그리로 이사 갈 거예요.

이리나 아마 가을이면 벌써 거기에 있게 될걸요. 우리 고향이니까. 우린 거기서 태어났어요……. 구(舊)바스만나야 거리에서…….

두 사람은 기뻐하며 웃는다.

마샤 고향 사람을 만나게 되다니, 뜻밖이야. (활기를 띠며) 이제 기억났다! 올랴, 기억나? 우리가 '상사병 소령'이라고 불렀잖아. 당신은 그 당시 중위였는데 누군가와 사랑에 빠져 있었지요. 그래서 우리가 괜히 소령님이라고 놀렸잖아요…….

베르쉬닌 맞아, 맞아…… 상사병 소령, 그랬었지…….

마샤 그때는 콧수염밖에 없었는데…… 오, 어쩌면 이렇게 늙어 버렸나요! (눈물을 글썽이며) 어쩌면 이렇게 늙어 버렸나요!

베르쉬닌 그래요, 내가 상사병 소령으로 불리던 그때는 나도 아직 젊었고 사랑에 빠지기도 했지요. 그러나 지금은 아니올시다.

올가 하지만 아직 새치도 한 가닥 없는데요 뭘. 나이를 드시긴 했지만 늙으신 건 아니랍니다.

베르쉬닌 그렇지만 벌써 마흔셋인걸요. 모스크바를 떠나신 지는 오래됐나요?

이리나 11년 됐어요. 뭐야, 마샤, 왜 우는 거야? 바보같이……. (눈물을 글썽이며) 그러니까 나도 눈물이 나잖아…….

마샤 난 괜찮아. 그런데 어느 거리에 사셨다고요?

베르쉬닌 구(舊)바스만나야 거리입니다.

올가 우리도 거기서…….

베르쉬닌 한동안은 네메츠카야 거리에서 산 적도 있어요. 네메츠카야 거리에서 크라스니예 카자르미까지 걸어 다니곤 했어요. 도중에 음침한 다리가 하나 있고 다리 밑으로 개천이 졸졸거리며 흐르지요. 혼자 거기 서 있노라면 마음이 울적해졌어요.

사이.

그런데 이곳 강은 어쩌면 이렇게 넓고 물이 풍부한가요! 멋진 강입니다!

올가 그렇긴 한데 추워요. 이곳은 춥고 모기가 많아요…….

베르쉬닌 무슨 그런 말씀을! 이곳이야말로 건강하고 훌륭한 슬라브적 기후예요. 숲과 강…… 게다가 자작나무들까지 있잖습니까. 나는 정겹고 소박한 자작나무를 다른 어떤 나무들보다 사랑해요. 여긴 살기 좋은 고장입니다. 다만 기차역이 20킬로미터나 떨어져 있다는 것이 좀 이상하네요. 그런데 왜 그런지를 아무도 모르더군요.

솔료니　나는 왜 그런지 알지.

모두 그를 바라본다.

　왜냐하면 만약 역이 가까이 있다면 멀리 있을 수 없고, 만약 멀리 있다면 가까이 있을 수 없기 때문이지.

불편한 침묵.

투젠바흐　바실리 바실리예비치 씨는 농담을 잘하지.

올가　나도 이제 당신이 기억나요. 그래, 기억이 나.

베르쉬닌　나는 댁의 어머님을 압니다.

체부티킨　좋은 분이었지요. 하늘나라에서 평안하시길.

이리나　어머니는 모스크바에 묻히셨어요.

올가　노보데비치 사원에······.

마샤　이럴 수가, 난 벌써 어머니 얼굴이 기억나지 않으려 해. 우리도 그렇게 사람들 기억에서 멀어지겠지. 다 잊히겠지.

베르쉬닌　그래요, 잊히겠지요. 그게 우리 운명이니 어쩔 도리가 없지요. 우리에게 심각하고 의미 있고 매우 중요한 일처럼 보이는 것들도 시간이 지나면 잊히거나 시시한 일처럼 보이겠지요.

사이.

흥미로운 건, 나중에 무엇이 정말 고귀하고 소중하며 또한 무엇이 보잘것없고 우스꽝스럽게 될지를, 지금 우리가 전혀 알 수 없다는 사실이에요. 코페르니쿠스의 발견이나, 이를테면 콜럼버스의 발견 같은 것도 처음에는 쓸모없고 우스꽝스러운 것처럼 보였지 않습니까? 그런가 하면 어떤 얼간이가 쓴 헛소리가 진리처럼 보이기도 했지요. 어쩌면 우리가 그럭저럭 순응하고 있는 오늘날의 인간 생활도 나중에는 이상하고 불편하고 어리석고 불결한, 그래서 심지어 사악한 것으로 비칠지도 모릅니다……

투젠바흐 누가 알겠어요? 어쩌면 사람들이 훗날 우리의 삶이 고상했다고 말하면서 존경하는 마음으로 기억해 줄지도 모르지요. 지금은 고문도 없고, 처형도 없고, 전쟁도 없어요. 하지만 그 대신 다른 수많은 고통들이 있지요!

솔료니 (가느다란 목소리로) 쭛, 쭛, 쭛……. 남작에게는 죽을 먹이지 말고, 그저 철학이나 하게 해 주면 되지요.

투젠바흐 바실리 바실리예비치, 제발 날 좀 가만히 내버려 둬요. (자리를 옮겨 앉는다.) 정말 지긋지긋하군.

솔료니 (가느다란 목소리로) 쭛, 쭛, 쭛…….

투젠바흐 (베르쉬닌에게) 지금 우리에게 그토록 수많은 고통들이 보인다는 사실 자체야말로 이 사회가 이미 일정한 도덕적 수준에 도달했음을 말해 주는 겁니다.

베르쉬닌 네, 네, 물론이죠.

체부티킨 남작, 당신은 방금 후세 사람들이 지금 우리의 삶을 고상하게 여길 거라고 했지만, 그래 봐야 사람들은 비천하게 살고

있거든……. (일어나며) 보시오, 내가 얼마나 비천한지. 나의
삶이 고상하고 납득할 수 있는 것이라고 말한다면, 그건 그저
자기 위안일 뿐이지.

무대 뒤에서 바이올린 연주 소리가 들린다.

마샤　안드레이가 연주하는 거예요. 우리 오빠요.

이리나　우리 집안의 학자랍니다. 틀림없이 교수님이 될 거예요.
아버지는 군인이셨지만 아들은 학자의 길을 선택했지요.

마샤　아버지가 원했으니까.

올가　우리가 오늘 오빠를 좀 놀려 줬죠. 오빠는 아무래도 사랑에
빠진 것 같다니까.

이리나　이 고장 출신 아가씨예요. 오늘 우리 집에 올 거예요, 틀
림없어요.

마샤　아, 그 여자 옷 입는 꼴이라니! 멋이 없다거나 유행에 뒤떨
어진다거나 한 것이 아니라 그저 한심할 따름이라니까. 어떻게
그런 괴상한 치마를 입었는지. 천박한 술 장식이 달린 샛노란
치마하며, 게다가 새빨간 저고리는 또 뭐야. 볼때기는 박박 문
질러 놓은 것처럼 새빨갛고. 안드레이는 사랑에 빠진 게 아니
야. 난 이해할 수가 없어. 아무리 그래도 오빠에겐 나름대로 취
향이 있을 텐데. 아니, 그냥 우리를 놀려 주려고 그러는 걸 거
야. 어저께 들었는데, 그 여자가 자치회 의장인 프로토포포프에
게 시집갈 거라더라. 잘됐지 뭐……. (옆방 문을 향해) 안드레

이, 이리 좀 와 봐! 잠깐만 좀!

안드레이가 들어온다.

올가 이쪽은 우리 오빠 안드레이 세르게예비치예요.

베르쉬닌 베르쉬닌입니다.

안드레이 프로조로프입니다. (얼굴에 흐르는 땀을 닦는다.) 이곳 중대장으로 부임하셨습니까?

올가 상상이 가니? 알렉산드르 이그나티예비치 씨는 모스크바에서 오셨대.

안드레이 그래요? 저런, 축하합니다. 이제 우리 누이들이 당신을 가만히 놔두지 않을 겁니다.

베르쉬닌 자매님들께서는 벌써 나에게 싫증이 나셨을 텐데요.

이리나 이거 봐요, 안드레이가 오늘 나에게 초상화 액자를 선물했어요! (액자를 보여 주며) 자기가 직접 만들었답니다.

베르쉬닌 (액자를 보고 무슨 말을 해야 할지 몰라 당황하며) 네…… 그것참…….

이리나 피아노 위에 있는 저 액자도 오빠가 만든 거예요.

안드레이가 손을 내저으며 자리를 피하려 한다.

올가 안드레이는 학자에다 바이올린도 연주하고 나무로 여러 가지 물건을 만들기도 해요. 한마디로 말해서 팔방미인이지요. 안드레이, 가지 마! 원래 저래요, 항상 도망가지요. 이리 오라니까!

마샤와 이리나가 깔깔대며 그의 손을 잡고 도로 데려온다.

마샤 자, 가자!

안드레이 내버려 둬, 제발.

마샤 우습지 않니! 예전에 알렉산드르 이그나티예비치 씨를 상사병 소령님이라고 그렇게 놀려 댔는데도 이분은 한 번도 화를 내지 않았어.

베르쉬닌 한 번도!

마샤 난 널 상사병 바이올리니스트라고 부를 거야.

이리나 아니면 상사병 교수님!

올가 그는 사랑에 빠졌어! 안드류샤는 사랑에 빠졌대요!

이리나 (박수를 치며) 브라보, 브라보! 앙코르! 안드류시카는 사랑에 빠졌대요!

체부티킨 (안드레이의 등 뒤로 다가와 두 팔로 그의 허리를 감싸 안는다.) 자연은 오로지 사랑만을 위해 우리를 이 세상에 만들어 놓았도다! (껄껄대며 웃는다. 그는 줄곧 신문을 들고 있다.)

안드레이 자, 됐어요, 됐어……. (얼굴의 땀을 닦으며) 밤을 꼬박 새운 바람에 지금 좀, 뭐랄까, 제정신이 아니군요. 새벽 네 시까지 책을 읽다가 잠자리에 들었지만 아무 소용 없었어요. 이런저런 생각을 하는 사이에 어느덧 동이 트더니 햇살이 침실로 흘러 들어 오네요. 여기서 여름을 지내는 동안 최소한 영어 책 한 권은 번역했으면 좋겠는데.

베르쉬닌 영어를 읽으시는군요?

안드레이 네. 아버님은 저희들 교육 문제에 관해서는 꽤 강압적이
셨어요. 하늘나라에서 평안하시길. 어리석고 우스운 고백이
지만 그래도 털어놓지요. 아버님이 돌아가신 뒤에 저는 살이 찌기
시작해서 1년 만에 이렇게 뚱보가 되고 말았습니다. 마치 제 몸
이 억압에서 벗어난 것처럼 말입니다. 아버님 덕분에 저와 누이
들은 프랑스어, 독일어, 영어를 할 줄 압니다. 게다가 이리나는
이탈리아어까지 하지요. 하지만 이런 게 다 무슨 소용입니까!

마샤 이 도시에서 세 가지 언어를 안다는 것은 불필요한 사치예
요. 어쩌면 사치랄 것도 없는, 불필요한 혹 같은 거예요. 마치
여섯 번째 손가락처럼. 우리는 쓸모없는 것들을 많이도 알고 있
지요.

베르쉬닌 무슨 그런 말씀을! (웃는다.) 쓸모없는 것들을 아시다
니요! 아무리 따분하고 침체된 도시라 해도 똑똑한 교양인은 필
요할 것 같은데요. 이 도시의 10만 명 인구 가운데, 그러니까 낙
후되고 무식한 그 10만 명 가운데서 말입니다, 당신 같은 분들
이 딱 세 명 있다고 칩시다. 물론 당신들은 주변에 있는 몽매한
군중을 이길 수 없을 겁니다. 살아가면서 차츰차츰 당신들은 그
들에게 자리를 내주면서 10만 명의 군중 속으로 파묻혀 버리겠
지요. 생활이 당신들을 압도할 겁니다. 하지만 그렇더라도 당신
들은 그냥 사라지는 게 아니에요. 어떤 영향을 남기는 겁니다.
여러분 같은 사람들이 여러분 뒤에 여섯 명 그리고 열두 명, 이

런 식으로 나타나다 보면 마침내 여러분 같은 사람들이 대다수를 차지하게 될지도 모릅니다. 2백 년이나 3백 년 뒤, 지구 위에서의 삶은 상상할 수 없을 만큼 경이롭고 멋진 모습이 될 거예요. 인간에게는 그런 삶이 필요합니다. 그런 삶이 아직 없다 해도 인간은 그것을 예감하고 기다리고 꿈꾸고 준비해야 합니다. 그러기 위해서 인간은 할아버지와 아버지가 보고 알았던 것보다 더 많이 보고 알아야만 하는 겁니다. (웃는다.) 그런데 당신들은 쓸모없는 것을 너무 많이 안다고 불평하는군요.

마샤   (모자를 벗는다.) 아침 먹고 갈래.

이리나   (한숨을 쉬며) 맞아. 이런 얘기는 전부 다 적어 두어야 하는데……

안드레이가 보이지 않는다. 그는 사람들 눈에 띄지 않게 나갔다.

투젠바흐   당신은 많은 세월이 지난 뒤에 지구 위에서의 삶이 경이롭고 멋지게 될 거라고 말하는군요. 맞는 말이에요. 그러나 지금 멀리서라도 그 삶에 동참하기 위해서는 준비를 해야 합니다. 일을 해야 해요……

베르쉬닌   (일어나며) 그래요. 그런데 댁에는 정말 꽃이 많네요! (둘러보며) 정말 훌륭한 아파트예요. 부럽습니다! 저는 평생 동안 의자 두 개, 소파 한 개 그리고 항상 연기가 풀풀 나는 페치카가 달린 아파트에서만 살아왔지요. 내 인생에 부족했던 건 바로 이런 꽃들이었어…… (손을 비비며) 에이! 다 쓸데없는 소리지!

투젠바흐　그래요, 일을 해야 돼요. 당신은 아마도 '저 독일 놈이 너무 감상적이군' 하고 생각하실지 모르겠습니다만. 그러나 저는 솔직히 말씀드려서, 러시아 사람입니다. 독일어는 할 줄도 몰라요. 저희 아버님은 정교 신자고…….

사이.

베르쉬닌　(무대 위를 거닐며) 나는 자주 이런 생각을 해요. 만약 인생을 새롭게 다시 시작할 수 있다면 어떨까? 제대로 정신을 차리고 말이지. 우리가 이미 살아 버린 인생은 이를테면 초고라 생각하고 백지 위에서 완전히 새로운 인생을 시작할 수 있다면! 그러면 우리들 모두가 무엇보다도 예전의 자신을 되풀이하지 않으려고 노력하겠지요. 최소한 자신에게 예전과는 다른 생활 환경을 만들려고 하겠지요. 이를테면 온갖 꽃들이 놓여 있는 빛으로 가득한 아파트라든지……. 나에겐 아내와 두 명의 딸아이가 있어요. 게다가 아내는 건강이 좋질 않아요. 기타 등등, 기타 등등. 자, 하지만 만약 인생을 처음부터 다시 시작할 수 있다면 나는 결혼하지 않을 겁니다……. 절대로, 절대로!

쿨리긴이 제복을 입고 등장한다.

쿨리긴　(이리나에게 다가가며) 처제, 수호천사의 날을 축하해. 처제의 건강과, 또한 처제 또래의 아가씨들이 바랄 수 있는 모든 것들이 다 이루어지기를 열렬히, 진심으로 바라. 그리고 여기 이 책을 선물로 가져왔어. (책을 건네주며) 우리 고등학교 50년사라네. 내가 쓴 거야. 소일거리 삼아 쓴 보잘것없는 책이지만 그래도 한번 읽어 봐. 안녕하십니까, 여러분! (베르쉬닌에게) 이곳 고등학교 교사 쿨리긴입니다. 7등 문관이올시다. (이리나에게) 이 책에는 지난 50년 동안 우리 고등학교를 졸업한 모든 학생들의 명단이 나와 있어. *Feci, quod potui, faciant meliora potentes* (내가 할 수 있는 일은 다 했으니, 누구든 더 잘할 수 있는 이가 있다면 해 봐라). (마샤에게 입 맞춘다.)

이리나 하지만 이건 지난 부활절에 주셨던 책이잖아요.

쿨리긴 (웃는다.) 그럴 리가! 그렇다면 다시 무르든가, 아니면 여기 대령님께 드리지 뭐. 대령님, 가지세요. 나중에 심심할 때 읽어 보세요.

베르쉬닌 감사합니다. (나갈 채비를 한다.) 만나 뵙게 돼서 참으로 기쁩니다…….

올가 가시려고요? 안 돼요, 안 돼요!

이리나 좀 더 계시면서 같이 식사를 하시고 가세요. 제발.

올가 부탁이에요!

베르쉬닌 (고개를 숙여 답례한다.) 어쩌다 보니 제가 명명일 파티에 끼어들게 됐군요. 미안합니다. 미처 알지 못해서, 축하도 못 드리고……. (올가와 함께 홀로 들어간다.)

쿨리긴 여러분, 오늘은 일요일이고 휴일이니 마음껏 쉽시다. 모두들 각자의 연령과 지위에 걸맞게 즐겨 봅시다. 이제 여름이니

카펫은 거둬서 겨울이 올 때까지 넣어 두어야겠지요, 방충제나 나프탈렌과 함께……. 로마인들은 건강했어요. 그 사람들은 일을 하는 법도 알았지만 쉬는 법도 알았거든요. *mens sana in corpore sano*(건강한 육체에 건강한 정신). 로마인들의 삶은 일정한 형식에 맞춰 흘러갔습니다. 우리 교장 선생님께서 말씀하시길, 인간의 삶에서 가장 중요한 것은 그 삶의 형식이라는 겁니다. 자신의 형식을 잃게 되면 그걸로 끝나는 거지요. 우리 일상생활도 마찬가지예요. (마샤의 허리를 껴안고 웃으며) 마샤는 나를 사랑해요. 내 아내는 나를 사랑하지요. 창문 커튼도 카펫과 함께 치워야겠네……. 오늘 제가 좀 들떠 있네요. 기분이 최곱니다. 마샤, 오늘 네 시에 교장 선생 댁에 가야 돼. 교사와 가족들이 모여서 소풍을 가기로 했거든.

마샤　나는 안 가요.

쿨리긴　(낙담하며) 우리 마샤, 왜 그래?

마샤　그 얘긴 나중에 해요……. (화가 나서) 좋아요, 가겠어요, 그러니까 날 좀 그냥 내버려 둬요……. (나간다.)

쿨리긴　산책하고 나서 교장 선생 댁에서 저녁을 보내게 될 겁니다. 그분은 건강이 좋지 않은데도 어떻게든 사교적인 활동을 하려고 애쓰지요. 걸출하고 명석한 분이에요. 대단한 인물입니다. 어저께 회의가 끝나고 나서 그분이 저에게 말씀하시더라고요. "지쳤어, 표도르 일리치! 지쳤어!"(벽시계를 보고 나서 자기 회중시계를 본다.) 이 댁 시계는 7분이나 빨리 가네. 글쎄 그러시더라고. "지쳤어!"

무대 뒤에서 바이올린 연주 소리가 들린다.

올가   여러분, 저 좀 보세요, 이제 식사를 합시다! 파이가 준비됐어요!

쿨리긴   아, 사랑스러운 나의 올가! 나는 어제 아침부터 저녁 열한 시까지 일을 했어요. 피곤하지만 그래도 오늘은 행복해요. (홀로 들어가 식탁 쪽으로 간다.) 사랑스러운 우리 올가……

체부티킨   (신문을 호주머니에 집어넣고 턱수염을 쓰다듬으며) 파이라고? 근사한데!

마샤   (체부티킨에게 엄한 어조로) 명심하세요. 오늘은 절대 술을 마시면 안 돼요. 아시겠죠? 선생님께 술은 해로워요.

체부티킨   에이! 이젠 괜찮아. 폭음하는 버릇 그만둔 지 2년이나 지났는데. (재촉하며) 에이, 마나님, 어차피 상관없잖아!

마샤   어쨌든 술은 절대 안 돼요, 절대로. (화가 나서, 그러나 남편이 듣지 못할 정도로) 맙소사, 교장네 집에서 또 따분한 저녁을 지내야 되다니!

투젠바흐   내가 당신이라면 안 가겠어요……. 정말 간단한 일이잖아요.

체부티킨   가지 말아요, 우리 예쁜 아씨.

마샤   그래요, 가지 말아야지……. 이건, 저주받은 인생이야. 참을 수가 없어. (홀로 들어간다.)

체부티킨   (마샤의 뒤를 따라가며) 그렇지, 그렇지!

솔료니   (일행을 지나쳐 홀로 들어가며) 쯧, 쯧, 쯧……

투젠바흐　그만합시다, 바실리 바실리예비치. 그만 좀!

솔료니　쯧, 쯧, 쯧…….

쿨리긴　(명랑하게) 건강을 위하여, 대령님! 저는 교사지만 여기서는 마샤의 남편으로 이 집 식구 중 한 사람이니까……. 마샤는 착해요, 참 좋은 여자예요…….

베르쉰　저는 여기 이 갈색 보드카를 마셔 볼까요. (마시며) 건강을 위하여! (올가에게) 이렇게 댁에 있으니 정말 좋습니다!

거실에는 이리나와 투젠바흐만 남는다.

이리나　마샤는 오늘 제정신이 아니네요. 언니는 열여덟에 시집을 갔어요. 그땐 형부가 똑똑한 남자로 보였던 거죠. 지금은 아니에요. 형부는 제일 착한 남자일지는 모르겠지만 제일 똑똑한 남자는 아니거든요.

올가　(재촉하며) 안드레이, 어서 와라, 좀!

안드레이　(무대 뒤에서) 지금 가. (홀 안으로 들어와 식탁에 앉는다.)

투젠바흐　무슨 생각을 하세요?

이리나　그냥요. 난 그 솔료니라는 사람이 싫어요. 그리고 무서워요. 맨날 바보 같은 소리나 하고…….

투젠바흐　별난 사람이죠. 불쌍하기도 하고 어떨 땐 화도 나지만, 불쌍하다는 생각이 더 크네요. 내가 보기엔 성격이 좀 내성적인 것 같습니다……. 둘이서만 있을 때는 재치도 있고 상냥한데 사람들 사이에만 있으면 싸움꾼처럼 거칠어지네요. 가지 말고 사람들이 식탁에 자리를 잡을 동안 여기 같이 있어요. 당신 곁에 잠깐만 머물게 해 주세요. 무슨 생각 해요?

사이.

당신은 이제 스무 살이고 난 아직 서른도 안 됐어요. 우리에겐 앞으로도 정말 길고 긴 날들이 남아 있어요. 당신에 대한 내 사랑으로 가득 찬 날들이…….

이리나 니콜라이 르보비치 씨, 저에게 사랑 얘기는 하지 마세요.

투젠바흐 (들으려 하지 않으며) 나는 삶에 대한 엄청난 갈망을 느껴요. 나는 투쟁과 노동을 열렬히 갈망해요. 그런데 이 갈망은 내 영혼 속에서 당신에 대한 사랑과 하나로 합쳐 있습니다. 이리나, 당신이 아름다우니까 신기하게도 인생 또한 너무너무 아름답게 보이니 이를 어쩌죠! 무슨 생각 해요?

이리나 인생이 아름답다고 말하시네요. 그런데 그냥 그렇게 보일 뿐이라면 어쩌시겠어요! 우리 세 자매에게 인생은 아름답기는커녕, 마치 잡초들처럼 우리를 에워싸고 숨 막히게 해 왔을 뿐이에요……. 눈물이 나네. 이러면 안 되지……. (재빨리 얼굴을 닦고 미소 짓는다.) 일을 해야 돼요, 일을. 우리가 울적한 이유는, 인생을 이토록 어둡게 보는 이유는 노동이라는 걸 모르기 때문이에요. 우리는 노동을 업신여기는 사람들 속에서 태어났어요…….

나탈리야 이바노브나가 들어온다. 분홍색 드레스에 초록색 허리띠를 매고 있다.

나타샤   저기 벌써 식사를 하고 있네…… . 늦었어…… . (거울을 살짝 보며 옷매무새를 고친다.) 머리는 이 정도면 괜찮겠지…… . (이리나를 발견하고) 이리나 세르게예브나, 축하해요! (이리나에게 강하고 긴 입맞춤을 한다.) 손님들이 많이 오셨네요. 부끄러워서 어쩌지…… . 안녕하세요, 남작님!

올가   (응접실로 들어오며) 저런, 나탈리야 이바노브나가 오셨네. 안녕하세요, 어서 와요!

서로 입을 맞춘다.

나타샤   명명일을 축하합니다. 사람들이 많이 모여 있는 걸 보니 무척 당황스럽네요…… .

올가   괜찮아요. 전부 식구 같은 사람들뿐인데, 뭘. (놀란 듯 낮은 목소리로) 초록색 띠를 매셨네! 나탈리야, 이건 좀 흉하네요!

나타샤   흉조라는 뜻인가요?

올가   아니, 그냥 드레스와 어울리지 않아서요…… . 뭔가 좀 튀는 색깔이네요.

나타샤   (울먹거리며) 네? 하지만 이건 초록색이라기보다는 연두색에 가까운데. (올가를 따라 홀로 들어간다.)

홀에는 사람들이 식탁에 앉아 있다. 응접실에는 아무도 없다.

쿨리긴 이리나, 좋은 총각 만나기를 바라. 이제 시집갈 때도 됐잖아.

체부티킨 나탈리야 이바노브나, 그쪽도 좋은 총각 만나시길.

쿨리긴 나탈리야 이바노브나는 벌써 신랑이 있어요.

마샤 (포크로 접시를 두드린다.) 포도주 한잔 마셔 보자! 에라, 인생이 이렇듯 달콤한데, 못할 일이 뭐 있겠어.

쿨리긴 당신 품행은 C 마이너스야.

베르쉰 과실주가 맛있습니다. 무엇으로 담그셨나요?

솔료니 바퀴벌레로 담갔지요.

이리나 (울먹이며) 웩! 웩! 정말 역겨워!

올가 저녁에는 칠면조 구이와 달콤한 사과 파이가 나올 겁니다. 고맙게도 오늘은 하루 종일, 낮에도 저녁에도 집에 있을 수 있군요. 여러분, 저녁에도 오세요……

베르쉰 저도 초대해 주세요!

이리나 물론이죠.

나타샤 이 댁에선 격식을 안 따지네.

체부티킨 자연은 오로지 사랑만을 위해 우리를 이 세상에 만들어 놓았도다. (웃는다.)

안드레이 (화가 나서) 이제 그만 좀 하세요, 여러분! 지겹지도 않습니까?

페도티크와 로데가 커다란 꽃바구니를 들고 들어온다.

페도티크 벌써 식사를 시작했네.

로데 (혀 짧은 소리로 우렁차게) 식사를 시작했다고? 정말, 벌써 하고 있군.

페도티크 잠깐만! (사진을 찍는다.) 하나! 다시 잠깐만……. (또 한 장을 찍는다.) 둘! 자, 이제 됐어요!

꽃바구니를 들고 홀로 들어가자 사람들이 소란스럽게 이들을 맞아 들인다.

로데 (우렁차게) 축하합니다. 좋은 일이 듬뿍듬뿍 생기시길! 오 늘 날씨가 눈부실 지경입니다. 정말 근사해요. 오늘은 아침 내 내 학생들과 산책을 했지요. 저는 고등학교에서 체육을 가르칩 니다.

페도티크 조금 움직여 보실까요, 이리나 세르게예브나, 자! (사 진을 찍는다.) 여러분들, 오늘 참으로 좋아 보입니다. (주머니 에서 팽이를 꺼낸다.) 자, 여기 팽이가 있어요……. 소리가 대 단해요…….

이리나 와, 예쁘다!

마샤 굽이진 바닷가에 초록빛 참나무, 참나무 위에 걸린 황금 사 슬…… 참나무 위에 걸린 황금 사슬……. (울먹이며) 그런데 내가 왜 이 말을 하지? 아침부터 이 구절이 머리에서 떠나질 않네……

쿨리긴   식탁에 열세 명이 앉아 있네!

로데   (우렁차게) 여러분, 설마 그런 미신을 정말로 믿는 건 아니시겠지요?

웃음.

쿨리긴   식탁에 열세 명이 앉아 있으면, 그건 그중에 연인들이 있다는 뜻이거든요. 이반 로마노비치, 설마 당신은 아니겠지요?

웃음.

체부티킨   내가 늙은 난봉꾼인 건 맞지만, 여기 나탈리야 이바노브나는 왜 당황하는지 정말 알 수 없네그려.

요란한 웃음소리. 나타샤가 홀을 뛰쳐나와 응접실로 들어간다. 그 뒤를 안드레이가 따라간다.

안드레이   괜찮아, 신경 쓰지 말아요! 잠깐……. 가지 말아요, 제발……

나타샤   저는 부끄러워요……. 어떻게 처신해야 될지 모르겠는데, 사람들은 저를 웃음거리로 만드네요. 지금 자리에서 나와 버린 건 예의가 아닌 줄 알지만, 어쩔 수가 없어요……. 도저히……. (손으로 얼굴을 감싼다.)

안드레이 사랑스러운 나타샤, 제발, 제발 마음에 두지 말아요. 저 사람들 그냥 농담하는 겁니다. 절대로 악의는 없어요. 사랑스러운 나타샤, 저 사람들 다 착하고 정이 많은 사람들이에요. 그리고 당신과 나를 좋아하고 있어요. 여기 창가로 오세요. 여기 있으면 우리가 안 보일 겁니다. (주위를 둘러본다.)

나타샤 저는 사람들 틈에 있는 것에 익숙하질 않아요……!

안드레이 오, 젊음이여, 아름답고 신비스러운 젊음이여! 아름답고 소중한 나의 나타샤, 그렇게 마음에 두지 말아요……! 날 믿어요, 믿어요……. 참 좋네요, 내 마음이 사랑과 환희로 충만해요……. 오, 저쪽에선 우리가 안 보여요! 안 보인다니까요! 어떻게, 내가 어떻게 당신을 사랑하게 됐는지, 그리고 언제 사랑하게 됐는지, 오, 아무것도 모르겠어. 소중하고 착한 나타샤, 순결한 나타샤, 내 아내가 돼 줘요! 당신을 사랑해요, 사랑해요……. 그 누구보다, 그 어느 때보다…….

입맞춤. 장교 두 명이 들어오다가 입 맞추고 있는 두 사람을 보고 놀라서 멈춰 선다.

막.

제2막

제1막과 같은 무대.

저녁 여덟 시. 무대 뒤에 있는 길거리에서 손풍금 소리가 희미하게 들려온다. 실내는 어둡다. 실내복을 입은 나탈리야 이바노브나가 촛불을 들고 들어온다. 걸어가던 그녀는 안드레이의 방으로 통하는 문 앞에서 멈춘다.

나타샤　여보, 안드류샤, 뭐 해요? 책 읽어요? 그냥, 별일 아니에 요……. (걸어가서 다른 방문을 열고 살펴본 뒤 다시 닫는다.) 혹시 불을 켜 놓지 않았나 해서…….

안드레이　(책을 들고 들어온다.) 뭐 해, 나타샤?

나타샤　혹시 불을 켜 놓지 않았나 살펴보는 거예요……. 요즘 축 제 주간이라서 하인들이 제정신이 아니거든요. 무슨 일이 생길 지 모르니 꼼꼼히 살펴봐야 돼요. 어제는 한밤중에 식당을 지나 가면서 보니 촛불이 켜져 있더라고요. 누가 그랬는지 알 수가 있어야지. (초를 세워 놓으며) 몇 시예요?

안드레이 (시계를 흘낏 보고) 8시 15분.

나타샤 올가와 이리나는 이 시간까지도 안 들어왔네. 불쌍하게도 아직 일을 하나 봐. 올가는 교무 회의, 이리나는 전신국 근무……. (한숨을 쉬며) 오늘 아침에 당신 동생한테 내가 말했어요. "이리나 아가씨, 자기 몸을 좀 돌보세요." 그런데 말을 안 듣더라고요. 8시 15분이라고 했나요? 난 우리 보비크가 몸이 너무 안 좋아서 걱정이에요. 얘가 왜 이렇게 몸이 차지요? 어제는 열이 나더니 오늘은 몸이 차……. 정말 걱정이에요!

안드레이 괜찮아, 나타샤. 애는 건강해.

나타샤 아무래도 식이 요법을 쓰는 게 좋겠어. 걱정이에요. 그리고 오늘 아홉 시에 가장행렬 패들이 우리 집에 온다는데, 나는 그 사람들 오지 않았으면 좋겠어요, 안드류샤.

안드레이 난 모르는 일인데. 초대를 했으니까 오는 것 아니겠어.

나타샤 오늘 아침에 아기가 잠에서 깨더니 나를 바라보며 갑자기 미소를 짓더라고요. 마치 나를 알아본다는 듯이. 내가 말했죠. "보비크, 안녕! 안녕, 우리 아가!" 그러자 아기가 웃었어요. 애가 말을 알아들어요. 확실히 알아들어요. 그러니까 무슨 말이냐 하면, 안드류샤, 가장행렬 패들을 집에 들이면 안 된다는 거예요.

안드레이 (머뭇거리며) 그런데 이 일은 누이들에게 달렸지. 누이들 집이잖아.

나타샤 하기야 아가씨들 집이기도 하지요. 내가 아가씨들에게 말할게요. 착한 분들이니까……. (걸어가며) 저녁에는 요구르트를 준비하라고 말해 놓았어요. 의사 선생님 말씀이, 당신은 요구르트만 먹어야 된대요. 안 그러면 살이 빠지지 않을 거라고. (멈춰 서며) 보비크가 몸이 차요. 아무래도 아이 방이 너무 추운 게 아닌가 걱정돼요. 날씨가 따뜻해질 때까지만이라도 나른 방으로 옮겨 놓아야 될 것 같아. 이리나 아가씨 방 정도면 아기한테 딱 맞을 텐데. 건조하고 하루 종일 햇볕도 들고. 이리나에게 당분간 올가와 한방을 쓸 수 있는지 물어봐야겠어요……. 어차피 낮에는 집에 없잖아요, 잠만 자는 거니까…….

사이.

안드류시카, 왜 말을 안 해요?

안드레이　그냥, 생각 좀 하느라고……. 뭐 할 말도 없군.

나타샤　음……. 뭔가 당신에게 하려던 얘기가 있었는데……. 맞다, 자치회에서 페라폰트가 왔어요. 당신을 뵙자던데.

안드레이　(하품하며) 오라고 해.

나타샤가 나간다. 안드레이는 그녀가 잊어버리고 놓고 간 촛불 쪽으로 몸을 기울이고 책을 읽는다. 페라폰트가 들어온다. 깃을 세운 낡은 외투 차림에, 목도리로 귀를 둘둘 말고 있다.

어서 오게. 그래 무슨 얘기지?

페라폰트　의장님이 책과 서류를 보내셨습니다. 여기……. (책과 서류 봉투를 건넨다.)

안드레이 고마워. 좋아. 그런데 자네는 왜 이렇게 늦게 왔지? 지금 아홉 시잖아.

페라폰트 네?

안드레이 (큰 소리로) 늦게 왔다고. 벌써 아홉 시잖아.

페라폰트 그러게 말입니다. 아직 밝을 때 댁에 도착했는데 들여보내 주질 않았어요. 나리께서 바쁘시다고. 뭐, 어쩌겠습니까. 바쁘시다면 바쁘신 거죠. 저야 뭐 급할 것도 없으니까요. (안드레이가 자기에게 뭔가 물어봤다고 생각한 듯) 뭐라굽쇼?

안드레이 아무것도 아니야. (책을 보며) 내일은 금요일이라서 휴무지만 그래도 자치회에 가서 일을 보겠어. 집에 있으면 따분하니까…….

사이.

여보게 영감, 사람 인생이 희한하게 바뀌는구면. 운명이 나를 가지고 장난을 치나 봐! 오늘은 하도 심심하고 할 일이 없어서 이 책을 집어 들었어. 옛날 대학 다닐 때 보던 교과서야. 웃음이 나더군……. 맙소사, 내가 자치회 서기라니. 그것도 프로토포포프가 의장을 맡고 있는 자치회에서……. 여기서 내가 바랄 수 있는 최고의 자리는 자치회 위원이 되는 거라네! 자치회 위원 말이야. 모스크바 대학의 교수가 되겠노라고, 러시아가 자랑하는 유명한 학자가 되겠노라고 매일 밤마다 꿈꾸던 내가!

페라폰트　모르겠습니다……. 귀가 잘 안 들려서요.

안드레이　만약 영감 귀가 제대로 들렸다면 영감과 이런 이야기를 하지 않았을 거야. 누가 되었든 이야기 상대가 필요하지만 아내는 말을 못 알아듣고 누이들은 나를 비웃고 놀려 댈까 봐 왠지 겁나서 말을 못 붙이겠어……. 나는 술을 안 마시니까 술집엘 가고 싶은 생각이 없어. 하지만 여보게, 지금 당장 모스크바에 있는 테스토프 레스토랑이나 볼쇼이 모스크바 호텔에 갈 수 있다면 정말 행복할 것 같아.

페라폰트　얼마 전 자치회에서 어떤 하청 업자가 하는 얘기를 들었는데 말입죠. 모스크바에서 상인들이 블린*을 먹고 있었는데 그중 한 사람이 블린 40개를 먹어 치우고 죽었더랍니다. 40개가 아니라 50개였던가. 잘 기억이 안 나네요.

안드레이　모스크바에서 레스토랑의 드넓은 홀 안에 앉아 있으면 말이야……. 내가 아는 사람도 없고 나를 알아보는 사람도 없어. 그러면서도 낯선 곳에 있다는 느낌이 들질 않거든. 그런데 여기서는 모두가 아는 사람이고 모두가 나를 알아보지. 그런데도 낯설어. 낯설어……. 낯설고 외로워.

페라폰트　뭐라굽쇼?

사이.

그 하청 업자가 또 이런 얘기도 하던데요. 뭐 거짓말일지도 모르겠지만, 모스크바 전체를 밧줄이 가로지르고 있다는 겁니다.

안드레이   무엇 때문에?

페라폰트   저야 모르지요. 하청 업자 얘깁니다.

안드레이   헛소리야. (책을 읽는다.) 자네 모스크바에 가 본 적 있 나?

페라폰트   (잠시 뜸을 들인 뒤) 못 가 봤지요. 제 팔자에 뭐.

사이.

가도 되나요?

안드레이   가도 돼. 잘 가게.

페라폰트가 나간다.

잘 가. (책을 읽으며) 내일 아침에 와서 이 서류들을 가져가 게……. 이제 가 봐……. (사이) 갔네. (벨소리) 자, 일이 라……. (기지개를 켜고 느릿느릿 자기 방으로 들어간다.)

무대 뒤에서 유모가 아기를 어르며 자장가를 부르고 있다. 마샤와 베르쉬닌이 들어온다. 이들이 대화를 나누는 동안 하녀가 램프와 촛 불을 켠다.

마샤   모르겠어요.

사이.

모르겠네요. 물론 습관이 중요해요. 예를 들면, 아버지가 돌아
가시고 나서 우리는 집 안에 더 이상 당번병들이 없다는 사실에
한동안 적응하지 못했으니까. 그러나 습관 말고도 제 마음속에
정의의 속삭임이라는 것도 있는 듯싶어요. 다른 곳에서는 어떤
지 모르겠지만, 우리 도시에서는 군인들이야말로 가장 예절 바
르고, 가장 품위 있고, 가장 교양 있는 사람들이랍니다.

베르쉬닌   목이 마르네요. 차를 좀 마셨으면 좋겠는데.

마샤   (시계를 보고 나서) 금방 차를 내올 거예요. 제가 열여덟 살
이었을 때 집안에선 절 시집보냈어요. 남편은 교사였고 저는 막
학교를 졸업했을 때니까 남편이 두려웠죠. 그 당시의 나에게 남
편은 엄청나게 학식이 많고 똑똑하고 중요한 사람처럼 보였어
요. 하지만 지금은 더 이상 그렇지 않죠, 유감스럽게도.

베르쉬닌   음…… 그렇군요.

마샤   남편에 대해서는 할 얘기가 없어요. 이제 익숙해졌으니까
요. 하지만 민간인들 중에는 거칠고 불친절하고 교양 없는 사람
들이 정말 많아요. 이 사람들의 거친 태도가 저를 화나게 만들고
모욕감을 주지요. 섬세하지 못한 사람들, 부드럽지 못한 사람
들, 불친절한 사람들을 보면 괴로워요. 어쩌다 이 교사들, 그러
니까 남편의 동료들 사이에 있게 되면 괴롭기 그지없다니까요.

베르쉬닌   그렇군요……. 하지만 저에게는 민간인이나 군인이나
마찬가지로 보이는데요, 최소한 이 도시 안에서는 말입니다. 다

마찬가지죠! 이 고장 인텔리들이 하는 얘기를 한번 들어 보세요. 민간인이 됐건, 군인이 됐건 간에 다들 부인 때문에 속 썩고, 집 때문에 속 썩고, 영지 관리 때문에 속 썩고, 말 때문에 속 썩고……. 다 그렇죠. 말씀 좀 해 보세요. 고상한 사색이야말로 러시아 남자들의 큰 특징인데, 실생활에서는 왜 그리 허접한 일에만 매달릴까요? 왜죠?

마샤 왜 그런데요?

베르쉬닌 러시아 남자는 왜 아이들 때문에, 아내 때문에 괴로워할까요? 그리고 아내와 아이들은 왜 이 남자 때문에 괴로워할까요?

마샤 오늘 기분이 좀 안 좋으신가 봐요.

베르쉬닌 그럴지도 모르겠군요. 저는 오늘 식사를 못했어요. 아침부터 아무것도 못 먹었습니다. 딸아이가 좀 아파요. 딸아이들이 아플 때는 신경이 곤두서거든요. 애들 엄마가 그 모양이라는 게 창피스럽고 괴롭습니다. 아, 당신이 오늘 그 여자 하는 짓을 봤다면! 이 무슨 한심한 짓인지! 아침 일곱 시부터 싸우기 시작했습니다. 결국 아홉 시에 저는 문을 박차고 나와 버렸어요.

사이.

이런 얘기는 절대로 하지 않는데, 이상한 일이군요, 당신에게만은 이런 하소연을 하게 되네요. (손에 입을 맞춘다.) 언짢게 생각하지 마세요. 나에겐 당신 한 사람밖에 없습니다. 아무도…….

사이.

마샤　페치카에서 나는 소리 좀 봐. 아버지가 돌아가시기 직전에도 굴뚝에서 소리가 울렸거든요. 꼭 이런 소리였어요.

베르쉬닌　미신을 믿으세요?

마샤　네.

베르쉬닌　신기하군요. (손에 입을 맞춘다.) 당신은 대단한 여자예요. 훌륭합니다. 대단하고 훌륭해요! 여긴 어두운데도 당신 눈에서 빛나는 광채가 보여요.

마샤　(다른 의자에 앉으며) 여기가 좀 더 밝네요······.

베르쉬닌　사랑합니다, 사랑해요, 사랑해요······. 당신의 눈, 당신의 몸짓들을 사랑해요. 꿈속에서도 봅니다······. 당신은 대단하고 훌륭한 여자예요!

마샤　(조용히 웃으며) 당신이 그런 이야기를 하면 겁이 나면서도 괜히 웃게 되네요. 이제 그런 이야기는 그만하세요, 제발요······. (작은 소리로) 하지만 그래도 이야기해 주세요, 전 상관없으니까······. (손으로 얼굴을 가린다.) 전 상관없어요. 사람들이 이리로 오네. 뭔가 다른 이야기를 하세요.

이리나와 투젠바흐가 홀 안으로 들어온다.

투젠바흐　내 성(姓)은 3중으로 이루어졌지요, 투젠바흐-크로네-알트샤우어. 하지만 나는 당신처럼 러시아 사람이고 정교도랍니다. 나에게 독일적인 것은 거의 남아 있지 않아요. 있다면 그 저 인내심이나 고집스러운 성격 정도겠지요. 그것 때문에 당신 은 지겨워하지만 말입니다. 이렇게 매일 저녁 당신을 바래다주 고 있질 않습니까.

이리나　너무 지쳤어!

투젠바흐　앞으로도 매일 저녁 전신국으로 걸어가서 당신을 집으로 모셔 올 겁니다. 당신이 나를 쫓아 버리지만 않는다면 10년이고 20년이고 그렇게 할 거예요……. (마샤와 베르쉬닌을 보고 기뻐하며) 두 분이네요? 안녕하세요.

이리나　마침내 집에 왔네. (마샤에게) 방금 전 어떤 여자가 와서 사라토프에 사는 자기 오빠에게 전보를 치겠다는 거야, 오늘 자기 아들이 죽었다고. 그런데 주소가 기억나질 않는다네. 그래서 주소도 없이 그냥 사라토프라고만 해서 보냈지. 여자가 울더라고. 나는 아무 이유 없이 그 여자에게 벌컥 화를 냈어. "난 시간 이 없어요." 이러면서. 한심한 짓이었어. 오늘 가장행렬 패들이 온다면서?

마샤　응.

이리나　(안락의자에 앉으며) 쉬어야지. 지쳤어.

투젠바흐　(미소를 지으며) 직장에서 돌아올 때면 당신은 너무 조그맣고 불행해 보여…….

사이.

이리나　지쳤어. 안 되겠어, 전신국은 싫어, 싫어.

마샤　너 여위었다……. (휘파람을 불며) 그리고 어려지고, 얼굴이 사내아이처럼 돼 버렸어.

투젠바흐　머리 모양 때문에 그래요.

이리나　다른 직장을 찾아봐야겠어. 이 일은 나에게 맞지 않아. 내가 그토록 원하고 꿈꾸었던 것들은 거기에 없어. 시가 없는 노동, 사상이 없는 노동이야…….

마루가 쿵쿵 울리는 소리.

의사 선생님이 노크를 하네. (투젠바흐에게) 좀 두드려 주세요……. 나는 지쳐서 못하겠어요.

투젠바흐가 마루를 두드린다.

이제 오시겠지. 아무래도 무슨 대책을 세워야겠어. 어쩌께 의사 선생님하고 우리 안드레이가 클럽에 가서 또 돈을 잃었대. 안드레이는 2백 루블이나 잃었다더라고.

마샤　(심드렁하게) 이제 와서 어쩌겠어!

이리나　두 주일 전에도 잃었고, 12월에도 잃었어. 어쩌면 하루빨리 다 잃는 편이 이 도시를 떠나는 데 도움이 될지도 모르지. 맙소사, 난 매일 밤 모스크바 꿈을 꿔. 나 완전히 미쳤나 봐. (웃으며) 우리는 6월에 이사 갈 거야. 그런데 6월이면 아직…… 2월,

3월, 4월, 5월…… 거의 반년이나 남았네!

마샤 돈 잃은 일에 대해서는 어떻게든 나타샤가 알지 못하게 해
야 돼.

이리나 내 생각엔 상관 안 할 것 같은데.

방금 침대에서 일어난 체부티킨이 — 그는 점심을 먹고 쉬고 있었
다 — 턱수염을 쓰다듬으며 홀 안으로 들어와 의자에 앉더니 주머니
에서 신문을 꺼낸다.

마샤 저런, 오셨네……. 집세는 내셨나?

이리나 (웃는다.) 아니. 8개월 동안 한 푼도 안 냈어. 잊어버렸나
보지.

마샤 (웃는다.) 저 근엄하게 앉아 있는 모습 좀 봐!

모두 웃는다. 사이.

이리나 알렉산드르 이그나티예비치, 왜 말이 없으세요?

베르쉬닌 모르겠습니다. 차를 마시고 싶네요. 차 한잔 마시면 죽
어도 여한이 없겠어! 아침부터 아무것도 못 먹었어요…….

체부티킨 이리나 세르게예브나!

이리나 왜 그러세요?

체부티킨 이리 좀 와 봐요. *Venez ici*(이리로 와요).

이리나가 체부티킨 쪽으로 가서 테이블 앞에 앉는다.

자네 없이 나 혼자서는 못하잖아.

이리나가 파시앙스*의 패를 늘어놓는다.

베르쉬닌 어쩌죠? 차가 안 나온다면 같이 철학이라도 하지요 뭐.

투젠바흐 그러시죠. 무슨 얘길 할까요?

베르쉬닌 어디 봅시다……. 공상을 해 보는 건 어때요? 예를 들어, 우리가 사라진 뒤에 오게 될 세상에 관해서, 한 2백 년이나 3백 년 후의 세상에 관해서 말입니다.

투젠바흐 좋지요. 다음 세상에선 사람들이 기구를 타고 날아다닌다거나, 남자들 재킷 모양이 달라진다거나, 제6감의 비밀이 밝혀져서 그 감각을 신장시키게 될지도 모르겠네요. 하지만 인생은 여전히 힘들고, 비밀로 가득 차 있으며 행복할 것입니다. 그리고 천 년이 지난 뒤에도 인간은 마찬가지로 한숨을 쉴 겁니다. "아 산다는 건 힘든 일이야!" 이러면서. 게다가 지금과 조금도 다름없이 죽음을 두려워하며 죽기 싫어할 겁니다.

베르쉬닌 (잠시 생각을 해 보고 나서) 어떻습니까? 내 생각엔 말입니다, 이 세상 모든 것들은 반드시 조금씩 변하게 되어 있고 이미 우리 눈앞에서 분명히 변하고 있어요. 2백 년, 3백 년 그리고 천 년 뒤에는 — 기간은 중요하지 않습니다 — 행복한 새 세상이 올 겁니다. 우리는 그 세상에 참여할 수 없어요, 물론이죠.

하지만 우리는 그 세상을 위해 지금 살고 있고, 일을 하고, 고통을 받고 있으며, 그 세상을 창조하고 있다는 겁니다. 그리고 바로 여기에 우리 존재의 유일한 의미, 어쩌면 우리 존재의 유일한 행복이 있는 건지도 모릅니다.

마샤가 조용히 웃는다.

투젠바흐 왜 웃으십니까?

마샤 모르겠어요. 오늘은 아침부터 하루 종일 그냥 웃음이 나오네요.

베르쉬닌 군사 아카데미로 진학하진 않았지만 나도 당신과 같은 학교를 나왔습니다. 책을 많이 읽긴 하는데, 고르는 안목이 없어서 어쩌면 제대로 필요한 책을 못 읽고 있는지도 모르겠어요. 그런데 살면 살수록 더 많이 알고 싶어진다는 겁니다. 머리는 하얘져서 이제 영감이나 마찬가진데도 아는 게 너무 없어요, 정말 없어! 하지만 점점 더 분명해지는 생각은, 가장 중요하고도 절박한 사실을 내가 확실하게 알고 있다는 겁니다. 증명이라도 하고 싶을 지경입니다. 행복이란 없다는 사실을, 우리에게는 행복이 있을 수 없고 앞으로도 없을 것이라는 사실 말입니다……. 우리는 다만 일을 하고 또 일을 해야만 합니다. 그리고 행복은 우리의 먼 후손들 몫이 되는 거죠.

사이.

내 후손들의 후손들이겠지만, 어쨌건 나는 아니라는 겁니다.

페도티크와 로데가 홀에 나타난다. 그들은 자리를 잡더니 기타를 치며 조용히 노래를 부른다.

투젠바흐 당신 말대로라면 행복은 꿈도 꾸지 말아야 할 일이겠지요! 그런데 난 행복하거든요!

베르쉬닌 그렇지 않아요.

투젠바흐 (박수를 한 번 짝 치고 웃으며) 분명히 우린 서로 이해하지 못하고 있는 것 같네요. 자, 어떻게 하면 당신을 설복할 수 있을까요?

마샤가 조용히 웃는다.

(마샤를 향해 집게손가락을 추켜올리며) 웃으시네! (베르쉬닌에게) 2백 년, 3백 년이 아니라 백만 년이 지나도 세상은 항상 그랬던 그대로 남아 있을 겁니다. 세상은 변하지 않습니다. 그리고 영원히 그대로 남아 있을 것입니다. 당신과는 아무 상관이 없거나, 아니면 최소한 당신이 절대로 알아낼 수 없는 자신만의 법칙을 따르면서 말이죠. 철새나 두루미를 예로 들어 봅시다. 하염없이 날고 또 나는 이 새들의 머릿속에서 고상하건 하찮건 간에 무슨 생각이 오간다고 해 보잔 말이죠. 그래 봐야 새들은 어차피 마찬가지로 날아다닐 겁니다. 자기들이 왜, 어디로 날아

가고 있는지도 모르면서 말이에요. 새들 가운데서 설령 철학을 하는 새가 몇 마리 나타난다고 한들, 새들은 여전히 날고 또 날아갈 겁니다. 하고 싶으면 얼마든지 철학을 하라는 거죠, 어차피 날아가는 건 마찬가지니까……

마샤   그래도 의미는 있지 않을까요?

투젠바흐   의미라……. 자, 지금 눈이 오네요. 거기 무슨 의미가 있습니까?

사이.

마샤   제 생각에, 인간은 신앙인이거나 그게 아니더라도 최소한 신앙을 추구해야 될 것 같아요. 그렇지 않으면 삶이 공허하지요, 공허해요……. 두루미는 왜 날아가는지, 아이들은 왜 태어나는지, 하늘의 별은 왜 빛나는지 알지 못하고 그냥 살 수도 있지만, 우리가 왜 사는지 알면서 살 수도 있잖아요……. 아니, 어쩌면 이 모든 것들이 다 시시하고 별것 아닌지도 모르지요.

사이.

베르쉬닌   어쨌거나 젊은 시절이 가 버렸다는 건 안타까운 일입니다.

마샤   고골이 그랬죠. "이 세상에서 산다는 건 따분한 일입니다, 여러분!"

투젠바흐 저는 이 말을 하고 싶네요. "당신들과는 토론이 안 되는
군요, 여러분!" 이건 도무지…….

체부티킨 (신문을 읽다 말고) 발자크가 베르디체프*에서 결혼을
했네.

이리나가 조용히 노래를 부른다.

이건 수첩에 적어 놓아야 되겠는걸. (적는다.) 발자크가 베르디
체프에서 결혼을 했다. (신문을 읽는다.)

이리나 (카드 패를 늘어놓으며, 생각에 잠긴 채) 발자크가 베르
디체프에서 결혼을 했다.

투젠바흐 주사위는 던져졌어요. 그거 아세요? 마리야 세르게예
브나, 저는 전역원을 제출했어요.

마샤 들었어요. 저는 그게 잘하는 일인지 모르겠네요. 저는 민간
인이 싫거든요.

투젠바흐 상관없어요. (일어서며) 나처럼 볼품없는 놈이 무슨 군
인입니까? 뭐, 상관없어요, 어차피……. 일을 할 겁니다. 내 생
애에 단 하루라도 좋으니, 저녁때 피곤에 지친 몸으로 집으로
돌아와 침대 위에 쓰러져서 곧바로 잠들어 보고 싶습니다. (홀
쪽으로 나가며) 노동자들은 틀림없이 잠을 푹 자겠지!

페도티크 (이리나에게) 방금 전에 아가씨 드리려고 모스크바 거
리에 있는 피지코프네 가게에서 색연필 세트를 샀지요. 그리고
연필 깎는 칼도…….

이리나　당신은 아직도 날 어린아이 대하듯 하시는데, 난 이제 다 컸단 말이에요. (색연필과 칼을 받고 기뻐하며) 정말 예쁘다!

페도티크　내 칼도 샀어요. 자, 보세요……. 칼 하나, 칼 둘, 칼 셋, 이건 귀이개, 이건 소형 가위 그리고 손톱깎이…….

로데　(우렁차게) 의사 선생님, 연세가 어떻게 되시죠?

체부티킨　나? 서른두 살이올시다.

웃음.

페도티크　제가 조금 다른 카드 점을 보여 드리죠. (카드 패를 늘어놓는다.)

사모바르가 나온다. 안피사가 차를 준비한다. 잠시 뒤 나타샤도 들어와 식탁을 차린다. 솔료니가 들어와서 사람들과 인사를 나누고 식탁에 앉는다.

베르쉬닌　그런데 정말 바람 한번 대단하군!

마샤　네, 겨울은 지긋지긋해요. 여름이 어땠는지 이젠 기억도 안 나네요.

이리나　점괘가 나왔어. 우린 모스크바에 가게 된대.

페도티크　아니, 틀렸어요. 보세요, 스페이드 2 위에 8이 있잖아요. (웃으면서) 그건 여러분이 모스크바에 갈 수 없다는 뜻입니다.

체부티킨　(신문을 읽으며) "치치하얼.* 여기서 천연두가 기승을 부리고 있다."

안피사 (마샤에게 다가와) 마샤 아가씨, 차를 드셔야죠. (베르쉬
닌에게) 저, 나리…… 죄송합니다. 나리. 제가 성함을 잊어버려
서…….

마샤 유모, 이쪽으로 가져와요. 그리로 안 갈 거니까.

이리나 유모!

안피사 갑니다!

나타샤 (솔료니에게) 젖먹이 애가 말을 잘도 알아들어요. 제가
"안녕, 보비크. 안녕, 아가야!" 이러면 아기가 의미심장한 표정
으로 나를 바라본다니까요. 당신은 제가 엄마라서 그렇게 느끼
는 거라고 생각하시겠죠. 천만에, 절대로 그게 아니에요! 애는
보통 아기가 아니에요.

솔로니 애가 만약 내 아기였다면 프라이팬에 튀겨서 먹어 치웠을
겁니다. (잔을 들고 응접실로 가서 구석 자리에 앉는다.)

나타샤 (얼굴을 손으로 가리며) 이런 잔인하고 무례한 사람 같으
니라고!

마샤 지금이 여름인지 겨울인지 모르는 사람은 행복할 거야. 내
가 만약 모스크바에 있다면 날씨에 아무런 관심도 두지 않았을
것 같은데…….

베르쉬닌 요 며칠 동안 저는 어떤 프랑스 장관이 감옥에서 쓴 일
기를 읽었습니다. 그 장관은 파나마 운하 사기 사건으로 형(刑)
을 선고받았지요. 그 사람은 자기 감방 창문을 통해 보았던 새
들에 관해서 감격과 환희에 가득 찬 어조로 회상하더군요. 자신

이 장관이었을 때는 거들떠보지도 않았던 새들이었죠. 물론 감옥에서 석방된 지금은 이미 예전처럼 새들에 대해서 무심하겠지요. 여러분도 마찬가지예요. 모스크바에서 살게 되면 모스크바에 대해 무관심해질 겁니다. 우리에게 행복은 없어요, 그런 건 없습니다. 그건 단지 우리의 희망 사항일 뿐이에요.

투젠바흐 (식탁에서 상자를 집어 들며) 사탕이 다 어디 갔지?

이리나 솔료니가 다 먹어 버렸어요.

투젠바흐 전부 다?

안피사 (차를 나르며) 나리에게 편지가 왔어요.

베르쉬닌 나한테? (편지를 집어 든다.) 딸로부터. (읽는다.) 그래, 뻔하지……. 마리야 세르게예브나, 미안하지만 저는 슬슬 가 봐야겠습니다. 차는 안 마시겠어요. (일어난다. 걱정스러운 표정.) 항상 이런 식이지…….

마샤 무슨 일이에요? 비밀?

베르쉬닌 (낮은 목소리로) 아내가 또 음독을 했네요. 가 봐야겠어요. 사람들 눈에 안 띄게 그냥 가렵니다. 정말 지긋지긋해요. (마샤의 손에 입을 맞춘다.) 내 사랑스럽고, 고귀하고, 착한 여인……. 이쪽으로 조용히 나가겠습니다. (나간다.)

안피사 저분 어딜 가시죠? 차를 갖다 놓았는데……. 나 원 참.

마샤 (신경질을 내며) 내버려 둬! 왜 그리 쫓아다니면서 날 귀찮게 하는 거야. (찻잔을 들고 식탁 쪽으로 가며) 할멈 때문에 정말 짜증이 나!

안피사 왜 그렇게 화를 내세요, 아가씨?

안드레이의 목소리. "안피사!"

안피사 (흉내를 내며) 안피사! 자기 방에 턱하니 앉아서는……. (나간다.)

마샤 (홀에 있는 테이블 옆에서 화를 내며) 나도 좀 앉자고요! (테이블 위의 카드 패를 마구 뒤섞으며) 여긴 카드 패들이 완전히 자리를 차지하고 있잖아. 차를 마셔야죠!

이리나 마샤, 못됐어.

마샤 내가 못됐다고 생각하면 나하고 말하지 않으면 되잖아. 날 건드리지 마!

체부티킨 (웃으며) 그녀를 건드리지 마세요, 건드리지 마세요.

마샤 아저씨는 환갑이 되셨는데도 애들 같아요. 맨날 말도 안 되는 실없는 얘기나 하고.

나타샤 (한숨을 쉬며) 마샤 아가씨, 왜 그런 표현을 쓰는 거예요? 자기처럼 멋진 외모를 가진 숙녀라면, 솔직히 말해서, 웬만한 사교계에서도 사람들을 금방 사로잡을 수 있을 텐데. 그런 표현만 쓰지 않는다면 말이죠. *Je vous prie, pardonnez moi, Marie, mais vous avez des manières un peu grossières*(미안해요, 마리, 당신은 좀 무례한 표현을 쓰는군요).

투젠바흐 (웃음을 참으며) 나 좀…… 나 좀……. 저기, 코냑 좀 주세요.

나타샤 *Il paraît, que mon Bobik déjà ne dort pas*(나의 보비크가 잠을 안 자는 것 같은데). 보비크가 깼어요. 우리 아기가 오늘 아파요. 아기한테 가야겠네요. 실례합니다……. (나간다.)

이리나 알렉산드르 이그나티예비치는 어딜 갔어?

마샤 집에. 부인이 또 무슨 별난 일을 벌였나 봐.

투젠바흐 (코냑 병을 들고 솔료니에게로 간다.) 거기 쭉 혼자 앉아서 무슨 생각을 그리 하시나. 모를 일일세. 자, 우리 화해합시다. 코냑 한잔하자고요.

함께 마신다.

오늘은 밤새 피아노라도 쳐 볼거나, 온갖 잡스러운 노래들을……. 나도 모르겠다!

솔료니 왜 화해를 하지? 난 당신하고 싸운 적도 없는데.

투젠바흐 당신은 항상 우리 사이에 무슨 일이라도 있었던 것처럼 감정을 자극하지 않소? 당신 성격도 조금은 이상하다는 걸 인정하시오.

솔료니 (낭독 조로) 나는 이상한 사람이지. 하지만 이상하지 않은 사람이 어디 있나! "화내지 마시오, 알레코!"*

투젠바흐 거기서 알레코가 왜 나와…….

사이.

솔료니 누군가와 단둘이 있을 때는 나도 다른 사람들처럼 멀쩡한데, 사람들 틈에 끼여 있으면 괜히 우울하고 소심해져. 그리고…… 온갖 엉뚱한 소리들을 지껄이지. 그래도 난 다른 사람들보다 고상해. 증명하라면 증명할 수도 있소.

투젠바흐   사람들과 함께 있을 때면 항상 시비를 거니까 나도 당신에게 종종 화가 나지. 그런데도 왠지 당신이 좋아지니 알 수 없는 일이야. 어쨌든 간에, 오늘은 취해야겠어. 건배!

솔료니   건배.

함께 마신다.

남작, 난 당신에게 한 번도 나쁜 감정 가진 적 없수다. 하지만 나에겐 레르몬토프 같은 성격이 있소. (조용히) 게다가 외모도 레르몬토프를 좀 닮았지……. 사람들이 그러더라고……. (주머니에서 향수병을 꺼내 팔에 뿌린다.)

투젠바흐   난 전역할 거요. 끝! 5년 동안 줄곧 생각했던 일인데 결국 결정했어. 일을 할 거요.

솔료니   (낭독조로) 화내지 말게, 알레코……. 잊어, 잊어버리게, 자신의 꿈일랑…….

이들이 대화하고 있는 동안 안드레이가 책을 들고 들어와서 촛불 곁에 조용히 앉는다.

투젠바흐   일을 할 거야…….

체부티킨   (이리나와 함께 응접실로 가며) 음식 대접도 진짜 캅카

스식이었어요. 양파 수프에, 주요리는 고기로 만든 체하르트마

였으니까.

솔료니　체렘샤는 고기가 아니라 양파 비슷한 식물이지요.

체부티킨　여보시게, 틀렸어요. 체하르트마는 양파가 아니라 양고

기 구이라오.

솔료니　체렘샤는 양파라니까요.

체부티킨　체하르트마는 양고기라니까.

솔료니　체렘샤는 양파라니까 그러시네.

체부티킨　내가 당신하고 싸워서 뭐 하겠어. 당신은 캅카스에 가

본 적도 없고, 체하르트마를 먹은 적도 없잖소.

솔료니　안 먹었지요, 도저히 비위에 맞지 않으니까. 체렘샤는 마

늘 같은 냄새가 나거든.

안드레이　(애원하며) 그만하면 됐어요, 여러분! 제발요!

투젠바흐　가장행렬 패들은 언제 오나요?

이리나　아홉 시에 온다고 했으니, 곧 오겠네요.

투젠바흐　(안드레이를 껴안으며) 아, 현관이여, 나의 새 현관이

여…….

안드레이　(노래하고 춤추며) 새 현관이여, 단풍나무 현관이

여…….

체부티킨　(춤추며) 격자무늬 현관!

웃음.

투젠바흐 (안드레이에게 입 맞추며) 에라 모르겠다, 마셔 보세. 안드류샤, 우리 우정을 위해 건배하자고. 안드류샤, 난 자네와 함께 모스크바 대학으로 갈 거야.

솔료니 어느 대학? 모스크바에는 내학교가 두 개 있는데.

안드레이 모스크바에는 대학이 하나밖에 없어요.

솔료니 두 개가 있다니까.

안드레이 세 개가 있다고 한들 무슨 상관이겠어. 많으면 많을수록 좋지 뭐.

솔료니 모스크바에는 대학이 두 개 있다니까.

불만스러운 수군거림.

모스크바에는 구대학과 신대학, 이렇게 두 개의 대학이 있어요. 내 얘기가 듣기 싫다면, 내 말이 당신들을 화나게 만든다면, 그렇다면 말 안 할 수도 있습니다. 아예 다른 방으로 갈 수도 있소…… . (다른 방문으로 나간다.)

투젠바흐 브라보, 브라보! (웃으며) 여러분, 시작합니다. 내가 연주를 하지요! 솔료니, 정말 독특한 친구야…… . (피아노에 앉아 왈츠를 연주한다.)

마샤 (혼자서 왈츠를 춘다.) 남작님이 취했대요, 남작님이 취했대요, 남작님이 취했대요!

나타샤가 들어온다.

나타샤 (체부티킨에게) 이반 로마노비치! (체부티킨에게 뭔가 이야기를 하더니 조용히 나간다.)

체부티킨이 투젠바흐의 어깨를 잡고 그에게 뭔가 속삭인다.

이리나 뭐예요.

체부티킨 갈 시간이 됐어. 안녕히들 계세요.

투젠바흐 잘 자요. 이제 가야겠네요.

이리나 잠깐……. 가장행렬 패거리는?

안드레이 (당황하며) 가장행렬 패거리는 안 올 거야. 나타샤가 말하는 거 봤잖아. 보비크가 아프다니까……. 한마디로 말해서, 난 모르겠어. 난 정말 어찌 되든 상관없어.

이리나 (어깨를 으쓱하며) 보비크가 아프단 말이지!

마샤 될 대로 되라지 뭐! 쫓아낸다면 가는 수밖에. (이리나에게) 보비크가 아픈 게 아니라 저 여자가 아픈 거야……. 바로 여기가! (손가락으로 이마를 두드린다.) 속물 같으니라고!

안드레이가 오른쪽에 있는 자기 방으로 들어간다. 체부티킨이 그 뒤를 따라간다. 홀에서 사람들이 작별 인사를 나눈다.

페도티크 참 딱한 일이로군! 파티를 즐길 수 있을 거라고 생각했는데, 아기가 아프다면야 뭐……. 내일 아기에게 장난감을 가져다줘야겠군.

로데 (우렁찬 소리로) 난 오늘 밤새 춤을 출 거라 생각하고 일부러 낮잠까지 자 두었단 말이야. 지금 겨우 아홉 시잖아!

마샤 밖으로 나가서 얘기합시다. 어떻게 할지 정하자고요.

"안녕! 잘 가요!" 등등의 소리가 들린다. 투젠바흐의 쾌활한 웃음소리가 들린다. 모두 떠난다. 안피사와 하녀가 식탁을 치우고 등불을 끈다. 유모의 노랫소리가 들린다. 외투를 입고 모자를 쓴 안드레이와 체부티킨이 조용히 들어온다.

체부티킨 난 결혼을 못했어. 인생이 순식간에 흘러가 버리는 바람에 말이야. 아, 그리고 자네 모친을 미친 듯이 짝사랑하는 바람에 그렇게 됐지. 정작 자네 모친은 다른 남자에게 시집을 가 버렸지만⋯⋯.

안드레이 결혼 같은 건 할 필요 없어요. 정말 필요 없어요. 따분하거든요.

체부티킨 뭐, 그럴 수도 있겠지만 고독이라는 놈이 문제거든. 아무리 개똥철학을 늘어놓더라도 고독은 여전히 끔찍한 거야, 이 사람아⋯⋯. 하기야 본질적으로는⋯⋯ 그래, 정말 어차피 마찬가지지!

안드레이 빨리 가시죠.

체부티킨 뭘 그리 서둘러. 시간이 충분한데.

안드레이 집사람이 붙잡을까 봐 걱정돼서 그래요.

체부티킨 아!

안드레이 저는 오늘 게임을 안 하고 그냥 앉아 있을 겁니다. 몸이 안 좋아요…… 이반 로마노비치, 숨 쉬기 곤란한 증상이 있는데 어떻게 해야 됩니까?

체부티킨 뭘 그런 걸 물어보나! 기억이 안 나네, 이 친구야. 모르겠어.

안드레이 부엌을 통해 가시죠.

안드레이와 체부티킨이 나간다. 초인종 소리, 잠시 후 다시 한 번 초인종 소리. 사람들 목소리와 웃음소리가 들린다.

이리나 (들어오며) 누구세요?

안피사 (목소리를 죽여) 가장행렬 패거리들이에요!

초인종 소리.

이리나 집에 아무도 없다고 말해, 유모. 그러면 이해하겠지.

안피사가 나간다. 이리나는 생각에 잠겨 방 안을 거닌다. 기분이 상해 있는 모습. 솔료니가 들어온다.

솔료니 (어리둥절해하며) 아무도 없잖아. 다들 어디 갔습니까?

이리나 집으로 돌아갔어요.

솔료니 이상한 일이네. 혼자 계시는 거예요?

이리나 네.

사이.

그럼 이만.

솔료니 요즘 들어 제가 좀 주제넘고 눈치 없는 행동들을 했지요. 그래도 당신은 다른 사람들과는 다르니까, 고상하고 순결한 분이니까, 진실이 보일 겁니다⋯⋯. 오로지 저를 이해할 수 있는 사람은 당신뿐이에요. 사랑합니다, 진정으로, 한없이 사랑합니다⋯⋯.

이리나 자, 그럼! 이제 가 주세요.

솔료니 나는 당신 없인 살 수 없어요. (이리나의 뒤를 쫓아가며) 오, 나의 기쁨! (눈물을 글썽이며) 나의 행복! 고귀하고 신비스럽고 눈부신 당신의 눈, 그 어떤 여자에게서도 볼 수 없었던 이 눈⋯⋯.

이리나 (차갑게) 그만하시죠, 바실리 바실리예비치!

솔료니 당신에게 처음으로 내 사랑을 고백하는 겁니다. 마치 지구가 아니라 다른 별에 있는 느낌이네요. (이마를 문지르며) 뭐, 상관없습니다. 사랑을 강요할 수는 없는 것이니까, 물론이에요⋯⋯. 그러나 경쟁자들이 행운을 차지하도록 놔두지는 않을 겁니다⋯⋯ 절대로⋯⋯. 성자들의 이름을 걸고 맹세합니다. 경쟁자는 내가 죽일 겁니다⋯⋯. 오, 신비로운 여인이여!

나타샤가 촛불을 들고 지나간다.

나타샤 (방들을 하나하나 살펴보고 나서, 남편 방문 앞을 지나간다.) 안드레이가 있네. 책을 좀 더 읽게 놔두지 뭐. 미안해요, 바실리 바실리예비치, 당신이 여기 계신 줄 몰랐네요. 집안일을 돌보느라…….

솔료니 상관없습니다. 전 이만! (나간다.)

나타샤 불쌍한 우리 아가씨, 피곤하구나! (이리나에게 입을 맞춘다.) 조금 일찍 자지그래요?

이리나 보비크는 자요?

나타샤 자긴 자는데, 뒤척여요. 그런데 아가씨, 진작 얘기하려고 했지만 항상 집에 없으니까, 그게 아니면 내가 바쁘거나 해서……. 지금 보비크가 있는 아기 방이 좀 춥고 습한 것 같아서 말이에요. 아가씨 방은 아이들한테 딱 맞잖아요. 그래서 말인데, 아가씨가 올가 아씨 방으로 옮겨 가면 어떨까 싶어서…….

이리나 (무슨 말인지 이해를 못하고) 어디요?

트로이카* 한 대가 방울을 울리며 다가오는 소리가 들린다.

나타샤 아가씨는 당분간 올랴와 같은 방을 쓰고 그동안 보비크에게 아가씨 방을 주자는 거지요. 보비크는 정말 귀염둥이야. 오늘 내가 "보비크, 우리 아가, 우리 아가" 하니까, 아기가 그 똘망똘망한 눈으로 나를 바라보지 뭐예요.

초인종 소리.

올가 아가씨일 거예요. 너무 늦게 오네!

하녀가 나타샤에게 다가와 귓속말로 속삭인다.

나타샤　프로토포포프라고? 엉뚱한 사람이야. 프로토포포프가 트로이카를 타고 같이 드라이브를 하잔다네요. (웃으며) 남자들은 정말 이상해…….

초인종 소리.

또 누가 왔네. 뭐, 15분 정도 드라이브를 하는 것도 나쁘진 않겠지……. (하녀에게) 가서 그렇게 말해.

초인종 소리.

계속 울리네……. 이건 틀림없이 올가야……. (나간다.)

하녀가 달려 나간다. 이리나는 앉아서 생각에 잠겨 있다. 쿨리긴과 올가가 들어오고 그 뒤를 베르쉬닌이 따라 들어온다.

쿨리긴　아니, 이게 뭐야. 파티를 연다고 하더니만.

베르쉬닌　이상하네. 조금 전까지도 여기 있었는데. 30분 전만 해도 광대들이 오기를 기다렸었잖아요…….

이리나　다들 갔어요.

쿨리긴　마샤도 갔어? 어디로 갔지? 그리고 프로토포포프는 어쩐 일로 트로이카를 집 앞에 대 놓고 있나? 그 사람, 누구를 기다리고 있는 거야?

이리나　자꾸 물어보지 말아요……. 나 피곤해요.

쿨리긴　원, 성미하고는…….

올가　교무 회의가 지금에야 끝났어. 나 힘들었어. 교장 선생님이 아파서 지금은 그 역할을 내가 대신해야 돼. 아, 머리, 머리, 머리가 아파……. (앉는다.) 안드레이가 어제 카드 판에서 2백 루블을 잃었다네……. 온 동네가 그 얘기를 하더라고.

쿨리긴　나도 교무 회의 때문에 지쳤어. (앉는다.)

베르쉬닌　집사람이 나를 겁주려고 음독자살을 기도했습니다. 다행히 별일 없이 끝났네요. 이제 한숨 돌려야지……. 그런데 나 가야 되겠지요? 자, 그럼 안녕히 계세요. 표도르 일리치, 나와 함께 어디든 가서 한잔합시다. 집에는 가고 싶질 않네요, 정말이지……. 갑시다!

쿨리긴　지쳤어요. 저는 사양하겠습니다. (일어난다.) 지쳤어요. 마샤는 집에 갔어?

이리나　그렇겠죠.

쿨리긴　(이리나의 손에 입을 맞추고) 안녕. 내일 그리고 모레도 하루 종일 쉬어야지. 잘 있어! (나가며) 차가 무척 마시고 싶다.

기분 좋은 사람들과 함께 저녁을 보내고 싶었는데, *o, fallecem hominum spem*(오, 인간의 헛된 희망이여)! 감탄문에서는 목적격을 써야지.

베르쉬닌 그러면 나 혼자라도 가지 뭐. (휘파람을 불며 쿨리긴과 함께 나간다.)

올가 머리가 아파, 머리가……. 안드레이가 돈을 잃었대……. 온 동네가 그 얘기야……. 가서 누워야지. (걸어가며) 내일은 휴일이야……. 아, 너무 좋다! 내일은 휴일, 모레도 휴일……. 머리가 아파, 머리가……. (나간다.)

이리나 (혼자서) 다 갔네. 아무도 없어.

거리의 풍금 소리, 유모의 자장가 소리가 들려온다.

나타샤 (모피 코트와 털모자를 쓰고 홀을 지나간다. 그 뒤를 하녀가 따라간다.) 30분 뒤에 돌아올 거야. 그냥 잠깐 드라이브만 할 거니까. (나간다.)

이리나 (홀로 남아 우수에 잠긴다.) 모스크바로 갈래! 모스크바! 모스크바!

막.

제3막

올가와 이리나의 방. 방은 병풍을 사이에 두고 오른쪽과 왼쪽으로 나뉘어 있고, 양쪽에 침대가 하나씩 놓여 있다. 밤 두 시. 무대 뒤에서는 진작부터 화재경보기가 울리고 있는 중이다. 식구들이 아직 잠자리에 들지 않은 모습. 소파에는 마샤가 항상 그렇듯 검은색 옷을 입고 있다. 올가와 안피사가 들어온다.

안피사 지금은 계단 밑에 앉아들 있어요. 제가 "괜찮으니까 위층으로 올라가세요, 염려들 마시고" 이러니까, 그냥 울기만 하더라고요. "아빠가 어디 있는지 모르겠어요. 하느님, 아빠가 타 죽으면 안 되는데" 이러면서. 애들 생각이라는 것이 참! 앞마당에도 사람들이 속옷 바람으로 모여들 있네요.

올가 (옷장에서 옷들을 꺼내며) 유모, 여기 이 회색 옷을 가져가. 그리고 이것…… 이 저고리도…… 이 치마도 가져가……. 맙소사, 이게 웬일이람! 키르사놉스키 골목이 완전히 타 버린 것 같아……. 이거 가져가…… 이것도 가져가고. (유모에게 옷가지를 건네준다.) 베르쉬닌 댁 식구들이 겁에 질려 있어, 가엾게도……. 그 사람들 집이 하마터면 타 버릴 뻔했거든. 우리 집에서 지내고 해……. 자기네 집으로 가게 내버려 두면 안 돼……. 페도티크네 집도 타 버렸어, 아무것도 안 남기고…….

안피사 페라폰트라도 불러야 될까 봐요, 올랴 아가씨. 혼자서 다 들고 가기가…….

올가 (종을 울리며) 아무리 종을 울려도 와야 말이지……. (문밖을 향해) 거기 누구 있으면 이리 좀 와 봐요!

열린 문밖으로 보이는 창문에는 화재의 불빛이 벌겋게 비치고 있다. 집 근처로 소방차 지나가는 소리가 들린다.

이게 무슨 난리야! 아, 지긋지긋해!

페라폰트가 들어온다.

이걸 밑으로 좀 가져가요. 계단 밑에 콜로틸린 댁 따님들이 계시니까…… 거기 갖다 드려요. 이것도 갖다 드리고…….

페라폰트 알겠습니다. 모스크바에도 1812년에 화재가 났었죠.* 하느님 맙소사! 프랑스 놈들이 기겁을 했지요.

올가 어서 가, 가.

페라폰트 알겠습니다. (나간다.)

올가 다 갖다줘요, 유모. 우린 필요 없으니까 다 갖다줘……. 지쳤어, 버티고 서 있기도 힘드네……. 베르쉬닌 댁 식구들 돌려보내지 마. 여자아이들은 응접실에 재우고, 알렉산드르 이그나티예비치는 아래층 남작님 방…… 페도티크도 남작님 방, 아니면 홀에서 자라고 해. 의사 선생님은 하필이면 이런 때 술에 취해 가지고……. 그 방에는 아무도 들이지 마. 베르쉬닌 부인은 응접실로 모시고.

안피사 (지친 목소리로) 올가 아가씨, 절 내쫓지 말아요! 쫓아내지 마세요!

올가 무슨 엉뚱한 소리야, 유모. 유모를 내쫓을 사람은 아무도 없어.

안피사 (올가의 가슴에 머리를 묻으며) 보석 같은 우리 아가씨, 저 열심히 일하고 있어요……. 하지만 나이 먹어서 기운이 달리면 다들 그럴 거예요, "나가 버려!" 그런데 제가 어딜 갑니까? 어딜? 여든 살 나이에. 여든두 살인데…….

올가 유모, 여기 잠깐 앉아 있어……. 피곤해서 그래, 불쌍하게도……. (유모를 앉힌다.) 착한 우리 유모, 쉬어요. 얼굴이 완전히 창백해졌어!

나타샤가 들어온다.

나타샤 저기서 사람들이 그러는데, 이재민을 돕기 위한 모임을 서둘러 구성해야 된다네요. 하기야 뭐, 훌륭한 생각이죠. 가난한 사람들을 돕는 건 부자들의 당연한 의무니까. 보비크와 소포치카는 마치 아무 일도 없었다는 듯이 자고 있어요. 집 안 어디를 가 봐도 사람들이 우글거려. 사방에 가득 찼어요. 요즘 도시에 인플루엔자가 돈다던데, 아기들한테 옮으면 어떻게 하지.

올가 (나타샤의 말은 듣지 않고) 이 방에선 화재가 안 보여서 이리도 평화로운데…….

나타샤 그래요……. 그나저나 머리가 엉망일 텐데. (거울 앞에서) 내가 뚱뚱해졌다고 하더니만…… 그렇지 않네! 전혀! 마샤 아가씨는 자네, 지쳤구나, 불쌍하게도……. (안피사에게 차갑게) 내 앞에서 감히 앉아 있다니! 일어나! 여기서 나가!

안피사가 나간다. 사이.

아가씨는 어째서 이런 할멈을 아직도 집에 두고 있는 거야? 이해를 못하겠다니까!

올가 (충격을 받고 멍해져서) 미안, 나도 모르겠어요…….

나타샤 여기서 할멈이 할 일은 없어요. 농사꾼 여자면 시골에서 살아야지…… 지 분수도 모르고! 나는 이 집안에 규율이 서길 바라요! 쓸모없는 사람이 집 안에 있어선 안 돼. (올가의 목을 어루만지며) 아가씨, 불쌍해라, 피곤하구나! 우리 교장 선생님이 지쳤어요! 나의 소포치카가 커서 중학교에 들어갈 때는 내가 우리 시누이를 무서워하게 되겠지.

올가 나는 교장이 되기 싫어.

나타샤 아가씨를 뽑을 텐데요, 뭘. 벌써 결정됐잖아.

올가 난 거절할 거야. 할 수가 없어요……. 그럴 기운이 없어…….
(물을 마신다.) 방금 올케가 유모를 대한 태도는 너무 난폭했어
요……. 미안하지만 난 그런 건 참을 수 없어요……. 눈앞이 캄
캄해질 정도였어.

나타샤 (기분이 상해서) 미안, 올랴, 미안……. 화나게 할 생각
은 없었어요.

마샤가 일어나서 베개를 들고 나간다. 화가 나 있다.

올가 날 이해해 줘요, 올케……. 우린 교육을 받은 사람들이에
요. 이상하게 보일지 모르겠지만, 그래도 난 이런 일은 참을 수
없어요. 그런 행동은 날 힘들게 만들고, 아프게 하는 거예
요……. 가슴이 철렁했어요!

나타샤 미안, 미안……. (올가에게 입 맞춘다.)

올가 아무리 사소한 무례함이나 험한 말이라도 나로선 참기 힘
들어요.

나타샤 내가 지나친 말을 자주 하지요. 그렇더라도 저 여자가 시
골로 돌아가야 된다는 건 아가씨도 인정해야 돼요.

올가 안피사는 우리 집에서 30년이나 같이 살았어요.

나타샤 그렇더라도 저 여자는 이제 일을 못하잖아요! 내가 이해
를 못하는 건지, 아니면 아가씨가 날 이해할 생각이 없는 건지.
저 여자는 집안일에 적당하질 않다고요. 그저 잠이나 자고 앉아

있는 게 다야.

올가   그럼 앉아 있으라고 놔둬요.

나타샤   (놀라서) 앉아 있게 놔두라니? 저 여자는 하녀잖아요. (눈물을 글썽이며) 올랴, 난 아가씰 이해 못하겠어요. 나에겐 유모도 따로 있고 애 보는 하녀도 있어요. 그리고 이 집에는 청소부와 요리사가 있잖아요…… . 우리 집에 도대체 무엇 때문에 이 할멈이 필요한가요? 무엇 때문에?

무대 밖에서 화재경보기가 울린다.

올가   난 오늘 밤에 10년은 늙어 버린 느낌이야.

나타샤   우리 이참에 이야기를 매듭지어야 되겠어요. 아가씨 일터는 학교, 내 일터는 가정, 아가씨는 교육, 나는 집안일. 내가 하녀들에 대해 이야기할 때, 난 내가 무슨 말을 하고 있는지 분명히 알고 있어요. 분-명-히 알고 있다고요…… . 하루라도 더 보고 싶지 않아. 이 늙은 도둑년, 이 쭈그렁탱이 할멈…… . (발을 구르며) 이 마귀할멈! 어디 감히 나에게 대들어! 어딜 감히! (진정하며) 맞아, 아가씨가 만약 아래층으로 방을 옮기지 않는다면, 우린 계속 이렇게 싸우게 될 거예요. 그건 끔찍한 일이에요.

쿨리긴이 들어온다.

쿨리긴   마샤는 어디 있어? 이젠 정말 집에 갈 때가 됐는데. 화재가 좀 잦아들었대. (기지개를 켜며) 한 블록밖에 안 탔대. 바람이 불어서 처음엔 도시 전체가 타 버리는 줄 알았잖아. (앉는다.) 지쳤어. 올레치카, 우리 처형…… 난 종종 *그런* 생각을 해. 마샤가 아니었다면 처형과 결혼했을 거라고. 처형은 참 좋은 사람이야……. 아, 힘들다. (귀를 기울인다.)

올가   뭐죠?

쿨리긴   하필이면 이런 날 폭음을 하다니, 완전 고주망태가 됐어. 하필이면 이런 날에! (일어난다.) 이리로 오는 것 같은데……. 들려? 그래, 이쪽이야. (웃으며) 나 원 참……. 그렇지, 난 숨어야겠어. (벽장 쪽으로 가서 구석에 선다.) 불한당 같으니.

올가   2년 동안 안 마시다가 한번 손에 대더니 완전히 취해 버렸어……. (나타샤와 함께 방 한쪽 깊숙한 곳으로 물러간다.)

체부티킨이 들어온다. 그는 말짱한 사람처럼 방 안으로 성큼성큼 걸어 들어오다가 멈춰 선다. 주위를 둘러보다가 세면대 쪽으로 가서 손을 씻기 시작한다.

체부티킨   (침울하게) 다들 귀신이나 잡아가라지……. 다 뒈져 버려. 내가 의사라서 무슨 병이든 다 고칠 거라고 생각하지. 그런데 난 아는 게 하나도 없거든. 아는 것도 전부 잊어버렸어. 아무것도 모르겠어, 정말 아무것도.

올가와 나타샤가 그의 눈에 띄지 않게 빠져나간다.

귀신이나 잡아가라고 그래. 지난주 수요일에 자시피에서 죽어 버렸어. 그녀가 죽은 건 내 책임이야. 그래……. 25년 전에는 그래도 좀 아는 게 있었지만, 지금은 아무것도 모르겠어. 아무것도. 머리는 텅 비고, 가슴은 차갑게 식어 버렸어. 어쩌면 나는 인간이 아니라, 그저 팔다리가 있고 머리통이 있다는 걸로 인간인 척하고 있는지도 몰라. 어쩌면 나는 아예 존재하지 않는 건지도 몰라. 그냥 걸어 다니고, 먹고, 자기 때문에 존재한다고 착각하는 걸지도 몰라. (운다.) 오, 차라리 내가 존재하지 않는다면 좋겠어! (울음을 멈추고, 침울하게) 알 게 뭐냐……. 며칠 전 클럽에서 셰익스피어니 볼테르니 들먹이면서 얘기를 하더군……. 난 안 읽었어, 하나도 안 읽었지. 그러면서도 마치 읽은 것 같은 표정을 지었어. 다른 사람들도 나랑 똑같았지. 천박해! 너절해! 그러다가 수요일에 내가 죽인 그 여자가 생각난 거야……. 모든 일들이 기억나면서 심사가 뒤틀리고, 더럽고, 역겨워져서…… 갔지, 마셨지.

이리나, 베르쉬닌, 투젠바흐가 들어온다. 투젠바흐는 최신 유행의 민간인 복장을 입고 있다.

이리나 여기 앉죠. 여기는 아무도 안 들어올 거야.

베르쉬닌 군인들이 아니었다면 시 전체가 전부 타 버렸을 겁니다. 잘했어요! (만족스러워하며 손을 비빈다.) 우리 보배들입니다! 아, 정말 잘했어요!

쿨리긴 (그들에게 다가가며) 여러분, 지금 몇 시죠?

투젠바흐 벌써 3시네요. 동이 트고 있군요.

이리나 모두들 홀에 앉아서 아무도 가지 않으려 해요. 당신 친구 솔료니도 앉아 있던데요. (체부티킨에게) 의사 선생님은 가서 주무시지 그러세요.

체부티킨 괜찮사옵니다……. 감사하옵니다. (턱수염을 쓰다듬는다.)

쿨리긴 (웃으며) 거나하게 드셨네요, 이반 로마노비치! (어깨를 두드리며) 잘하셨어요! 고대인들도 말했죠. "*In vino veritas*(술 속에 진리가 있노라)."

투젠바흐 사람들이 나더러 이재민을 위한 콘서트를 열어 보라고 성화예요.

이리나 누가 사람이 있어야지.

투젠바흐 원한다면 열 수도 있는 거지요. 내가 보기엔 말입니다, 마리야 세르게예브나가 피아노를 참 멋지게 치던데…….

쿨리긴 대단한 솜씨지!

이리나 언니는 손 놓은 지 오래예요. 3년 동안 안 쳤으니…… 아니, 4년인가?

투젠바흐 이 도시에서 음악을 이해하는 사람은 한 명도 없어요, 정말 단 한 명도. 하지만 나는 이해합니다. 명예를 걸고 맹세컨대, 마리야 세르게예브나의 솜씨는 대단해요. 거의 타고난 재능이에요.

쿨리긴 당신 말이 맞아요, 남작. 나는 마샤를 정말 사랑합니다.

마샤는 멋진 여자예요.

투젠바흐 그처럼 화려하게 연주할 수 있다니, 더욱이 아무도 자신을 이해하지 못한다는 자각 속에서!

쿨리긴 (한숨을 쉬며) 그러게요……. 그런데 마샤가 콘서트에 나간다는 건 좀 민망한 일이 아닐까요?

사이.

여러분, 아시다시피 저는 아무것도 모릅니다. 그런데 어쩌면 좋은 아이디어일 수도 있겠네요. 솔직히 말해서 우리 교장이 사람은 좋아요, 네, 보통 호인이 아닙니다. 명석하기도 하고. 하지만 사고방식이 좀……. 물론, 교장이 상관할 일은 아닙니다만, 어쨌든 여러분이 원한다면, 뭐 교장에게 한번 얘기해 보겠습니다.

체부티킨이 도자기로 된 탁상시계를 손에 들고 유심히 바라본다.

베르쉬닌 화재 현장에 있었더니 온통 숯검정이 되어 버렸네. 누군지 알아보기도 힘들 정도야.

사이.

어저께 얼핏 들었는데, 우리 여단이 어딘가 먼 곳으로 이동할

계획이라더군요. 어떤 이들은 폴란드 왕국으로 간다고도 하고,
또 어떤 사람은 치타*로 간다고도 하고.

투젠바흐   저도 들었어요. 어쩌죠? 그렇게 되면 도시가 텅 비어 버
리겠네요.

이리나   그러면 우리도 떠나는 거야!

체부티킨   (시계를 떨어뜨려 시계가 깨져 버린다.) 박살이 났네!

사이. 모두가 언짢아하고 당황한다.

쿨리긴   (깨진 조각들을 주우며) 이렇게 비싼 물건을 깨뜨리다니,
아휴. 이반 로마노비치, 이반 로마노비치! 당신 품행은 빵점입
니다!

이리나   이건 돌아가신 엄마의 시계예요.

체부티킨   그렇겠지……. 엄마 것, 그래 엄마 것이겠지. 그런데
혹시 내가 시계를 깨뜨린 게 아니라 단지 그렇게 보이는 건 아
닐까. 어쩌면 우리는 그저 존재하는 것처럼 보일 뿐이고 실제로
는 여기 없는 것일지도 몰라. 난 아무것도 모르겠어. 그 누구도
모르는 일이야. (문가에 서서) 뭘 보시오? 나타샤가 프로토포
포프와 바람을 피우고 있는데 당신들은 보질 못하지……. 당신
들이 여기 그냥 앉아서 아무것도 보지 못하는 동안, 나타샤는
프로토포포프와 바람을 피우고 있어요……. (노래한다.) "이
대추야자 열매를 따 가지 않으시려나요……." (나간다.)

베르쉬닌   그래요……. (웃는다.) 이 모든 일들이 참으로 우습군요.

사이.

처음 화재가 났을 때, 나는 황급히 집으로 달려갔습니다. 가서 보니, 우리 집은 별 탈 없이 멀쩡했고 화재 현장에서도 떨어져 있었어요. 하지만 두 딸애는 속옷만 입은 채 문간에 서 있었고 애들 엄마는 집에 없는 겁니다. 사람들이 정신없이 뛰어다니고, 말이며 개들이 이리저리 날뛰는 와중에, 딸애들은 불안인지, 공포인지, 애원인지 알 수 없는 표정으로 서 있고……. 그 표정을 보는데 심장이 조여드는 것 같았습니다. 난 생각했어요, 맙소사, 이 아이들은 앞으로도 기나긴 세월을 고통받으며 살겠구나! 나는 딸애들을 안고 달리면서 그 한 가지 생각만 하고 있었습니다. 이 아이들이 앞으로도 이 세상에서 고통을 받으며 살게 되리라는 것을!

화재 경보. 사이.

여기 도착해 보니, 애 엄마는 이미 와서 소리를 지르며 화를 내고 있더군요.

마샤가 베개를 들고 들어와 소파에 앉는다.

우리 딸애들이 속옷 바람으로 문간에 서 있을 때, 거리가 화재로 온통 시뻘겋게 물들고 끔찍한 아우성들이 들려오던 그때, 나는 오래전에도 이와 비슷한 일이 있었다는 생각이 났어요. 그때는 적군이 갑자기 들이닥쳐서 마을을 약탈하고 불태웠지요……. 하지만 지금 벌어지고 있는 일과 그때의 일 사이에는 실로 얼마나 큰 차이가 있는 겁니까! 더 세월이 지나서, 이를테면 2백 년이나 3백 년 뒤에 후세 사람들 또한 지금의 우리네 삶을 경악과 경멸 속에서 돌아보게 될 것입니다. 현재의 모든 일들은 후세인들에게 기묘하고 답답하고 불편하게 보일 거예요. 아, 그때는 얼마나 멋진 세상이 오게 될까요, 얼마나 멋진 세상이! (웃는다.) 미안합니다. 제가 또 따분한 이야기를 했군요. 괜찮다면 계속해도 될까요, 여러분. 오늘따라 이런 얘기가 몹시 하고 싶군요. 지금 제 기분이 그렇습니다.

사이.

모두들 잠들었네요. 다시 한 번 말하지만, 얼마나 멋진 세상이 되겠느냐 말이죠? 약간만 상상을 해 보세요……. 여러분 같은 사람들이 이 도시에 지금은 세 명이지만 다음 세대 그리고 또 다음 세대에는 점점 더 많아져서 마침내 모두가 여러분처럼 되고 여러분처럼 사는 시대가 올 겁니다. 그리고 나중에 여러분이 나이 들면 여러분보다 더 나은 사람들이 생겨날 겁니다……. (웃는다.) 오늘은 제가 왠지 특별한 기분입니다. 아무렇게나 살고 싶어요……. (노래한다.) "나이가 적든, 나이가 많든, 사랑 앞에서는 순종한다네, 사랑의 열병은 고귀하여라……."* (웃는다.)

마샤   트람 — 탐 — 탐…….

베르쉰   트람 — 탐…….

마샤   트라 — 라 — 라?

베르쉰   트라 — 타 — 타. (웃는다.)

페도티크가 들어온다.

페도티크   (춤추며) 다 탔어요, 다 탔어! 홀라당 타 버렸어!

웃음.

이리나   농담하지 말아요. 다 타 버리다니?

페도티크   (웃으며) 홀랑 탔어요. 아무것도 안 남았어요. 기타도 타고, 사진기도 타고, 내 편지들도 다 타 버렸어요……. 아가씨에게 일기장을 선물하려고 했는데, 그것도 타 버렸네요.

솔료니가 들어온다.

이리나   안 돼요, 제발, 가세요, 바실리 바실리예비치. 이쪽으로 오시면 안 돼요.

솔료니   왜 남작은 되고, 나는 안 됩니까?

베르쉰   그러고 보니 정말 갈 때가 됐군. 화재는 어떻소?

솔료니   잦아들었다고 합니다. 그보다, 저는 참으로 궁금하군요.

왜 남작은 되고, 나는 안 되지요? (향수병을 꺼내 자신에게 뿌린다.)

베르쉬닌 트람 — 탐 — 탐?

마샤 트람 — 탐.

베르쉬닌 (웃으며, 솔료니에게) 홀로 갑시다.

솔료니 알겠습니다. 그렇게 적어 두지요. "이내 생각을 분명히 밝힐 수도 있겠으나, 거위들이 화낼까 봐 두렵노라……."* (투젠바흐를 보며) 쯧, 쯧, 쯧……. (베르쉬닌, 페도티크와 함께 나간다.)

이리나 솔료니란 사람 웬 담배를 이리도 피워 댈까……. (어리둥절해하며) 남작님이 잠들었네! 남작님! 남작님!

투젠바흐 (잠을 깨며) 피곤하네요, 그나저나…… 벽돌 공장……. 잠꼬대하는 게 아니라 정말이에요. 곧 벽돌 공장에 가서 일을 시작할 겁니다……. 이미 얘기가 되어 있어요. (이리나에게 부드럽게) 당신은 어쩌면 그리도 창백하고, 아름답고, 매혹적입니까……. 당신의 창백함이 주변의 어둠을 환하게 비추는 것 같아요……. 당신은 울적하군요, 삶이 불만스럽고……. 오, 나와 함께 가요, 가서 함께 일을 하는 겁니다!

마샤 니콜라이 르보비치, 여기서 나가 주세요.

투젠바흐 (웃으며) 여기 계셨나요? 못 봤어요. (이리나의 손에 입을 맞춘다.) 안녕, 난 갑니다……. 지금 당신을 보고 있노라니 언젠가 오래전, 당신의 명명일 날, 당신이 노동의 기쁨에 대해 말했던 것이 기억나네요. 그때 당신은 씩씩하고 명랑했었는데…….

그때 난 참으로 행복한 삶을 꿈꾸었지요! 그 모든 것들이 다 어디로 갔을까? (이리나의 손에 입을 맞춘다.) 당신 눈에 눈물이 고여 있네요. 누워서 좀 자요. 벌써 날이 밝아 오네요…… 아침이 시작되네요…… 당신을 위해 내 인생을 바칠 수만 있다면!

마샤 니콜라이 르보비치, 가세요! 정말이지 이건 좀…….

투젠바흐 갑니다……. (나간다.)

마샤 (누우며) 표도르, 자요?

쿨리긴 어?

마샤 집에 가는 게 어때요?

쿨리긴 여보, 나의 사랑스러운 마샤…….

이리나 언니가 오늘 힘들었어요. 좀 쉬게 해 주세요, 형부.

쿨리긴 지금 갈 거야. 착하고 멋진 내 아내……. 당신을 사랑해, 내 유일한 사랑…….

마샤 (화가 나서) *Amo, Amas, Amat, Amamus, Amatis, Amant*(나는 사랑한다, 너는 사랑한다, 그는 사랑한다, 우리는 사랑한다, 너희들은 사랑한다, 그들은 사랑한다).

쿨리긴 (웃는다.) 아니, 정말이야, 마샤는 놀라운 여자야. 부부가 된 지 7년이 지났는데도 바로 어제 결혼식을 올린 느낌이야. 솔직한 얘기야. 아니, 정말, 당신은 놀라운 여자야. 난 만족해, 난 만족해, 난 만족해!

마샤 지겨워, 지겨워, 지겨워……. (일어나 앉아서 이야기한다.) 머리에서 그 생각이 떠나질 않아……. 너무 속상해. 머리에 못이 박힌 것 같아서 말하지 않고는 못 견디겠어. 안드레이 얘기야……. 안드레이가 은행에 이 집을 저당 잡혔대. 그리고 올케가 그 돈을 전부 가져갔다는 거야. 하지만 이 집은 안드레이 한 사람이 아니라 우리 남매 모두의 것이잖! 안드레이가 제정신이 있는 사람이라면 그 사실을 알아야만 해.

쿨리긴 그만해, 마샤! 당신이 뭐 하러 참견이야? 안드류시카는 사방에 빚이 있잖아. 자기가 알아서 하라고 놔둬.

마샤 어쨌든 속상한 일이야. (눕는다.)

쿨리긴 우린 가난하지 않아. 내가 일을 하잖아. 학교에 가서 수업도 하고……. 나는 정직하고 단순한 사람이야……. *Omia mea mecum porto*(내게 필요한 모든 것을 다 가지고 있노라), 이런 말도 있잖아.

마샤 난 아무것도 필요 없어. 그러나 부당한 일은 나를 괴롭게 해.

사이.

가요, 표도르.

쿨리긴 (마샤에게 입을 맞춘다.) 당신 지쳤어. 30분 정도 쉬어요, 난 저쪽에 앉아 있을 테니까. 자요……. (걸어가며) 난 만족해, 난 만족해, 난 만족해. (나간다.)

이리나 정말이지 오빠는 너무 엉망이 됐어. 그 여자 때문에 기운 빠진 늙은이가 된 거야! 한때는 교수가 되려고 했던 사람이, 어제는 마침내 자치회 위원이 됐다며 자랑을 하더라고. 오빠는 자치회 위원, 프로토포포프는 자치회 의장……. 온 도시가 쑥덕

거리며 비웃는데도 오빠 혼자서만 아무것도 모르고 있어…….
오늘도 사람들 모두 화재 현장으로 달려가는데, 오빠는 자기 방
에 앉아서 아무런 관심도 갖지 않더라고. 그저 바이올린만 켜고
있어. (짜증스럽게) 오, 끔찍해, 끔찍해, 끔찍해! (운다.) 너 이
상은 참을 수가 없어! 못하겠어, 못하겠어!

올가가 들어와서 자기 책상을 정리한다.

(소리 높여 흐느낀다.) 날 보내 줘, 보내 줘, 더 이상 못 참겠어!

올가   (놀라서) 얘, 얘야? 왜 그래?

이리나   (흐느끼며) 어딜 갔지? 다 어디로 갔어? 다 어디 있지?
오, 하느님, 하느님! 난 다 잊어버렸어, 잊어버렸어……. 머릿
속이 다 헝클어져 버렸어……. 이탈리아어로 창문이 뭐였는지,
천장이 뭐였는지 기억이 나질 않아……. 전부 잊어 가, 하루하
루 잊어 가고 있어. 인생은 한번 가면 두 번 다시 돌아오지 않는
건데. 우리는 결코 모스크바로 떠나지 못할 거야……. 난 떠나
지 못할 거라는 걸 알아.

올가   얘야, 얘야…….

이리나   (진정하려 애쓰며) 오, 난 불행해……. 난 일할 수 없어,
일하지 않을 거야. 그만하면 됐어! 전신국에도 있어 봤고, 지금
은 시 자치회에서 일하고 있지만 나에게 시키는 일들이 싫어,
지긋지긋해……. 난 벌써 스물네 살인 데다 일을 시작한 지도
오래됐어. 그동안 뇌는 쪼그라들고 몸은 여위고 추해지고, 늙어

버렸어. 아무런, 아무런, 아무런 즐거움도 없이 시간만 가고 있어. 진정으로 멋진 삶에서 점점 멀어져서 어떤 심연으로 자꾸자꾸 빠져 들어가고 있는 느낌이야. 이렇게 절망하고 있는데도 내가 어떻게 아직 살아 있는지, 왜 아직도 자살하지 않았는지 이해할 수 없어…….

올가 울지 마, 우리 아가씨, 울지 마……. 내 마음이 아파.

이리나 안 울게, 안 울 거야. 됐어……. 자, 이제 더 이상 안 울잖아. 됐어……. 이제 됐어!

올가 애야, 언니로서 그리고 친구로서 말하는 거야. 혹시 내 의견이 알고 싶다면 말이야. 남작님에게 시집가!

이리나가 조용히 운다.

너도 그 사람을 존경하고 높이 평가하잖니……. 그 사람이 사실 미남은 아니지만 성실하고 정직하지……. 너도 알잖니, 오로지 자신의 의무를 다하기 위해 사랑도 없이 시집가는 여자들도 있어. 최소한 나는 그렇게 생각한다. 나는 사랑 없이도 결혼할 수 있다고. 성실한 남자라면 누가 중매를 서건 상관없이 그 사람에게 시집갈 거야. 노인에게라도 시집갈 수 있어…….

이리나 난 줄곧 모스크바로 이사 가길 기다려 왔어. 거기에선 나의 진정한 짝이 나를 맞아 줄 거라 믿으면서. 그 사람을 꿈꾸고 사랑해 왔어……. 그러나 다 헛소리였던 거야, 헛소리…….

올가 (동생을 안으며) 우리 예쁜 동생, 나는 다 이해해. 니콜라이 르보비치 남작이 군대에서 전역하고 양복 차림으로 우리 집에 왔을 때, 그 모습이 너무도 볼품없어서 난 울음이 터질 지경이 었다……. 그 사람이 물어보더구나. "왜 우시죠?" 내가 무슨 말을 할 수 있겠니! 하지만 만약 하늘이 도와서 그 사람이 너와 결혼하게 된다면 난 행복할 거다. 그건 별개의 문제야, 완전히 별개라니까.

나타샤가 촛불을 들고 오른쪽 문에서 나오더니 말없이 무대를 가로 질러 왼쪽으로 나간다.

마샤 (앉는다.) 저렇게 걸어가는 모습을 보니, 꼭 저 여자가 불을 낸 것 같네.

올가 마샤, 넌 바보야. 우리 가족 중에서 네가 제일 바보야. 미안 하지만.

사이.

마샤 나 고백해야 될 것 같아. 올가, 이리나, 내 마음이 괴로워. 두 사람에게 고백하지 않으면 앞으로 다시는 누구에게도 못할 거야……. 지금 이 자리에서 말하겠어. (조용히) 이건 내 비밀 이지만 두 사람 모두 알아야만 해……. 침묵하고 있을 수가 없 어…….

사이.

사랑해, 사랑해…… 그 사람을 사랑해. 방금 전에 보았던 사람이야……. 그래, 더 이상 주저할 것도 없지. 한마디로 말해서, 베르쉬닌을 사랑해…….

올가 (병풍 너머 자기 침소로 가며) 됐어. 난 어차피 듣지 않을 거니까.

마샤 나보고 어쩌라고! (머리를 싸안으며) 처음에는 그냥 이상한 사람이라고 생각했어. 그러다가 그 사람을 동정하게 됐지……. 그리고 사랑에 빠졌어……. 그 사람의 목소리, 그 사람이 하는 말들을 사랑해, 심지어 그이의 불행과 두 딸까지도…….

올가 (병풍 너머로) 어차피 난 안 들을 거야. 네가 무슨 바보 같은 소리를 하든 난 안 들어.

마샤 올랴, 바보야. 난 사랑해, 그게 내 운명이야. 다시 말해서, 그게 내 역할이야……. 그리고 그 사람도 날 사랑해……. 이 모든 일이 끔찍하겠지. 그렇지? 나쁜 일이지? (이리나의 손을 잡고 자기에게로 이끈다.) 오, 내 동생…… 어떻게든 우린 자신의 삶을 살게 될 거야, 그게 어떤 삶이 될지 모르겠지만……. 소설을 읽다 보면 그 안의 모든 일들이 너무 진부하고 뻔해 보이지. 하지만 너 자신이 사랑에 빠지면 남들은 거기에 대해 아무것도 알 수 없어. 그때는 오로지 너 자신이 이 모든 일들을 스스로 결정해야 한다는 걸 알게 될 거야……. 내 사랑스러운 동생……. 두 사람에게 고백했으니 이제 침묵할 거야……. 고골의 소설에 나오는 광인처럼…… 이제부터 침묵…… 침묵…….

안드레이, 그 뒤를 이어 페라폰트 등장.

안드레이   (화를 내며) 뭘 원하는 거야? 이해를 못하겠군.

페라폰트   (문 앞에서 조바심을 내며) 안드레이 세르게예비치, 제
가 벌써 열 번도 넘게 말씀드렸습니다.

안드레이   첫째, 날 안드레이 세르게예비차라고 부르지 마, 각하
라고 불러!

페라폰트   나리, 소방수들이 정원을 가로질러 강으로 가게 해 달
라고 부탁하고 있습니다. 돌아서 가자니 길이 너무 멀어서요.
그건 정말 고역입니다.

안드레이   좋아. 그러라고 해.

페라폰트가 나간다.

지겨워. 올가는 어디 있어?

올가가 병풍 밖으로 나온다.

볼일이 좀 있어서 왔어. 장롱 열쇠 좀 줘, 내 건 잊어버렸거든.
그 작은 열쇠 있잖아.

올가가 말없이 열쇠를 건네준다. 이리나는 병풍 너머 자기 자리로 간다. 사이.

정말 대단한 화재야! 이제야 잦아들었네. 망할 페라폰트 때문에 성질이 뻗쳐서 바보 같은 소릴 하고 말았어……. 각하라니…….

사이.

왜 말이 없어, 올랴?

사이.

이제 이런 바보짓은 그만둘 때도 됐잖아. 그만 마음을 풀고 즐겁게 살자. 여기 마샤도 있고, 이리나도 있으니 잘됐네. 서로 오해를 깨끗이 풀어 보자. 모두들 나에 대해 무엇이 불만이야? 응?

올가 됐어, 안드류샤. 내일 얘기해. (흥분하면서) 정말 괴로운 밤이야!

안드레이 (매우 당황하여) 흥분하지 마. 나는 지극히 냉정하게 물어보는 거야. 나에게 무엇이 불만이지? 솔직하게 얘기들 해 봐.

베르쉬닌의 목소리가 들린다. "트람-탐-탐!"

마샤   (일어나서 큰 소리로) 트라-타-타! (올가에게) 안녕, 올
랴, 주님이 함께하기를. (병풍 뒤로 가서 이리나에게 입을 맞춘
다.) 잘 자……. 안녕, 안드레이. 누이들이 피곤하니까 그냥 가
요……. 내일 얘기하자……. (나간다.)

올가   정말이야, 안드류샤, 내일로 미루자……. (병풍 너머 자기
자리로 간다.) 잘 시간이야.

안드레이   한마디만 하고 가겠어. 지금……. 첫째, 너희들 내 아
내 나타샤에게 불만이 있나 본데, 이건 결혼 첫날부터 나도 눈
치채고 있었던 거야. 나타샤는 훌륭하고 정직한 사람이야, 강직
하고 품위 있는 사람 — 난 그렇게 생각해. 나는 아내를 사랑하
고 존중해. 알아? 존중한단 말이야. 그러니 다른 사람들도 그녀
를 존중해 주길 원해. 다시 한 번 말하지만 나타샤는 정직하고
품위 있는 사람이야. 누이들의 모든 불만은 미안한 얘기지만 그
냥 투정 같은 거야.

사이.

둘째, 누이들은 내가 교수가 아니라서, 그러니까 내가 학문에 종
사하지 않기 때문에 화가 난 것 같은데. 하지만 난 자치회에서
근무하고 있고, 자치회 위원이야. 나는 내 직무가 학문에 종사하
는 것만큼이나 명예롭고 가치 있는 일이라고 생각해. 누이들이
뭐라건 간에, 난 자치회 위원이고 그 사실이 자랑스러워…….

사이.

셋째…… 한 가지 더 말하겠어……. 누이들 허락을 구하지 않고 집을 저당 잡혔어……. 그건 내 잘못이야, 그래서 용서해 주길 바라……. 빚 때문에 어쩔 수가 없었어…….3만 5천 루블이야……. 이제는 더 이상 카드놀이를 하지 않아. 오래전에 그만두었어. 하지만 중요한 건, 다시 말해서 내가 누이들의 양해를 얻을 수 있다고 생각하는 것은, 누이들은 연금을 받지만 나는 그런 수입이 없다는 거야……. 이를테면 말이야…….

사이.

쿨리긴　(문밖에서) 마샤 여기 있나? (불안해하며) 마샤가 어디 갔지? 이상한 일이네……. (나간다.)

안드레이　말을 듣질 않는군. 나타샤는 훌륭한 사람이야, 정직한 사람이야. (말없이 무대 위를 이리저리 걷다가 멈춰 선다.) 결혼할 때는 그렇게 생각했어……. 우리가 행복하게 살 거라고…… 모두가 행복할 거라고……. 그런데 맙소사……. (운다.) 사랑하는 누이들아, 날 믿지 마, 날 믿지 마……. (나간다.)

쿨리긴　(문 밖에서 초조한 목소리로) 마샤는 어디 있지? 여기 마샤 없어? 놀랄 일이로군. (나간다.)

화재 경보음. 무대는 비어 있다.

이리나　(병풍 너머로) 올랴! 누가 마루를 두드리는 거지?

올가　의사 선생님이야. 취했어.

이리나　정말 짜증 나는 밤이야!

사이.

　올랴! (병풍 너머로 바라보며) 들었어? 우리 여단을 다른 먼 지
　역으로 이동시킬 거래.

올가　그냥 소문이야.

이리나　그럼 우리만 남는 거잖아……. 올랴!

올가　뭐?

이리나　언니, 나는 남작님을 존경하고 높이 평가해. 그 사람은 홀
　륭한 남자야. 그 남자에게 시집가라는 말에 찬성이야. 단, 모스
　크바로 함께 간다는 조건으로! 제발 언니, 갑시다! 세상에서 모
　스크바보다 더 좋은 곳은 없어! 가자, 올랴! 가자!

막.

제4막

프로조로프 저택의 오래된 정원. 길게 이어진 전나무 길 끝에 강이 보인다. 강 반대편에는 숲. 오른쪽으로는 테라스가 있고 테이블에 술병과 잔들이 놓여 있다. 방금 샴페인을 마신 흔적. 정오. 이따금 행인들이 거리에서 나와 정원을 가로질러 강 쪽으로 간다. 군인 다섯 명이 후다닥 지나간다. 체부티킨은 4막 내내 그가 견지하는 온화한 기분으로 정원의 안락의자에 앉아 누군가 자기를 부르기를 기다리고 있다. 그는 군모를 쓰고 지팡이를 들고 있다. 이리나와 쿨리긴이 보인다. 쿨리긴은 콧수염을 자른 모습으로 목에 훈장을 걸고 있다. 투젠바흐는 테라스에 서서 계단을 내려가는 페도티크와 로데를 전송하고 있다. 두 장교 모두 행군 복장이다.

투젠바흐　(페도티크와 입 맞추며) 자넨 좋은 사람이야. 우리 그렇게 친하게 지냈는데. (로데와 입 맞추며) 자, 그럼…… 안녕히, 친구여!

이리나   또 만나요!

페도티크   '또 만나요'가 아니라, '안녕'이죠. 우리는 다시 만나지
   못할 겁니다!

쿨리긴   그걸 누가 아나! (눈물을 닦으며 미소 짓는다.) 괜히 눈물
   이 나네.

이리나   언젠가는 만날 거예요.

페도티크   10년 뒤에, 15년 뒤에? 하지만 그때는 서로 잘 알아보
   지도 못하면서 서먹하게 인사를 나누겠지요……. (사진을 찍는
   다.) 다들 서 보세요……. 마지막으로 한 번 더.

로데   (투젠바흐를 포옹하며) 다시 볼 수 없을 거야……. (이리나
   의 손에 입을 맞추며) 그동안 고마웠어요, 정말로!

페도티크   (역정을 내며) 움직이지 좀 말아요!

투젠바흐   다시 볼 수 있기를 바라. 편지 꼭 써요. 가자마자 편지
   써요.

로데   (정원에 눈길을 한 번 주고) 안녕, 나무들아! (외친다.)
   어 — 이!

사이.

메아리도 안녕!

쿨리긴   잘못하면 폴란드에서 장가갈지도 모르겠네……. 폴란드
   아내가 자넬 끌어안고서, '여봉!' 이러겠지. (웃는다.)

페도티크   (시계를 힐끗 보고) 한 시간도 안 남았군요. 우리 중대

에서는 솔료니만 바지선을 타고 가고, 우리는 도보로 행군할 겁니다. 오늘 3개 중대가 떠나고 내일 다시 3개 중대가 떠나면 이 도시엔 정적과 평화가 자리를 잡겠지요.

투젠바흐 끔찍한 권태도.

로데 그런데 마리야 세르게예브나는 어디 계시나요?

쿨리긴 마샤는 정원에 있어.

페도티크 마샤와 작별 인사를 해야 되는데.

로데 안녕히 계세요, 이제 가야겠어요. 안 그랬다간 울 것 같아……. (투젠바흐와 쿨리긴을 급히 포옹하고 이리나의 손에 입을 맞춘다.) 여기서 멋진 생활을 보냈습니다…….

페도티크 (쿨리긴에게) 이건 기념으로 드리는 겁니다…… 공책과 연필이에요. 우린 여기서 그만 강 쪽으로 가겠습니다.

멀어져 가며 뒤를 돌아본다.

로데 (외친다.) 어 — 이!

쿨리긴 (외친다.) 잘 가게!

무대 안쪽에서 페도티크와 로데가 마샤와 마주치자 작별 인사를 한다. 마샤가 그들과 함께 나간다.

이리나 가 버렸어……. (테라스 아래쪽 계단에 앉는다.)

체부티킨 나와 인사하는 건 잊어버렸네.

이리나 아저씨야말로 어떻게 된 거예요?

체부티킨 그렇군, 나도 잊어버렸네. 하기야 나도 내일 떠나니까 저 친구들과는 곧 보게 되겠지. 그래…… 아직 하루가 남아 있구나. 1년 뒤에 제대하면 다시 여기로 와서 그대들과 한평생 같이 살아야지……. 은퇴할 때까지 딱 1년밖에 남지 않았어. (읽고 있던 신문을 주머니에 집어넣고 다른 신문을 꺼낸다.) 다시 그대들을 찾아올 때는 생활 태도를 근본적으로 바꿔 버릴 거야……. 아주 얌전하고, 바람…… 바람직하고, 예의 바른 사람이 될 거야…….

이리나 아저씨는 정말이지 생활을 바꾸셔야 돼요. 정말이에요.

체부티킨 그래. 나도 그렇게 느껴요. (조용히 노래 부른다.) "타라라 붐비야…… 시주나 툼비야……."*

쿨리긴 구제 불능이야, 이반 로마노비치는! 구제 불능이야!

체부티킨 우리 쿨리긴 선생님께서 날 맡아 주지그러시우. 그러면 착한 사람이 될 텐데.

이리나 형부 콧수염 깎았네. 못 봐주겠어요!

쿨리긴 뭐 어때서?

체부티킨 지금 당신 얼굴이 뭘 닮았는지 말해 주고 싶지만, 아니, 관두지.

쿨리긴 무슨 그런 말씀을! 이게 요즘 유행하는 거예요, *modus vivendi*(생활 양식)라고요. 우리 교장 선생님이 콧수염을 밀어 버렸으니, 주임 교사인 나도 콧수염을 깎았지요. 다른 사람들 마음에 들지 않을 수도 있지만 난 상관없습니다. 난 만족해요.

콧수염이 있건 없건, 난 불만이 없습니다. (앉는다.)

정원 뒤쪽에서 안드레이가 아기가 자고 있는 유모차를 밀고 있다.

이리나 이반 로마노비치, 우리 아저씨, 저는 너무나 걱정이 돼요. 어제 시내에 갔다 오셨잖아요, 거기서 무슨 일이 있었던 거예요?

체부티킨 무슨 일이 있냐고? 아무 일도 없어. 시시한 얘기야. (신문을 읽는다.) 어차피 마찬가지야!

쿨리긴 사람들이 그러길, 어제 극장 앞 큰길에서 솔료니와 남작이 만났다고 하던데……

투젠바흐 그만하세요! 거참……. (팔을 저어 만류하고 집 안으로 들어간다.)

쿨리긴 극장 앞에서…… 솔료니가 남작에게 시비를 걸었는데, 남작이 끝내 참지 못하고 기분 나쁜 말을 했나 봐요.

체부티킨 몰라. 다 헛소리야.

쿨리긴 어떤 학교에서 선생이 작문 주제로 '헛소리'를 내주었더니, 한 학생이 그걸 '학술지'로 잘못 읽었답니다. 무슨 라틴어라도 되는 줄 알았던 거죠……. (웃는다.) 엄청나게 우습지요. 사람들 얘기로는, 솔료니가 이리나를 짝사랑하는 것 같다. 그래서 남작을 증오하는 것 같다, 이러더군요……. 그야 그렇겠죠. 이리나는 참 훌륭한 아가씨니까. 항상 생각에 잠겨 있는 모습은 꼭 마샤를 닮았어요. 단지 이리나가 좀 더 성격이 부드럽죠. 하기야 마샤도 부드러운 성격이지만. 난 마샤를 사랑해요.

무대 너머에서 들리는 소리. '아우! 어-이!'

이리나 (몸을 떨며) 오늘은 별것 아닌 일에도 내가 왜 이리 놀랄까?

사이.

난 이미 모든 준비가 되어 있어요. 오후에 내 짐을 부칠 거예요.
남작님과 나는 내일 결혼식을 올리고 곧장 벽돌 공장으로 갈 거
예요. 모레엔 난 이미 학교에 있을 거고. 그리고 새로운 생활이
시작되는 거죠. 주님이 보살펴 주시길! 교사 자격시험을 치는
동안 나는 너무 기뻐서 울 정도였어요…….

사이.

짐을 실어 갈 마차가 이제 올 텐데.

쿨리긴 그렇다면 그런 거겠지만, 조금 경솔하지 않나 싶네. 아직
은 그냥 계획들일 뿐이지, 실제적인 건 별로 없잖아. 어쨌든 진
심으로 잘되길 바라.

체부티킨 (감동하여) 예쁘고 귀한 우리 아기……. 우리 금동 아
씨……. 이젠 내가 쫓아갈 수 없는 곳으로 멀리 날아가 버렸어.
나는 너무 늙어서 더 이상 날 수 없는 철새처럼 뒤에 남았네. 날
아가요, 날아가, 내 소중한 아가씨. 신께서 보살피기를!

사이.

괜한 짓을 했어요, 표도르 일리치. 콧수염 깎은 것 말이오.

쿨리긴 그만 좀 하세요! (한숨 쉰다.) 오늘 이렇게 군인들이 떠나고 나면, 모든 게 다시 예전처럼 흘러가겠지. 사람들이 뭐라고 하건 간에 마샤는 착하고 반듯한 여자입니다. 그리고 나는 마샤를 무척 사랑하고 내 운명에 감사해요……. 인간의 운명이란 각양각색이지……. 저기 세무서에 코지레프라는 친구가 있어요. 이 친구 나랑 학교를 같이 다녔는데 중학교 5학년 때 퇴학당했지요. 아무리 해도 라틴어 가정법을 이해할 수 없었거든. 지금은 찢어지게 가난한 데다 병까지 얻은 신세인데, 어쩌다 마주쳐서 내가 "안녕하신가? '가정법' 군!" 이러면, 이 친구도 "그래, 가정법이 문제지" 이러면서 기침을 하는 겁니다……. 반면에 나는 이렇게 평생 운이 잘 풀려서 스타니슬라프 2등 훈장도 받고, 이제는 다른 사람에게 그놈의 라틴어 가정법을 가르치고 있으니 행복한 거죠. 물론 나는 똑똑한 사람이지만, 뭐랄까, 웬만한 사람들보다는 똑똑하지만, 행복이 거기에 있는 건 아니에요…….

집 안에서 「소녀의 기도」를 피아노로 치는 소리가 들린다.

이리나 내일 저녁이면 이 「소녀의 기도」도 더 이상 들리지 않겠지. 프로토포포프와도 더 이상 마주칠 일이 없겠지…….

사이.

그러고 보니 프로토포포프가 저기 응접실에 앉아 있네. 오늘도 오셨구먼…….

쿨리긴 교장 선생님은 아직 안 오셨나?

무대 뒤쪽에서 마샤가 조용히 정원을 거닐고 있다.

이리나 아니요. 오라고 사람을 보냈어요. 여기서 혼자 지내는 것이 얼마나 힘든지 형부는 모르실 거예요, 올랴도 없이……. 올랴는 학교에서 살고 있어요. 교장 선생님이라 하루 종일 바쁘죠. 그런데 나는 혼자서, 지루하게, 아무런 할 일도 없어요. 내가 사는 방도 지긋지긋해요……. 난 그래서 이렇게 마음을 정했어요. '만약에 내가 모스크바로 갈 수 없다면, 뭐 어쩔 수 없는 거겠지. 내 운명이 그렇다는 거니까. 네가 할 수 있는 일은 아무것도 없어……' 이렇게요. 그런데 정말이지 세상 모든 일은 다 하늘의 뜻이에요. 니콜라이 르보비치가 청혼을 했지 뭐예요……. 어쩌겠어요? 잠깐 생각해 보고 결정을 내려 버렸죠. 남작님은 좋은 분이에요, 그것도 놀랄 만큼, 정말 좋은 분이죠……. 갑자기 내 영혼에 날개가 달린 듯하면서 신이 났어요. 마음이 가벼워지고, 다시 일이 하고 싶어졌어요, 일이……. 바로 어저께 무슨 일인가 벌어져서 어떤 신비스러운 존재가 내 머리 위에 드리워진 거예요…….

체부티킨 헛소리야, 헛소리.

나타샤 (창밖을 향해) 교장 선생님!

쿨리긴 교장 선생님이 오셨네. 가자.

이리나와 함께 집 안으로 들어간다.

체부티킨 (신문을 읽으며 나지막이 노래 부른다.) 타-라-라……
붐비야…… 시주나 툼비야…….

마샤가 다가온다. 무대 안쪽에서 안드레이가 유모차를 끌고 지나간다.

마샤 만사 편하게 앉아 계시네…….

체부티킨 그래서 뭐 어쨌다고?

마샤 (앉는다.) 그냥…….

사이.

우리 엄마 좋아하셨죠?

체부티킨 많이 좋아했지.

마샤 엄마도 아저씨를 좋아했나요?

체부티킨 (잠시 침묵하다가) 그건 이제 기억도 나지 않네.

마샤 내 그이가 여기 있나요? 우리 집 요리사 마르파가 자기 순
경 남편을 그렇게 부르더라고요, 내 그이라고. 내 그이가 여기

있어요?

체부티킨 아직 안 왔어.

마샤 나처럼 찔끔찔끔 행복을 맛보다가 이내 그 행복을 빼앗기게 되면 말이죠, 조금씩 조금씩 거칠어지면서 못된 여자로 변해 가는 거예요…… (자기 가슴을 가리킨다.) 내 여기가 부글부글 끓어요…… (유모차를 끄는 안드레이를 바라보며) 저기 안드레이가 가네, 우리 오빠가…… 우리의 모든 희망이 깨져 버렸어요. 수천 명이 엄청난 노동과 돈을 들여 종을 세웠는데, 그 종이 떨어져 깨져 버렸다고 생각해 보세요. 별안간 아무 이유도 없이 말이죠. 바로 그게 우리 안드레이예요…….

안드레이 이 집은 도대체 언제나 조용해지려나. 정말 시끄러워.

체부티킨 곧 그리될 걸세. (회중시계를 본다.) 내 시계는 옛날식이라 종이 달렸지…… (태엽을 감자 종이 울린다.) 1중대, 2중대, 5중대가 1시 정각에 떠날 텐데…….

사이.

그리고 나는 내일 떠난다네.

안드레이 아주 떠나시는 거예요?

체부티킨 모르지. 어쩌면 1년 뒤에 돌아올지도. 하기야 누가 알겠나…… 어차피 마찬가진데…….

멀리서 하프와 바이올린을 연주하는 소리가 들린다.

안드레이   도시가 적막해지겠네. 뚜껑을 덮어 놓은 것처럼 되겠어.

사이.

다들 어제 극장 앞에서 무슨 일이 있었다고 얘기하던데, 나만 모르고 있어요.

체부티킨   별일 아니야. 바보 같은 짓들이지. 솔료니가 또 남작에게 집적거렸는데, 남작이 그만 참질 못하고 이 친구에게 창피를 준 거야. 그러다가 결국 솔료니가 결투를 신청하지 않을 수 없는 상황이 되어 버렸어. (시계를 본다.) 이제 슬슬 시간이 된 것 같네⋯⋯. 열두 시 반에 저기 강 저편에 있는 공유림에서⋯⋯ 빵-빵. (웃는다.) 솔료니는 자신이 레르몬토프라고 생각하면서 심지어 시까지 쓴다네. 더더욱 어처구니없는 건 이번이 벌써 세 번째 결투라는 거야.

마샤   누가요?

체부티킨   솔료니가.

마샤   남작님은?

체부티킨   어떻겠어?

사이.

마샤   머릿속이 온통 뒤죽박죽이야⋯⋯. 어쨌든 그 사람들을 말려야 해요. 솔료니가 남작님을 다치게 할지 모르잖아요. 잘못하면 죽일 수도 있어요.

체부티킨　남작은 좋은 사람이지. 하지만 남작이 한 사람 더 있건, 아니면 한 사람 덜 있건, 어차피 마찬가지잖아? 내버려 둬! 어차피 마찬가지야!

정원 너머로 들리는 외침 소리. "어 — 어 — 이."

잠깐만. 이건 스크보르초프 목소리네. 입회인 중 하나야. 보트에 타고 있군.

사이.

안드레이　내 생각에는, 아무리 입회 의사 자격이라고 해도 결투에 참여하거나 그 자리에 있는 것은 매우 부도덕한 일입니다.

체부티킨　그냥 그렇게 보일 뿐이야……. 우리는 없어. 이 세상에는 아무것도 없어. 우리는 존재하지 않아. 그냥 존재하는 것처럼 보일 뿐이지……. 그리고 어찌 됐든 마찬가지야!

마샤　그저 하루 종일 말하고, 또 말하고……. (걸어가며) 당장 눈이라도 올 것 같은 이런 기후 속에 살면서 아직도 그런 시시한 이야기들이나 하고 있다니……. (멈춰 서며) 집에는 들어가지 않을 거야. 저 안으로는 못 들어가겠어……. 베르쉬닌이 오면 나에게 말해 주세요……. (오솔길을 따라 걸어간다.) 그런데 벌써 철새들이 날아가네……. (하늘을 본다.) 백조인가 아니면 오리들인가⋯⋯. 내 사랑스러운, 행복한 새들⋯⋯. (나간다.)

안드레이 집이 텅 비겠네. 장교들이 가고, 의사 선생님도 떠나시고, 여동생은 시집을 가고, 이 집에는 나 혼자만 남겠네.

체부티킨 아내는?

페라폰트가 서류를 들고 들어온다.

안드레이 아내는 아내니까. 나타샤는 정직하고, 반듯하고, 뭐, 착한 여자지만, 이 모든 것들에도 불구하고, 이 여자 안에는 자신을 천박하고 맹목적인, 뭐랄까, 지저분하게 털이 난 짐승처럼 만드는 뭔가가 있어요. 아무리 봐도 인간이 아니에요. 당신에게 친구로서, 내 마음을 터놓을 수 있는 유일한 분으로서 말씀드리는 겁니다. 저는 나타샤를 사랑해요, 그렇습니다. 하지만 가끔 그녀는 깜짝 놀랄 만큼 천박한 모습을 드러내서, 그때마다 전 어찌할 바를 모르게 돼요. 그럴 때면 내가 어째서 이런 여자를 사랑하는지, 아니 그보다는, 어쩌다 이런 여자와 사랑에 빠졌는지 이해할 수 없게 됩니다⋯⋯.

체부티킨 (일어난다.) 이보게, 내가 내일 떠나면 아무래도 다시는 서로 만나지 못할 것 같으니 충고 하나 해 줌세. 모자를 쓰고, 지팡이를 하나 들고 떠나⋯⋯. 그리고 걷는 거야, 뒤도 돌아보지 말고 걸어가는 거야. 멀리 갈수록 그만큼 더 좋지.

솔로니가 무대 안쪽에서 두 명의 장교와 함께 걸어가다가 체부티킨을 발견하고 그에게로 향한다. 두 장교는 가던 길을 간다.

솔로니 의사 선생님, 시간이 됐어요! 벌써 열두 시 반입니다. (안드레이와 인사한다.)

체부티킨 지금 가요. 정말 지겨운 사람이군. (안드레이에게) 안드류샤, 만약 누가 날 찾거든 말 좀 해 주게. 내가 곧……. (한숨을 쉰다.) 에휴!

솔로니 "곰이 그를 덮쳤을 때, 그는 '악' 소리도 미처 못 냈다네." (체부티킨과 함께 걸어간다.) 웬 한숨을 그리 쉬실까, 영감님?

체부티킨 이런!

솔로니 건강은 어떠시우?

체부티킨 (화가 나서) 고양이 쥐 생각하는군.*

솔로니 노인네들은 괜한 걱정을 하지요. 어렵게 생각할 것도 없어요. 그저 새 한 마리 잡는 셈 치고 한 방 먹이는 거죠. (향수를 꺼내 팔에 뿌린다.) 오늘 한 병을 몽땅 뿌렸더니 냄새가 진동을 하네. 향수 냄새가 시체 냄새 같구나.

사이.

그건 그렇고…… 그 시 기억해요? "반항자 그이는 폭풍을 찾아다니네, 폭풍 속에 안식이 있다는 듯……."*

체부티킨 알지. "곰이 그를 덮쳤을 때, 그는 '악' 소리도 미처 못 냈다네."* (솔료니와 함께 나간다.)

'어—어—이' 하는 고함 소리. 안드레이와 페라폰트가 들어온다.

페라폰트 결재를 해 주셔야 되는데…….
안드레이 (신경질적으로) 날 좀 내버려 둬! 제발 좀! (유모차를 끌고 나간다.)
페라폰트 서류라는 게 원래 서명을 하라고 있는 건데. (무대 뒤쪽으로 나간다.)

이리나와 밀짚모자를 쓴 투젠바흐가 들어온다. 쿨리긴이 "어이, 마샤, 어이!" 하고 외치며 무대를 가로지른다.

투젠바흐 저 양반은 아마도 이 도시에서 군대가 떠나는 걸 기뻐하는 유일한 사람일 거야.
이리나 그렇겠네요.

사이.

  우리 도시는 이제 텅 비겠죠.
투젠바흐 (시계를 보고) 이리나, 금방 다녀올게.
이리나 어딜 가세요?
투젠바흐 시내로 가서…… 동료들을 전송해야지.

이리나   거짓말……. 니콜라이, 당신 오늘 왜 이렇게 안절부절못 해요?

사이.

어제 극장 앞에서 무슨 일이 있었어요?

투젠바흐   (초조해하며) 한 시간 뒤에는 돌아와서 다시 당신과 함 께 있을 거야. (이리나의 손에 입 맞춘다.) 눈에 넣어도 안 아플 사람……. (이리나의 얼굴을 찬찬히 바라본다.) 당신을 사랑한 지 벌써 5년이나 흘렀는데 난 여전히 처음 같은 느낌이야. 그리 고 당신은 더욱더 아름다워 보여. 이 머릿결은 어쩌면 이토록 신비스럽고 매혹적일까! 그리고 이 눈! 내일 내가 당신을 데려 가면, 우린 함께 일해서 부자가 될 거야. 내 꿈은 되살아나고, 당신은 행복해질 거야. 다만 한 가지, 한 가지가 문제지. 당신이 나를 사랑하지 않는다는 것!

이리나   그건 내 힘으로 할 수 있는 일이 아니에요. 나는 당신에게 충실하고 순종적인 아내가 되겠지만 사랑하진 않아. 어쩔 수가 없어! (운다.) 나는 살면서 한 번도 사랑한 적이 없어요. 오, 내 가 얼마나 사랑을 꿈꿔 왔는데, 벌써 오래전부터, 낮이나 밤이 나……. 하지만 내 마음은 덮개가 잠긴 채 열쇠를 잃어버린 값 비싼 피아노나 마찬가지예요.

사이.

당신 눈가에 근심이 어려 있네요.

투젠바흐   밤새 잠을 못 잤어. 내 인생에서 이처럼 나를 두렵게 만든 건 없었어. 바로 그 잃어버린 열쇠가 내 마음을 찢어 놓고 날 잠 못 이루게 하지⋯⋯. 내게 뭐든 말해 줘.

사이.

내게 뭐든 말해 줘요⋯⋯.

이리나   무슨 얘기? 무슨 얘기? 주변이 너무 신비스러워. 고목들이 말없이 서 있네요⋯⋯. (그의 가슴에 머리를 괸다.)

투젠바흐   내게 뭐든 말해 줘.

이리나   무슨 얘기? 무슨 얘기를 하죠? 뭘?

투젠바흐   무엇이든 상관없어.

이리나   그만! 그만!

사이.

투젠바흐   지나고 보면 우리 인생에서 아무런 의미도 없는, 하잘 것없고 어리석은 일들이 이따금 무슨 의미라도 있는 것처럼 생각되지. 언제나처럼 그런 것들을 비웃으며 하찮다고 여기지만, 그러면서도 여전히 그 일에 매달리고, 또 그러면서 자신에게는 멈출 수 있는 힘이 없다는 걸 느끼는 거야. 오, 이런 얘기는 하지 말자! 난 기뻐. 난 마치 난생처음 이 전나무며 단풍나무며 자작나무들을 보는 느낌이야. 얘네들 모두가 호기심에 가득 차서 나를 지켜보며 무슨 일이 일어날지 기다리고 있는 것 같아. 이토록 아름다운 나무들이 있는데, 이런 나무들을 곁에 두고 살아가는 삶은 얼마나 멋진 일이겠어!

고함 소리. "어이! 어이!"

가야겠네, 시간이 됐어요……. 여기 이 나무는 바싹 말라 버렸지만 그래도 여전히 다른 나무들과 함께 바람에 흔들리고 있네. 그러니 만약 내가 죽더라도, 어떤 식으로든 이 세상에 함께 참여할 것 같아. 안녕, 내 사랑……. (손에 입 맞춘다.) 당신이 내게 준 서류는 내 책상 위에 있어요, 달력 밑에.

이리나　나도 당신과 같이 갈래요.

투젠바흐　(긴장하며) 안 돼, 안 돼요! (서둘러 나가다가 오솔길에서 멈춘다.) 이리나!

이리나　왜요?

투젠바흐　(적당히 할 말을 못 찾고) 오늘 난 커피를 안 마셨어. 나중에 끓여 달라고 좀 전해 줘요……. (서둘러 나간다.)

이리나는 생각에 잠겨 서 있다가 무대 안쪽으로 가서 그네에 앉는다. 안드레이가 유모차를 끌고 들어오고, 페라폰트의 모습도 보인다.

페라폰트　안드레이 세르게예비치, 이 서류는 제 것이 아니라 공문이에요. 제가 만든 것이 아니란 말입니다.

안드레이   오, 나의 과거는 어디로 가 버렸을까? 그때는 내가 젊고 명랑하고 명석했는데, 그땐 꿈이 있었고 멋진 생각들을 했는데. 그땐 나의 현재와 미래가 희망으로 빛났어. 어째서 우리는 인생을 시작하기 무섭게 따분하고, 진부하고, 재미없고, 게으르고, 무관심하고, 무익하고, 불행해지는 걸까……. 우리 도시는 역사가 2백 년이나 되는데, 거기 사는 수십만 명의 주민들은 하나같이 그놈이 그놈이고, 옛날이나 지금이나 변변한 위인이라곤 한 사람도 없어. 학자도 없고, 예술가도 없고, 손톱만큼이라도 특별한 구석이 있어서 닮고 싶은 강렬한 욕망을 갖게 만들거나 선망을 불러일으키는 사람도 없어……. 그저 먹고, 마시고, 자고, 그러다 죽어 갈 뿐이지……. 다른 인간이 태어나면 역시나 먹고, 마시고, 자고, 그러다 따분함에 지쳐서 바보가 될까봐, 꼴에 삶에 변화를 준답시고, 역겨운 뒷소문을 궁리해 내고, 보드카를 마시고, 노름질을 하고, 소송질을 하는 거야. 아내는 남편을 배신하고, 남편은 아무것도 보지도 듣지도 못한 척하면서 거짓말을 하고, 결국 그 방종함으로 자식들에게 돌이킬 수 없는 영향을 미치고 타락시키지. 어느덧 영혼의 신성한 불꽃은 꺼져 버리고 그들은 자기 아버지, 어머니들처럼 이놈 저놈 할 것 없이 가련한 시체가 되어 가는 거야……. (노여운 기색으로 페라폰트에게) 무슨 일이야?

페라폰트   네? 서류에 서명이오.

안드레이   너한테 질렸다.

페라폰트 (서류를 건네며) 방금 세무서 수위가 그러는데 말입죠……. 겨울에 페테르부르크 기온이 영하 2백 도까지 내려갔다네요.

안드레이 현재는 지긋지긋하지만 미래를 생각하면 기분이 좋아져! 마음이 한결 가벼워지고 가슴이 탁 트이는 느낌이야. 멀리서 불빛이 반짝여. 자유가 보여. 나와 내 아이들이 무위도식과, 크바스*와, 양배추를 곁들인 오리 구이와, 점심 식사 후의 낮잠과, 비열한 기생충 생활로부터 해방되는 것이 보여…….

페라폰트 2천 명이 얼어 죽었나 보더라고요. 사람들이 무서워서 벌벌 떨 지경이었다네요. 페테르부르크였던가, 아니면 모스크바였던가, 그게 잘 기억이 안 나네.

안드레이 (부드러운 감정에 휩싸여서) 사랑스러운 내 누이들, 멋진 내 누이들! (눈물을 글썽이며) 마샤, 내 누이야…….

나타샤 (창문 밖을 향해) 누가 이렇게 큰 소리로 떠들어? 안드류샤, 당신이에요? 소포치카가 깨잖아. *Il ne faut pas faire de bruit, la Sophie est dorée déjà. Vous êtes un ours!* (떠들지 말아요, 소피가 벌써 자요. 당신은 곰이야!) (화가 나서) 그렇게 얘기가 하고 싶으면 유모차를 다른 사람에게 맡겨요. 페라폰트, 자네가 유모차를 끌어!

페라폰트 네, 마님. (유모차를 건네받는다.)

안드레이 (당황해서) 난 조용히 말했는데.

나타샤 (창문 뒤에서 아기를 어르며) 보비크! 개구쟁이 보비크! 나빠요!

안드레이 (서류를 훑어보며) 그래, 살펴보고 필요하면 서명할 테니까, 그러면 자네가 다시 사무실에 가져가게……. (서류를 읽으며 집 안으로 들어간다. 페라폰트가 정원 안쪽으로 유모차를 끌고 간다.)

나타샤 (창문 뒤에서) 보비크, 엄마 이름이 뭐지? 아유, 우리 아기! 이 사람은 누구? 이 사람은 올랴 고모야, 말해 봐. '안녕, 올랴!'

남녀 한 쌍의 떠돌이 악사들이 바이올린과 하프를 연주한다. 베르쉬닌, 올가, 안피사가 집에서 나와 잠시 연주를 듣는다. 이리나가 다가온다.

올가 우리 정원이 무슨 통로라도 되는 것처럼, 이 사람 저 사람 가리지 않고 지나다니네. 유모, 악사들에게 뭐라도 좀 줘요!

안피사 (동전을 던져 준다.) 그만 가시게나 이 사람들아.

악사들이 절을 하고 떠난다.

불쌍한 사람들. 배가 부르면 저 짓도 안 할 텐데. (이리나에게) 안녕, 이리나 아씨! (그녀에게 입 맞춘다.) 에이구, 우리 아기씨, 난 잘 살고 있어요! 올가 아가씨랑 학교 관사에서 잘 살아요. 늘그막에 하느님이 그렇게 정해 주셨어요. 죄 많은 이 늙은이가 말이우, 생전에 한 번도 그렇게 살아 본 적이 없는데…….

커다란 관사에서, 내 방에, 내 침대도 있어요. 전부 나라에서 준 거예요. 밤중에 어쩌다 잠이 깨면 생각해요. 오, 하느님, 성모님, 세상에 나보다 더 행복한 사람은 없을 겁니다!

베르쉬닌 (회중시계를 보고) 이제 가시죠, 올가 세르게예브나. 시간이 됐어요.

사이.

여러분 모두 부디, 부디……. 그런데 마리야 세르게예브나는 어디 있죠?

이리나 언니는 정원 어디 있을 거예요……. 제가 찾아볼게요.

베르쉬닌 그럼 부탁합니다. 시간이 없어서요.

안피사 저도 찾아볼게요. (소리친다.) 마센카, 어이! (이리나와 함께 정원 안쪽으로 들어간다.) 어이, 어이!

베르쉬닌 모든 일엔 끝이 있는 법이죠. 이렇게 우리도 헤어지게 되네요. (회중시계를 본다.) 시(市)에서 우리에게 간단한 조찬을 차려 주었어요. 샴페인도 나오고, 시장이 연설도 했지요. 저는 식사를 하면서 연설을 듣고 있었지만, 마음은 여기 당신들과 함께 있었습니다……. (정원을 둘러본다.) 여러분에게 정이 들어 버렸네요.

올가 언젠가 다시 볼 수 있겠죠?

베르쉬닌 그건 힘들 겁니다.

사이.

아내와 딸아이들이 두 달 더 여기서 살 거예요. 무슨 일이 생기 거나 도움이 필요해지면 좀…….

올가 그럼요, 그럼요, 물론이에요. 걱정 마세요.

사이.

내일이면 이 도시에 군인이라곤 한 명도 안 보이겠네요. 모든 게 추억이 되고, 물론 우리에겐 새로운 생활이 시작되겠지요…….

사이.

모든 일이 우리 뜻대로 되질 않네요. 저는 교장이 되기 싫었지만 결국엔 돼 버렸어요. 그래서 모스크바에도 못 가게 되고…….

베르쉬닌 자…… 여러모로 고마웠습니다……. 절 용서해 주세 요, 제가 혹시라도 잘못한 일이…… 제가 말이 많았습니다, 정 말 말이 많았죠. 이 점에 대해서도 용서해 주세요. 절 나쁘게 기 억하지 말아 주세요.

올가 (눈물을 닦는다.) 마샤는 왜 안 오는 거야…….

베르쉬닌 작별의 말로 또 무슨 이야기를 할 수 있을까요? 뭔가 심 오한 이야기를 또 해 볼까요? (웃는다.) 삶은 고달파요. 우리 중 대다수에게 삶은 황량하고 절망적으로 보이지요. 하지만 그럼에도 불구하고 인정하지 않을 수 없는 것은, 삶이 점점 더 청명하고 경쾌해진다는 겁니다. 그리고 아마도 머지않은 장래에 화창하게 갠 날이 올 겁니다. (시계를 본다.) 시간이 됐네요, 시간이! 예진에 인류는 전쟁에 정신이 팔려서 원정이니, 습격이니, 승리니 하는 것들로 자신의 존재를 채웠어요. 이제는 그런 것들이 전부 낡은 일이 돼 버렸지만 그것이 남긴 거대한 빈자리는 아직 다른 무엇으로도 채워지지 않았습니다. 인류가 열정적으로 그것을 대신할 일을 찾고 있으니 당연히 언젠가는 찾게 되겠죠. 아, 그때가 좀 더 빨리 올 수 있다면 얼마나 좋을까요!

사이.

성실성에 교양을 더한다면, 그리고 교양에 성실성을 더한다면 좋을 텐데. (시계를 본다.) 아무래도 저는 시간이 돼서······.

올가   저기 와요.

마샤가 들어온다.

베르쉬닌   작별 인사를 하러 왔습니다······.

올가가 두 사람의 작별을 방해하지 않으려고 살짝 자리를 비켜 준다.

마샤   (베르쉬닌의 얼굴을 바라보며) 잘 가요······.

긴 입맞춤.

올가　그만, 제발…….

마샤는 서럽게 흐느낀다.

베르쉰　편지 써요…… 잊지 말고! 날 보내 줘요, 시간이 됐어요……. 올가 세르게예브나, 마샤를 좀 붙잡아 주세요, 전 이제…… 시간이…… 늦었어요……. (깊이 감동하여 올가의 손에 입을 맞춘 뒤, 다시 한 번 마샤를 포옹하고 급히 떠난다.)

올가　제발, 마샤! 그만해, 애야…….

쿨리긴이 들어온다.

쿨리긴　(당황하며) 괜찮아요, 울게 놔둬요, 놔둬……. 예쁜 나의 마샤, 착한 나의 마샤…… 당신은 내 아내야. 그리고 무슨 일이 있더라도 나는 행복해……. 난 불평하지 않을 거고, 당신을 꾸짖지도 않을 거야……. 여기 올랴가 증인이야……. 다시 예전처럼 사는 거야. 당신에게 한마디도 안 할 거야, 털끝만 한 암시도…….

마샤　(울음을 참으며) 굽이진 바닷가에 초록빛 참나무, 참나무 위에 걸린 황금 사슬…… 참나무 위에 걸린 황금 사슬……. 나 미칠 것 같아……. 굽이진 바닷가…… 초록빛 참나무…….

올가　진정해, 마샤…… 진정해……. 물 좀 갖다줘요.

마샤　이제 더 이상 울지 않을 거야…….

쿨리긴　이제 울지 않는대요……. 착한 마샤…….

멀리서 희미한 총성이 들린다.

마샤　굽이진 바닷가에 초록빛 참나무, 참나무 위에 걸린 황금 사
슬…… 초록빛 고양이…… 초록빛 참나무……. 가사가 헷갈
리네……. (물을 마신다.) 실패한 인생이야……. 이제 난 아무
것도 필요 없어……. 금방 진정될 거야……. 어차피 마찬가지
야……. 굽어든 바닷가가 어쨌다는 거지? 왜 이 단어가 머릿속
에서 떠나질 않지? 머릿속이 뒤죽박죽이야.

이리나가 들어온다.

올가　진정해라, 마샤. 그래, 착하지……. 방으로 들어가자.

마샤　(화를 내며) 저기에는 들어가지 않을 거야. (흐느끼다가 바
로 멈춘다.) 다시는 저 집에 들어가지 않을 거야. 여기에도 안
올 거야…….

이리나　말은 하지 않더라도 그냥 같이 앉아 있자. 내가 내일 떠나
잖아…….

사이.

쿨리긴　어저께 3학년 교실에서 한 꼬마 녀석한테서 이 콧수염과 턱수염을 압수했지……. (수염을 자기 얼굴에 붙인다.) 독일어 선생을 닮았어……. (웃는다.) 그렇지 않아? 웃기는 녀석들이라니까.

마샤　정말 당신네 독일어 선생 닮았네.

올가　(웃는다.) 그러게.

마샤가 운다.

이리나　그만해, 마샤!

쿨리긴　정말 닮았어…….

나타샤가 들어온다.

나타샤　(하녀에게) 뭐라고? 소포치카는 프로토포포프 씨가 옆에 앉아 있으니까 됐고, 보비크는 안드레이더러 봐주라고 하면 돼. 애들 돌보는 게 여간 힘든 일이 아니라니까……. (이리나에게) 이리나 아가씨, 내일 떠난다니 너무 서운해. 하다못해 일주일만이라도 더 머물다 가지그래요. (쿨리긴을 보고 비명을 지른다. 쿨리긴이 웃으며 수염을 떼어 낸다.) 어쩜, 사람을 그리 놀라게 하고 그래요! (이리나에게) 아가씨와 그토록 정이 들었는데 이제 헤어져야 된다니. 내 마음이 편할 리 없잖아요? 아가씨 방에는 안드레이를 그 사람 바이올린과 함께 들여놓을 거야. 거기서 마음대로 깽깽이질을 하라고 하지 뭐! 그리고 안드레이 방에는 소포치카를 들여야지. 하늘이 주신 놀라운 애라니까! 계집아이가 보통이 아니에요! 오늘은 나를 이런 눈으로 바라보면서 그러질 않겠어. "임마!"

쿨리긴 예쁜 아이야, 그건 확실해.

나타샤 그럼 내일은 여기 혼자 남겠네. (한숨을 쉰다.) 무엇보다도 먼저 이 오솔길의 전나무들을 베어 버리라고 일러야겠어. 그 다음에는 이 단풍나무도……. 저녁에 보면 너무 흉측해서……. (이리나에게) 저기, 이 허리띠는 아가씨 얼굴에 어울리질 않아요…… 취향이 없잖아……. 좀 밝은 걸 매셔야죠. 그리고 여기는 전부 꽃을 심으라고 일러야겠어, 꽃을. 향기가 근사할 거야……. (엄하게) 어째서 이 벤치 위에 포크가 굴러다니는 거지? (집으로 들어가면서 하녀에게) 왜 벤치 위에 포크가 굴러다니느냐고 묻잖아? (소리 지른다.) 말대꾸하지 마!

쿨리긴 또 폭발하셨어!

무대 뒤로 행진곡 소리가 들린다. 모두 귀를 기울인다.

올가 떠나가네.

체부티킨이 들어온다.

마샤 우리 편이 떠나가네요. 뭐, 어쩌겠어……. 행복한 여행이 되기를! (남편에게) 집에 가야죠……. 내 모자하고 코트 어디 있지?

쿨리긴   내가 집 안에 들여다 놨는데…… 지금 가져올게. (집 안으로 들어간다.)

올가   그래, 이제 다들 집에 가도 되겠지. 갈 시간이야.

체부티킨   올가 세르게예브나!

올가   뭐죠?

사이.

뭐예요?

체부티킨   아무것도 아니에요……. 이걸 어떻게 얘기해야 될지 모르겠군……. (올가의 귀에 대고 속삭인다.)

올가   (깜짝 놀라서) 말도 안 돼!

체부티킨   그래요……. 그렇게 돼 버렸어요……. 힘들고 괴로워서 더 이상 얘길 하고 싶지 않네……. (짜증을 내며) 하기야, 어차피 마찬가진데!

마샤   무슨 일이 있어요?

올가   (이리나를 꺼안으며) 오늘은 끔찍한 날이야…… 너에게 어떻게 말해 줘야 될지 모르겠구나, 얘야…….

이리나   뭔데? 빨리 말해, 뭐야! 설마! (운다.)

체부티킨   방금 결투에서 남작이 죽었어요…….

이리나   (조용히 울며) 난 이럴 줄 알았어, 이럴 줄 알았어…….

체부티킨 (무대 안쪽에 있는 벤치에 앉는다.) 지쳤어……. (주머니에서 신문을 꺼낸다.) 울라고 하지 뭐……. (조용히 노래 부른다.) 타 ─ 라 ─ 라 붐비야…… 시주나 툼비야……. 어차피 마찬가지잖아!

자매는 서로에게 꼭 기대고 서 있다.

마샤 오, 음악 소리 좀 들어 봐! 그들이 우리로부터 멀어져 가. 한 사람은 완전히, 영원히 떠나갔어. 그리고 우리만 남겨져서 다시 우리의 삶을 시작해야 돼. 살아야 돼……. 살아야 돼…….

이리나 (올가의 가슴에 머리를 묻는다.) 어째서, 무엇을 위해서, 이 모든 일을, 이 모든 고통을 겪어야 되는지, 언젠가는 우리 모두 알게 될 날이 올 거야. 모든 비밀이 밝혀지는 날이 올 거야. 그동안은 그냥 살아가야 돼……. 일을 해야 돼, 일을! 내일 나는 혼자 떠날 거야. 학교에서 아이들을 가르치고, 할 수만 있다면, 날 필요로 하는 이들에게 내 모든 삶을 바칠 거야. 지금은 가을이고, 곧 겨울이 오면 세상은 눈으로 덮이겠지. 하지만 난 일할 거야, 일을 할 거야…….

올가 (두 누이를 끌어안으며) 저리도 명랑하고 씩씩한 음악 소리를 듣고 있으니 살고 싶어져! 오, 하느님! 세월이 지나가면 우리는 영영 떠나가고, 결국엔 잊히겠지. 우리의 얼굴, 목소리, 우리가 몇 명이나 있었는지 다 잊힐 거야. 하지만 우리의 시련이 우리 뒤에 살아갈 사람들에게는 기쁨으로 바뀔 거야. 이 세상에는 행복과 평화가 오고, 사람들은 지금의 우리를 따스한 말로 기억하면서 우리에게 감사할 거야. 오, 사랑하는 내 동생들아, 우리 삶은 아직 끝나지 않았어. 살아가는 거야! 음악이 저리도 명랑하고 즐겁게 울리는 걸 들으니, 우리가 왜 사는지, 왜 고통을 받는지 알게 될 날도 머지않은 것 같아……. 그걸 알 수만 있다면, 알 수만 있다면!

음악이 점점 잦아든다. 신이 난 쿨리긴이 미소를 지으며 모자와 코트를 들고 나온다. 안드레이는 보비크가 탄 유모차를 끌고 있다.

체부티킨   (조용히 노래 부른다.) 타라…… 라…… 붐비야…… 시주나 툼비야……. (신문을 읽는다.) 어차피 마찬가지! 어차피 마찬가지야!

올가   그걸 알 수만 있다면, 그걸 알 수만 있다면!

막.

벗나무 동산

4막의 희극

등장인물

류보피 안드레예브나 라네프스카야 (류바) 여지주

아냐 (아네치카) 라네프스카야의 딸(17세)

바랴 라네프스카야의 양녀(養女, 24세)

레오니드 안드레예비치 가예프 라네프스카야의 오빠

예르몰라이 알렉세예비치 로파힌 상인

표트르 세르게예비치 트로피모프 (페차) 대학생

보리스 보리소비치 시메오노프-피시크 지주

샤를로타 이바노브나 가정 교사

세묜 판텔레예비치 예피호도프 회계원

두냐샤 하녀

피르스 하인(87세)

야샤 젊은 하인

행인

역장(驛長)

우체국 관리

손님들, 하인

무대는 라네프스카야 부인의 영지.

제1막

지금도 아이 방이라고 불리는 방. 몇 개의 문 중 하나는 아냐의 방으로 통한다. 새벽, 해 뜨기 직전이다. 이미 5월이고 벚나무에 꽃이 피었지만 밖은 아직도 춥고 서리가 앉았다. 방 안의 창들은 닫혀 있다.

초를 든 두냐샤와 책을 손에 든 로파힌이 들어온다.

로파힌 이제야 기차가 도착했군. 몇 시지?

두냐샤 곧 두 시예요. (촛불을 끈다.) 벌써 날이 밝았네요.

로파힌 기차가 대체 얼마나 연착한 거야? 적어도 두 시간은 되겠네. (하품을 하고 기지개를 켠다.) 나도 잘하는 노릇이다, 이런 멍청한 짓을 하다니! 정거장에 마중 나가겠다고 여기까지 굳이 와서는 깜빡 잠이 들어 버렸네……. 앉은 채로 말이야. 짜증 나는군……. 너라도 좀 깨워 주지 그랬냐.

두냐샤 이미 나가신 줄 알았어요. (귀를 기울인다.) 어, 벌써들 오시나 봐요.

로파힌 (귀를 기울인다.) 아니야⋯⋯. 짐을 찾고 이것저것 하다 보면⋯⋯.

사이.

류보피 안드레예브나는 외국에서 5년이나 사셨으니, 그동안 어 떻게 변하셨을지 모르겠군⋯⋯. 좋은 분이시지. 쾌활하고 소탈 한 분이야. 기억나는군. 내가 열다섯 살 소년이었을 때 돌아가 신 아버지가 ― 그때 아버지는 마을에서 작은 가게를 내고 계셨 지 ― 주먹으로 내 얼굴을 때렸는데 코피가 나는 거야⋯⋯. 그 때 둘이서 무슨 이유에선지 이 저택으로 왔고, 아버지는 술에 취한 상태였어. 류보피 안드레예브나는 지금 기억으론 젊고 아 주 날씬하셨는데, 그분이 나를 세면대로 데려가시는 거야. 바로 이 방이지, 아이들 방. "울지 마라, 꼬마 농부야. 장가갈 때까진 나을 거야." 이러셨어.

사이.

꼬마 농부라⋯⋯. 사실 아버지는 농부였으니까. 그런데 나는 이렇게 흰 조끼에 노란 구두까지 신고 있으니. 돼지 목에 진주 목걸이지⋯⋯. 졸지에 부자가 돼서 돈은 많지만, 곰곰이 생각 해 보면 농사꾼은 농사꾼이거든. (책장을 들춘다.) 책을 읽어

봐야 무슨 얘긴지 통 알 수가 있어야지. 읽다가 잠들어 버렸네.

사이.

두냐샤 개들이 밤새도록 깨어 있더라고요. 주인이 오시는 걸 아
나 봐요.

로파힌 두냐샤, 너 왜 그러니?

두냐샤 손이 떨려요. 쓰러질 것 같아요.

로파힌 꽤나 섬세하구나, 두냐샤. 옷차림은 귀족 아가씨 같질 않
나, 그 머리 모양하며. 아서라, 분수를 알아야지.

꽃다발을 든 예피호도프가 들어온다. 신사복 차림에, 반짝반짝 윤이
나는 장화를 신고 있다. 장화에서 삐걱거리는 소리가 심하게 난다.
그가 들어오다가 꽃다발을 떨어뜨린다.

예피호도프 (꽃다발을 줍는다.) 정원사가 식당에 놔두라고 보냈
어요. (두냐샤에게 꽃다발을 건넨다.)

로파힌 나한테는 크바스를 좀 갖다줘.

두냐샤 알겠습니다. (퇴장)

예피호도프 지금 기온이 영하 3도에 서리까지 내렸는데 벚나무에
는 꽃이 만발하네요. 우리나라 기후는 납득할 수가 없어요. (탄
식한다.) 납득이 안 됩니다. 도무지 때를 못 맞춰요. 그런데 예
르몰라이 알렉세예비치, 한마디만 덧붙이겠습니다. 제가 그저

께 장화를 샀는데 말입니다. 분명히 말씀드립니다만, 이게 대책 없이 삐걱거립니다. 뭘 바르면 좋을까요?

로파힌   저리 비켜. 재미없어.

예피호도프   지에게는 매일같이 뭔가 불행한 일이 생깁니다. 저는 불평하진 않아요. 이젠 익숙해져서 미소를 지을 정돕니다.

두냐샤가 들어와서 로파힌에게 크바스를 건넨다.

전 가 보겠습니다. (의자에 부딪혀 의자가 쓰러진다.) 이거 보세요……. (마치 대단한 일이라도 한 듯) 이런 표현이 어떨지 모르겠습니다만, 보시다시피 상황이 이렇습니다. 정말이지…… 이건 의미심장한 일이에요! (나간다.)

두냐샤   예르몰라이 알렉세예비치, 고백할 게 있어요. 예피호도프가 제게 청혼을 했답니다.

로파힌   아하!

두냐샤   어떡하면 좋을지 모르겠어요……. 얌전한 사람이긴 한데, 가끔 그 사람이 말을 시작하면 도무지 알아들을 수 없을 때가 있어요. 사람도 괜찮고 다정한데, 다만 무슨 말을 하는지 알아들을 수 없는 게 문제예요. 저도 그 사람이 마음에 드는 것 같긴 해요. 그 사람은 저를 미칠 듯이 사랑하고 있어요. 불행한 사람이죠. 하루도 빠짐없이 무슨 일이 생기거든요. 그래서 우리는 그 사람을 스물둘의 불행이라고 놀린답니다.

로파힌   (귀를 기울인다.) 어, 오시나 본데…….

두냐샤   오시는구나! 그런데 내가 왜 이럴까…… 온몸이 차가워
    졌어.

로파힌   정말 오시는군. 마중하러 나가자. 부인께서 나를 알아보
    실까? 5년이나 보질 못했으니.

두냐샤   (흥분해서) 전 당장이라도 쓰러질 것 같아요……. 아, 쓰
    러지겠어요!

두 대의 마차가 집으로 가까이 오는 소리가 들린다. 로파힌과 두냐
샤가 서둘러 나간다. 무대가 텅 빈다. 옆방이 소란스러워지기 시작
한다. 류보피 안드레예브나를 마중 나갔던 피르스가 지팡이에 몸을
의지한 채 조급하게 무대를 가로질러 간다. 그는 낡은 하인 제복에
춤이 높은 모자를 쓰고 있다. 무언가 혼잣말을 중얼거리지만, 한마
디도 알아들을 수가 없다. 무대 뒤의 소음이 점점 커진다. "자, 이리
로 갑시다"라는 목소리. 류보피 안드레예브나, 아냐, 쇠줄을 맨 개를
데리고 있는 샤를로타 이바노브나. 모두 여행복 차림이다. 외투를
입고 숄을 두른 바랴, 가예프, 시메오노프 피시크, 로파힌, 짐 꾸러
미와 우산을 든 두냐샤, 짐을 든 하인 모두 방을 가로질러 간다.

아냐   이리로 가요. 엄마, 여기가 무슨 방인지 기억나요?

류보피 안드레예브나   (눈물을 글썽이며 기쁘게) 아이 방!

바랴   어찌나 추운지 손이 얼어 버렸어요. (류보피 안드레예브나
    에게) 어머니 방은, 흰 방도 보라색 방도 예전 그대로예요.

류보피 안드레예브나   내 사랑스러운 아이 방, 아름다운 방……. 내

가 어렸을 때는 여기서 잤어. (운다.) 지금도 난 어린아이 같은데…… (오빠와 바랴에게 입 맞추고 다시 오빠에게 입을 맞춘다.) 그런데 바랴는 여전하구나, 수녀 같다. 두냐샤도 알아보겠어…… (두냐샤에게 입 맞춘다.)

가예프　기차가 두 시간이나 연착했어. 뭐야? 어떻게 된 질서가 이 모양이야?

샤를로타　(피시크에게) 내 개는 호두도 먹어요.

피시크　(놀라서) 맙소사!

아냐와 두냐샤를 제외하고 모두 나간다.

두냐샤　저희는 애타게 기다렸어요. (아냐의 외투와 모자를 벗긴다.)

아냐　오는 길에 나흘 밤 동안 꼬박 잠을 못 잤어…… 지금 너무 춥다.

두냐샤　아가씬 사순절에 떠나셨죠. 그땐 눈이 오고 아주 추웠지만, 지금은 어때요? 귀여운 우리 아가씨! (웃으며 아냐에게 입을 맞춘다.) 오랫동안 아가씨를 기다렸어요, 나의 기쁨, 나의 빛…… 지금 당장 말씀드릴게요, 1분도 못 참겠어요.

아냐　(시들하게) 또 뭐니…….

두냐샤　부활절 지나고서 회계원 예피호도프가 제게 청혼을 했답니다.

아냐　넌 맨날 그 얘기구나…… (머리를 매만지며) 머리핀을 전부 잃어버렸어……. (몹시 지쳐서 비틀거릴 정도다.)

두냐샤　어떻게 생각해야 할지 모르겠어요. 그 사람은 저를 사랑해요, 너무나!

아냐　(자기 방의 문을 바라보며, 상냥하게) 내 방, 내 창문, 마치 내가 아무 데도 다녀오지 않은 것 같아. 내가 집에 있다니! 내일 아침에 일어나면 정원으로 뛰쳐나갈 거야. 아아, 제발 잠이 들었으면! 오는 내내 잠을 못 잤어, 걱정이 돼서.

두냐샤　그저께 표트르 세르게예비치가 오셨어요.

아냐　(기뻐하며) 페챠!

두냐샤　바깥 목욕탕에서 주무시고, 거기서 지내세요. 폐를 끼치기 싫다고. (자신의 회중시계를 들여다본다.) 깨워야 되겠지만, 바르바라 미하일로브나가 그러지 말라고 분부하셨어요. "너 그 사람 깨우지 마라" 하고.

허리에 열쇠 뭉치를 찬 바랴가 들어온다.

바랴　두냐샤, 어서 커피 준비해라. 어머니가 커피를 드신다니까.

두냐샤　바로 대령하겠습니다. (나간다.)

바랴　아아, 마침내 돌아오셨어. 너도 다시 집에 있게 되었구나. (아냐를 어루만지며) 나의 귀염둥이가 돌아왔어요! 미녀가 돌아왔어요!

아냐　고생했어, 나.

바랴　상상이 가!

아냐 내가 부활절 전에 여길 떠났잖아. 그때는 추웠지. 샤를로타가 여행 내내 떠들면서 마술을 하지 뭐야. 언니는 뭣 때문에 나한테 샤를로타를 딸려 보낸 건지…….

바랴 하지만 얘야, 널 혼자 기게 둘 순 없잖니. 이제 거우 열일곱 살인데!

아냐 우리가 파리에 도착했을 땐, 거기도 춥고 눈이 내리고 있었어. 내 프랑스어는 형편없잖아. 엄마는 5층에 살고 계셨는데, 갔더니 프랑스인들과 부인들, 작은 책을 든 노신부님이 와 계셨어. 담배 연기가 자욱하고, 있기에 불편했어. 갑자기 엄마가 가 없다는 생각이 드는 거야. 어찌나 가엾던지, 엄마 머리를 끌어안고 손을 꼭 잡았는데, 차마 떨어지질 못하겠더라고. 그러자 엄마는 나를 어루만지며 우셨어…….

바랴 (눈물을 글썽이며) 그만해, 그만…….

아냐 망통 부근에 있던 별장까지 벌써 팔아 버려서, 엄마에게 남은 거라곤 아무것도 없었어, 아무것도. 나 역시 돈이 한 푼도 없어서 여기까지도 간신히 돌아왔지. 그런데도 엄마는 모르시는 거야! 역에서 식사할 때는 제일 비싼 요리를 주문하시더니, 차를 시키면서 종업원들에게 1루블씩 팁을 주시더라. 샤를로타도 그러더라니까. 야샤까지 자기 몫으로 1인분을 주문하고 있으니, 너무 한심해서 할 말도 없더라니까. 엄마한테 야샤라는 하인이 있는 거 알지? 이번에 같이 왔어…….

바랴 봤어, 그 건달 자식.

아냐 그래, 어떻게 됐어? 이자는 갚은 거야?

바랴 돈이 어디서 나서.

아냐 이를 어째, 이를 어째…….

바랴 8월이면 이 영지도 팔릴 거야.

아냐 이를 어째…….

로파힌 (문틈으로 내다보며 소 울음소리를 낸다.) 음매……. (나간다.)

바랴 (눈물을 글썽이며) 저 작자를 그냥……. (주먹으로 위협하는 손짓을 한다.)

아냐 (바랴를 껴안고 조용히) 바랴, 저 사람이 청혼했어? (바랴는 부정의 뜻으로 고개를 젓는다.) 저 사람 언니를 좋아하잖아……. 왜 서로 고백을 안 하는 거야? 뭘 기다리는 거지?

바랴 내 생각에, 우리 사이엔 아무 일도 일어나지 않을 거야. 그 사람은 일이 많아서 나에게 신경 쓸 겨를이 없어……. 관심도 없던데 뭘. 자기 맘대로 하라지. 그 사람 보기가 민망할 뿐이야……. 모두들 우리 결혼 얘기를 하면서 축하해 주지만, 실제로는 아무 일도 없어. 다 꿈같은 얘기지……. (어조를 바꿔) 네 브로치는 꼭 꿀벌처럼 생겼네.

아냐 (슬프게) 엄마가 사 주신 거야. (자기 방으로 가서, 어린아이처럼 명랑하게 말한다.) 나 파리에서 열기구를 탔다!

바랴 내 귀염둥이가 돌아왔어요! 미녀가 돌아왔어요!

두냐샤가 어느새 커피포트를 가지고 돌아와 커피를 끓이고 있다.

(문 옆에 서서) 얘, 난 종일 집안일로 바쁘면서도 항상 이런 꿈을 꿔. 너를 부잣집에 시집보낸 뒤에, 나도 마음 편히 수도원에 들어가는 거야. 키예프에도 가고, 모스크바에도 가고⋯⋯. 이렇게 성시 순례를 하는 거야⋯⋯. 걷고 또 걷는 거지. 멋지잖아!

아냐 정원에서 새들이 울고 있네. 지금 몇 시야?

바랴 두 시는 됐겠다. 얘, 너 잘 시간이야. (아냐의 방으로 들어가면서) 멋지잖아!

야샤가 방한용 숄과 여행 가방을 들고 들어온다.

야샤 (무대를 가로질러 가면서 정중하게) 이리로 지나가도 되겠습니까?

두냐샤 몰라보겠어요, 야샤, 외국에 계시더니 딴사람이 되셨네요.

야샤 흠⋯⋯ 누구시더라?

두냐샤 당신이 여길 떠나실 적엔, 전 요만했어요⋯⋯. (바닥으로부터 키를 재어 보인다.) 표도르 코조예도프의 딸 두냐샤예요. 기억 안 나세요?

야샤 흠⋯⋯ 귀엽게 생겼군! (주위를 둘러보더니 그녀를 껴안는다. 두냐샤는 소리를 지르며 접시를 떨어뜨린다. 야샤가 재빨리 나간다.)

바랴 (문간에서 언짢은 목소리로) 또 무슨 일이니?

두냐샤 (눈물을 글썽이며) 접시를 깨뜨렸어요⋯⋯.

바랴 그거 좋은 징조구나.

아냐 (자기 방에서 나오며) 엄마한테 미리 말씀드려야 할 텐데, 페챠가 와 있다고……

바랴 그 사람 깨우지 말라고 내가 일러 뒀어.

아냐 (생각에 잠겨) 6년 전 아버지가 돌아가시고, 한 달 뒤에는 동생 그리샤가 강물에 빠져 죽었어. 일곱 살밖에 안 된 귀염둥이였는데. 엄마는 견디지 못하고 떠나셨지. 뒤도 안 돌아보고 가 버리셨어…… (몸을 떤다.) 난 엄마를 이해하지만, 엄마가 그걸 아시려나!

사이.

페챠 트로피모프는 그리샤의 선생이었으니, 아마도 옛날 일을 떠올리실 거야……

피르스가 들어온다. 그는 재킷과 흰 조끼를 입고 있다.

피르스 (커피포트 쪽으로 가서, 걱정스럽게) 주인마님은 여기서 드시게 될 텐데…… (흰 장갑을 낀다.) 커피는 준비됐나? (두냐샤에게 엄하게) 너! 크림은?

두냐샤 어머, 아차차…… (재빨리 나간다.)

피르스 (커피포트 주위를 서성거리며) 어이구, 저 푼수…… (혼잣말로 중얼거린다.) 파리에서 돌아오셨어…… 언젠가 주인 나리도 파리에 가신 적이 있었지…… 마차를 타고……

(웃는다.)

바랴　피르스, 왜 그래요?

피르스　무슨 일이십니까? (기쁘게) 마님이 돌아오셨어요! 그토록 기다렸는데! 이젠 죽어도 여한이 없어요……. (기쁨에 겨워 운다.)

류보피 안드레예브나, 가예프, 로파힌, 시메오노프-피시크가 들어온다. 시메오노프-피시크는 얇은 나사로 된 반외투에 통이 넓은 페르시아풍 바지를 입고 있다. 가예프는 들어오면서 양손과 몸으로 당구를 치는 동작을 흉내 낸다.

류보피 안드레예브나　그건 어떻게 하더라? 기다려 봐요, 생각이 날 테니까……. 노란 공은 구석으로! 가운데로 쿠션!

가예프　잘라 쳐서 구석으로! 누이야, 옛날엔 바로 이 방에서 우리가 함께 자곤 했는데, 내가 벌써 쉰하나라니 정말로 이상한 일이야…….

로파힌　그렇습니다. 시간은 흘러갑니다.

가예프　뭐라고?

로파힌　시간은 흐른다고요.

가예프　그런데 여기서 싸구려 향수* 냄새가 나네.

아냐　전 가서 잘게요. 안녕히 주무세요. 엄마. (어머니에게 입 맞춘다.)

류보피 안드레예브나　눈에 넣어도 안 아플 우리 아기. (아냐의 손에 입 맞추고) 집에 돌아와서 기쁘니? 난 정신을 못 차리겠구나.

아냐 안녕히 주무세요, 삼촌.

가예프 (아냐의 얼굴과 양손에 입을 맞춘다.) 신의 가호가 있기를. 네 엄마를 똑 닮았구나! (여동생에게) 류바, 너도 이 애 나이 때는 꼭 이랬어.

아냐, 로파힌과 피시크가 입을 맞추도록 손을 내민다. 나가면서 문을 닫는다.

류보피 안드레예브나 그 애는 몹시 지쳤어요.

피시크 긴 여행이었을 테니까.

바랴 (로파힌과 피시크에게) 신사 여러분, 뭐 하시는 거예요? 벌써 두 시예요. 예의를 아셔야죠.

류보피 안드레예브나 (웃는다.) 너는 여전하구나, 바랴. (바랴를 자기 쪽으로 끌어당겨 입 맞춘다.) 일단 커피 한잔 마시자꾸나. 그러고 나서 다들 헤어지는 게 어때.

피르스가 그녀의 발밑에 쿠션을 놓는다.

고마워요, 친구. 나는 커피에 중독되어 밤낮으로 마시고 있어요. 고마워요, 할아범. (피르스에게 입 맞춘다.)

바랴 짐을 다 실어 왔는지 봐야겠어요……. (나간다.)

류보피 안드레예브나 여기 앉아 있는 게 나 맞아요? (웃는다.) 껑충

껑충 뛰면서 팔이라도 휘젓고 싶어요. (두 손으로 얼굴을 가린다.) 하지만 혹시라도 이게 꿈이라면! 내가 고향을 사랑한다는 건 신이 아세요. 가슴 깊이 사랑해요. 기차 안에서 내내 우느라 창밖을 볼 수가 없었어요. (눈물을 글썽이며) 그렇더라도 커피는 마셔야지. 고마워요, 피르스. 고마워요, 할아범. 여전히 살아 있어서 정말 기뻐요.

피르스 그저께였습죠.

가예프 이 사람 귀가 어두워.

로파힌 저는 이제 새벽 네 시에 하리코프로 떠납니다. 정말 짜증이 나요! 부인을 뵙고 이야기를 더 나누고 싶은데 말입니다……. 부인은 변함없이 우아하십니다.

피시크 (무겁게 숨을 내쉰다.) 전보다 더 예뻐지셨어……. 옷도 파리식으로 입으시고……. 내 짐마차 같은 건 없어져 버려야 돼, 바퀴들이고 뭐고 몽땅…….

로파힌 부인의 오라버니이신 레오니드 안드레예비치는 저더러 상놈이니 구두쇠니 하시지만, 전 조금도 개의치 않습니다. 맘대로 말하라고 하세요. 다만 부인께서 저를 예전처럼 믿어 주시고, 부인의 신비스럽고 감동적인 눈으로 저를 바라봐 주시면 됩니다. 신은 자비로우세요! 저의 아버지는 부인의 조부님과 부친의 농노였습니다. 하지만 부인께서는, 바로 부인께서는, 저를 위해 이전에 많은 일을 해 주셨지요. 그래서 저는 모든 걸 잊고 부인을 혈육처럼 사랑하게 되었습니다. 아니, 혈육 이상이죠.

류보피 안드레예브나 자리에 가만히 앉아 있을 수가 없군요. 어쩌면 좋을지……. (벌떡 일어나서 몹시 들뜬 기색으로 서성거린 다.) 너무 기뻐서 어쩔 줄을 모르겠어요……. 내가 어리석다고 비웃어도 할 수 없어요……. 사랑하는 내 책장…… (책장에 입을 맞춘다.) 나의 탁자…….

가예프 아, 네가 여기 없는 사이 유모가 죽었어.

류보피 안드레예브나 (자리에 앉아 커피를 마신다.) 알아요, 천국에서 고이 잠드시기를. 편지에서 읽었어요.

가예프 아나스타시도 죽었지. 사팔뜨기 페트루시카는 우리 집을 나갔어. 지금은 시내에서 경찰서장 댁에 살고 있단다. (호주머니에서 알사탕이 든 갑을 꺼내 들고 사탕을 빨아 먹는다.)

피시크 제 딸 다셴카가…… 부인께 안부를 여쭤 달라더군요…….

로파힌 부인께 아주 즐겁고 유쾌한 이야기를 해 드리고 싶습니다만. (시계를 본다.) 지금은 떠나야 하니 말씀드릴 시간이 없군요……. 그래도 간단히 몇 말씀만 드리겠습니다. 이미 아시다시피, 부인 댁 벚나무 동산이 빚 때문에 팔리게 됩니다. 8월 22일에 경매가 예정되었어요. 하지만 친애하는 부인, 걱정하지 마십시오. 발 뻗고 주무셔도 됩니다. 해결책이 있으니까요……. 제계획은 이렇습니다, 주목해 주십시오! 부인의 영지는 도시에서 20킬로미터밖에 떨어져 있지 않고, 옆으로는 철도가 나 있습니다. 그러니 벚나무 동산과 강가의 토지를 별장지로 구획해서 임대해 준다면, 부인께선 적어도 1년에 2만 5천 루블의 수입을 올릴 수 있을 겁니다.

가예프 미안하지만, 쓰잘 데 없는 소리일세!

류보피 안드레예브나 무슨 말씀이신지 통 모르겠군요, 예르몰라이 알렉세예비치.

로파힌 부인께선 별장 거주자들로부터 1헥타르당 1년에 적어도 25루블은 받으실 겁니다. 제가 뭐든 걸고 보장하죠. 지금 바로 광고를 내시면, 부인께선 가을까지 한 조각도 노는 땅 없이 전부 세를 놓을 수 있을 겁니다. 한마디로 말해서, 축하드립니다, 부인께선 구원받으신 거예요. 위치 완벽하죠, 강도 깊죠. 다만, 청소도 좀 하고 정리도 좀 할 필요는 있어요……. 예를 들면 낡은 건물들은 모두 철거해 버리는 겁니다. 아무 데도 쓸모가 없는 이 집부터 시작해서 오래된 벚나무 동산도 벌목해 버리고…….

류보피 안드레예브나 벌목을 하다니요? 이봐요, 실례지만 당신은 아무것도 모르시는군요. 만약 이 고장 전체를 통틀어 뭔가 흥미로운 것이 있다면, 아니 흥미롭다기보다 훌륭한 것이 있다고 한다면, 그건 바로 우리 벚나무 동산뿐이란 말입니다.

로파힌 이 동산이 훌륭한 점은 단지 굉장히 넓다는 것뿐입니다. 버찌는 2년에 한 번 열리는데다 열려 봐야 어디 둘 데도 없습니다. 사 가는 사람이 없으니까요.

가예프 우리 벚나무 동산은 '백과사전'에도 실려 있어.

로파힌 (시계를 보고) 우리가 방법을 생각해 내지 않고 또 어떤 결론에도 도달하지 않는다면, 8월 22일에는 벚나무 동산뿐만 아니라 영지 전체가 경매로 팔리고 말 겁니다. 결정을 내리세요! 제가 맹세컨대, 다른 방법이 없습니다. 전혀 없어요.

피르스 옛날에는요, 40년~50년 전에는 말입니다, 버찌를 말리기도 하고 설탕에 절이기도 하고, 식초에 절이기도 하고, 잼을 만들기도 하고, 그리고, 그랬습죠…….

가예프   잠자코 있어, 피르스.

피르스   그리고, 그랬습죠, 말린 버찌를 짐마차에 실어 모스크바로, 하리코프로 보냈어요. 돈이 됐어요! 말린 버찌가 당시엔 말랑말랑하고 즙이 많고 달달한 게 향도 좋았습죠……. 그때는 방식이 다 있었어요…….

류보피 안드레예브나   그럼 지금은 그 방식이 다 어디 간 거지?

피르스   다들 잊어버렸죠. 아는 사람이 없어요.

피시크   (류보피 안드레예브나에게) 파리에선 무슨 일이 있었습니까? 어땠나요? 개구리 요리를 드셨습니까?

류보피 안드레예브나   악어를 먹었어요.

피시크   맙소사…….

로파힌   지금까지는 시골에 지주 나리와 농사꾼들밖에 없었지만, 오늘날 별장 거주자라는 사람들이 생겨났습니다. 온 나라 도시들이, 아주 조그만 도시들까지도 지금은 별장들로 둘러싸여 있어요. 20년쯤 뒤에는, 별장 거주자가 셀 수 없이 많아질 거라고 봐도 틀림없습니다. 지금은 그 사람들이 발코니에서 차를 마시는 게 전부입니다만, 만약에 그 사람들이 저마다 1헥타르 정도의 땅을 가지고 농사를 짓는다고 생각해 보세요. 여러분의 벚나무 동산은 행복하고 풍요롭고 근사한 장소로 바뀔 겁니다…….

가예프   (발끈하며) 무슨 쓸 데 없는 소리!

바랴와 야샤가 들어온다.

바랴   어머니, 여기 전보가 두 통 왔어요. (열쇠를 찾아 딸가닥거
리며 낡은 책장을 연다.) 이거예요.

류보피 안드레예브나   파리에서 온 거네. (전보를 읽지도 않고 찢어
버린다.) 파리와는 끝났어…….

가예프   류바, 너 이 책장이 몇 살이나 됐는지 아니? 일주일 전에
아래 서랍을 빼내서 봤더니 날짜가 새겨져 있지 뭐냐. 이 책장
은 지금부터 꼭 백 년 전에 만들어진 거야. 어때? 응? 기념제를
열어도 될 정도지. 비록 영혼이 없는 물건이지만, 그래도 말이
다, 여하간에 말이다, 책장이잖니.

피시크   (놀라서) 백 년이라니……. 맙소사!

가예프   암…… 이건 물건이야……. (책장을 만져 보고) 경애하
는 책장이여! 어언 백 년이 넘도록 선과 정의의 빛나는 이상을
추구해 온 너의 존재를 축복하노라. 보람 있는 과업에 대한 너
의 말없는 호소는 백 년이 지나는 동안에도 수그러든 적이 없었
구나. 또한 (눈물을 글썽이며) 우리 가문의 후손들에게 더 나은
미래에 대한 믿음과 용기를 북돋아 주고, 사회적 자각과 선의
이상을 길러 주었노라.

사이.

로파힌   네…….

류보피 안드레예브나   오빠 여전하시네요.

가예프   (약간 당황해하며) 공 오른편 구석으로! 잘라 쳐서 가운데로!

로파힌   (시계를 보고) 자, 저는 가야겠습니다.

야샤   (류보피 안드레예브나에게 약을 준다.) 지금 약을 드시는 게 좋겠어요…….

피시크   약 같은 건 필요 없습니다, 친애하는 부인……. 해로울 건 없지만 이로울 것도 없어요……. 이리 주세요, 존경하는 부인. (알약을 받아 자기 손바닥 위에 놓고 입김을 불어넣는다. 그러고 나서 입에 집어넣고 크바스와 함께 꿀꺽 삼킨다.) 이렇게!

류보피 안드레예브나   (깜짝 놀라며) 아니, 정신 나갔군요!

피시크   알약을 몽땅 삼켜 버렸습니다.

로파힌   대단한 목구멍이군.

모두 웃는다.

피르스   이분이 부활절에 우리 집에 오셔선 오이 절임을 반 통이나 드셨어요……. (중얼거린다.)

류보피 안드레예브나   이 사람이 지금 무슨 얘길 하는 거지?

바랴   벌써 3년째 저렇게 중얼거려요. 우린 익숙해졌어요.

야샤   연로하셨으니까.

몹시 마른 몸집에 꼭 끼는 하얀 드레스를 입은 샤를로타 이바노브나가 허리춤에 오페라글라스를 매달고 무대를 지나간다.

로파힌 용서하십시오, 샤를로타 이바노브나. 당신에게 아직 인사를 안 드렸군요. (그녀의 손에 입 맞추려 한다.)

샤를로타 (손을 거두면서) 손에 입을 맞추게 놔두면, 다음엔 팔꿈치, 다음엔 어깨를 원하시겠죠…….

로파힌 오늘은 되는 일이 없군.

모두 웃는다.

샤를로타 이바노브나, 마술 한번 보여 주시죠.

류보피 안드레예브나 샤를로타, 마술을 보여 줘요!

샤를로타 안 되겠어요, 졸려서. (나간다.)

로파힌 3주 후에 뵙겠습니다. (류보피 안드레예브나의 손에 입 맞춘다.) 그때까지 안녕히 계세요. 갈 때가 됐군요. (가예프에게) 또 뵙겠습니다. (피시크와 서로 입을 맞춘다.) 또 봐요. (바랴와 악수한 다음, 피르스 그리고 야샤와 악수한다.) 가기 싫은데. (류보피 안드레예브나에게) 별장 건을 잘 생각해 보시고, 결심이 서시면 알려 주세요. 제가 5만 루블 정도는 빌려 드리겠습니다. 진지하게 생각해 주세요.

바랴 (화가 나서) 이젠 좀 가세요!

로파힌 가요, 갑니다……. (나간다.)

가예프 상놈 자식. 아니, 미안……. 바랴가 저 사람한테 시집을 가지. 그러면 바랴의 신랑인데.

바랴 삼촌, 쓸데없는 말씀하지 마세요.

류보피 안드레예브나 왜 그러니, 바랴. 난 정말 기쁠 것 같은데. 좋은 사람이야.

피시크 저 친구, 말이야 바른말이지…… . 더할 나위 없이 훌륭한 사람이에요…… . 우리 다센카도…… 그러더군요…… . 이런저런 이야기를 하던데. (코를 골다가 바로 깬다.) 그나저나 존경하는 부인, 제게 240루블만 빌려 주시지요…… . 내일 저당금 이자를 갚아야 해서요.

바랴 (깜짝 놀라며) 없어요, 없어요!

류보피 안드레예브나 정말로 저는 한 푼도 없어요.

피시크 생길 겁니다. (웃는다.) 저는 절대 희망을 버리지 않습니다. 요번만 해도 이젠 완전히 망했구나, 파멸이구나 했어요. 그런데 보세요, 철도가 제 땅을 지나가는 바람에…… 보상금을 받았지 뭡니까. 그러니 두고 보세요. 오늘이든 내일이든 무슨일이 일어날 겁니다…… . 다센카가 20만 루블에 당첨될지도 모르지요. 그 애한테 복권이 한 장 있거든요.

류보피 안드레예브나 커피도 다 마셨으니 이제 쉬어야겠네요.

피르스 (가예프의 옷을 솔로 털어 주며, 훈계조로) 또, 다른 바지를 입으셨군요. 이분을 어찌해야 좋을까!

바랴 (조용히) 아냐는 자고 있어요. (조용히 창문을 연다.) 벌써 해가 떠서 춥지 않아요. 보세요, 어머니. 나무들이 너무 멋지잖아요! 아아, 이 공기! 찌르레기가 울고 있어요!

가예프　(다른 창문을 연다.) 정원이 온통 하얗구나. 잊지 않았겠지, 류바? 저기 저 기다란 가로수 길이 마치 허리띠를 펼쳐 놓은 것처럼 쭉 뻗어 있어서, 달이 뜬 밤이면 반짝거리던 걸 말이야. 기억나니? 잊지 않았겠지?

류보피 안드레예브나　(창 너머로 정원을 본다.) 오, 나의 어린 시절, 순수했던 그 시절! 이 아이 방에서 자고 여기서 정원을 내다보곤 했었어. 행복이 매일 아침 나와 함께 눈을 떴지. 그때도 정원은 꼭 지금 같았어. 하나도 달라진 게 없구나. (기쁨에 겨워 웃는다.) 온 천지가 하얘! 오, 나의 정원이여! 어둡고 음산한 가을과 추운 겨울을 보내고 너는 다시 젊어져서 행복에 넘쳐 있으니, 천사들이 너를 버리지 않았구나…… 내 가슴과 어깨에서 무거운 돌을 내려놓을 수 있다면! 내 과거를 잊을 수만 있다면!

가예프　그러게, 그런데 이 동산이 빚 때문에 팔린다니, 참 이상한 일이잖아……

류보피 안드레예브나　보세요, 돌아가신 어머니께서 정원을 걷고 있어요…… 하얀 옷을 입고! (기쁨에 겨워 웃는다.) 그분이야.

가예프　어디?

바랴　어머니, 진정하세요.

류보피 안드레예브나　아무도 없구나. 내가 잘못 봤나 보다. 저기 오른쪽으로, 정자로 가는 길모퉁이에 하얀 나무가 비스듬히 서 있는 게 꼭 여자처럼 보였어……

트로피모프가 들어온다. 낡아 빠진 대학생 제복에 안경을 쓰고 있다.

얼마나 멋진 동산이니! 수많은 하얀 꽃들, 푸른 하늘⋯⋯.

트로피모프　류보피 안드레예브나!

류보피 안드레예브나가 그를 돌아본다.

인사만 드리고 바로 가겠습니다. (열렬히 손에 입을 맞춘다.) 아침까지 기다리라는 말을 들었지만, 도저히 참을 수가 없어서⋯⋯.

류보피 안드레예브나가 의아스러운 표정으로 바라본다.

바랴　(눈물을 글썽이며) 페챠 트로피모프예요⋯⋯.

트로피모프　그리샤를 가르쳤던 페챠 트로피모프입니다⋯⋯. 제가 그렇게 변했습니까?

류보피 안드레예브나가 트로피모프를 껴안고 조용히 운다.

가예프　(당황해서) 됐어, 그만해, 류바.

바랴　(운다.) 내가 뭐랬어요, 페챠. 내일까지 기다리라니까.

류보피 안드레예브나　그리샤⋯⋯ 내 아이, 그리샤⋯⋯ 내 아들⋯⋯.

바랴　어쩌겠어요, 어머니. 하늘의 뜻인걸요.

트로피모프　(부드러운 어조로 눈물을 글썽이며) 자, 그만하세요,

그만……

류보피 안드레예브나 (조용히 운다.) 그 애가 죽었어, 물에 빠져서……. 무엇 때문에? 무엇 때문이죠? (목소리를 낮추며) 저기 아냐가 자고 있는데, 내가 목소리를 높이고 있었네……. 그런데 페챠, 무슨 일이에요? 어쩌다 얼굴이 이 지경이 되었죠? 어쩌다 그렇게 늙어 버렸어요?

트로피모프 기차에서는 어떤 아낙네가 저더러 대머리 나리라더군요.

류보피 안드레예브나 그때만 해도 소년티를 벗지 못한 귀여운 대학생이었는데, 지금은 머리숱도 없고 안경까지 썼네요. 정말 아직도 대학생인가요? (문 쪽으로 걸어간다.)

트로피모프 아마 저는 영원히 대학생일 겁니다.

류보피 안드레예브나 (오빠에게 입을 맞추고, 이어 바랴에게 입을 맞춘다.) 자, 이제 자러 가요……. 레오니드, 오빠도 늙으셨군요.

피시크 (그녀를 뒤따른다.) 그러니까 이제 잘 시간이……. 아이코, 이놈의 통풍. 오늘은 댁에서 좀 묵어야겠어요……. 그런데 친애하는 류보피 안드레예브나, 내일 아침에…… 그러니까 240루블만…….

가예프 이 친구는 항상 자기 생각뿐이야.

피시크 240루블만 좀……. 저당금 이자를 갚아야 해서요.

류보피 안드레예브나 난 돈이 없어요.

피시크 갚겠습니다, 부인……. 액수가 크지도 않은데…….

류보피 안드레예브나 그럼, 좋아요. 레오니드가 줄 거예요……. 오빠, 주세요.

가예프 암, 주고말고. 주머니 크게 벌리고 기다려 봐.

류보피 안드레예브나 필요하다는데 어쩌겠어요……. 드리세요……. 갚으실 거예요.

류보피 안드레예브나, 트로피모프, 피시크, 피르스가 나간다. 가예프, 바랴, 야샤는 남아 있다.

가예프 동생은 돈 쓰는 버릇을 아직도 못 버렸어. (야샤에게) 이보게, 저리 좀 가지. 자네한테서 닭 냄새가 나네.

야샤 (비웃으며) 레오니드 안드레예비치, 나리도 여전하시군요.

가예프 뭐라고? (바랴에게) 얘가 뭐라는 거지?

바랴 (야샤에게) 너희 어머니가 시골에서 올라오셨어. 어제부터 하인 방에서 기다리고 계셔. 너를 만나 보시겠다고 말이야.

야샤 맘대로 하라고 해요!

바랴 이런, 파렴치한!

야샤 웬 극성이야. 오려면 내일이나 오든지. (나간다.)

바랴 어머니는 예전 그대로세요. 조금도 변하질 않으셨어요. 어머니 하고 싶은 대로 하게 두면 있는 돈을 모두 날려 버리실 거예요.

가예프 그러게…….

사이.

만약 어떤 병에 대해 너무 많은 처방이 내려진다면, 그건 말이지, 그 병이 불치병이란 뜻이야. 생각해 보면, 머리를 쥐어짜면 말이야, 나도 방법은 많아. 아주 많지. 한데 그건, 사실은 방법이 하나도 없다는 뜻이거든. 누군가에게 유산을 물려받으면 될 텐데, 우리 아냐를 아주 잘사는 집에 시집보내면 될 텐데, 야로슬라블에 가서 백작 부인인 고모님께 행운을 기대해 볼까, 뭐 이런 거야. 고모님이 아주아주 부자시거든.

바랴   (운다.) 제발 신께서 도와주셨으면.

가예프   울지 마라. 고모님이 굉장한 부자이시긴 한데, 우리를 좋아하지 않으시니 말이다. 무엇보다 누이가 변호사 나부랭이와 결혼했기 때문이지, 귀족이 아니라⋯⋯.

아냐가 문간에 나타난다.

귀족이 아닌 사람하고 결혼한 데다, 행실도 그다지 좋다고 할 수는 없었지. 좋은 애야. 착하지, 우아하지. 난 그 애를 무척 사랑해. 하지만 아무리 상황을 좋게 보려 해도 그 애가 흠이 있다는 걸 인정할 수밖에 없어요. 그건 아주 사소한 행동에서도 느껴지는 거야.

바랴   (속삭이며) 아냐가 문간에 서 있어요.

가예프   누가?

사이.

깜짝이야, 오른쪽 눈에 뭐가 들어갔나……. 앞이 잘 안 보여. 목요일에 내가 지방 재판소에 갔는데…….

아냐가 들어온다.

바랴   왜 안 자니, 아냐?

아냐   잠이 오질 않아. 잘 수가 없어.

가예프   우리 꼬마. (아냐의 얼굴과 손에 입 맞춘다.) 우리 아기……. (눈물을 글썽이며) 너는 내 조카가 아니라, 천사야. 너는 내 전부야. 믿어 주렴, 믿어 줘…….

아냐   믿어요, 삼촌. 모두들 삼촌을 좋아하고 존경해요……. 하지만 사랑하는 삼촌, 삼촌은 말씀을 하시면 안 돼요. 그냥 잠자코 계세요. 방금 우리 엄마에 대해, 자기 누이에 대해 뭐라고 하셨죠? 뭣 때문에 그런 말씀을 하세요?

가예프   그래, 맞아……. (아냐의 손으로 자기 얼굴을 가린다.) 이건 정말 끔찍한 일이야! 신이시여! 저를 구원하소서! 게다가 오늘 나는 책장 앞에서 연설을 했어……. 그런 바보 같은 짓을! 말을 마치고 나서야 바보 같다는 걸 알았다.

바랴   정말이에요, 삼촌은 말씀하시면 안 돼요. 조용히 계세요. 그럼 돼요.

아냐   말씀을 안 하시면, 삼촌 자신도 평온하실 거예요.

가예프   입 다물게. (아냐와 바랴의 손에 입을 맞춘다.) 입 다물게. 그래도 일 얘기는 해야지. 목요일에 지방 재판소에 갔을 때,

아는 사람들을 만나 이런저런 얘기들을 했어요. 그러다가 든 생각인데, 어음을 써서 돈을 빌리면 은행 이자를 갚을 수 있을 것 같더란 말이야.

바랴　제발 신께서 도와주셨으면!

가예프　화요일에 가서 다시 한 번 이야기해 볼 참이다……. (바랴에게) 울지 마. (아냐에게) 네 엄마가 로파힌과 상의할 거다. 물론 그 사람이 네 엄마에게 등을 돌리진 않을 거야……. 그리고 너는 좀 쉬고 나서 야로슬라블에 사는 네 백작 부인 할머님께 가 보거라. 이렇게 우리가 세 방향으로 움직이면 다 잘될 거다. 이자는 갚을 수 있어. 그건 내가 장담한다……. (알사탕을 입에 넣는다.) 내 명예든 뭐든 다 걸고 맹세하는데, 영지는 팔리지 않을 거다! (흥분해서) 내 행복을 걸고 맹세하지! 이렇게 손을 들어 맹세한다. 경매에 부치도록 내가 내버려 둔다면 그땐 나를 쓸모없고 파렴치한 놈이라고 불러라. 내 모든 것을 걸고 맹세한다!

아냐　(평온한 마음을 되찾은 듯 행복하다.) 삼촌은 정말 좋은 분이세요. 똑똑하세요! (삼촌을 껴안는다.) 이제 안심이 돼요! 안심이 돼요! 전 행복해요!

피르스가 들어온다.

피르스　(비난하는 듯이) 레오니드 안드레예비치, 신이 두렵지도 않으세요! 도대체 언제 주무실 겁니까?

가예프　지금, 지금 갈 거야. 자네는 물러가 있게나, 피르스. 나는 괜찮네. 옷은 내가 알아서 갈아입을 테니까. 자, 얘들아, 바이바이……. 자세한 얘기는 내일 하고, 지금은 자러 가자꾸나. (아냐와 바랴에게 입을 맞춘다.) 나는 80년대의 인간이야……. 사람들은 그 시대를 좋게 보지 않지만, 그래도 나는 할 말이 있어요. 나는 살면서 내 신념 때문에 적잖은 어려움을 겪었단다. 농민들이 나를 까닭 없이 좋아하는 게 아니야. 농민들을 알아야 돼! 알아야 하는 거야, 어째서…….

아냐　삼촌, 또!

바랴　삼촌, 말씀하지 마세요.

피르스　(화를 내며) 레오니드 안드레예비치!

가예프　가요, 간다니까……. 자러 가거라. 투 쿠션 찍고 가운데로! 깨끗하게 넣는 거지……. (나간다. 그 뒤를 피르스가 종종걸음으로 따라간다.)

아냐　이제 마음이 놓여. 할머니가 보기 싫어서 야로슬라블에 가고 싶지 않지만, 어쨌든 이젠 안심이야. 삼촌이 고마워. (앉는다.)

바랴　자야 해. 난 갈게. 참, 네가 없는 동안 안 좋은 일이 있었어. 너도 알다시피, 오래된 하인 방에 늙은 하인들이 살고 있잖아. 예피뮤시카, 폴랴, 예브스티그네이, 아, 그리고 카르프도 거기 있지. 그런데 그들이 자기들 방에 떠돌이들을 데려다 재우기 시작하더라고. 나는 모른 척했어. 그러더니 얼마 안 돼서 내가 콩밥만 먹이라고 일렀다는 소문이 들려오는 거야. 내가 인색하고 말이야, 알겠니……. 그런데 이건 전부 예브스티그네이 짓이었어……. 그래 좋다, 그러면서 생각했지. 만일 그렇다면, 어디 두고 보자, 이렇게 생각하다가 이 예브스티그네이란 놈을 불렀어……. (하품을 한다.) 그랬더니 오더라고……. "이봐, 예브스치그네이, 어떻게 감히 그런 짓을 했지? 너 정말 바보구나……." (아냐를 보고) 아네치카!. (사이) 잠들었네! (아냐를 부축한다.) 침대로 가자꾸나……. 가자! (아냐를 데리고 간다.) 우리 귀염둥이가 잠들었어요! 가자…….

두 사람 걸어간다. 동산 멀리에서 목동이 피리를 불고 있다. 트로피모프가 무대를 지나가다가 바랴와 아냐를 보고 걸음을 멈춘다.

바랴   쉬……. 아냐가 자고 있어요…… 자요……. 가자꾸나, 애야.

아냐   (조용히, 잠결에) 피곤해 죽겠어……. 사방에 종소리야……. 사랑하는…… 삼촌……. 엄마도 삼촌도…….

바랴   가자, 애야. 가자……. (아냐의 방으로 퇴장)

트로피모프   (감동하여) 나의 태양! 나의 청춘!

막.

제2막

들판. 오래전에 버려져 낡고 기울어진 조그만 예배당이 있다. 그 옆에 우물, 원래는 묘석이었던 것으로 보이는 커다란 돌 몇 개, 낡은 벤치 하나. 가예프의 저택으로 통하는 길이 보인다. 한쪽에 거무스름한 포플러가 높이 솟아 있고, 거기서부터 벚나무 동산이 시작된다. 멀리 전신주가 늘어서 있고, 아득히 먼 지평선 위로 맑은 날씨에만 보이는 대도시의 윤곽이 어렴풋이 떠올라 있다. 해가 질 무렵. 샤를로타, 야샤, 두냐샤가 벤치에 앉아 있고, 예피호도프는 그 옆에 서서 기타를 치고 있다. 모두 생각에 잠겨 있다. 낡은 캡을 쓴 샤를로타는 어깨에서 총을 내려 멜빵 고리를 조절하고 있다.

샤를로타　(생각에 잠겨) 나는 정식 여권이 없어요. 내가 몇 살인지 모르기 때문에 항상 젊은 것처럼 느껴져요. 내가 꼬마 계집아이였을 때, 아빠랑 엄마는 장터들을 떠돌며 공연을 하셨어요. 아주 근사한 공연들이었지요. 나는 공중제비도 하고, 이것저것 다른 곡예들도 했어요. 아빠랑 엄마가 돌아가시자, 어느 독일 부인이 나를 맡아 공부시켜 주셨어요. 그래요, 어른이 돼서는 가정 교사 일을 시작했지요. 그런데 내가 어디서 왔는지, 내가 누구인지, 알 수가 없어요…… . 부모님이 어떤 분들이었는지, 어쩌면 결혼식도 올리지 않은 사이였던 것 같기도 하고…… . 모르겠어요. (호주머니에서 오이를 꺼내 먹는다.) 아무것도 몰라요.

사이.

하고 싶은 말들은 많지만, 말 상대도 없고…… . 나에겐 아무도 없어요.

예피호도프 (기타를 치면서 노래한다.) "이 풍진세상이 나에게 무슨 소용이냐, 친구도 적도 다 소용없네…… ." 만돌린을 타는 건 너무 즐겁단 말이야!

두냐샤 그건 기타예요. 만돌린이 아니라. (손거울을 들여다보며 분을 바른다.)

예피호도프 사랑에 미친 사나이에겐 이것도 만돌린입니다. (노래한다.) "우리 사랑의 열기로 이내 가슴 불타 버려라…… ."

야샤가 따라 부른다.

샤를로타 이 사람들 노래는 끔찍하네. 아휴! 이건 꼭 들개들 같아.

두냐샤 (야샤에게) 그래도 외국에서 지내면 정말 행복하겠죠.

야샤 그야 물론이죠. 당신 말에 동의하지 않을 수 없네요. (하품을 하고 나서 시가를 피운다.)

예피호도프 하기야 그렇지. 외국에선 모든 게 벌써 오래전부터 갖춰져 있었으니까.

야샤 당연하지.

예피호도프 나는 진보적인 사람이라 여러 가지 심오한 책을 읽고 있지만, 그래 봐야 알 수 없는 건 내가 진정으로 원하는 게 뭐냐는 거야. 살고 싶은 건지, 아니면 자살을 하고 싶은 건지, 결국에는 말이야. 어쨌든 나는 항상 권총을 품고 다니지. 자, 여기…… . (권총을 내보인다.)

샤를로타 다 됐다. 이제 가야지. (총을 어깨에 멘다.) 예피호도프, 당신은 매우 똑똑하고 매우 무서운 사람이군요. 여자들이 넋을 잃고 홀딱 반하겠어요. 으으으! (걸어간다.) 똑똑하다는 인간들은 하나같이 저렇게 덜떨어졌다니까. 도무지 말이 통해야 말이지…… . 결국 나 혼자야, 혼자, 나에겐 아무도 없어. 그리고…… 그리고 내가 누군지, 왜 사는지 모르겠어…… . (느릿느릿 걸어 나간다.)

예피호도프 결국엔 말이야, 다른 문제는 제쳐 놓더라도, 나 자신에 관한 한 이렇게 표현할 수 있겠어. 무슨 말인고 하니, 운명이 마치 폭풍우가 조각배를 가지고 놀듯 무자비하게 나를 희롱하고 있다는 거야. 만약에 내 생각이 틀렸다 치자, 그렇다면 도대체 왜 오늘 아침 내가 잠에서 깼을 때, 예를 들어 말하자면, 엄

청나게 큰 거미가 내 가슴 위에 올라와 있었겠어……. 이런 놈
이. (두 손으로 그려 보인다.) 그리고 크바스 좀 마시려고 드니
까, 그 안에 극도로 불쾌한 게 들어 있더라는 얘기야, 바퀴벌레
같은.

사이.

당신은 버클리*를 읽으신 적이 있습니까?

사이.

아브도티야 표도로브나, 한두 마디 여쭤 보고 싶습니다만.

두냐샤   말씀해 보세요.

예피호도프   실은 단둘이 얘길 나누고 싶습니다만……. (한숨을
쉰다.)

두냐샤   (당황하며) 그러세요. 하지만 그전에 제 외투를 좀 갖다
주세요……. 벽장 옆에 있어요……. 여기가 좀 습해서…….

예피호도프   좋습니다요……. 가져옵지요……. 이제야 내 권총을
어떻게 사용하면 좋을지 알겠군……. (기타를 집어 들고 튕기
면서 퇴장한다.)

야샤   스물둘의 불행이라! 멍청한 놈이야, 우리끼리 얘기지만.
(하품을 한다.)

두냐샤   권총 자살은 안 했으면 좋겠는데.

사이.

저는 요즘 불안하고 자꾸 걱정이 돼요. 한참 어릴 때부터 주인 댁에 와서 지냈기 때문에, 이제는 평민들의 생활을 다 잊어버렸 어요. 손도 이렇게 아씨들처럼 하얗잖아요. 너무 예민하고 섬세 하고 고상해져서 자꾸 두려워요……. 너무 무서워요. 그래서 야샤, 만약에 당신이 저를 버린다면 제 신경이 어떻게 되어 버 릴지 모르겠어요.

야샤 (입 맞춘다.) 귀염둥이! 처녀들은 누구나 자기 분수를 알아 야 돼요. 나는 행실 나쁜 여자가 제일 싫더라.

두냐샤 저는 당신을 미칠듯이 사랑해요. 당신은 교양 있고, 모르 시는 게 없어요.

사이.

야샤 (하품을 하고) 그렇구나……. 내가 보기에는 이래요…… 처녀가 어떤 사람을 사랑한다면 그건 그 처녀가 헤프다는 뜻이 거든요.

사이.

깨끗한 공기 속에서 시가를 피우니 기분 좋다……. (귀를 기울 인다.) 누가 오네……. 주인 나리들이야…….

두냐샤가 그를 와락 껴안는다.

야샤 집으로 가세요. 강으로 멱을 감으러 왔다 가는 것처럼 이쪽 샛길로. 잘못해서 사람들과 마주치면, 내가 당신과 밀회라도 한 것처럼 여길 테니까. 그런 건 정말 싫거든.

두냐샤 (살짝 기침을 한다.) 시가 연기 때문에 머리가 아파요. (나간다.)

야샤는 남아서 예배당 옆에 앉는다. 류보피 안드레예브나, 가예프, 로파힌이 들어온다.

로파힌 결단을 내리셔야 돼요. 시간은 기다려 주지 않습니다. 아주 간단한 문제잖아요? 이 땅을 별장지로 내놓는 데 동의하시는가, 아닌가? 한마디만 대답해 주세요. 그렇다, 아니다? 한마디면 됩니다!

류보피 안드레예브나 누가 여기서 이렇게 지독한 시가를 피웠을까? (앉는다.)

가예프 철도가 생기더니 편해졌어. (앉는다.) 이렇게 시내로 가서 점심을 먹고 돌아올 수도 있게 됐으니 말이야······. 노란 공은 가운데로! 우선 집에 가서 한 게임 하고 싶은데······.

류보피 안드레예브나 시간은 충분해요.

로파힌 한마디면 됩니다! (애원하며) 제발 답을 주세요!

가예프 (하품을 하며) 뭘 말인가?

류보피 안드레예브나 (자신의 돈지갑을 들여다본다.) 어제는 돈이 꽤 많았는데, 오늘은 거의 안 남았네. 우리 불쌍한 바랴는 절약해 보겠다고 온 식구들에게 우유 수프를 주고, 주방 노인네들에게는 콩밥만 먹이고 있다는데, 나는 아무 생각 없이 돈을 낭비하고 있으니……. (돈지갑을 떨어뜨린다. 금화가 흩어진다.) 저런, 다 흩어져 버렸네……. (짜증을 낸다.)

야샤 제가 바로 주워 드리겠습니다. (금화를 줍는다.)

류보피 안드레예브나 그래 줄 테야, 야샤? 그런데 나는 뭐 하러 시내까지 나가서 점심을 먹었을까……. 음악을 연주한다는 오라버니의 그 너저분한 식당은 식탁보에서 비누 냄새가 나더라……. 그리고 왜 그렇게 많이 마셔요, 료냐? 왜 그렇게 많이 먹어요? 왜 그렇게 말을 많이 하시는 거죠? 오늘 그 식당에서 오라버니는 또 그렇게 말을 많이 하더군요, 게다가 그 자리에 어울리지도 않는 뚱딴지같은 얘기들을. 70년대가 어쨌고, 데카당이 어쨌고. 게다가 상대가 누구였어요? 급사를 붙잡고 데카당을 얘기하다니!

로파힌 그래요.

가예프 (손을 내저으며) 난 교정 불능이야, 확실히……. (짜증을 내며 야샤에게) 넌 왜 항상 내 눈앞에서 얼쩡거리는 거야.

야샤 (웃는다.) 저는 나리 목소리를 들으면 웃음을 참을 수가 없어요.

가예프 (동생에게) 내가 없어지든지, 아니면 이놈이…….

류보피 안드레예브나 가요, 야샤. 어서…….

야샤 (류보피 안드레예브나에게 지갑을 건네준다.) 지금 가겠습니다. (간신히 웃음을 참으며) 바로 갑니다……. (나간다.)

로파힌 데리가노프라는 갑부가 부인의 영지를 살 생각이라고 합니다. 경매 당일에 본인이 직접 올 거라고 하네요.

류보피 안드레예브나 어디서 들으셨어요?

로파힌 시내에서 다들 그러네요.

가예프 야로슬라블 고모님이 돈을 보내 주겠다고 약속하시긴 했는데, 언제, 얼마나 보내실지는 모르겠어…….

로파힌 얼마나 보내 주실까요? 10만? 아니면 20만?

류보피 안드레예브나 글쎄……. 1만이나 1만 5천 정도? 그것만 해도 고마운 일이지.

로파힌 실례지만, 여러분처럼 생각이 짧고 물정을 모르는 분들, 여러분처럼 이상한 분들은 이제껏 만나 본 적이 없습니다. 분명히 러시아어로 말씀드리고 있지 않습니까? 댁의 영지가 팔려 버린다고요. 도무지 이해를 못하시네요.

류보피 안드레예브나 그럼 어떻게 하면 되죠? 가르쳐 주세요. 어떻게 하면 되는 거예요?

로파힌 이렇게 매일 가르쳐 드리고 있지 않습니까? 제가 매일 드리는 말씀은 한 가지밖에 없어요. 벚나무 동산도, 택지도, 전부 별장지로 임대를 놓아야만 됩니다. 그것도 당장요. 경매가 바로 코앞에 닥쳤단 말입니다! 아시겠습니까? 별장으로 내놓겠다고 결단을 내리시기만 하면 돈은 얼마든지 들어와요. 그러면 여러분은 구제되시는 거라고요.

류보피 안드레예브나   별장과 별장주 — 너무 저속해요. 실례지만.

가예프   전적으로 동감이야.

로파힌   저는 통곡을 하든가, 고함을 지르든가, 아니면 기절해 버릴 지경입니다. 도저히 못 참겠습니다. 당신들은 저를 완전히 녹초로 만들어 버렸어요! (가예프에게) 당신은 남자도 아니에요!

가예프   뭐라고?

로파힌   남자도 아니라고요! (나가려 한다.)

류보피 안드레예브나   (놀라서) 아니, 가지 말아요. 여기 계세요, 제발. 어떻게든 생각을 짜내 봐요!

로파힌   더 생각할 게 뭐가 있습니까?

류보피 안드레예브나   제발 가지 마세요. 당신이 있으면 그래도 즐거워지거든요⋯⋯. (사이) 난 자꾸 무슨 일이 생길 것 같은 기분이 들어요. 꼭 우리 머리 위로 집이 무너져 내릴 것 같은 느낌이야.

가예프   (깊은 생각에 잠겨) 투 쿠션 찍고 구석으로⋯⋯. 교차시켜서 가운데로⋯⋯.

류보피 안드레예브나   우리는 죄를 너무 많이 지었어.

로파힌   당신들이 무슨 죄를 지었다는 건지⋯⋯.

가예프   (알사탕을 입에 넣으며) 사람들은 내가 전 재산을 알사탕으로 삼켜 버렸다고 하더구먼⋯⋯ (웃는다.)

류보피 안드레예브나   아, 내가 저지른 죄들⋯⋯. 나는 미친 여자처럼 생각 없이 돈을 낭비하며 살다가, 빚을 지는 재주밖엔 없는 사람한테 시집갔어요. 남편은 샴페인 때문에 죽었지요. 지독하게도 마서 댔죠. 그러다 불행히도 다른 남자를 사랑하게 되었고 같이 살게 되었죠. 바로 그 무렵에, 첫 번째 천벌이 나에게 정통으로 떨어지더군요. 바로 저 강에서…… 내 아들이 물에 빠져 죽은 기예요. 그리고 나는 외국으로 떠났죠. 나시는 돌아오지 않을 생각으로, 다시는 저 강을 보지 않을 생각으로……. 나는 눈 딱 감고 정신없이 도망쳤지만 그이가 뒤쫓아 왔어요……. 뻔뻔스럽고 모진 사람. 그이가 병이 나서 나는 망통 근방에 별장을 샀고, 그 후 3년은 밤이고 낮이고 쉴 틈이 없었어요. 환자에게 시달리면서 영혼까지 시들어 갔죠. 작년에 빚 때문에 별장을 처분하고 파리로 갔는데, 거기서도 이 사람은 나를 남김없이 우려먹다가 결국 배신하고 다른 여자에게 가 버렸지요. 나는 독약을 마시고 죽어 버리려고도 해 봤답니다……. 너무나 한심하고 창피해서요. 그러다 문득 러시아로 돌아오고 싶어진 거예요. 내 고향, 딸아이가 있는 이곳으로 말이에요……. (눈물을 닦는다.) 하느님, 하느님, 부디 자비를 베푸사, 내 죄를 용서해 주소서! 이제 천벌을 거두어 주소서! (주머니에서 전보를 꺼낸다.) 오늘 파리에서 온 거예요……. 그이가 용서를 빌며 돌아와 달라고 애원하는데……. (전보를 찢어 버린다.) 어디선가 음악을 연주하는 것 같네. (귀를 기울인다.)

가예프 저건 이 지방에서 유명한 유대인 악단이야. 기억 안 나? 바이올린이 네 개에 플루트와 콘트라베이스.

류보피 안드레예브나 그게 아직도 있어요? 언제 저 악단을 불러 파티를 열면 좋겠다.

로파힌 (귀를 기울인다.) 나는 안 들리는데……. (나직이 노래한다.) "독일인들은 돈만 주면 러시아인을 프랑스인으로 만들 수 있다네." (웃는다.) 어제 극장에서 본 연극이 얼마나 우습던지.

류보피 안드레예브나 아마 하나도 우습지 않았을 것 같아요. 당신은 연극이 아니라 자기 자신을 더 자주 돌아보는 게 좋을 거예요. 당신은 너무 따분하게 살고 있고, 쓸데없는 말을 너무 많이 해요.

로파힌 맞는 말씀입니다. 솔직히 말씀드려서 우리들의 삶은 한심하지요…….

사이.

농부였던 아버지는 일자무식의 천치였습니다. 공부를 시켜 주지도 않았고, 술에 취해 나를 때리는 게 전부였지요, 그것도 꼭 몽둥이로 말입니다. 사실, 나도 마찬가지로 바보 천치예요. 아무것도 배운 게 없고, 글씨체도 지저분하지요. 글을 쓰면 돼지가 지나간 자국 같아서 남 보기가 창피할 정도예요.

류보피 안드레예브나 당신은 어서 결혼을 해야 돼요.

로파힌 네…… 맞는 말씀입니다.

류보피 안드레예브나 바랴와 하면 좋을 텐데. 참한 처녀예요.

로파힌 네.

류보피 안드레예브나 농가 출신이라 밤낮으로 일도 열심히 하지만, 더 중요한 건 당신을 좋아한다는 거예요. 사실 당신도 전부터 그 아이를 좋아했잖아요.

로파힌 그야 그렇죠. 맞는 말씀입니다……. 참한 처녀죠.

사이.

가예프 은행에 일자리를 제안받았어. 연봉이 6천 루블이라는
데……. 그 얘기 들었니?

류보피 안드레예브나 오빠가 은행은 무슨! 그냥 가만히 계세
요…….

피르스가 외투를 가지고 들어온다.

피르스 (가예프에게) 나리, 입으세요. 습기가 많습니다.

가예프 (외투를 입는다.) 정말 성가시게 구네, 이 사람.

피르스 그런 말씀 마세요…… 오늘 아침에도 아무 말 없이 그냥
나가셨잖아요. (가예프의 차림새를 살펴본다.)

류보피 안드레예브나 피르스, 자네도 많이 늙었네!

피르스 뭐라고 하셨습니까?

로파힌 자네가 늙었다고 하신 거야!

피르스 오래 살았죠. 집에서 저를 장가보낼 무렵, 주인마님의 선
친께서는 아직 세상에 태어나지도 않았어요……. (웃는다.) 농
노 해방령이 내렸을 때에는 제가 벌써 우두머리 하인이 되어 있
었습죠. 그때 저는 해방을 거부하고 나리 댁에 남았어요…….

사이.

그땐 마냥 즐거웠던 게 기억납니다. 왜 그런지도 모르면서 그저 즐거웠어요.

로파힌 옛날엔 퍽이나 좋았지. 두드려 맞는 건 확실히 보장되었으니까.

피르스 (잘 알아듣지 못하고) 그럼요. 나리들에게는 농부들이 있었고, 농부들에겐 나리들이 계셨으니까요. 그런데 지금은 다들 제각각이 되어 버려서 뭐가 뭔지 알 수가 없어요.

가예프 조용히 해, 피르스. 나는 내일 읍내에 가야 돼. 어떤 장군을 소개받기로 했는데, 그 장군이 어음을 받고 돈을 빌려 줄 것 같아.

로파힌 아무 소용 없을걸요. 이자도 물지 못하실 테니까, 그저 가만히 계십시오.

류보피 안드레예브나 오라버니가 잠꼬대하시는 거예요. 장군은 무슨 장군.

트로피모프, 아냐, 바랴가 들어온다.

가예프 저기 우리 애들이 오네.

아냐 어머니가 여기 계시네.

류보피 안드레예브나 (정답게) 어서 와라, 내 아이들아…… . (아냐와 바랴를 포옹한다.) 내가 너희들을 얼마나 사랑하는지 너희는 모를 거야. 옆에 앉아라, 여기 이렇게.

모두 앉는다.

로파힌　우리의 만년 대학생 나리는 언제나 아가씨들과 함께 다니
시네.

트로피모프　당신이 참견할 일이 아니잖소.

로파힌　조금 있으면 쉰 살이 될 사람이 아직도 대학생이시라네.

트로피모프　시시한 농담은 집어치워요.

로파힌　뭘 그리 화를 내시나, 괴짜 양반?

트로피모프　지분거리지 마.

로파힌　(웃는다.) 한 가지 여쭤 보고 싶은데, 당신은 나를 어떻게
생각하시오?

트로피모프　나는 말이오, 예르몰라이 알렉세예비치, 당신을 이렇
게 생각하지. 당신은 부자고, 머지않아 백만장자가 될 거라고.
자연의 순환이라는 측면에서 본다면, 눈앞에 보이는 건 닥치는
대로 먹어 치우는 맹수가 필요하듯이 세상에 당신 같은 존재도
필요하긴 해.

모두들 웃는다.

바랴　페챠, 별에 대한 얘기를 하는 게 더 낫겠어요.

류보피 안드레예브나　아니, 그보다는 어제 하던 얘기를 계속하자.

트로피모프 무슨 얘기였죠?

가예프 인간의 긍지에 대해서지.

트로피모프 어제 오랫동안 논쟁했지만, 우린 어떤 결론도 내지 못했지요. 당신이 말씀하시는 인간의 긍지라는 것에는 어떤 신비스러운 의미가 들어 있는 것 같습니다. 어쩌면 당신 말씀도 나름대로 일리가 있을지 모르겠어요. 하지만 격식 같은 걸 다 떠나서 조금 단순하게 문제를 생각해 보죠. 만약에 인간이 생리학적으로 원래부터 변변찮게 만들어진 존재라면, 만약에 인류의 절대다수가 거칠고 어리석은 데다 극도로 불행한 삶을 살고 있다면 거기에 무슨 긍지가 있겠습니까, 그런 존재의 긍지에 무슨 의미가 있겠어요? 자기 자신에 대해 열광하는 짓은 이제 그만뒀으면 좋겠어요. 우리는 무엇보다도 일을 해야 돼요.

가예프 그래 봐야 어차피 죽는 건 마찬가지야.

트로피모프 그걸 누가 압니까? 그리고 죽는다는 것은 도대체 무엇입니까? 어쩌면 인간에게는 백 개의 감각이 있는데, 죽으면 그중에서 우리가 알고 있는 다섯 개만 없어지고, 나머지 아흔다섯 개는 살아남는지도 모릅니다.

류보피 안드레예브나 페챠는 정말 똑똑하다니까!

로파힌 (비꼬듯이) 대단해요!

트로피모프 인류는 자신의 능력을 키워 가면서 진보하고 있습니다. 현재로서는 인간의 능력이 미치지 못하는 모든 것들이 언젠가는 친숙하고 알기 쉬운 것으로 다가올 겁니다. 그러기 위해서 우리는 모름지기 일을 해야 됩니다. 그리고 온 힘을 다해 진리를 탐구하는 사람들을 도와야 됩니다. 지금 우리 러시아에서는 극히 소수의 사람들만 일을 하고 있어요. 내가 아는 절대다수의 인텔리겐치아는 아무것도 추구하지 않고, 아무 일도 하지 않을 뿐더러, 지금으로서는 일할 능력도 없습니다. *스스로 인텔리겐치아라고 칭하면서도*, 하인들에게 함부로 반말을 하고, 농민들을 짐승 취급하고, 제대로 공부도 하지 않고, 책 한 권 제대로 읽지도 않고, 아무 일도 하지 않으면서, 입으로만 학문을 논하고, 예술에 대해서는 변변히 아는 것 하나 없어요. 모두 한결같이 심각하고 엄숙한 표정으로 중대한 문제만 이야기하면서 철학을 늘어놓고 있지만, 다른 한편에서는 그들 모두가 보는 앞에서 노동자들이 구역질 나는 음식을 먹으면서 서른 명, 마흔 명이 한방에서 베개도 없이 잠을 잡니다. 사방에 빈대와 악취와 습기, 정신적인 불결함으로 넘쳐 나요……. 그리고 우리가 나누는 번지르르한 대화들은 전부 자기와 남의 눈을 가리기 위한 것이라는 점도 분명합니다. 사람들이 틈만 나면 떠들어 대는 그 탁아소라는 건 도대체 어디 있습니까? 도서실은 어디 있습니까? 그런 건 소설에만 나올 뿐이지, 실제로는 전혀 존재하지 않습니다. 있는 것이라곤 그저 오물과 천박함과 야만성뿐이죠……. 나는 너무 심각한 표정들이 무섭고 싫습니다, 심각한 대화들이 무서워요. 차라리 잠자코 있는 편이 낫지요!

로파힌   보세요, 나는 새벽 네 시에 일어나서 아침부터 저녁까지 일을 해요. 그리고 항상 내 돈이나 남의 돈을 관리해야 되기 때문에 주변에 있는 사람들이 어떤 사람들인지 보입니다. 무엇이

든 일단 일을 시작해 보면, 세상에 정직하고 올바른 인간이 얼마나 드문지 알 수 있어요. 잠이 안 올 때면 나는 이런 생각을 합니다. '하느님, 당신은 우리에게 거대한 숲과, 광활한 들판과, 멀고 먼 지평선을 주셨습니다. 그러니 거기에 살려면, 우리 자신이 진정한 거인이 되어야 할 것입니다……'

류보피 안드레예브나 당신에겐 거인이 필요하군요……. 거인은 동화 속에서나 좋지, 정말 나타난다면 무서울 텐데.

무대 깊숙한 쪽에서 예피호도프가 지나가며 기타를 연주한다.

류보피 안드레예브나 (생각에 잠겨) 예피호도프가 걸어가네…….

아냐 (생각에 잠겨) 예피호도프가 걸어가네.

가예프 해가 졌습니다, 여러분.

트로피모프 네.

가예프 (낭송 조로 나직이) 오, 경이로운 자연이여, 그대는 영원한 광휘로 빛나도다. 아름답고 무심한 그대를 우리는 어머니라 부르노니, 그대는 자신 속에 삶과 죽음을 끌어안으며, 삼라만상을 생성하고 삼라만상을 파괴하노라…….

바랴 (애원하며) 삼촌!

아냐 삼촌, 왜 또!

트로피모프 당신은 노란 공을 투 쿠션으로 가운데로 보내시는 편이 낫겠습니다.

가예프 알았다, 조용히 하마.

모두 앉아서 생각에 잠긴다. 정적. 들리는 것은 피르스가 나직이 중얼거리는 소리뿐이다. 갑자기 마치 하늘에서 그러는 것처럼 저 멀리서 줄이 끊어지는 소리가 울렸다가 슬프게 잦아든다.

류보피 안드레예브나 이게 뭐지?

로파힌 모르겠는데요. 어딘가 멀리 떨어진 광산에서 권양기 밧줄이라도 끊어진 모양입니다. 어딘진 모르겠지만 상당히 먼 곳이네요.

가예프 어쩌면 새일지도 모르지…… . 왜가리라든가…… .

트로피모프 아니면 수리부엉이인가?

류보피 안드레예브나 (몸을 떨며) 왠지 기분 나빠.

사이.

피르스 그 변고가 있기 전에도 꼭 이랬습죠. 부엉이가 크게 울어대고, 사모바르도 쉴 새 없이 달그락거렸지요.

가예프 어떤 변고 말인가?

피르스 농노 해방령이오.

사이.

류보피 안드레예브나 자, 친구들, 이제 갑시다. 이제 저녁이에요. (아냐에게) 너 눈물을 글썽거리고 있네…… . 왜 그러니, 아냐?

(껴안는다.)

아냐   아무것도 아니에요, 엄마. 그냥······.

트로피모프   누가 오네.

낡은 하얀 모자를 쓰고 외투를 걸친 **행인**이 나타난다. 그는 약간 취해 있다.

행인   말씀 좀 여쭙겠습니다. 여기서 곧장 가면 정거장이 나오나요?

가예프   맞아요, 이 길을 따라 가시오.

행인   진심으로 감사드립니다. (기침을 하고) 날씨가 참 좋군요······. (낭독 조로) 내 형제여, 고통받는 내 형제여······ 볼가 강변으로 나오라. 누구의 신음인가······. (바랴에게) 아가씨, 이 배고픈 동포에게 30코페이카만 적선해 주십시오.

바랴가 놀라서 비명을 지른다.

로파힌   (화를 내며) 무례한 것도 정도가 있지!

류보피 안드레예브나   (멍한 표정으로) 가져가요······. 자, 여기······. (지갑을 뒤진다.) 은화가 없네······. 무슨 상관이야, 자, 이 금화를 받아요······.

행인   진심으로 감사드립니다. (퇴장)

웃음.

바랴 (놀라서) 난 갈래…… 난 갈래……. 어머니도 참, 식구들은 먹을 것도 없는 판인데 그런 사람에게 금화를 주시다니…….

류보피 안드레예브나 어쩌겠니, 내가 바보라서 그런걸! 집에 돌아가면, 나한테 있는 돈을 다 내줄게. 예르몰라이 알렉세예비치, 좀 더 빌려 주셔야겠어요!

로파힌 알아 모시겠습니다.

류보피 안드레예브나 여러분, 이제 갑시다. 참, 바랴, 아까 여기서 네 혼담을 마무리지었다. 축하한다.

바랴 (눈물을 글썽이며) 그런 농담은 그만두세요, 어머니.

로파힌 오호멜리아,* 수녀원으로나 가시지…….

가예프 왜 이리 손이 떨릴까. 당구 쳐 본 지도 꽤 오래됐네.

로파힌 오호멜리아, 오, 요정이여, 나를 위해 기도해 주오!

류보피 안드레예브나 갑시다, 여러분. 벌써 저녁 먹을 시간이에요.

바랴 그 사람 때문에 정말 놀랐어. 가슴이 다 두근거려.

로파힌 여러분, 다시 한 번 말씀드립니다만, 8월 22일에는 벚나무 동산이 팔립니다. 잘 생각하세요! 잘 생각하셔야 합니다.

트로피모프와 아냐를 빼고 모두 나간다.

아냐 (웃으면서) 그 부랑자한테 감사해야겠군요. 바랴를 놀라게 해서 이렇게 단둘이 있게 해 줬잖아요.

트로피모프 바랴는 우리가 혹시 연인 사이가 될까 봐 걱정되는지, 하루 종일 우리 곁을 떠나지 않네요. 그 사람의 좁은 소견으로 는 우리가 남녀 관계를 초월하고 있다는 걸 알 수 없겠죠. 자유 와 행복에 방해되는 소소하고 헛된 것들을 물리치는 것, 바로 이것이 우리 인생의 목적이며 의미입니다. 전진! 저 멀리 반짝 이는 밝은 별을 향해 거침없이 나아갑시다! 친구여, 뒤처지지 마라!

아냐 (박수를 치며) 당신은 말을 참 잘하세요!

사이.

오늘은 여기가 참 멋지다!

트로피모프 네, 대단한 날씨예요.

아냐 당신 때문에 내가 어떻게 된 건지, 난 전처럼 벚나무 동산을 좋아하지 않게 됐어요. 예전에는 그렇게도 좋아했는데, 이 세상 에 우리 동산보다 멋진 곳은 없다고 생각했는데 말이에요.

트로피모프 러시아 전체가 우리의 동산입니다. 지구는 거대하고 아름다워요. 이 지구 위에 멋진 장소는 얼마든지 있습니다.

사이.

생각해 보세요, 아냐. 당신의 할아버지, 증조할아버지 그리고 더 앞선 선조들 모두가 살아 있는 영혼들, 농노들을 소유한 전

제 지주들이었어요. 이 동산의 벗나무 하나하나에서, 그 이파리 하나하나에서, 그 줄기 하나하나에서 당신을 응시하는 인간의 존재가 느껴지지 않습니까? 그들의 목소리가 들리지 않습니까? 살아 있는 영혼을 부려 먹는 삶의 방식이 세내를 거듭하며 당신들 모두에게 깊숙이 뿌리를 내렸기 때문에, 당신의 어머니도 당신도 삼촌도 자기가 다른 사람의 빚과 비용으로, 당신들이 현관 너머로는 들여보내지도 않는 바로 그 사람들의 비용으로 살고 있다는 걸 깨닫지 못하게 된 겁니다……. 우리는 적어도 2백 년은 뒤떨어져 있습니다. 우리나라에는 아직 아무것도 없어요. 우리는 자신의 과거에 대한 태도를 분명히 정하지도 못한 채, 그저 철학이나 늘어놓으며 자기 연민 속에서 보드카를 마실 뿐이죠. 그러니 우리가 할 일은 분명해요. 현재에서 새롭게 삶을 시작하려면, 먼저 우리의 과거를 속죄하고, 그것과 결별해야 된다는 겁니다. 그리고 과거는 오직 시련을 통해서만, 오직 비범하고 부단한 노동을 통해서만 속죄될 수 있습니다. 그걸 아셔야 돼요. 아냐.

아냐   지금 우리가 살고 있는 집은 이미 오래전부터 우리 집이 아니에요. 그러니까 저는 떠나겠어요. 당신께 맹세해요.

트로피모프   만약 당신이 집 안 열쇠를 가지고 있다면, 그걸 우물 속에 던져 버리고 떠나세요. 자유로워지세요, 바람처럼.

아냐   (감격하며) 당신은 말을 너무 잘하세요!

트로피모프   나를 믿어 주세요, 아냐. 나를! 나는 아직 서른 살도 되지 않았어요. 나는 젊고, 아직 학생이지만, 그래도 이미 숱한 일을 겪었습니다! 겨울이 되면 나는 굶주림과 병에 시달리며, 거지처럼 초조하고 가난한 처지가 됩니다. 하지만 운명이 나를 내모는 곳이라면 그곳이 어디든 뛰어들었답니다! 그러면서 내 마음은 항상, 매 순간, 밤이나 낮이나, 설명하기 힘든 어떤 예감에 가득 차 있었습니다. 나는 행복을 예감합니다. 아냐, 나에게는 그것이 벌써 보입니다…….

아냐 (생각에 잠겨) 달이 뜨네요.

예피호도프가 계속 똑같은 슬픈 노래를 기타로 연주하는 소리가 들린다. 달이 떠오른다. 포플러 옆 어딘가에서 바랴가 아냐를 찾으며 "아냐! 어디 있니?"라고 부르고 있다.

트로피모프 네, 달이 뜨네요.

사이.

바로 저게 행복이에요. 저기 오네요. 점점 가깝게, 가깝게 다가옵니다. 나에게는 벌써 그 발소리가 들립니다. 설령 우리가 그것을 보지 못하고, 알아차리지 못한다 해도 아쉬울 게 뭐 있겠어요? 다른 사람들이 보게 될 텐데!

바랴의 목소리. "아냐! 어디 있니?"

트로피모프   또 바랴야! (화난 듯이) 지긋지긋해!

아냐   뭐 어때요! 우린 강가로 가면 되지. 거기가 좋을 거예요.

트로피모프   갑시다.

두 사람이 걸어간다.

바랴의 목소리. "아냐! 아냐!"

막.

제3막

아치를 사이에 두고 홀과 구분된 응접실. 샹들리에가 켜져 있다. 제2막에서 언급된 유대인 악단의 연주가 현관 쪽에서 들려온다. 저녁. 홀에서는 원무를 추고 있다. "promenade a une paire!"*라는 시메오노프피시크의 목소리가 들리고 나서, 사람들이 응접실로 들어온다. 맨 앞에는 피시크와 샤를로타의 짝, 두 번째는 트로피모프와 류보피 안드레예브나의 짝, 세 번째는 아냐와 우체국 관리의 짝, 네 번째는 바랴와 역장의 짝이 이어진다. 남몰래 울고 있는 바랴는 춤을 추면서 눈물을 닦는다. 마지막 짝에 두냐샤가 보인다. 사람들이 춤추며 응접실을 도는 동안 피시크는 다음과 같이 소리친다. "Grand-rond, balancez!", "Les cavaliers à genoux et remerciez vos dames."*

연미복 차림의 피르스가 탄산수를 쟁반에 받쳐 들고 온다. 피시크와 트로피모프가 응접실로 들어온다.

피시크   난 다혈질인데다가 벌써 두 번이나 졸도한 몸이라 춤을
추는 건 무리지만, 속담에도 있잖소, 새 떼를 만나면 짖지는 못
할망정 꼬리라도 흔들라고. 난 말처럼 건강해. 우리 선친께선
입담이 센 분이셨는데   천국에서 평안하시길 — 우리 집안 유
래에 대해 이렇게 말씀하시곤 했어요. 유서 깊은 우리 시메오노
프-피시크 집안은 아무래도 칼리굴라 황제가 원로원 의원 자리
에 앉혔다는 바로 그 말에서부터 시작된 것 같다고……. (앉는
다.) 하지만 불행하게도 돈이 없어요! 굶주린 개가 믿는 건 고
기밖에 없다는데……. (코를 골다가 금방 잠이 깬다.) 내가 바
로 그 꼴이야……. 돈밖에 생각나는 게 없어…….

트로피모프   그러고 보니 당신 모습에는 실제로 어딘가 말 같은 데
가 있어요..

피시크   뭐 어때……. 말은 좋은 짐승이야……. 말은 팔 수가 있
잖아…….

옆방에서 당구 치는 소리가 들린다. 홀의 아치 아래로 바랴의 모습
이 보인다.

트로피모프   (놀리며) 마담 로파힌! 마담 로파힌!

바랴   (약이 올라서) 대머리 양반!

트로피모프   그래요, 난 대머리 양반이고, 그게 자랑스럽다네!

바랴   (수심에 잠겨) 이렇게 악사들을 불러 놓고, 이 돈을 어떻게
지불하겠다는 거지? (나간다.)

트로피모프 (피시크에게) 당신이 평생 동안 대출금 이자를 대느라 허비한 에너지를 뭔가 다른 일에 쏟았더라면, 아마도 막판에 가서는 지구를 뒤집어엎을 수도 있었을 겁니다.

피시크 니체가 말이야…… 철학자 니체……. 그 위대하고 유명한…… 엄청나게 머리가 좋은 그 사람이 자기 책에서 말하길, 위조지폐는 만들어도 된대요.

트로피모프 당신이 니체를 읽었다고요?

피시크 아니 뭐…… 우리 다셴카가 말해 줬어. 그런데 지금 내가 바로 그 위조지폐라도 만들어야 될 처지라서……. 내일 모레 310루블을 내야 되거든……. 130은 어떻게 마련했는데……. (호주머니를 뒤지다가 화들짝 놀라며) 돈이 없어졌어! 돈을 잃어버렸어! (눈물을 글썽이며) 돈이 어디 갔지? (기뻐하며) 아, 있다, 안감 속으로 빠졌어……. 땀이 다 나네…….

류보피 안드레예브나와 샤를로타가 들어온다.

류보피 안드레예브나 (캅카스 민속 음악을 흥얼거린다.) 레오니드는 왜 이렇게 늦을까? 시내에서 뭘 하고 있는 거지? (두냐샤에게) 두냐샤, 악사들에게 차를 대접해요.

트로피모프 경매가 유찰된 거예요, 틀림없이.

류보피 안드레예브나 악사들을 부를 때도 아니었고 무도회를 열 때도 아니었지……. 하지만 뭐 어때……. (앉아서 조용히 노래를 부른다.)

샤를로타   (피시크에게 카드 한 벌을 준다.) 자, 여기 카드가 한 벌 있습니다. 이 중에서 아무거나 한 장만 속으로 생각하세요.

피시크   생각했습니다.

샤를로타   이제 카드를 잘 섞어 주세요. 아주 좋습니다. 이리 주세요. 오, 다정한 나의 피시크 선생님. 아인스, 츠바이, 드라이!* 이제 찾아보세요. 그 카드는 당신의 옆 호주머니에 있습니다.

피시크   (옆 호주머니에서 카드를 꺼낸다.) 스페이드 8! 바로 이거예요! (놀라며) 맙소사!

샤를로타   (손바닥 위에 카드를 한 벌 얹으며 트로피모프에게) 어서 말해 봐요, 맨 위의 카드는?

트로피모프   뭐냐고요? 뭐, 스페이드 퀸이네.

샤를로타   맞습니다! (피시크에게) 어때요? 맨 위의 카드는?

피시크   하트 에이스.

샤를로타   맞습니다! (손바닥을 친다. 카드 한 벌이 사라진다.) 오늘 날씨 참 좋구나!

마치 마루 밑에서 울리는 듯한 신비스러운 여자의 목소리가 거기에 답한다. "네, 정말 기막힌 날씨예요, 부인."

당신은 저의 멋진 이상형이에요…….

목소리   "부인, 저도 당신이 너무 좋아요."

역장   (박수를 친다.) 복화술사, 브라보!

피시크   (놀라며) 맙소사! 더할 수 없이 매혹적인 샤를로타 이바노브나…… 난 홀딱 반해 버렸습니다.

샤를로타　반했다고요? (어깨를 으쓱하고서) 당신이 사랑을 할 줄도 알아요? Guter Mensch, aber schlechter Musikant.*

트로피모프　(피시크의 어깨를 두드린다.) 정말 말(馬)이군요, 당신은…….

샤를로타　자, 여기 보세요, 요술을 하나 더 보여 드리겠습니다. (의자에서 숄을 집어 든다.) 이건 최고급 숄입니다. 이걸 팔고 싶은데……. (흔들어 보인다.) 사실 분 있어요?

피시크　(놀라며) 맙소사!

샤를로타　아인스, 츠바이, 드라이! (늘어뜨렸던 숄을 홱 젖힌다.)

숄 뒤에 아냐가 서 있다가 무릎을 굽혀 인사하고는 어머니에게 뛰어가 포옹하고 모두가 열광하는 가운데 홀 쪽으로 달려 나간다.

류보피 안드레예브나　(박수를 치며) 브라보! 브라보!

샤를로타　한 번 더! 아인스, 츠바이, 드라이!

숄을 젖히자 그 뒤에 바랴가 서서 인사를 한다.

피시크　(놀라며) 맙소사!

샤를로타　끝! (숄을 피시크에게 던지고 무릎을 굽혀 인사한 다음 홀 쪽으로 달려 나간다.)

피시크　(허겁지겁 샤를로타를 뒤쫓으며) 이런 못된……. 뭐야 이게? 뭐야? (나간다.)

류보피 안드레예브나 그런데 레오니드는 아직도 안 오네. 시내에서 이렇게 오랫동안 뭘 하고 있는 건지, 이해를 못하겠네! 영지가 팔렸건, 경매가 유찰되었건 간에 어느 쪽이든 결말이 났을 텐데, 왜 이렇게 꾸물거리면서 애를 태우는 거야?

바랴 (위로하려고 애쓰며) 삼촌이 사셨을 거예요, 저는 확신해요.

트로피모프 (냉소적으로) 그럼.

바랴 대고모님께서 삼촌에게 위임장을 보내셨잖아요, 채무를 변제하는 대신에 대고모님 명의로 영지를 사시는 것으로 한다고. 아냐를 위해서 그렇게 하시는 거잖아요. 하느님의 은총으로 삼촌이 사셨을 거라고 전 확신해요.

류보피 안드레예브나 야로슬라블의 할머니가 당신 명의로 영지를 사라면서 보내 준 돈은 1만 5천 루블이야. 우리를 믿지 않거든. 그런데 그 돈으로는 대출 이자 갚기에도 부족해. (두 손으로 얼굴을 가린다.) 오늘로 내 운명이 결정되는 거야, 내 운명이…….

트로피모프 (바랴를 놀리면서) 마담 로파힌!

바랴 (화를 내며) 만년 대학생! 두 번이나 대학에서 쫓겨난 주제에.

류보피 안드레예브나 뭘 그렇게 화를 내니, 바랴? 이 사람이 로파힌 부인이라고 너를 놀린들, 그게 어쨌다는 거니? 네가 원한다면 로파힌에게 시집을 가거라. 사람도 좋고 매력이 있잖아. 그리고 싫다면 가지 않으면 그만이야. 애야, 아무도 너에게 강요하진 않아…….

바랴 어머니, 저는 이 일을 진지하게 생각하고 있기 때문에 솔직히 말씀드리겠어요. 그분은 좋은 분이고, 저도 좋아해요.

류보피 안드레예브나 그럼 시집가면 되잖니. 기다릴 게 뭐 있어? 이해를 못하겠네!

바랴 그래도 어머니, 제가 먼저 청혼할 수는 없잖아요. 모두들 벌써 2년째 그 사람 이야기를 저에게 해 왔어요. 모두들 말이에요. 하지만 그 사람은 아무 말도 하지 않거나 농담으로 흘려 버릴 뿐이죠. 전 이해해요. 점점 더 부자가 되면서 일도 그만큼 많아지기 때문에 나는 안중에 없는 거예요. 제게 얼마라도 돈이 있다면, 하다못해 백 루블이라도 있다면, 전 모든 걸 버리고 멀리 떠나 버렸을 거예요. 수녀원에라도 갔으면 좋겠어.

트로피모프 멋있다!

바랴 (트로피모프에게) 대학생이라면 좀 생각이 있어야지! (부드러운 어조로 울먹이며) 왜 그렇게 추해졌어요, 페챠? 왜 그렇게 늙어 버렸어요? (어느새 울음을 그치고, 류보피 안드레예브나에게) 이렇게 아무 일도 안 하고 있는 건 견딜 수가 없어요, 어머니. 한순간이라도 뭔가 일을 하고 있지 않으면 안 돼요.

야샤가 들어온다.

야샤 (간신히 웃음을 참으며) 예피호도프가 큐를 부러뜨렸어요! (나간다.)

바랴 예피호도프가 왜 여기 있는 거지? 누가 그 녀석에게 당구를 쳐도 된다고 한 거야? 이해를 못하겠어, 이 인간들……. (나간다.)

류보피 안드레예브나　저 애를 놀리지 말아요, 페챠. 봤잖아, 그러잖아도 괴로운 앤데.

트로피모프　저 여자는 성실한 게 지나쳐서 이제 남의 일에까지 참견을 해요. 저와 아냐 사이에 무슨 로맨스라도 생길까 봐 걱정되는지 이 여름 내내 우릴 가만두지 않는 겁니다. 그게 자기와 무슨 상관입니까? 더욱이 제가 그런 눈치를 보인 적도 없는데 말입니다. 저는 그런 저속함과는 한참 거리가 먼 사람이에요. 우리 사이는 사랑보다 위에 있어요!

류보피 안드레예브나　그럼 난 사랑 밑에 있는 거겠네. (몹시 불안해하며) 레오니드는 왜 안 오는 거야? 영지가 팔렸는지 어떤지 그것만이라도 알 수 있으면 좋겠는데! 이 재앙이 도저히 믿어지지 않아서, 난 이걸 어떻게 받아들여야 될지 갈피를 못 잡겠어……. 당장 소리라도 지를 것 같아……. 뭐든 바보 같은 짓을 할 것만 같아……. 나를 구해 줘요, 페챠. 뭐든 이야기해 줘요. 무슨 얘기든…….

트로피모프　영지가 오늘 팔리건 팔리지 않건 마찬가지 아닐까요? 영지는 이미 오래전에 끝났고, 이젠 다시 돌이킬 수가 없어요. 예전의 길은 잡초로 덮여 버렸습니다. 진정하세요, 부인. 자신을 기만하면 안 됩니다. 평생에 단 한 번만이라도 진실을 똑바로 보세요.

류보피 안드레예브나　무슨 진실? 당신은 어디에 진실이 있고 어디에 거짓이 있는지 보이겠지만 나는 시력을 잃어버렸는지 아무 것도 안 보여요. 당신은 모든 중대한 문제들을 용감하게 결정하는 것 같지만, 이봐요 친구, 그건 어쩌면 당신이 아직 젊어서 자신의 문제를 제대로 겪어 본 적이 없기 때문에 그런 것 아닐까? 당신은 대담하게 앞만 바라보고 있지만, 그건 진짜 인생이 당신의 젊은 시선 너머에 감춰져 있어서 끔찍한 것들이 아직 제대로 안 보이기 때문에 그런 것 아닐까? 당신은 우리보다 용감하고 정직하고 진지하지만, 좀 더 깊이 생각해 보세요. 손톱만큼이라도 좋으니 너그러운 마음으로 나를 받아들여 보세요. 알다시피 난 여기서 태어났고, 아버지도 어머니도, 그리고 할아버지도 여기 사셨어요. 난 이 집을 사랑하고, 벚나무 동산이 없는 내 삶은 상상할 수도 없어요. 그러니 꼭 팔아야 한다면 차라리 나도 정원과 함께 팔아 줘요…… . (트로피모프를 끌어안고 이마에 입을 맞춘다.) 내 아들도 여기서 익사했는데…… . (운다.) 나를 불쌍하게 여겨 줘요, 당신은 친절하고 좋은 사람이잖아.

트로피모프 아시겠지만, 전 진심으로 당신을 동정하고 있어요.

류보피 안드레예브나 그렇다면 다른 식으로, 조금 다른 식으로 말할 수도 있을 텐데…… . (손수건을 꺼내는데 전보가 바닥에 떨어진다.) 난 오늘 너무 마음이 무거워요, 당신은 상상도 못할 정도로. 이곳은 너무 시끄러운데, 나는 작은 소리만 나도 가슴이 철렁해요. 온몸이 떨려 내 방에 가 있고 싶지만, 조용한 곳에 혼자 있는 게 무서워서 그럴 수도 없어요. 나를 그렇게 나무라지 말아요, 페챠…… . 난 당신을 가족처럼 좋아한답니다. 당신에게 기꺼이 아냐를 내줄 수도 있어요, 맹세해요. 다만, 친구, 공부를 해야죠. 그래서 학업을 마쳐야죠. 당신은 아무것도 하는 일 없이 운명에 몸을 맡긴 채 이리저리 떠돌기만 하는데, 그건 곤란하잖아…… . 그렇잖아요? 네? 그리고 그 턱수염 좀 어떻게 해 봐요, 꼭 길러야 되겠다면…… . (웃는다.) 우스워라!

트로피모프　(전보를 줍는다.) 전 미남이 되고 싶지는 않아요.

류보피 안드레예브나　이건 파리에서 온 전보예요. 매일같이 와요. 어제도, 오늘도. 이 모진 사람이 또 병이 나서 건강이 나쁘대요…… . 용서를 구하며 돌아와 달라고 간청하고 있는데, 사실 내가 생각하기에도 파리로 가서 그 사람 곁에 있어 줘야 될 것 같아요. 페챠, 당신 그렇게 인상을 쓰고 있지만 어쩌겠어요, 친구, 그이가 아프고 외롭고, 불행하다는데 내가 어쩌겠어요. 누가 그이를 보살피고, 누가 그이 실수를 막아 주고, 누가 제시간에 약을 챙겨 주겠어? 새삼스럽게 쉬쉬하며 숨긴들 뭘 하겠어. 난 그이를 사랑해요. 그건 분명해. 사랑, 사랑해…… . 이건 내 목에 매인 돌덩이예요. 난 그 돌덩이와 함께 밑바닥으로 가라앉고 있지만, 그래도 나는 그 돌덩이를 사랑하고, 그것 없이는 살아갈 수가 없어요. (트로피모프의 손을 잡는다.) 나쁘게 생각하지 말아요, 페챠. 내게 아무 말도 하지 말아요, 아무 말도…… .

트로피모프　(눈물을 글썽이며) 제가 너무 솔직하게 말해도 제발 용서하세요. 그 남자는 부인을 착취했잖습니까?

류보피 안드레예브나　아니, 아니, 아니, 그렇게 말하지 말아요…… . (귀를 틀어막는다.)

트로피모프 그 남자는 놈팡이에요. 그런데도 부인만 그걸 모르고 있어요! 그자는 치사한 놈팡이입니다, 너절한…….

류보피 안드레예브나 (화가 치밀지만, 애써 자제하면서) 당신은 스물여섯이나 스물일곱 살은 먹었을 텐데, 하는 짓은 아직도 중등학교 2학년이야!

트로피모프 상관없습니다!

류보피 안드레예브나 어른이 되어야 해요. 당신 나이라면 사랑에 빠진 사람들을 이해할 수 있어야지. 그리고 자기도 사랑을 해야 돼……. 사랑에 흠뻑 빠져야 된다고! (화를 내며) 그럼, 그렇고 말고! 당신은 순결한 게 아니라 그냥 결벽증 환자일 뿐이야, 우스꽝스러운 괴짜! 못난이…….

트로피모프 (경악하며) 이분이 무슨 말을 하는 거지?

류보피 안드레예브나 "우리 사이는 사랑보다 위에 있어요!" 위에 있기는커녕 우리 피르스의 말대로 등신이에요. 그 나이에 애인 하나 없다니!

트로피모프 (경악하며) 끔찍해! 이분이 무슨 소리를 하는 거야? (머리를 감싸 쥐고 황급히 홀 쪽으로 간다.) 끔찍해……. 도저히 못 참겠어, 가야지……. (나간다. 그러나 곧바로 돌아와서) 우리 사이는 이제 다 끝났습니다! (현관으로 나간다.)

류보피 안드레예브나 (뒤에서 부른다.) 페챠, 기다려요! 웃기는 사람이야, 농담 좀 한 걸 가지고! 페챠!

누군가 현관 계단을 급히 내려가다가 쿵 하고 떨어지는 소리가 난

다. 아냐와 바랴의 비명이 들리다가, 곧 웃음소리로 바뀐다.

류보피 안드레예브나 어떻게 된 거야?

아냐가 뛰어 들어온다.

아냐 (웃으면서) 폐챠가 계단에서 떨어졌어요! (달려 나간다.)
류보피 안드레예브나 폐챠는 정말 괴짜야······.

역장이 홀 한가운데 서서 톨스토이의 「죄지은 여인」을 낭독한다. 모두 조용히 듣고 있는데, 몇 줄 읽지도 못하고 현관에서 왈츠 소리가 들려와 낭독은 중단된다. 모두 춤춘다. 현관에서 트로피모프, 아냐, 바랴, 라네프스카야가 들어온다.

류보피 안드레예브나 자, 폐챠······ 그래, 순결한 사람······. 내가 잘못했어요······. 우리 같이 춤춥시다! (폐챠와 같이 춤춘다.)

아냐와 바랴도 춤을 춘다. 피르스가 들어오더니 지팡이를 문 옆에 세워 놓는다. 야샤도 응접실에서 홀 안으로 들어와 춤을 구경한다.

야샤 왜 그래요, 영감님?
피르스 기분이 좋지 않아. 예전에 우리 집 무도회에는 장군님들이며 남작님들이며 제독님들이 춤추러 오셨는데, 이제는 우체국 관리나 역장 나부랭이들을 모시게 됐잖아. 게다가 이런 사람들조차 선뜻 오려고 하질 않아요. 나도 꽤나 몸이 약해졌어. 돌아가신 이 댁 조부 나리께서는 사람들이 병이 나면 뭐든지 봉랍(蜂蠟)으로 치료하시곤 했지. 나는 20년째 매일 봉랍을 먹고 있는데 ― 아니, 20년도 더 되겠다 ― 어쩌면 내가 여태 살아 있는 건 그것 때문인지도 모르겠어.

야샤　영감에게 질렸어. (하품한다.) 그냥 빨리 뒈져 버리든지.

피르스　에이, 이런…… 등신! (중얼거린다.)

트로피모프와 류보피 안드레예브나가 홀에서 춤을 추다가 객실로 옮겨 춤춘다.

류보피 안드레예브나　메르시(Merci), 난 좀 쉴래요……. (앉는다.) 피곤해.

아냐가 들어온다.

아냐　(흥분해서) 지금 부엌에서 어떤 사람이 그러는데, 벚나무 동산이 오늘 팔렸대요.

류보피 안드레예브나　누가 샀대?

아냐　누구라고는 말하지 않고 가 버렸어요. (트로피모프와 춤추면서 홀 쪽으로 나간다.)

야샤　어떤 노인네가 생각 없이 떠들어 댄 겁니다. 이곳 사람이 아니에요.

피르스   레오니드 안드레예비치는 아직도 안 보이시네. 아직도 안 오신 건가. 얇은 스프링코트를 입고 가셨는데, 그러다 감기라도 드시면 어쩌려고. 하여간 젊은 양반들이란⋯⋯.

류보피 안드레예브나   나 이제 죽을 거야. 야샤, 가서 누가 샀는지 알아봐요.

야샤   아까 그 노인네는 벌써 갔는데요. (웃는다.)

류보피 안드레예브나   (약간 짜증을 내며) 아니, 왜 웃는 거야? 뭐가 기쁜 거야?

야샤   예피호도프가 너무 우스워서요. 정말 한심한 놈이에요. 스물둘의 불행이라니.

류보피 안드레예브나   피르스, 영지가 팔리면 영감은 어디로 갈 거야?

피르스   저야 분부만 하시면 어디라도 갑지요.

류보피 안드레예브나   자네 얼굴이 왜 그 모양이야? 어디 아픈 거 아냐? 있잖아, 가서 좀 자요⋯⋯.

피르스   네⋯⋯. (싱긋 웃으며) 제가 자러 가면 누가 시중을 들고, 누가 관리를 하겠습니까? 집안에 저 혼자뿐인데.

야샤   (류보피 안드레예브나에게) 류보피 안드레예브나! 부탁드릴 말씀이 있으니 제발 들어주십시오! 만약 파리에 가시게 되거든 부디 저를 데려가 주세요. 여기 남는 건 도저히 못할 짓입니다. (주위를 둘러보고 목소리를 죽여) 새삼스레 말씀드릴 것도 없이 이미 다 아시겠지만, 이 나라는 무지몽매하고 백성들은 부도덕하며 따분하기 이를 데 없는데다 부엌에선 형편없는 음식만 나옵니다. 거기다가 저 피르스 영감이 돌아다니면서 온갖 말도 안 되는 소리를 중얼거리고 있어요. 저를 데려가 주십시오, 제발!

피시크가 들어온다.

피시크 부탁드립니다……, 왈츠를 한 곡, 아름다운 부인……. (류보피 안드레예브나는 그와 함께 걷는다.) 매혹적인 부인, 어떻게든 부인에게서 180루블만 빌려야 되겠습니다……. 꼭 빌릴 겁니다. (춤춘다.) 180루블만…….

두 사람은 홀로 옮겨 간다.

야샤 (조용히 노래를 부른다.) "그대는 아는가, 이내 아픈 마음을……."

홀에서 회색 실크해트를 쓰고 체크무늬 판탈롱을 입은 사람이 양팔을 흔들며 껑충거린다. "브라보, 샤를로타 이바노브나!"라고 외치는 소리들.

두냐샤 (멈춰 서서 분을 바른다.) 아가씨께서 저도 춤을 추라고 하시잖아요. 신사분들은 많은데 숙녀들이 적다면서요. 그런데 춤을 추니까 현기증이 나고 가슴이 뛰어요. 피르스 니콜라예비치, 방금 우체국 관리가 한 말 때문에 숨이 막힐 지경이에요.

음악이 멈춘다.

피르스 그 사람이 뭐라고 말했길래?

두냐샤 '당신은 마치 꽃과 같습니다'라고 했어요.

야샤 (하품한다.) 무식하기는……. (나간다.)

두냐샤 꽃과 같대요……. 나는 섬세한 처녀라서 상냥한 말을 정말 좋아해요.

피르스 네가 제정신이 아니로구나.

예피호도프가 들어온다.

예피호도프 아브도티야 표도로브나, 당신은 나를 보기가 싫은 모양이군요……. 무슨 벌레라도 보듯 하시니. (한숨을 쉰다.) 아, 인생이여!

두냐샤 무슨 일이신지?

예피호도프 의심할 여지 없이 당신이 옳을지도 모르죠. (한숨을 쉰다.) 그러나 물론, 어떤 관점에서 본다면 당신은, 감히 말씀드리자면, 제 솔직한 표현을 용서하신다면, 저를 완전히 어떤 정신적 상태로 빠뜨렸다고 말하지 않을 수 없습니다. 저는 저의 숙명을 알고 있습니다. 제게는 매일같이 어떤 불행한 일이 일어납니다. 저는 이미 오래전에 거기에 익숙해져서, 미소를 지으며 내 운명을 바라봅니다. 당신은 약속하셨어요, 그러므로 설령 제가…….

두냐샤　부탁인데 제발 나중에 이야기해요. 지금은 저를 조용히 내버려 두세요. 지금 전 공상을 하고 있단 말이에요. (부채를 부친다.)

예피호도프　제게는 매일 불행한 일이 생기기 때문에, 감히 말씀드리자면, 다만 미소를 지을 뿐입니다. 그냥 웃는 거죠.

홀에서 바랴가 들어온다.

바랴　너 아직도 안 갔니, 세묜? 정말 넌 어쩌면 이렇게도 버릇이 없니? (두냐샤에게) 저리로 가, 두냐샤. (예피호도프에게) 당구를 치고 큐를 부러뜨리질 않나, 무슨 손님처럼 응접실을 돌아다니질 않나.

예피호도프　감히 말씀드립니다만, 당신이 절 문책할 권리는 없습니다.

바랴　문책하는 게 아냐, 그냥 말을 하는 거지. 네가 일은 안 하고, 여기저기 빈둥거리며 돌아다니기만 하고 있으니 말이다. 이럴거면 뭐 하러 회계원을 두고 있는 건지 모르겠다.

예피호도프　(발끈해서) 내가 일을 하건, 돌아다니건, 밥을 먹건, 당구를 치건 거기에 대해서 뭐라고 할 수 있는 사람은 분별 있는 연장자들뿐입니다.

바랴   감히 나한테 그런 말을 해? (격분해서) 네가 감히? 그래서 내가 분별이 없다는 거냐? 여기서 썩 꺼져! 당장!

예피호도프   (겁을 먹고) 좀 점잖게 말씀해 주시면 안 될까요.

바랴   (지저력을 잃고) 딩징 여기서 씩 꺼져! 어서!

그가 문 쪽으로 가는 동안 바랴가 그를 쫓아간다.

스물둘의 불행 같으니! 이 근처에 코빼기라도 보이기만 해 봐라! 내 눈에 띄기만 해 봐!

예피호도프가 나간 뒤, 문 너머로 그의 목소리가 들린다. "당신을 고소할 겁니다."

너 또 들어오는 거냐? (피르스가 문 옆에 세워 놓았던 지팡이를 집어 든다.) 와라…… 와…… 오라고…… 혼을 내줄 테니까……. 어, 기어코 올 테냐? 오는 거냐? 네 이놈을 그냥……. (지팡이를 휘두른다.)

바로 그때 로파힌이 들어온다.

로파힌   대단히 감사합니다.

바랴   (화가 나서, 새침하게) 미안하군요!

로파힌   천만에요. 이렇게 환대해 주셔서 감사할 따름입니다.

바랴   감사하실 것 없어요. (물러서서 주위를 둘러본 다음, 부드러운 말투로) 어디 다치신 데 없으세요?

로파힌   아니, 괜찮습니다. 근데 커다란 혹이 하나 튀어나올 것 같긴 해요.

홀에서 들리는 목소리들. "로파힌이 왔어! 예르몰라이 알렉세예비치!"

피시크   얼굴은 봐야 맛이고, 목소리는 들어야 맛이지⋯⋯. (로파힌과 서로 입을 맞춘다.) 어이 이 친구, 자네한테서 코냑 냄새가 나네. 우리도 여기서 잘 놀고 있지.

류보피 안드레예브나가 들어온다.

류보피 안드레예브나   당신이군요, 예르몰라이 알렉세예비치! 어째서 이렇게 오래 걸렸어요? 레오니드는 어디 있죠?

로파힌   오라버님도 저와 함께 오셨습니다. 곧 오실 거예요⋯⋯.

류보피 안드레예브나   (걱정스럽게) 그래, 어떻게 됐어요? 경매가 됐나요? 어서 말해 주세요!

로파힌   (잠깐 당황하더니, 자신의 기쁨이 드러날까 봐 조심하며) 경매는 네 시경에 끝났습니다⋯⋯. 돌아오는 기차를 놓쳐서 아홉 시 반까지 기다려야 했어요. (무겁게 숨을 쉬고) 휴! 머리가 좀 어지럽네요⋯⋯.

가예프가 들어온다. 오른손에 사 온 물건을 들고, 왼손으로는 눈물을 닦고 있다.

류보피 안드레예브나   료냐, 어떻게 됐어요? 네, 료냐? (안타깝게, 눈물을 글썽이며) 빨리요, 제발……

가예프   (아무 대답도 하지 않고 다만 손을 흔든다. 울면서, 피르스에게) 이거 받아……. 안초비와 케르치*산 청어야……. 난 오늘 아무것도 못 먹었어……. 너무 힘들었어!

당구장으로 통하는 문이 열려 있다. 공들이 부딪히는 소리와 "7과 18!"이라고 외치는 야샤의 목소리가 들린다. 가예프의 표정이 변한다. 그는 이미 울음을 멈췄다.

완전히 지쳐 버렸어. 피르스, 옷 좀 갈아입혀 줘. (홀을 지나서 자기 거실로 간다. 피르스가 그 뒤를 따른다.)

피시크   경매는 어떻게 됐나? 얘기를 해 봐!

류보피 안드레예브나   벚나무 동산이 팔렸어요?

로파힌   팔렸습니다.

류보피 안드레예브나   누가 샀어요?

로파힌   제가 샀습니다.

사이. 라네프스카야 부인은 낙담한다. 만약 안락의자와 테이블 옆에 서 있지 않았더라면 그녀는 쓰러졌을 것이다. 바랴는 허리띠에서 열쇠 뭉치를 끌러 응접실 바닥 한가운데에 내던지고 나간다.

로파힌 제가 샀어요! 잠깐만요, 여러분, 제발 부탁입니다. 머리가 어지러워서 말을 못하겠어요……. (웃는다.) 우리가 경매장에 도착해 보니 데리가노프는 벌써 와 있었습니다. 레오니드 안드레예비치에게는 겨우 1만 5천밖에 없었는데, 데리가노프는 대뜸 저당액 위로 3만을 더 불렀습니다. '음, 판세가 이렇단 말이지' 하면서 나는 그자와 맞붙어 4만을 불렀죠. 그러니까 저쪽은 4만 5천. 그래서 나는 5만 5천. 그자는 5천씩 올려 가는데 난 1만씩 올린 거지요……. 뭐, 그렇게 끝이 났습니다. 저당액 위에 내가 9만을 더 얹어서 낙찰을 받은 겁니다. 벚나무 동산은 이제 내 것입니다! 내 것! (껄껄 웃는다.) 맙소사, 여러분, 벚나무 동산이 내 것이라니! 말씀들 해 보세요, 내가 취했다고, 제정신이 아니라고, 헛것을 보고 있다고……. (발을 구른다.) 나를 비웃지 말아요! 내 아버지와 할아버지가 무덤에서 일어나 이 모든 일을 보신다면 얼마나 좋을까. 그 예르몰라이가, 걸핏하면 매를 맞던 일자무식의 예르몰라이가, 겨울에도 맨발로 뛰어다니던 바로 그 예르몰라이가 세상에 둘도 없이 아름다운 영지를 산 모습을 본다면 말이에요. 아버지와 할아버지가 노예였던 이곳을, 그분들은 부엌에도 감히 들어갈 수 없었던 이 영지를 내가 샀습니다. 내가 자고 있는 거겠지, 이건 그저 내가 꿈꾸는 것일 뿐이야, 그냥 그렇게 보이는 것일 뿐이야……. 그래요, 이건 미지의 암흑으로 뒤덮인 여러분의 환상이에요……. (열쇠 뭉치를 주워 들고, 부드럽게 미소 지으며) 열쇠를 던져 버렸네. 이제는 더 이상 이 집 주부가 아니라는 것을 보여 주겠다 이거지……. (열쇠 뭉치를 짤랑거린다.) 뭐, 어쨌든 상관없어.

악단이 음을 맞추는 소리가 들린다.

어이, 악사들, 연주해, 내가 듣길 원한다! 모두들 와서 구경하시오, 이 예르몰라이 로파힌이 도끼로 벚나무 동산을 찍는 모습을, 벚나무들이 땅 위로 쓰러지는 광경을 보러 오시오! 우리 여기다 별장을 세웁시다. 이제 우리 손자와 증손자들이 새로운 삶을 보게 될 것이오……. 음악, 연주해!

음악이 연주된다. 류보피 안드레예브나 부인은 의자에 몸을 맡기고 서럽게 울고 있다.

(나무라듯이) 왜, 무엇 때문에 제 말을 듣지 않으셨어요? 착하고 불쌍하신 분, 이젠 돌이킬 수가 없잖아요. (눈물을 글썽이며) 오, 이런 일은 빨리 지나가 버렸으면 좋겠어. 어떻게든 빨리 이 꼴사납고 불행한 생활이 바뀌어 버렸으면 좋겠어.

피시크 (그의 팔을 붙잡고 목소리를 낮추어) 이분이 울고 있잖아. 자, 홀로 갑시다. 혼자 계시게 내버려 둬요……. 갑시다……. (로파힌의 팔을 잡고 홀 쪽으로 데리고 나간다.)

로파힌 어떻게 된 거야? 악단, 제대로 연주해! 내가 원하는 대로 하란 말이야! (비꼬듯이) 새 지주님이 가신다, 벚나무 동산의 주인님이 가신다! (무심결에 탁자에 부딪혀 촛대를 넘어뜨릴 뻔한다.) 다 배상해 줄 수 있어! (피시크와 함께 나간다.)

홀과 객실에는 류보피 안드레예브나 외에는 아무도 없다. 그녀는 의자에 앉아 몸을 웅크린 채 서럽게 울고 있다. 조용히 음악이 흐른다. 아냐와 트로피모프가 서둘러 들어온다. 아냐는 어머니 옆으로 다가가 무릎을 꿇는다. 트로피모프는 홀 입구에 서 있다.

아냐   엄마! 울고 계세요, 엄마? 착하고 아름다운, 내 소중한 엄마! 난 엄마를 사랑해……. 엄마에게 축복을 드려요. 벚나무 동산은 팔렸어요. 이제 벚나무 동산은 없어요. 그래요, 맞아요. 하지만 울지 마세요, 엄마. 엄마에게는 아직 앞으로의 생활이 남아 있어요. 그리고 엄마의 상냥하고 순결한 영혼이 있어요……. 저와 함께 가요. 엄마, 여기서 떠나요! 우린 새 정원을 만들 거예요, 이보다 더 화려한 것으로요. 그것을 보면 알게 되실 거예요. 기쁨이, 부드럽고 깊은 기쁨이 마치 저녁 햇살처럼 엄마의 영혼에 깃들고, 엄마는 미소를 지을 거예요! 함께 가요, 엄마! 함께 가요!

막.

제4막

제1막과 같은 무대. 그러나 창문에는 커튼이 없고, 벽에 그림 한 장 걸려 있지 않으며, 가구만 몇 개 남아 있을 뿐인데, 그마저 마치 팔려고 내놓은 물건인 양 한쪽 구석에 쌓여 있다. 적막감이 느껴진다. 출입구 옆과 무대 안쪽에 트렁크와 여행용 보따리 같은 것들이 쌓여 있다. 열려 있는 왼쪽 문에서 바랴와 아냐의 목소리가 들린다. 로파힌이 서서 기다리고 있다. 야샤는 샴페인이 담긴 잔들이 놓인 쟁반을 들고 있다. 현관에서는 예피호도프가 상자를 끈으로 묶고 있다. 무대 뒤에서 웅성거리는 소리가 들린다. 농부들이 작별 인사를 하러 온 것이다. 가예프의 목소리가 들린다. "고맙소, 형제들, 고맙소."

야샤 순박한 농부들이 작별 인사를 하러 왔군요. 제 의견은 이렇습니다, 예르몰라이 알렉세예비치, 농부들은 순하긴 하지만 아는 게 없어요.

소란이 잦아든다. 현관으로 류보피 안드레예브나와 가예프가 들어온다. 그녀는 울고 있진 않지만 안색이 창백하고, 얼굴에 경련이 일어나서 말을 할 수가 없다.

가예프 너 그 사람들에게 지갑을 내주었구나, 류바. 그러면 안돼! 그러면 안돼!

류보피 안드레예브나 어쩔 수가 없었어요! 어쩔 수가 없었다니까!

두 사람 나간다.

로파힌 (문 쪽을 향해, 두 사람 뒤에 대고) 부디 오셔서 이별주로 한 잔씩 드십시오! 시내에서 사 온다는 걸 깜박 잊어버려, 역에서 겨우 한 병을 구했습니다. 자!

사이.

아니, 여러분! 안 내키세요? (문에서 물러선다.) 이럴 줄 알았더라면 사지 말 걸 그랬어. 그럼 나도 마시지 말자.

야샤가 조심스럽게 쟁반을 테이블 위에 놓는다.

야샤, 너라도 마셔라.

야샤 떠나는 분들을 위해서! 남는 분들도 행복하시기를! (마신다.) 이 샴페인은 진짜가 아니에요. 장담합니다.

로파힌 한 병에 8루블이나 주었는데.

사이.

여긴 오지게 춥네.

야샤 오늘은 난롯불을 피우지 않았거든요, 어차피 떠날 테니까. (웃는다.)

로파힌 뭐가 우스워?

야샤 기뻐서요.

로파힌 바깥은 10월인데도 햇볕이 따사로워서 마치 여름 같아. 집 짓기에 좋은 날씨일세. (시계를 꺼내 보고 문 쪽을 향해) 여러분, 유념해 주세요. 기차 출발 시간이 47분밖에 안 남았습니다! 그러니까 20분 후에는 정거장으로 떠나셔야 합니다. 조금 서두르셔야겠습니다.

외투를 입은 **트로피모프**가 밖에서 들어온다.

트로피모프 벌써 떠날 시간이 되었나 보군. 마차도 기다리고 있고. 그런데 내 덧신은 어디로 간 거야. 사라져 버렸어. (문을 향해) 아냐, 내 덧신이 없어요! 못 찾겠어!

로파힌 나는 하리코프로 가야 돼. 당신들과 같은 기차를 탄다네. 하리코프에서 이 겨울을 보내게 될 거야. 그동안 당신들과 노닥거리느라 일을 못해서 영 곤란했네. 일이 없으면 견디질 못하는 성격인데다 손이 근질거려서 견딜 수가 없다니까. 이상하게 건들건들하는 게 꼭 남의 손 같더군.

트로피모프　이제 우린 떠날 테니, 당신도 다시 당신의 유익한 사업을 시작하시구려.

로파힌　한잔하시지.

트로피모프　생각 없소.

로파힌　그럼 이제 모스크바로 가는 건가?

트로피모프　그렇소. 저분들을 시내까지 전송하고, 내일은 모스크바로 갈 거요.

로파힌　그렇군……. 하기야 교수님들이 강의도 안 하면서 모두 자네가 오길 기다리고 계실 테니까.

트로피모프　당신이 상관할 일이 아니야.

로파힌　자네는 도대체 대학에 몇 년째 다니고 있는 건가?

트로피모프　뭐 좀 새로운 걸 생각해 보시오. 그런 건 진부하고 케케묵은 수작이잖아. (덧신을 찾는다.) 이봐요, 이제 우린 아마 다시 만나지 못할 테니 내가 작별하는 마당에 충고 한마디만 하지. 팔 좀 휘젓지 마시오! 그렇게 팔을 휘젓는 버릇 좀 고치시라고! 이번에 그 별장촌을 짓는다는 것도 마찬가지야. 별장 주인들이 차차 독립된 농장주가 되어 가리라고 계산하는 것, 그런 게 다 팔을 휘젓는 짓이란 말요……. 어쨌거나, 그래도 난 당신이 좋소. 당신은 예술가처럼 섬세하고 부드러운 손가락을 가졌어. 당신 마음씨도 섬세하고 부드러워…….

로파힌 (그를 포옹한다.) 잘 가게, 친구. 그동안 고마웠네. 여비가 필요하다면 내가 빌려 드리겠네.

트로피모프 무엇 때문에 당신에게? 필요 없소.

로파힌 하지만 자넨 돈이 없잖아!

트로피모프 있어요. 뜻은 고맙지만, 난 번역료를 받았소. 여기 이 호주머니 속에 있어요. (걱정스럽게) 그런데 덧신이 없어!

바랴 (옆방에서) 여기 가져가요, 더러운 당신 물건! (무대 위로 고무 덧신 한 켤레를 내던진다.)

트로피모프 왜 그렇게 화를 내요, 바랴? 흠…… 이건 내 덧신이 아니잖아!

로파힌 지난봄에 양귀비를 천 헥타르 심어서 순이익을 4만이나 올렸어. 내 양귀비들이 꽃을 피웠을 때는 대단한 장관이었지! 그렇게 해서 4만을 벌었단 말일세. 그래서 빌려 주겠다는 거야, 내가 형편이 되니까. 뭘 그리 점잔을 빼나? 난 농부야……. 단순한 사람이라고.

트로피모프 당신 아버지는 농부고 우리 아버지는 약제사요, 그리고 거기엔 결단코 아무 의미도 없습니다.

로파힌이 지갑을 꺼낸다.

그만둬요, 그만둬……. 20만을 준다 해도 받지 않을 테니까. 난 자유로운 인간이오. 부자든 가난뱅이든 할 것 없이 당신네들 모두가 높이 떠받들고 귀하게 여기는 모든 것들이 나에게는 손톱

만큼의 영향도 미치지 못해. 그런 건 마치 여기 공중에 떠다니는 깃털과 같은 것이야. 난 당신 없이도 잘 살 수 있고, 당신 옆을 마음대로 지나쳐 갈 수 있소. 난 강하고 긍지가 있으니까. 인류는 이 지상에서 가능한 최고의 진실, 최고의 행복을 향해 나아가고 있소. 그리고 난 그 맨 앞줄에 있소!

로파힌　　자네가 거기까지 도달할 수 있을까?

트로피모프　　도달할 거요.

사이.

스스로 도달하거나 아니면 도달하는 길을 다른 사람들에게 가르쳐 줄 거야.

멀리서 나무에 도끼질하는 소리가 들린다.

로파힌　　그럼 잘 가게, 친구. 떠날 시간이야. 우리가 잘난 체하며 서로 뻗대는 동안에도 인생은 속절없이 흘러간다네. 쉬지 않고 한세월 일에 열중하다 보면, 언젠가는 생각도 가벼워져서 나 또한 내가 왜 존재하고 있는지 깨닫게 될지 모르지. 하지만 친구, 러시아에는 자기가 왜 존재하는지 모르는 사람들이 너무 많아. 뭐 어차피 마찬가지야. 이 세상은 그런 것과 상관없이 돌아가니까. 사람들 말로는 레오니드 안드레예비치가 은행에 자리를 잡았다던데, 연봉이 6천이라든가……. 그렇게 오래 버틸 것 같진 않지만, 워낙 게을러야 말이지…….

아냐　(문 앞에서) 엄마 부탁인데, 출발할 때까지는 나무를 베지 말아 달래요.

트로피모프　징밀, 당신도 참 눈치가 없어요. (현관으로 나간다.)

로파힌　알았어요, 알았어……. 이 친구들, 하여간. (트로피모프의 뒤를 따라 나간다.)

아냐　피르스를 병원에 보냈어요?

야샤　아침에 말을 해 두었습니다. 보냈겠죠, 아마도.

아냐　(홀을 지나가는 예피호도프에게) 세묜 판텔레예비치, 피르스를 병원에 보냈는지 좀 알아봐 주세요.

야샤　(기분이 상해서) 아침에 예고르에게 말했다니까요. 뭣 때문에 수십 번씩 묻는 건지!

예피호도프　저의 최종적인 견해를 말씀드리자면, 노령인 피르스는 수리가 불가능한 관계로 조상님들께 가는 수밖에 없다는 겁니다. 저로선 영감이 부러울 따름입니다. (트렁크를 모자가 들어 있는 종이 상자 위에 놓자, 상자가 찌그러진다.) 이렇다니까, 결국. 이럴 줄 알았어. (나간다.)

야샤　(비웃으며) 스물둘의 불행…….

바랴　(문 저쪽에서) 피르스를 병원에 보냈대?

아냐　보냈대.

바랴　그런데 의사 선생님께 보내는 편지는 왜 안 가져간 거야?

아냐　그럼 빨리 뒤쫓아 보내야겠네……. (나간다.)

바랴　(옆방에서) 야샤는 어디 갔지? 어머니가 작별하러 오셨다고 알려 줘요.

야샤 (손을 내젓는다.) 귀찮아 죽겠네.

두냐샤는 그동안 짐 주위를 계속 바쁘게 돌아다닌다. 이제 야샤가 혼자 남게 되자, 그에게 다가온다.

두냐샤 한번쯤 돌아볼 수도 있잖아요, 야샤. 당신은 가 버리는군 요……. 날 버리고……. (울면서 그의 목에 매달린다.)

야샤 아니, 왜 울어? (샴페인을 마신다.) 엿새 후면 난 또 파리에 있게 될 거야. 내일이면 특급 열차를 타고 달리는 거지, 획 하고 사라진단 말이야. 믿어지지 않을 정도야. 비블라 프랑스*! 여긴 나에게 맞지 않아, 도저히 살 수가 없어……. 어쩔 도리가 없어 요. 무식한 인간들도 실컷 봤고, 이젠 질렸어. (샴페인을 마신 다.) 왜 우는 거야? 품행이 단정하면 울 일도 없을 텐데.

두냐샤 (손거울을 보며 분을 바른다.) 파리에 가면 편지하세요, 당신을 사랑했어요, 야샤, 너무나 사랑했어요! 저는 연약한 여 자예요, 야샤!

야샤 사람들이 오잖아. (트렁크들 주위를 바쁜 듯이 돌아다니며 나지막하게 노래를 부른다.)

류보피 안드레예브나, 가예프, 아냐, 샤를로타가 들어온다.

가예프 가야지. 이제 시간이 얼마 없어. (야샤를 보고) 누구한테서 이렇게 청어 냄새가 나는 거야!

류보피 안드레예브나 10분 뒤에 마차에 타도록 해요……. (방 여기저기에 눈길을 던진다.) 안녕, 사랑하는 집, 정든 할아범. 겨울이 지나고 봄이 오면 넌 이미 여기 없겠구나, 헐리고 말 테니까. 이 벽들은 얼마나 많은 일들을 보았을까! (딸에게 뜨겁게 입을 맞춘다.) 내 보물, 넌 환하게 빛나고 있구나, 두 개의 다이아몬드처럼 네 눈이 반짝여. 행복하구나? 무척?

아냐 무척 행복해요! 새로운 인생이 시작되니까요, 엄마!

가예프 (유쾌하게) 정말 이제 모든 게 잘됐어. 벚나무 동산이 팔리기 전까지는 우리 모두 걱정하고 괴로워했지만, 이제 문제가 돌이킬 수 없이 완전히 결정되고 나서는 모두들 마음이 놓이고 유쾌해졌잖아. 심지어…… 나는 은행원, 이제 어엿한 금융업자지. 노란 공은 한가운데로……. 그리고 류바, 어쨌든 넌 더 예뻐졌다, 확실히 그래.

류보피 안드레예브나 네, 기분은 전보다 나아요. 그건 사실이에요.

하인이 모자와 외투를 가져다준다.

잠도 잘 자고. 내 짐을 내가세요, 야샤. 갈 시간이 됐어. (아냐에게) 내 딸, 곧 또 만나자……. 난 파리로 간다. 거기서 야로슬라블의 할머니가 영지를 다시 사라고 보내 주신 그 돈으로 생활하게 되겠지. 할머니도 건강하시기를! 하지만 그 돈도 오래가지는 못할 거야.

아냐 엄마, 곧 돌아오실 거죠, 곧…… 그렇죠? 나는 열심히 공부
해서 김나지야 시험을 치르고, 그다음엔 일을 해서 엄마를 돕겠
어요. 엄마, 우리 함께 여러 가지 책을 읽어요……. 그럴 거죠?
(어머니의 양손에 입 맞춘다.) 우린 책을 읽으며 가을 저녁을
보낼 거예요. 많은 책을 읽을 거예요. 우리 앞에는 새롭고 놀라
운 세상이 펼쳐질 거예요……. (몽상한다.) 엄마, 빨리 돌아오
세요…….

류보피 안드레예브나 돌아오마, 내 보물. (딸을 끌어안는다.)

로파힌이 들어온다. 샤를로타가 나직이 노래를 부른다.

가예프 샤를로타는 행복한가 봐. 노래를 하네!

샤를로타 (포대기에 싼 아기를 연상시키는 보따리를 끌어안고)
우리 아기, 자장자장…….

"응애, 응애……!" 하는 울음소리가 난다.

　조용, 조용, 착하지, 우리 귀여운 아기.

"응애!…… 응애!"

　어이구 가엾어라! (보따리를 원래 자리로 집어 던진다.) 그러니
까 제발, 일자리를 좀 찾아 주세요. 난 이제 어떻게 해.

로파힌 찾을 수 있을 겁니다. 샤를로타 이바노브나, 걱정 마세요.

가예프 모두 우리를 버리는군, 바랴도 떠나고⋯⋯. 우린 갑자기 필요 없는 인간이 되어 버렸어.

샤를로타 도시에는 내가 실 집도 없고. 떠나야겠네⋯⋯. (노래를 부른다.) 어차피 마찬가지야⋯⋯.

피시크가 들어온다.

로파힌 인간문화재 선생!

피시크 (숨을 헐떡이며) 아이고, 숨 좀 돌립시다⋯⋯. 힘들 다⋯⋯. 존경하는 여러분⋯⋯ 물 좀 주세요⋯⋯.

가예프 돈 때문에 왔겠지? 하느님, 저를 유혹으로부터 구해 주소 서⋯⋯. (나간다.)

피시크 오랜만입니다, 아름다운 부인⋯⋯. (로파힌에게) 자네도 여기 있군⋯⋯. 만나서 반갑네⋯⋯. 엄청나게 똑똑한 친구 여⋯⋯ 받게⋯⋯ 받아. (로파힌에게 돈을 준다.) 4백 루블이 야⋯⋯. 이제 840루블이 남았지⋯⋯.

로파힌 (영문을 모르겠다는 표정으로 어깨를 으쓱한다.) 꿈만 같 네⋯⋯. 도대체 어디서 구했나?

피시크 기다려 봐⋯⋯. 아이고 더워⋯⋯. 엄청난 사건이야. 영 국인들이 우리 집에 왔었는데, 내 땅에서 무슨 하얀 점토를 발견 했다는 거야⋯⋯. (류보피 안드레예브나에게) 부인에게도 4백 루블⋯⋯. 아름답고⋯⋯ 훌륭하신 부인. (돈을 준다.) 나머지는 나중에. (물을 마신다.) 방금 어떤 젊은이가 기차 안에서 이야기해 주던데, 거 뭐라더라……. 하여간 위대한 철학자가 이런 충고를 했다는 거야. "지붕에서 뛰어내려라!" 그러면 다 되는 거래. (놀랍다는 표정으로) 맙소사! 물 좀!

로파힌 그 영국인들이라는 게 도대체 누구야?

피시크 그 사람들에게 점토가 나오는 땅을 24년 동안 빌려 주기로 했네……. 그런데 지금은 미안하지만 시간이 없어……. 자세한 얘기는 나중에……. 지금 즈노이코프한테 가야 되거든……. 카르다모노프에게도 가야 하고……. 모두에게 빚을 졌기 때문에……. (물을 마신다.) 그럼 안녕히 계세요……. 목요일에 또 들르겠습니다.

류보피 안드레예브나 우린 지금 시내로 이사를 갈 거고, 나는 내일 외국으로 떠나요.

피시크 뭐라고요? (깜짝 놀라서) 왜 시내로 가요? 그러고 보니 가구며…… 트렁크며……. 뭐, 괜찮습니다. (울먹이며) 괜찮아요……. 굉장히 똑똑한 사람들이에요……. 그 영국인들 말입니다……. 괜찮아요……. 아무쪼록 행복하시기를……. 하느님이 도와주실 거예요……. 괜찮습니다……. 이 세상 모든 일에는 끝이 있는 법이니까……. (류보피 안드레예브나의 손에 입을 맞춘다.) 만약 저에게 끝이 닥쳤다는 소문을 들으시거든 아무쪼록 바로 이…… 말(馬)을 떠올리시고 이렇게 한 말씀 해주세요 — "옛날에 거 뭐라더라……. 시메오노프-피시크라는 사나이가 이 세상에 있었지……. 천국에서 평안하시길!" 기가 막힌 날씨로군요……. 정말……. (몹시 허둥대며 나간다. 그러나 곧 되돌아와 문 옆에서 말한다.) 우리 집 다셴카가 여러분께 안부 전해 달라고 했어요! (나간다.)

류보피 안드레예브나　자, 이젠 가도 되겠지. 그런데 떠나면서 두 가지 일이 걸리네. 첫 번째는 병든 피르스. (시계를 들여다보고) 아직 5분 정도는 괜찮겠군…….

아냐　엄마, 피르스는 벌써 병원에 보냈어요. 야샤가 오늘 아침에 보냈대요.

류보피 안드레예브나　두 번째 걱정은 바랴야. 그 아이는 아침 일찍부터 일어나서 일하는 버릇이 있는데, 지금은 할 일이 없으니 마치 물을 떠난 물고기처럼 되어 버렸어요. 몸은 여위고, 안색은 창백해져서 울고만 있으니, 가엾게도……. (사이) 당신도 잘 아시잖아요, 예르몰라이 알렉세예비치. 난 이런 생각을 했는데……. 그 애를 당신에게 시집보냈으면 하고 말이죠. 그리고 당신도 어느 모로 보나 결혼을 하셔야 될 것 아니겠어요. (아냐에게 속삭인다. 아냐는 샤를로타에게 끄덕여 보이고, 두 사람은 나간다.) 그 애는 당신을 사랑하고 있고 당신도 그 애를 마음에 두고 있는 것 같은데, 모르겠어요, 모르겠어요, 어째서 서로 피하려고 하는지. 이해를 못하겠다니까!

로파힌　솔직히 저 자신도 모르겠습니다. 왠지 모든 게 어색해서……. 아직 시간이 있다면 전 지금이라도 좋습니다. 단숨에 확 결말을 지어 버리죠. 하지만 당신이 계시지 않으면 청혼을 못할 것 같다는 생각이 듭니다.

류보피 안드레예브나 잘됐어요. 1분이면 충분할 테니. 내가 그 애를 부르지요…….

로파힌 마침 샴페인도 있습니다. (잔들을 들어 보고) 다 비었어, 누가 벌써 다 마셨잖아.

야샤가 기침을 한다.

바닥까지 핥아 먹는다는 게 바로 이런 거지…….

류보피 안드레예브나 (생기 있게) 좋아요. 우린 나갈테니까…….
야샤, allez!.* 그 아이를 부르겠어요. (문을 향해) 바랴, 다 놔두고 이리 와. 어서! (야샤와 함께 나간다.)

로파힌 (시계를 들여다보고) 그래…….

사이. 문 뒤에서 웃음을 참는 소리, 속삭임. 마침내 바랴가 들어온다.

바랴 (오랫동안 짐을 둘러본다.) 이상하네, 아무래도 못 찾겠어…….

로파힌 뭘 찾아요?

바랴 내가 챙겼는데도 기억이 나질 않네요.

사이.

로파힌 이제 어디로 가십니까, 바르바라 미하일로브나?

바랴   저요? 라굴린 댁으로 가요⋯⋯. 그 댁의 살림을 돌봐 주기
로 얘기가 됐어요⋯⋯. 관리인이죠, 뭐.

로파힌   그럼 야시네보 마을이군요? 70킬로미터쯤 될 텐데.

사이.

이렇게 이 집에서의 생활도 끝나게 됐네요⋯⋯.

바랴   (물건들을 둘러보며) 어디 갔을까, 그게⋯⋯. 어쩌면 궤짝
속에 넣었는지도 모르겠네⋯⋯. 네, 이 집에서의 생활도 끝나
게 됐어요⋯⋯. 이제 더 이상 남은 일이 없지요⋯⋯.

로파힌   난 이제 하리코프로 갑니다⋯⋯. 같은 기차로. 일이 많아
요. 부지에는 예피호도프를 남겨 두기로 했습니다⋯⋯. 그 사
람을 고용했어요.

바랴   아, 저런!

로파힌   작년 이맘때는 벌써 눈이 왔죠, 기억하실지 모르겠지만.
그런데 지금은 햇볕이 들고 화창하네요. 좀 춥긴 하지만⋯⋯.
영하 3도예요.

바랴   전 보지 못했어요.

사이.

게다가 우리 집 온도계가 깨져서⋯⋯.

사이. 밖에서부터 들리는 목소리. "예르몰라이 알렉세예비치!"

로파힌 (아까부터 이 소리를 기다리고 있었다는 듯) 지금 가요!
(서둘러 나간다.)

바랴는 바닥에 앉아 옷 꾸러미에 머리를 파묻고 조용히 흐느껴 운다.
문이 열리고 라네프스카야 부인이 조심스럽게 들어온다.

류보피 안드레예브나 어떻게 됐어?

사이.

가야겠다.

바랴 (이미 울음을 그치고 눈물을 닦은 얼굴로) 네, 시간이 됐어
요, 어머니. 전 오늘 바로 라굴린 댁에 갈 생각이에요, 기차만
놓치지 않는다면······.

류보피 안드레예브나 (문 쪽을 향해) 아냐, 옷 입어라!

아냐가 들어오고, 뒤이어 가예프와 샤를로타가 들어온다. 가예프는
모자가 달린 외투를 입고 있다. 하인들과 마부들이 모인다. 예피호도
프는 짐을 부린다.

류보피 안드레예브나 자, 이젠 길을 떠날 수 있겠구나.

아냐 (기쁘게) 출발!

가예프 친구들이여, 사랑하는, 소중한 내 친구들이여! 이제 영원히 이 집을 떠나면서 어찌 한마디 말도 없을 수 있으리오. 내 온 존재를 가득 채우고 있는 이별의 감회를 어찌 토로하지 않을 수 있으리오.

아냐 (애원하며) 삼촌!

바랴 삼촌, 됐어요!

가예프 (시무룩하게) 투 쿠션으로 노란 공을 한가운데로……. 조용히 하마…….

트로피모프, 뒤이어 로파힌이 들어온다.

트로피모프 자, 여러분, 떠날 시간이에요!

로파힌 예피호도프, 내 외투!

류보피 안드레예브나 잠깐만 앉아 있을게. 예전에 나는 한 번도 이 집의 벽이 어떻게 생겼는지, 천장이 어떻게 생겼는지 본 적이 없는 것 같아. 그런데 지금은 이토록 정답고 절실한 마음으로 바라보고 있구나…….

가예프 여섯 살 때 일이 기억나. 성령 강림 주일에 이 창문에 걸 터앉아 아버지가 교회에 가시는 걸 보고 있었는데…….

류보피 안드레예브나 짐은 다 가져갔어요?

로파힌 다 된 것 같습니다. (외투를 입으면서 예피호도프에게) 이봐, 예피호도프, 모든 게 제대로 되고 있는지 잘 살피게.

예피호도프 (목쉰 소리로) 염려 마세요, 예르몰라이 알렉세예비치!

로파힌 그런데 자네 목소리가 왜 그래?

예피호도프 방금 물을 마시다 뭔가 삼켜 버렸어요.

야샤 (경멸스럽게) 무식하기는…….

류보피 안드레예브나 우리가 가 버리면 여기엔 아무도 안 남게 되겠지…….

로파힌 봄이 올 때까지죠.

바랴, 짐 꾸러미에서 우산을 꺼내다 마치 휘두르는 것 같은 자세가 된다.

로파힌이 깜짝 놀란 듯한 몸짓을 한다.

바랴 어머, 왜 그러세요……. 전 그럴 생각이 아니었는데.

트로피모프 여러분, 마차에 타십시다. 이제 시간이 다 됐어요! 곧 기차가 옵니다!

바랴 페챠, 자. 여기 있어요. 당신의 덧신. 트렁크 옆에. (눈물을 글썽이며) 그런데 어쩌면 이렇게 더럽고 낡았을까…….

트로피모프 (덧신을 신으면서) 갑시다, 여러분!

가예프 (몹시 당황해서, 억지로 울음을 참으며) 기차……. 정거장……. 교차시켜서 가운데로, 흰 공을 투 쿠션으로 구석에…….

류보피 안드레예브나 갑시다!

로파힌 모두들 여기 계시죠? 저쪽엔 아무도 없는 거죠? (왼쪽 문에 자물쇠를 채운다.) 여긴 물건이 있으니까 잠가 둬야지. 갑시다!

아냐 안녕, 나의 집! 낡은 생활이여, 안녕!

트로피모프 새 생활 만세……! (아냐와 함께 나간다.)

바랴는 방 안을 한 번 둘러보고 천천히 퇴장한다. 야사와 샤를로타가 개를 데리고 나간다.

로파힌 그럼, 봄까지……. 나가세요, 여러분……. 안녕! (나간다.)

류보피 안드레예브나와 가예프 둘만 남는다. 두 사람은 이 순간을 기다렸다는 듯 서로 목을 얼싸안고 남에게 들리지 않도록 소리 죽여 조용히 흐느껴 운다.

가예프 (절망스럽게) 누이야, 내 누이야…….

류보피 안드레예브나 오, 내 소중한, 정답고 아름다운 나의 동산! 나의 삶, 나의 청춘, 나의 행복이여, 안녕……. 안녕!

아냐의 목소리. (즐겁게, 재촉하듯) "엄마!"

트로피모프의 목소리. (즐겁게, 들뜬 기분으로) "아우!"

류보피 안드레예브나 마지막으로 한 번 더 벽이며 창문을 봐야지……. 돌아가신 어머님은 이 방을 거니시길 좋아하셨어…….

가예프 누이야, 내 누이야!

아냐의 목소리. (즐겁게, 재촉하듯) "엄마!"
트로피모프의 목소리. (즐겁게, 들뜬 기분으로) "아우!"

류보피 안드레예브나　지금 간다!

두 사람이 나간다.

무대가 텅 빈다. 문마다 자물쇠를 채우는 소리가 들리고, 이어 마차들이 멀어져 가는 소리가 들린다. 고요해진다. 정적 속에서, 저 멀리 도끼로 나무를 찍는 소리가 쓸쓸하고 애잔하게 울린다. 발소리가 들린다. 오른쪽 문에서 피르스가 나타난다. 그는 여느 때처럼 양복에 흰 조끼를 받쳐 입고, 구두를 신고 있다. 그는 환자다.

피르스　(문에 다가서서 손잡이를 만져 본다.) 잠겨 있네. 가 버렸어……. (소파에 앉는다.) 나를 잊어버리고 갔네……. 괜찮아……. 여기 앉아 있지 뭐……. 레오니드 안드레예비치는 분명 털외투가 아니라 보통 외투를 입고 가셨을 텐데……. (걱정스럽게 한숨을 쉰다.) 내가 보살펴 드리지 못했으니……. 젊은 사람들이란! (뭔가 중얼중얼하지만 알아 들을 수 없다.) 인생이 흘러가 버렸어, 산 것 같지도 않은데……. (눕는다.) 눕자……. 이젠 기운도 없고, 남은 게 아무것도 없어, 아무것도……. 에이, 이놈아…… 등신아! (누운 채 꼼짝하지 않는다.)

마치 하늘에서 그러는 것처럼 저 멀리서 줄이 끊어지는 소리가 울렸다가 슬프게 잦아든다. 다시 정적이 찾아온다. 그리고 멀리 동산에서 도끼로 나무를 찍는 소리만 들린다.

막.

13 **두세** 엘레오노라 두세(1858~1924) 이탈리아의 유명한 여배우. 1891년에 러시아 순회공연에서 클레오파트라를 연기했으며, 이를 본 체호프가 크게 감명받았다고 한다.

   춘희 프랑스 극작가 뒤마(1824~1895)의 희곡 La Dame aux camélias.

   안개 속의 삶 러시아 극작가 마르케비치(1822~1884)의 희곡.

15 **편집자와는 무관한 이유** 당시 신문, 잡지에서 특정한 문구나 기사가 검열로 인해 삭제되었을 때, 이를 지칭하는 상투적인 용어. 트레플레프가 사상적인 문제로 대학에서 제적되었음을 시사한다.

21 **라스플류에프** 수호보코빌린의 희곡 『크레친스키의 결혼』에 등장하는 인물.

   사도프스키 본명은 프로프 미하일로비치 예르밀로프(1818~1872). 모스크바의 말리 극장에서 활동했던 유명한 배우.

22 **De gustibus aut bene, aut nihil** 라틴어로, '기호에 대해서 말한다면, 좋거나 혹은 없거나'라는 뜻.

31 **조용한 천사가 날아갔군** 진행 중이던 대화가 갑자기 중단되었을 때 쓰이는 관용어.

47 **Merci bien** 프랑스어로, 매우 고맙다는 뜻.

53 **포프리신** 니콜라이 고골의 단편 소설 「광인 일기」에 나오는 주인공.

60 **출생 미상** 원문에서는 '출생을 기억하지 못하는'이라고 되어 있으며,

부모나 출생지가 미상인 사람을 지칭하는 관청 용어다.

62   **파르동** pardon. 프랑스어로, 미안하다는 뜻.

84   **푸드** 러시아에서 쓰는 무게의 단위. 1푸드는 약 16.38킬로그램에 해당한다.

85   **L'homme qui a voulu** 프랑스어로, '뭔가를 원했던 사람'이라는 뜻.

89   **루살카** 푸시킨의 극시. '루살카'는 러시아 민속 신앙에서의 물의 정령. 물에 빠져 죽은 여인이 변한 존재라고 한다. 아름다운 외모를 지니고 있으며, 벌거벗었거나 얇은 천만 두른 모습으로 남자들을 유혹하여 물속으로 끌어들인 후 죽인다.

111   **사모바르** 러시아의 가정에서 물을 끓이는 데 사용하는 주전자.

117   **정신을 집중하고~칭찬을 듣지 못하네** 러시아 시인 드미트리예프(1760~1837)의 시에서 인용.

120   **quantum satis** 라틴어로, '실컷'이라는 뜻.

132   **바튜시코프** 19세기 러시아의 시인.

135   **천문학 지식과 별다를 바 없어** 러시아어로 천문학은 '아스트로노미야'다. 교수는 의사의 이름 '아스트로프'에 빗대어, 발음이 비슷한 두 단어를 가지고 말장난을 하고 있다.

172   **내가 여러분을 오시라고~발표하기 위해서입니다** 고골의 희극 『검찰관』첫머리에 나오는 읍장의 대사. 전혀 우습지 않고 맥락에도 어울리지 않는 이 썰렁한 인용은 교수의 따분하고 둔탁한 내면을 드러내 준다.

202   **지방 자치회** 젬스트보(zemstvo). 1861년 농노 해방령이 선포된 이후 1864년에 지방 행정의 개혁을 위해 설치된 지방 의회. 선거로 구성되었으며 모든 계층이 참여했다.

203   **명명일** 러시아 정교 신자는 아이가 태어난 날과 가까운 날에 제일(祭日)이 있는 성인의 이름을 아이에게 붙여 주고 그 성인의 날을 명명일(命名日)로 기념한다.

211   **굽이진 바닷가에~참나무 위에 걸린 황금 사슬** 푸시킨의 시 「루슬란과 류드밀라」(1820)에 나오는 구절.

212 **곰이 그를 덮쳤을 때, 그는 '악' 소리도 미처 못 냈다네** 크릴로프의 우화 「농부와 일꾼」에 나오는 구절.

240 **블린** 팬케이크와 비슷한 러시아 음식.

248 **파시앙스** 혼자서 하는 카드 점.

252 **베르디체프** 우크라이나에 있는 도시로, 우크라이나어로는 베르디치우다. 1850년 3월 14일 발자크는 이곳에서 한스카 부인과 결혼했다.

253 **치치하얼** 중국 헤이룽장 성에 있는 도시.

257 **화내지 마시오, 알레코!** 푸시킨의 서사시 「집시」의 인용. 알레코는 이 작품 속의 난폭하고 질투심이 강한 주인공이다.

265 **트로이카** 삼두마차.

270 **모스크바에도 1812년에 화재가 났었죠** 1812년 나폴레옹의 군대가 모스크바를 점령할 당시 있었던 사건을 가리킨다.

279 **치타** 러시아 극동 지방의 주.

281 **나이가 적든~사랑의 열병은 고귀하여라** 푸시킨의 운문 소설, 『예브게니 오네긴』에서 인용.

283 **이내 생각을~거위들이 화낼까 봐 두렵노라** 크릴로프의 우화 「거위」에서 인용.

298 **타라라 붐비야…… 시주나 툼비야** 당시 유행하던 노래 가사.

308 **고양이 쥐 생각하는군** 원문에서는 "Kak zdorov'e(건강은 어떠시우)"라는 질문에, "Kak maslo korov'e(암소 젖이다)"라고 각운을 맞춰 대답함으로써 상대방을 비꼬고 있다.

반항자 그이는 폭풍을 찾아다니네, 폭풍 속에 안식이 있다는 듯 레르몬토프(1814~1841)의 시, 〈항해〉의 한 구절. 레르몬토프는 푸슈킨의 뒤를 잇는 대표적인 낭만주의 시인으로서 내성적이고 자의식이 유달리 강했으며, 27세의 나이에 결투로 사망했다.

309 **곰이 그를 덮쳤을 때, 그는 '악' 소리도 미처 못 냈다네** 이 구절은 체부티킨이 솔료니를 비꼬기 위해 솔료니가 앞서 인용했던 크릴로프의 우화를 되풀이한 것으로, 레르몬토프와는 상관이 없다.

체호프의 4대 장막극

박현섭(서울대학교 노어노문학과 교수)

　안톤 파블로비치 체호프(1860~1904)는 19세기 러시아 문학이 낳은 최고의 극작가이자 단편 소설 작가다. 톨스토이, 도스토옙스키와 같은 거장들에 의해 주도된 장편 소설의 대세 속에서 주변적인 지위에 머물러 있던 단편 소설이 체호프를 통해 러시아 문학의 한 주류로 자리 잡을 수 있었다. 러시아의 연극, 나아가 세계의 연극은 체호프를 통해서 근대 사실주의 연극의 시대를 마무리 지으면서 현대 연극이 나아가야 할 새로운 길의 이정표를 세울 수 있었다. 지난 세기의 작가들 가운데서 체호프만큼 광범위한 독자층으로부터 꾸준히 사랑받은 소설가도, 그리고 셰익스피어 이래로 체호프만큼 자주 공연되는 극작가도 찾아보기 힘들다. 평범한 작가에게는 둘 중 하나도 불가능한 업적을 체호프는 한 사람의 삶으로 이루어 냈다.

　소설가 체호프와 극작가 체호프는 한 사람으로부터 나온 것이었지만 양자의 역정은 사뭇 달랐다. 20대 초의 모스크바대학교 의

대생 시절, 가난한 집안 살림을 돕고 자신의 학비를 벌기 위해 쓰기 시작한 콩트와 단편 소설은 20대 말에 어느덧 체호프를 주목받는 신진 작가로 만들어 주었다. 희곡 「갈매기」를 쓸 무렵에 체호프는 이미 5백여 편의 콩트와 난년을 발표한 상태였으며, 그 가운데서도 1880년대 후반에서 1890년대 전반에 걸쳐 쓰인 작품들 대부분은 「갈매기」 이후에 쓰인 훨씬 적은 수의 단편 소설들과 함께 체호프의 걸작으로 손꼽힌다. 희곡 「갈매기」가 쓰인 1896년, 서른여섯 살의 안톤 체호프는 이미 러시아 문단의 기대를 한 몸에 받고 있던 최고의 '소설가'였다. 19세기 러시아 사실주의 문학을 꽃피운 톨스토이, 도스토옙스키, 투르게네프 같은 위대한 거장들이 시대의 저편으로 사라져 가고, 새로운 세기의 문학에 대한 전망은 아직 불투명했던 이 시기에, 체호프는 전 시대 거장들의 자리를 대신하여 러시아 문학을 이끌어 갈 수 있는 유일한 대안으로 여겨졌다.

그러나 최고의 소설가 체호프는 그때까지도 아직 최고의 극작가는 아니었다. 소설가 체호프가 타고난 재능에 실려 탄탄대로를 걸었던 데 반해, 극작가 체호프의 길은 영 순조롭지 못했던 것이다. 스물한 살 의대생 시절에 첫 장막극 「플라토노프」(1881년, '아비 없는 자식'이라는 이름으로도 알려져 있다)를 들고 공연을 부탁하기 위해 유명한 '말리 극장'을 찾아갔다가 보기 좋게 거절당한 일화는 지난한 역정의 서막일 뿐이었다. 김나지야(8년제 중등 교육 기관) 시절에 이미 초고가 쓰였다고 추정되는 이 희곡은 후기 장막극 세 편을 합친 것에 해당하는 엄청난 분량부터가 엉뚱

했다. 돈 주안을 방불케 하는 주인공의 연쇄 불륜 행각, 주인공과 엮인 여지주의 재산 다툼, 사랑의 도피행, 아내의 자살 소동과 총기 살인으로 끝나는 복수극 등이 정신 사납게 펼쳐지는 이 작품은 '극적인 것'에 대한 풋내기 극작가의 조잡한 이해와 터무니없는 문학적 야심을 한몫에 보여 주는 것이었다. 작가는 「플라토노프」로부터 8년 뒤에 장막극 「이바노프」(1889)를, 그리고 다음 해에 장막극 「숲의 정령」(1890)을 발표했지만, 두 작품의 공연 또한 참담한 실패로 끝났다. 「숲의 정령」은 그로부터 7년 뒤에 발표된 「바냐 삼촌」의 원시 판본으로 간주되며, 「이바노프」는 훗날 평자에 따라 「갈매기」보다 뛰어난 작품으로 꼽히기도 하지만, 대체로 이 시기에 체호프의 극작술은 아직 그 본령을 구축하지 못한 것으로 평가된다. 다행히 「곰」(1888), 「청혼」(1889) 등 경쾌한 단막 소극들에서 유례없는 성공을 거두어 자신의 연극적 재능을 증명해 보였지만, 본격적인 장막극 작가로서의 입신을 갈망했던 체호프는 거기에 만족할 수 없었다. 체호프는 「숲의 정령」 이후 6년 동안 장막극에 손을 대지 않았다.

그리고 1896년에 「갈매기」가 쓰였다. 집필 과정에서 작가가 지인들에게 말한 바에 따르면, 그것은 "이상한 결말"을 가진 "이상한 희곡"이었으며, "극장의 조건에 상반되는", 그리고 "극예술의 모든 법칙에 반하는" 작품이었다. 그러나 이 이상한 희곡은 스물한 살 때부터 시작된 실패 이후 15년에 걸친 암중모색의 세월에 종지부를 찍는 쾌거였으며, 그 후 잇달아 발표된 「바냐 삼촌」(1897), 「세 자매」(1901), 「벚나무 동산」(1904)과 더불어 체호프

극작술의 정수를 보여 주는 걸작이 되었다.

「갈매기」

"이상한" 희곡 「갈매기」에는 지금까지의 연극과는 완전히 다른, 새로운 연극의 시대를 열겠다는 극작가 체호프의 야심이 노골적으로 과시되고 있다. 우선 '연극' 자체가 「갈매기」의 중요한 주제다. 유명한 여배우인 아르카디나, 극작가 지망생인 트레플레프, 트레플레프의 연극에 출연한 것을 계기로 여배우의 길을 걷게 된 이웃집 처녀 니나, 유명한 소설가 트리고린 등 주요한 등장인물들은 「갈매기」라는 연극 속에서 또 다른 연극에 관한 이야기를 하고 있다. 그 와중에 당대를 풍미하던 이런저런 연극의 코드들이 등장하여 자신의 주장을 펼친다. 여배우 아르카디나가 몸담고 있는 부르주아 멜로드라마의 세계는 풋내기 극작가 트레플레프의 맹렬한 비판을 받고, 거꾸로 트레플레프가 가족들을 관객으로 하여 상연하는 연극은 아르카디나에 의해 데카당, 상징주의라고 매도된다. 또한 보다 은밀한 방식으로 셰익스피어가 「갈매기」의 전편에 관여하고 있다. 아르카디나, 트레플레프, 트리고린 3인의 관계는 셰익스피어의 희곡 「햄릿」에서 거트루드, 클로디어스, 햄릿의 관계를 연상시키는데, 이는 트레플레프가 어머니와 트리고린의 사이를 빗대어 「햄릿」의 대사를 외는 장면에서 분명히 드러난다. 트레플레프의 극중극이라는 것도 「햄릿」의 극중극과 닮은꼴의 구성 요소라고 할 수 있을 것이다. 이렇듯 다양한 방식으로 나열되는 이런저런 연극의 코드들은 이를테면 '나는 이 모든 것들을 나의 연극 속으로 포용한다'라는 체호프의 대단한 호기를 보여 주는 것이다. 아르카디나의 고루한 연극도, 트레플레프의 혁신적인 연극 형식도, 심지어 연극의 대명사라고 할 수 있는 셰익스피어까지도 여기서는 「갈매기」라는 새로운 연극을 구성하는 한 요소일 뿐이다.

체호프의 후기 장막극들이 보여 주는 특징으로 흔히 '사건과 행동의 부재'가 거론된다. 쉽게 말해서 '극적'이지 않다는 뜻인데, 이는 「갈매기」 이후에 쓰인 「바냐 삼촌」, 「세 자매」, 「벚나무 동산」의 경우에 쉽게 수긍할 수 있는 사실이다. 그런데 「갈매기」는 사정이 좀 다른 듯 보인다. 유명한 예술가들이 등장해서 격렬한 연애 사건을 벌이고, 사생아가 생기는가 하면, 젊은 주인공은 사랑에 치이고 재능에 절망하여 자살한다. 이 정도면 충분히 극적이라고 할 수 있지 않은가? 물론 겉으로 보이는 줄거리의 골격만 추린다면 그렇게 보일 수도 있겠지만 이런저런 사건이 다루어지는 방식을 자세히 들여다보면 그렇지 않다. 의절이라도 할 것 같던 아르카디나와 트레플레프 모자의 불화는 어정쩡한 화해로 미봉되고, 연적 트리고린에 대한 트레플레프의 결투 신청은 상대방의 철저한 무시로 인해 맥 빠진 소동으로 끝나고 만다. 니나와 트리고린이 벌이는 격정적인 연애 행각의 본편은 제3막과 제4막 사이의 어딘가에서, 관객들에게는 감춰진 상태로 벌어질 뿐이다. 무엇보다도 「갈매기」 이전의 드라마에서 주인공의 비극적 운명이 이처럼 사소한 방식으로 제시된 예는 일찍이 없었다. 비극의 주인공이 죽으면 새로운 세계가 열려야 했다. 햄릿의 죽음 뒤에는 덴마크 왕국에 새로운 도덕적 질서가 도래하게 될 것이며, 젊은 포틴브러스의 군대가 덴마크를 접수하여 새 왕국을 건설할 것이다. 오이디푸스의 처절한 희생에 힘입어 테베는 신의 저주로부터 풀려나게 될 것이다. 하지만 트레플레프의 죽음 뒤에는 무엇이 있는가? 매사에 심드렁한 트리고린은 격정의 세계에 잠깐 한쪽 발을 담갔지만 이내 앗 뜨거워라 하며 니나를 쓰레기통에 팽개치고 늙은 옛 애인에게 돌아온 참이다. 아르카디나는 바로 옆에서 아들이 죽는 줄도 모르고 옆 사람의 돈을 뜯어 가며 카드놀이를 하고 있다. 트레플레프가 자신에게 발사한 총소리는 옆방 사람들에게는 그저 약병이 터지는 소리에 지나지 않는다(마지막 장면은 연출가에 따라서 여러 가지 방식으로 변형되어 공연되기도 하지만, 어쨌건 대본상으로는 그러하다). 트레플레프의 불행한 최후 뒤에는 아무런 깨달음도, 새로운 세계도 없다. 오로지 끝없이 반복되는 죽음 같은 일상만이 있을 뿐이다.

「갈매기」에서 또한 논란이 되는 것은 '희극'이라는 장르 규정이다. 체호프는 주인공의 자살로 끝나는 이 비극적인 드라마의 형식을 '4막의 희극'이라고 못 박았다. 물론 작가의 말을 글자 그대로 받아들일 필요는 없다. 모든 작가들이 자기 작품에 대해 종종 전략적으로, 습관적으로 하얀 거짓말을 한다. 체호프는 자신의 심중에 대한 거리 두기가 철저한 사람이었으며, 자신이 쓴 모든 희곡들을 항상 희극으로 부르고자 했다는 사실을 염두에 두어야 할 것이다. 줄여서 말하자면, 체호프가 「갈매기」를 희극이라고 한 것은 엄격한 장르 지시라기보다는, '비극적 상황에 대한 수용 태도'로서의 희극을 말하는 것이라고 이해할 수 있다. 과거에는 비극적 주인공으로 어울릴 트레플레프나 니나이지만 어찌 보면 운명의 장난에 놀아나는 가련하고도 우스꽝스런 꼭두각시일 수 있다는 것, 한편으로 메드베젠코, 샤므라예프, 폴리나 같은 희극적인 인물들도 자기 나름의 슬픔을 내면에 감추고 있다는 것 ― 이런 상념들을 붙잡고 「갈매기」를 본다면 어느덧 장면 장면의 '비극적 희극성'이 느껴지게 될 것이다.

「갈매기」를 지배하고 있는 우울한 분위기에서 벗어나고자 관객들은 니나에게서 희망의 씨앗을 찾고 싶어 한다. 니나는 어쩌면 과거의 비극에 등장했던 영웅적인 주인공의 후예가 아닐까? 그녀는 자신의 꿈을 실현하기 위해 과감히 현재의 틀을 깨고 미지의 세계로 뛰쳐나갔다. 그리하여 비록 좌절하고 상처받았지만 삶을 향한 불굴의 의지를 꺾지 않았다. 니나는 말한다. "우리가 하는 일에서 중요한 것은 명예가 아니라, 내가 동경하던 그 눈부신 명성이 아니라, 참는 능력이라는 걸 이젠 알아요. 자신의 십자가를 짊어지고 믿음을 갖는 거야. 나는 믿음을 가지고 있기 때문에 그렇게 괴롭지 않아. 그리고 나 자신의 사명을 생각할 때는 인생이 두렵지 않아." 그러나 과연 니나가 이제까지의 고난을 발판으로 하여 진정한 배우로 거듭날지, 아니면 결국 삼류 유랑 극단의 배우로 여생을 마칠지는 연극 이후의 일, 영원한 수수께끼다. 우리 자신의 미래 또한 그렇지 않은가? 어쩌면 우리는 연극이 끝나는 그 순간부터 니나의 미래와 더불어 살게 되는 것인지도 모른다.

「바냐 삼촌」

기존의 극작술과 완전히 다른 희곡을 만들겠다는 체호프의 원대한 기획이 「갈매기」에서 시작되었지만, 그래도 여기에는 전통적인 극적 요소들이 여전히 그 잔영을 드리우고 있다. 젊은 니나와 트레플레프에게서는 위험한 사랑을 추구하고 야망을 이루기 위해 적대적인 세계와 기꺼이 대결하는 전통적인 드라마 주인공의 정념이 엿보이며, 바로 이런 점이 체호프의 후기 장막극들 가운데서 「갈매기」가 대중적으로 가장 널리 사랑받는 작품인 이유이기도 하다. 그러나 「바냐 삼촌」을 비롯하여 이후에 쓰인 「세 자매」, 「벚나무 동산」에서는 전통적인 극 개념에 반하는 체호프 연극의 특성이 점점 심화되고 확대되는 양상을 보인다.

주요 인물들 사이의 갈등과 대립 그리고 그로 인해 벌어지는 극적인 사건의 전개를 중시하는 전통적인 연극의 관점에서 본다면 「바냐 삼촌」의 플롯에서 중심에 놓이는 것은 바냐와 세레브랴코프 교수 사이의 대립이라고 할 것이다. 바냐는 죽은 누이의 남편인 세레브랴코프 교수를 위해 젊음을 바쳐 누이가 남긴 영지를 관리해 왔으며, 심지어 교수의 연구를 돕기 위해 밤을 설쳐 가며 번역까지도 해 주었다. 뒤늦게 바냐는 자신이 그토록 존경하고 헌신해 왔던 교수가 학식과 지위의 껍데기를 쓰고 있지만 사실은 다른 사람들의 생각을 앵무새처럼 되풀이 외우는 게 고작인 둔탁한 지식 분자라는 사실을 깨달은 참이다. 그런데 그런 교수가 젊은 후처와 함께 나타나서 난데없이 영지를 팔고 그 돈으로 핀란드에 별장을 살 계획이라는 폭탄선언을 한다. 게다가 교수의 계획 속에는 바냐와 소냐의 거취에 대한 배려 같은 것은 찾아볼 수도 없다.

제3막에서 교수의 이기적이고 파렴치한 계획에 대해 바냐가 극도로 흥분하는 것은 지극히 자연스럽다. 자신의 반평생을 이런 존재 때문에 낭비했다는 데서 오는 분노가 충동적인 살의로 발전한 것도 충분히 이해할 수 있는 일이다. 그러나 바냐의 총은 집 안에서 바로 눈앞에 있는 교수를 맞히지 못한다. 가장 강력한 극적 에너지가 분출되어야 할 장면이 어처구니없는 소극으로 끝나고 만 것이다. 제4막에서 바냐는 좌절감과 수치심에 빠져 아스트로프의 약 가방에서 훔친 모르핀으로 자살을 하려 하지만 이마저 무위에 그친다. 한편 자신을 죽이려 했던 사람과 러시아식 키스로 화해를 한 교수는 입버릇처럼 "일을 해야 된다"는 연설을 남기고 호기롭게 영지를 떠난다. 변한 것은 아무것도 없다. 바냐와 소냐는 그동안 미루어 두었던 일거리를 챙기며 예전의 일상으로 돌아간다. 전통적인 드라마의 관행에 익숙한 관객이라면 당연히 파국을 예상할 지점에서 작가는 천연덕스럽게 일상의 풍경을 보여 주고 있는 것이다. 나아가 작가는 관객들이 이런 일련의 전개에 담긴 기묘한 일탈을 혹여 무심하게 보아 넘길까 봐 바냐의 입을 통해 상기시켜 준다. "이상한 일이야. 나는 살인 미수를 저질렀는데, 날 잡아가는 사람도 없고, 고발하는 사람도 없으니 말이야."

「바냐 삼촌」의 원형이라고 할 수 있는 7년 전의 희곡 「숲의 정령」은 주요 등장인물, 줄거리의 얼개, 중요한 대사들이 「바냐 삼촌」과 유사함에도 불구하고 몇 가지 중요한 차이를 보이고 있는데, 그 가운데에서도 결정적인 것은 「숲의 정령」에서 바냐가 세레브랴코프와의 갈등 끝에 총으로 자살한다는 점, 그리고 「바냐 삼촌」의 아스트로프에 해당되는 인물인 흐루쇼프가 극의 대단원에서 평소에 연모하던 바냐의 조카 소냐와 사랑을 이룬다는 점이다. 개작 과정에서 생겨난 이 차이점은 체호프가 의도적으로 등장인물들의 행동 양상을 왜곡시켰음을 알 수 있게 해 준다. 요컨대 체호프는 「바냐 삼촌」에서 사건을 만들어 낼 수 있는 에너지를 결여한 행동들을 보여 주고 있는 것이다. 바냐의 경우는 더 부언할 필요가 없을 것이다. 소냐는 아스트로프에 대한 연정을 하필이면 숨겨진 연적인 옐레나에게 고백함으로써 삼촌 바냐처럼 헛방을 날리고 있다. 제3막에서 충동적으로 옐레나를 유혹하려 했던 아스트로프는 단 한 번의 거절로 자신의 열정을 접는다. 제4막에서 헤어지기 전에 두 사람이 마지막으로 나눈 대화에서 아스트로프의 말투 속에는 이미 체념에서 비롯된 자조적인 아이러니가 담겨 있다. 염치없는 만큼 소심하기도 한 세레브랴코프는 핀란드 별장의 판타지를 실현해 보고자 했지만 바냐의 반응에 지레 겁을 먹고 황급히 도망간다. 옐레나 역시 일탈의 유혹을 느끼면서도 타고난 보수적 기질로 인해 아스트로프와 헤어지기 전, "일생에 한 번"의 포옹을 하는 것으로 위안을 삼는다. 아무런 변화도 만들어 내지 못하는 이런 '불임(不姙)'의 행동들은 굳이 행동이라고 부르기에도 무색하다고 할 것이다.

연극에서의 행동에 대한 체호프의 독특한 관점이 함축하는 연극사적인 의의와는 별도로, 그 자체가 독자와 관객에게 남기는 감성적인 충격은 또 다른 상념을 불러일으킨다. 트레플레프와 니나는 비록 상처받고 파멸에 이르렀을지라도 최소한 자신의 의지를 행동으로 실현할 기회를 가졌지만, 마흔일곱 살의 바냐는 제대로 살아 보지도 못한 채 자기 앞에서 인생의 문이 닫혀 버린 사태에 직면하고 있는 것이다. "난 재능 있고, 똑똑하고, 용기 있는 사람이었는데……. 내가 정상적으로 살았더라면 쇼펜하우어나 도스토옙스키 같은 인물이 될 수도 있었을 텐데."—바냐의 이 회한은 누군가 되고자 했으나 결국 그렇게 될 수 없는 모든 이들의 회한이기도 하다. 게다가 세상에는 트레플레프나 니나보다는 바냐의 가족과 친구들을 닮은 사람들이 더 많을 터이다. 하여 새로운 인생 같은 건 없다는 아스트로프의 일갈이 단지 바냐를 향한 말로만 들리지 않는 것이다.

체호프는 아스트로프의 어른스러운 냉담함에 질린 관객을 위해 한없이 부드럽고 아름다운 소냐의 마지막 독백을 남겨 놓았다. 삶의 고통을 인내하며 쉼 없이 일하다 보면 언젠가 우리는 쉬게 될 것이다. 이것은 극작가 체호프의 절묘한 균형 감각일까? 혹은 이 세상의 수많은 바냐들을 위해 체호프가 보내는 간곡한 위무일까?

「세 자매」

마흔일곱 살의 바냐에게 새로운 삶은 당초부터 무망한 것이었으며 그는 좀 더 일찍 그런 깨달음을 잊었어야만 했다. 세레브랴코프 교수와의 사건은 그동안의 삶이 무의미한 것이었음을 새삼 확인시켜 주는 희극적 계기였을 따름이다.

「세 자매」의 프로조로프 남매들에게 세계는 일찍부터 문을 닫아걸고 있다. 일상에 침식된 올가와 마샤의 삶은 연극 이전에 이미 결정되어 있다고 해도 과언이 아니다. 제1막에서 모스크바 대학 교수의 야망을 품고 있던 청년 안드레이는 제2막에서 이미 나태한 유부남의 모습으로 등장한다. 가장 나이 어린 이리나로 말하면 제1막에서 자신의 명명일 파티에 모인 사람들에게 노동이야말로 삶에 의미를 부여하리라는 '신기한' 깨달음을 고백하고 있지만, 정작 그토록 바라던 노동을 하게 되자 얼마 지나지 않아 환멸을 느끼고 만다. 이리나의 대사 속에는 언니들에게서 이미 볼 수 있었던, 삶에 대한 극심한 피로가 각인되어 있다.

오, 난 불행해……. 난 일할 수 없어, 일하지 않을 거야. 그만하면 됐어! 전신국에도 있어 봤고, 지금은 시 자치회에서 일하고 있지만 나에게 시키는 일들이 싫어, 지긋지긋해……. 난 벌써 스물네 살인 데다 일을 시작한 지도 벌써 오래됐어. 그동안 뇌는 쪼그라들고 몸은 여위고 추해지고, 늙어 버렸어. 아무런, 아무런, 아무런 즐거움도 없이 시간만 가고 있어. 진정으로 멋진 삶에서 점점 멀어져서 어떤 심연으로 자꾸자꾸 빠져 들어가고 있는 느낌이야. 이렇게 절망하고 있는데도 내가 어떻게 아직 살아 있는지, 왜 아직도 자살하지 않았는지 이해할 수 없어…….

바냐와 마찬가지로 세 자매에게 남은 일은 오래전에 종결된 희망 없는 삶을 앞으로도 질질 끌고 가야 하는 것뿐이다. 술 취한 체부티킨이 도자기 시계를 깨뜨리는 장면은 주인공들의 시간이 멈추어 버렸다는 사실을 확인해 주는 상징적인 사건이다. 그리하여 트레플레프가 영지의 고립된 생활 속에서 20만 년 후의 세계를 공상하듯이, 멈추어 버린 현재 속에서 이들은 2백 년 혹은 3백 년 후의 행복한 미래를 공상한다.

'2백 년 후의 미래'라는 모티프는 「바냐 삼촌」에서 아스트로프의 쓸쓸한 자기 위안 속에서도 이미 나타나지만 「세 자매」에서는 보다 집요하게 발전하고 있다. 특히 베르쉬닌 중령은 세 자매의 집을 처음 방문한 날부터 마지막 떠나는 순간까지 습관처럼 이 이야기를 달고 다닌다. 그러나 베르쉬닌이 말하는 미래의 세계에는 구체적인 내용이 결여되어 있다. 그의 이야기 속에서 미래의 사회상이 구체적으로 어떠할 것이며, 그에 도달하기 위해서 지금 해야할 일이 무엇인지를 알아보려 하는 것은 헛수고다. 베르쉬닌의 미래란 현재의 답답한 상황에서 도피하기 위한 방향 없는 상념에 다름 아니기 때문이다.

현재 속에서 출구가 보이지 않을수록, 그것이 타개되리라고 기대하는 시점은 멀어지게 마련이다. 자신의 실존과 관계없는 2백

~3백 년 후라는 시점은 이런 관점에서 이해될 수 있을 것이다. 베르쉬닌은 말로만 떠벌리고 있을 뿐, 미래를 위해 지금 하고 있는 일은 아무것도 없다. 그는 부인의 히스테리로 인해 전전긍긍하면서도 아무런 도움이 되지 못하며 그렇다고 해서 사랑하는 마샤를 행복하게 해 주지도 못한다. 그는 심지어 자기 옆에서 투젠바흐가 아무 의미도 없는 개죽음을 당하는 것도 눈치채지 못한다. 이처럼 현재를 책임지지 못한다면 미래의 문제도 마찬가지이며, 그런 점에서 그가 말하는 2백~3백 년 후의 세계가 아무런 내용이 없는 것은 당연한 귀결이다.

한편, 베르쉬닌의 막연한 미래에 비하여 세 자매가 갈망하는 모스크바는 한결 현실성 있는 꿈처럼 보인다. 러시아인들이 세 자매에 대해 종종 던지는 농담처럼 "차표를 사고 떠나면 되는" 일이다. 그런데 왜 그들은 가지 못하는가? 물론 현실적인 이유들이 있다. 안드레이가 노름으로 집을 저당 잡혔고, 마샤는 결혼한 몸이며, 올가는 교장이 되었기 때문이다. 하지만 만약 그들이 그토록 간절히 바라고 있다면, 이런 사실들이 세 자매를 가로막는 진정한 이유가 될 수는 없을 것이다. 이 문제에 대한 단서는 베르쉬닌의 대사 속에서 찾을 수 있다. 그는 한 죄인이 감옥 창문에서 새를 발견하고 무한한 기쁨과 환희를 느꼈지만 자유의 몸이 된 뒤에는 새 따위는 안중에 없게 되었다는 일화를 들려주면서 이와 마찬가지로 모스크바에 살면 모스크바를 느끼지 못하리라고 말한다. 요컨대 세 자매가 모스크바에 가지 않는 것은 그것이 이들의 문제를 본질적으로 해결해 줄 수 없기 때문인 것이다. 세 자매가 열망하는 모스크바는 지리적으로 실재하는 공간이 아닌 과거의 행복한 기억 속에 고착된 이미지이며 나아가 각자의 관념 속에 존재하는 낙원의 표상이라고 보아야 할 것이다.

작가는 다양한 연극적 기제를 동원하여 모스크바의 허상성을 되풀이하여 각인하고 있다. 예컨대 모스크바에 대학이 한 개인가 두 개인가에 대한 안드레이와 솔료니의 멍청한 논쟁, 그리고 귀머거리 페라폰트가 안드레이에게 들려주는 비현실적이고 그로테스크한 모스크바의 모습이 그것이다. 아울러 페도치크 중위가 카드점으로 세 자매가 모스크바에 갈 수 없음을 일러 주는 에피소드도 여기에 덧붙일 수 있다. 그런데 이처럼 끊임없이 해체되는 모스크바의 형상이 베르쉬닌의 '2백 년 후' 이야기에 조응하고 있음은 흥미롭다. 베르쉬닌의 모티프 역시 전편에 걸쳐 공허하게 반복됨으로써 희화화되고 있기 때문이다. 모스크바가 낙원의 꿈에 대한 공간적 상징이었다면 '2백 년 후의 미래'는 낙원의 시간적 상징으로서 그에 대응되고 있는 것이다. 그렇다고 할 때, "천 년이 지나도 인간은 삶을 고달파하고 죽음을 두려워하리라"라는 투젠바흐의 말은 앞서 언급했던 "모스크바에 살면 모스크바를 느끼지 못한다"는 베르쉬닌의 말과 함께 문제의 동일한 본질을 시사한다. 요컨대 낙원은 없다. 만약 그대가 낙원 속에 있게 된다면, 바로 그 순간 그것은 낙원이 아니라는 것.

「세 자매」의 전편을 통해 체호프가 구축하고 있는 주인공들의 교착 상황은 마지막까지 완벽하다. 이리나의 마지막 희망이었던 투젠바흐는 어이없는 결투로 죽고, 마샤의 유일한 위안이었던 베르쉬닌은 군대와 함께 떠나간다. 피날레에서 세 자매는 떠나가는 군대의 행진곡 소리를 들으며 서로를 끌어안고, 자신들이 지금은 고통을 받고 있지만 언젠가는 그 고통의 의미를 알게 될 것이라고 스스로를 위안하지만, 바로 그 순간에도 삽삽한 현재의 일상은 이들의 배후를 감싸고 있다. 쿨리긴은 싱글거리며 마샤의 외투와 모자를 가지고 다가오며, 안드레이는 아이를 태운 유모차를 밀고 지나가고, 체부티킨은 유행가를 흥얼거리며 "어차피 마찬가지"라고 중얼거린다. 세 자매의 소망은 도저한 일상의 권력 밑에서 언제 꺼져 버릴지 모르는 작은 촛불과도 같다.

간신히 희망의 끈을 붙들고 있는 가련한 주인공들 앞에 서슴없이 장애물을 갖다 놓으면서 '출구 없음'을 다시금 강조하고 있는 체호프의 방식은 공주에게 청혼하러 오는 청년들에게 불가능한 과제들을 요구했던 심술궂은 동화 속 왕의 행태를 연상시킨다. 물론 왕이 공주를 영원히 노처녀로 남겨 두길 원했던 것은 아니었을 터이다. 체호프는 이들의 고통을 함께 아파했고 그 고통의 가치를 자신과 관객에게 납득시키고 싶었던 것이다. 체호프가 줄곧 자신의 후기 희곡들을 희극으로 구상하고 있었다는 사실은 잘 알려진 바이지만, 거기에는 작가 스스로도 주인공들의 우울한 역사 속에서 출구를 발견하려는 의지가 담겨 있었다고 볼 수 있다. 이제 죽음을 앞두고 쓴 희곡, 「벚나무 동산」에서 체호프는 더 이상 고통을 이야기하지 않는다.

「벚나무 동산」

「벚나무 동산」은 체호프의 마지막 희곡이다. 작가는 1903년 10월에 이 희곡을 탈고하고 그로부터 9개월 뒤인 1904년 7월에 사망했다. 영감의 불꽃이 사그라질 정도로 오래 살지 못했던 그가 이 희곡을 쓴 것은, 흔히 작가로서의 역량이 정점에 달한다고 말하는 40대 초반이었다. 그러나 작품이 탈고될 무렵 체호프는 말기 결핵 환자였으며, 1904년 1월 17일(이날은 체호프의 생일이다), 모스크바 예술 극장의 초연에 초대되었을 당시에는 몸조차 제대로 가눌 수 없는 위독한 상태였다. 의사이기도 했던 체호프는 작품을 쓰면서 스스로도 이것이 자신의 마지막 작품이 될 것임을 충분히 자각하고 있었을 터였다. 요컨대 「벚나무 동산」이 쓰인 때는 한 작가가 자신의 원숙한 기량과 정력을 남김없이 쏟아붓기에 그야말로 적절한 시점이었으며, 그런 의미에서 이 희곡은 극작가 체호프의 예술과 인생을 총결산하는 작품이라고 할 수 있다.

「벚나무 동산」에서는 마치 그동안 체호프의 다른 희곡에 나왔던 주인공들이 한자리에 모여 축제를 하고 있는 듯하다. 가령, 라네프스카야 부인과 트로피모프의 관계는 「갈매기」의 여배우 아르카디나와 그녀의 아들 트레플레프를 닮지 않았는가? 「바냐 삼촌」의 노처녀 소냐와 「세 자매」의 올가는 「벚나무 동산」에서 바랴의 이름으로 다시 등장하고 있는 것은 아닌가? 라네프스카야의 한심한 오빠 가예프는 앞서의 작품들에서 좋았던 옛 시절을 되뇌며 빈둥거렸던 모든 러시아 귀족들의 모습을 되풀이하고 있는 것은 아닌가?

어디선가 본 듯한 얼굴들, 어디선가 들은 듯한 대사들이 만들어 내는 묘한 분위기가 이 작품을 감싸고 있다. 다만 이전의 주인공 들을 떠올릴 때마다 가슴을 짓눌렀던 갑갑한 기분을 「벚나무 동산」에서는 느낄 수 없다는 점이 크게 다르다. 예술과 출세를 향한 갈망, 가치 있는 삶과 진실을 향한 갈망, 모스크바를 향한 갈망, 기다림, 인내, 이런 무겁고 질긴 정념들이 이전의 작품들을 채우 고 있었다면, 「벚나무 동산」에서는 아무도 갈망하지 않는다. 혹은 집착하지 않는다. 이러한 사실은 「벚나무 동산」의 중심 사건인 영 지 매각을 둘러싼 주인공들의 반응에서 쉽게 확인할 수 있다. 벚 나무 동산의 주인들은 자신의 소중한 재산이 남에게 넘어가고 삶 의 뿌리가 뽑혀 나가는 순간에도 떠들썩한 파티를 벌인다. 영지의 매각이 알려진 순간 라네프스카야 부인은 오히려 홀가분하다고 말하고, 트로피모프와의 미래에 정신이 팔려 있는 아냐로 말하면 진작부터 마음을 비워 둔 터다. 정작 벚나무 동산의 새 주인이 된 로파힌이 이들의 불행을 가장 안타까워할 따름이다.

이 작품 속에서 벚나무 동산을 사들인 로파힌, 그리고 자신의 영지에서 희귀한 백토(白土)가 발견되는 바람에 뜻밖의 횡재를 하게 된 피시크를 제외한다면 나머지 어느 누구에게도 보장된 미 래가 없다는 사실은 쉽게 짐작할 수 있다. 류보피 안드레예브나는 애인을 찾아 담배 연기 자욱한 파리의 5층 방으로 돌아갈 것이다. 그러나 그동안 그녀를 괴롭히고 떠나가게 만들었던 그 남자가 갑 자기 개심하리라고 상상하기는 힘들다. 가예프는 은행에 자리를 잡았다고 하지만 그에 대한 로파힌의 판단을 믿는다면 역시 잘해 나갈 듯싶지 않다. 아직 어린 아이인 아냐와 무일푼의 사변가 트로피모프는 그들이 꿈꾸는 미래를 성취할 만한 현실성을 결여하고 있다. 다른 집의 관리인으로 가게 된 바랴나, 어디로 갈지 어떻게 살지 누구도 관심 갖지 않는 샤를로타의 경우도 마찬가지다. 그러나 벚나무 동산을 떠나가는 이들에게서 그런 미래에 대한 불안을 찾기는 힘들다. 이들은 떠들썩한 이별의 장면 속에서 농담을 나누고 장난스러운 다툼을 벌인다. "과거와, 그리고 낡은 삶의 형식과 웃으면서 이별한다"는 마르크스의 말을 인용하며 「벚나무 동산」으로부터 구시대의 종식과 혁명의 전망을 읽고자 했던 소비에트 연구자들의 시각은 문제를 지나치게 단순화한 감이 있지만, 잃어버린 것에 대한 주인공들의 초연한 태도에는 분명히 강력한 긍정적 힘이 있음을 부인할 수 없다.

연극 「벚나무 동산」이 끝나기 직전, 모두가 떠나가면서 한동안 무대가 텅 비는 순간이 있다.

무대가 텅 빈다. 문마다 자물쇠를 채우는 소리가 들리고, 이어서 마차들이 멀어져 가는 소리가 들린다. 고요해진다. 정적 속에서, 저 멀리 도끼로 나무를 찍는 소리가 쓸쓸하고 애잔하게 울린다.

연극사적으로도 기념비적인 이 '빈 무대'는 앞의 글에서 찍었던 몇 개의 물음표들에 대한 대답처럼 보인다. 체호프는 「벚나무 동산」이라는 축제적인 공간을 자신의 '연극 세계' 속에 존재했던 주인공들이 노니는 마지막 무대로 마련했던 것이다. 그리고 이제 이들 모두를 퇴장시키고 빈 무대만을 남겨 놓았다. 이들이 무대를 떠나서 가는 곳은 연극의 공간이 아니다. 따라서 무슨 일이 이들을 기다리고 있을까를 걱정하는 것은 아무 의미도 없다. 그것은 작가 자신이 1년 뒤에 가는 곳이 삶의 공간이 아니며, 따라서 거기에 무엇이 기다리고 있는가를 물을 필요가 없는 것과 같다. 연극이 끝나면서 주인공들도 그리고 작가도 '아무것도 없는 것'을 향한 여행을 떠난다. 당대의 상징주의 시인 안드레이 벨리의 표현을 빌리자면 그것은 '영원'에로의 여행이다.

판본 소개

이 책의 번역에 사용된 대본은 1986년에 모스크바에서 30권으로 출간된 '작품 및 서한 전집(А.П. Чехов : Полное собрание сочинений и писем в тридцати томах)' 중 작품 편의 13권이다.

1860 러시아 구력으로 1월 17일, 남부 러시아, 아조프 해(海)에 접해 있는 항구 도시 타간로크에서 식료품 잡화점을 경영하는 파벨 체호프의 5남 2녀 중 셋째 아들로 태어남. 할아버지 예고르는 몸값을 지불하고 자유를 얻은 농노였음.

1867 7세 그리스계 교회의 부속 학교에 입학.

1869 9세 타간로크의 김나지야(8년제 중등 교육 과정)에 입학.

1872 12세 수학과 지리 성적 부진으로 낙제.

1873 13세 가을, 처음으로 극장에 가서 오펜바흐의 오페레타 「아름다운 엘레나」를 관람함. 이때부터 이따금 극장에 다니며 「햄릿」, 「검찰관」 등을 봄.

1875 15세 맏형 알렉산드르와 둘째 형 니콜라이가 진학을 위해 모스크바로 떠남. 알렉산드르는 모스크바 대학교 물리 수학과에, 니콜라이는 미술 학교에 진학.

1876 16세 4월에 아버지가 파산하여 일가족이 모스크바의 빈민가로 이주. 안톤은 가정 교사로 학비를 벌면서 중학교를 졸업할 때까지 타간로크에 남음.

1879 19세 6월 김나지야를 졸업하고 대학 입학 자격을 취득. 시 자치회의 장

학금을 받게 되어 9월에 모스크바 대학교 의학부에 입학. 이해 말부터 유머 잡지에 투고를 시작함.

1880 20세 최초의 단편 「이웃에 사는 학자에게 보내는 편지」가 페테르부르크의 주간지 『잠자리』에 게재됨. 이후 7년간, 안토샤 체혼테, 루베르 등의 필명으로 많은 유머 소품을 주간지나 신문에 기고함. 연말에 『잠자리』의 편집자로부터 혹평을 받고 반년가량 집필을 중단.

1881 21세 4막의 희곡 「플라토노프」를 써서 여배우 예르몰로바에게 상연 가능성을 타진했으나 거절당함.

1882 22세 10월, 유머 주간지 『오스콜키(파편들)』의 발행자 레이킨과 알게 됨. 이후 5년에 걸쳐 약 3백 편의 소품을 이 잡지에 기고함.

1883 23세 다윈의 진화론에 기초한 논문 『성(性)적 권위의 역사』를 구상. 「기쁨」, 「관리의 죽음」, 「일그러진 거울」 등을 발표.

1884 24세 6월, 모스크바 대학교 의학부를 졸업. 여름에 보스크레센스크의 군 자치회 병원에서 근무함. 9월에 의사 개업. 12월, 첫 객혈. 최초의 유머 단편집 『멜리포메나 이야기』를 자비로 출판함. 단편 「카멜레온」, 「앨범」, 「감」 등을 발표하고 장편 『사냥터의 비극』을 신문에 연재함.

1885 25세 레이킨의 소개로 「페테르부르크 신문」에 기고를 시작함. 5월에 키셀료프가의 영지인 바브키노에서 지내는 동안 인상파 화가 레비탄을 만남. 12월 레이킨과 함께 페테르부르크로 가서 문단의 원로인 그리고로비치와 보수파 신문 「신시대」의 사장 수보린을 방문하여 대환영을 받음. 「하사관 프리시체프」, 「비애」, 「무도회의 음악사」, 「거울」, 「손님」, 「너무 짜다」 등을 발표.

1886 26세 「신시대」에 단편 「추도식」을 처음으로 본명으로 발표. 3월에 그리고로비치로부터 찬사와 격려의 편지를 받음. 4월에 두 번째로 객혈함. 이 무렵 톨스토이주의에 관심을 보임. 이해부터 1890년까지 (지금 체호프 기념관이 세워져 있는) 사도바야 크돌린스카야 거리에서 지냄. 단편집 『잡화집』을 출판했으며, 여기에 「발견」, 「우수」, 「아뉴타」, 「아가피야」, 「수렁」, 「반카」 등이 수록됨.

1887 27세 4월에 고향인 남부 러시아로 여행. 단편집 『황혼』을 '신시대'사에서 출판함. 9월에 4막 희곡 「이바노프」를 집필하여 11월, 코르쉬 극장에서 상연함. 「적」, 「베로치카」, 「입맞춤」, 「카슈탄카」 등을 발표.

1888 28세 1월에 월간지 『북방 통보』에 「광야」를 발표. 3월에 소설가 가르신이 자살하자 이에 큰 충격을 받음. 중편 「등불」을 집필. 10월에 러시아 학술원으로부터 푸슈킨상을 수상. 12월, 차이콥스키와 교우를 시작함. 「자고 싶어라」, 「미녀」, 「명명일 파티」, 「발작」, 단막극 「곰」, 「청혼」 등을 발표.

1889 29세 1월에 페테르부르크에서 유부녀인 여성 작가 리디야 아빌로바와 교우. 희곡 「이바노프」를 개작하여 알렉산드린스키 극장에서 상연. 6월에 화가인 둘째 형 니콜라이가 폐결핵으로 사망. 7월~8월 사이에 중편 「지루한 이야기」를 집필. 12월에는 그동안 틈틈이 써 왔던 4막 희곡 「숲의 정령」(「바냐 삼촌」의 원형)을 아브라모바 극장에서 상연했지만 혹평을 받음. 단편 「공작 부인」, 「내기」, 단막극 「결혼식」 등을 집필.

1890 30세 3월에 단편집 『우울한 사람들』을 출판. 4월에 마차로 시베리아를 횡단하여 사할린으로 향함. 7월에 사할린 섬에 도착하여 이후 3개월간 유형지의 실태를 조사함. 10월, 사할린을 출발하여 해로로 동중국해, 인도양, 수에즈 운하를 경유하여 12월 초순에 모스크바로 귀환. 단편 「도적들」, 「구세프」, 인상기 「시베리아 여행」 발표.

1891 31세 3월~4월에 수보린과 함께 남부 유럽을 여행. 중편 「결투」를 발표함. 사할린에서의 조사 활동에 대한 보고서인 『사할린 섬』을 집필. 가을에는 대기근으로 인한 난민들을 구제하는 사업에 전력함. 「아낙네들」, 「결투」, 단막극 「창립 기념일」 등을 발표.

1892 32세 1월에 아빌로바와 재회함. 니제고로드, 보로네즈의 기근 구제 활동에 참여함. 3월에 멜리호보에 땅을 구입하여 일가족을 데려옴. 여름에 콜레라가 유행하자 의사로서 방역 사업에 참가함. 11월, 「6호실」을 『러시아 사상』지에 발표하여 큰 반향을 불러일으킴. 「아내」, 「음탕한

여인」, 「이웃들」 등을 발표.

1894 **34세** 3월에 얄타에 체류하는 동안 심장 이상을 겪음. 9월~10월에 밀라노, 니스 등 남부 유럽을 여행함. 「검은 옷의 수도사」, 「여인 왕국」, 「로스차일드의 바이올린」, 「대학생」, 「문학 교사」 등을 발표.

1895 **35세** 2월에 아빌로바를 방문. 8월에 처음으로 톨스토이를 방문. 11월에 희곡 「갈매기」를 집필. 「3년」, 「아리아드네」, 「살인」, 「목 위의 안나」 등을 발표.

1896 **36세** 4월에 「우리의 인생」을 집필. 8월에 멜리호보 근교의 탈레슈 마을에 초등학교를 건설하여 기증. 8월~9월 카프카즈와 크리미야를 여행함. 10월에 알렉산드린스키 극장에서 「갈매기」를 초연하지만 대실패로 끝남. 「다락방이 있는 집」을 발표.

1897 **37세** 멜리호보 근교의 노보세르키 마을에 초등학교를 기증. 3월에 모스크바에서 수보린과 만나 식사를 하던 중 심하게 객혈하여 입원함. 4월에 『러시아 사상』에 「농부들」을 발표. 9월, 요양을 위해 니스로 출발하여 1898년 3월까지 체류. 단편 「고향에서」, 「짐마차」 등을 발표.

1898 **39세** 1월에 작품의 권한을 출판업자 마르크스에게 매각함. 3월~4월 얄타에서 고리키와 교우하는 한편, 쿠프린, 부닌 같은 작가와도 알게 됨. 4월에 모스크바 예술 극장의 여배우 올가 크니페르를 방문하여 급속히 가까워짐. 5월에 아빌로바와 헤어짐. 8월에 얄타의 새 집으로 이사함. 10월에 모스크바 예술 극장에서 「바냐 삼촌」을 초연함. 「진료 중에」, 「귀여운 여인」, 「개를 데리고 다니는 여인」 등을 발표.

1900 **40세** 1월에 톨스토이, 코를렌코와 함께 학술원 명예 회원에 선출됨. 4월, 얄타에서 요양 중인 그에게 모스크바 예술 극장 단원들이 위문차 찾아와 「바냐 삼촌」을 공연함. 8월부터 본격적으로 「세 자매」를 집필. 이 무렵 올가 크니페르에게 자주 편지를 보냄. 단편 「골짜기」를 발표.

1901 **41세** 1월에 모스크바 예술 극장에서 「세 자매」를 초연함. 올가 크니페르와 결혼. 8월에 유서를 작성함. 가을에 고리키, 톨스토이, 발몬트 등

과 교류. 12월에 객혈함.

1902 **42세** 4월에 페테르부르크에서 아내 크니페르가 발병하자, 이를 간호
하다가 과로로 객혈함. 6월에 희곡 「벚나무 동산」을 구상. 8월에 고리
키의 학술원 명예 회원 자격 박탈에 항의하여 명예 회원 사퇴. 10월에
최후의 단편 「약혼녀」를 집필.

1903 **43세** 1월에 발병함. 여름부터 「벚나무 동산」 집필에 착수하여 10월
에 탈고. 12월, 「벚나무 동산」의 상연을 위해 모스크바로 향함.

1904 **44세** 1월에 모스크바 예술 극장에서 「벚나무 동산」을 초연함. 2월
에 얄타로 돌아오지만 폐막염이 악화됨. 6월에 요양을 위해 아내
크니페르와 함께 남부 독일의 바덴바일러로 떠남. 병세가 악화되어
7월 2일 오전 3시에 서거. 유해는 모스크바 노보제비치 수도원의 묘
지에 안장됨.

새롭게 을유세계문학전집을 펴내며

을유문화사는 이미 지난 1959년부터 국내 최초로 세계문학전집을 출간한 바 있습니다. 이번에 을유세계문학전집을 완전히 새롭게 마련하게 된 것은 우리가 직면한 문화적 상황에 적극적으로 대응하기 위해서입니다. 새로운 을유세계문학전집은 세계문학의 역할이 그 어느 때보다 중요해졌다는 인식에서 출발했습니다. 오늘날 세계에서 타자에 대한 이해는 우리의 안전과 행복에 직결되고 있습니다. 세계문학은 지구상의 다양한 문화들이 평등하게 소통하고, 이질적인 구성원들이 평화롭게 공존할 수 있는 문화적인 힘을 길러 줍니다.

을유세계문학전집은 세계문학을 통해 우리가 이런 힘을 길러 나가야 한다는 믿음으로 만들어졌습니다. 지난 5년간 이를 준비하기 위해 많은 노력을 기울였습니다. 세계 각국의 다양한 삶의 방식과 문화적 성취가 살아 있는 작품들, 새로운 번역이 필요한 고전들과 새롭게 소개해야 할 우리 시대의 작품들을 선정했습니다. 우리나라 최고의 역자들이 이들 작품 속 한 문장 한 문장의 숨결을 생생히 전하기 위해 심혈을 기울였습니다. 또한 역자들은 단순히 번역만 한 것이 아니라 다른 작품의 번역을 꼼꼼히 검토해 주었습니다. 을유세계문학전집은 번역된 작품 하나하나가 정본(定本)으로 인정받고 대우받을 수 있도록 최선을 다했습니다. 세계문학이 여러 경계를 넘어 우리 사회 안에서 주어진 소임을 하게 되기를 바라며 을유세계문학전집을 내놓습니다.

을유세계문학전집 편집위원단(가나다 순)
김월회(서울대 중문과 교수)
김헌(서울대 인문학연구원 교수)
박종소(서울대 노문과 교수)
손영주(서울대 영문과 교수)
신정환(한국외대 스페인어통번역학과 교수)
정지용(성균관대 프랑스어문학과 교수)
최윤영(서울대 독문과 교수)

을유세계문학전집

을유세계문학전집은 계속 출간됩니다.

을유세계문학전집 연표